字頭子

【下】

瓦歷斯・諾幹——編著

INK
印刻出版

／目　錄／

上冊

下冊

輯三　天地與人文

輯四　生民與戰爭

輯三

天地與人文

一、自然天成

晉代詩人陶淵明在〈讀山海經〉一詩中有：「精衛銜微木，將以填滄海。」句中典故是一則動人淒美的神話故事。故事的主角是炎帝神農氏的小女兒，在一次乘船到東海遊玩時，不幸翻船溺水而亡，死後化為一隻小鳥，人們叫牠「精衛」，這隻小鳥精衛日日從西山銜來木石，發誓要填平東海。小鳥「精衛」於是成了不向大自然屈服而頑強抗爭的精神象徵，這樣的象徵大致也是後世人類面對大自然的普世慾望。

天地自然化育生成，征服自然不若順勢而為，人類渺小如滄海一粟，於是從天地自然裡學習，才有今日薈萃繽紛的人文世界。

甲骨文也為我們記錄了這一段文明的旅程，天地從一始，人類的手指在地上劃下長短不一的一橫，開啟了「文」到「字」的密碼。

① ━ ② ━ ③ — ④ 一

｜看圖說故事｜

〈論語・衛靈公〉：「有一言而可以終身行之者乎？」這是子貢向孔子請益時所問的一句話，大意是，有沒有一句話可以終身奉行的呢？這個「一」字，①甲骨文就是一橫的形體，也是伸出一根手指頭的形象。②金文③小篆也是一個短橫。④楷書寫成「一」。

「一」，一，一劃，指事字，做為部首的稱呼是一部。

部首要說話

「一」，本義的解釋多源，甲骨文、金文、小篆都是畫出一橫，是古人的記數符號，可能是畫的一道，也可能是一個籌碼。《說文解字》：「一，惟始太始，道立於一。造分天地，化成萬物。」這意思是說，「一」是最小的整數，也是萬事萬物的原始，有「一」才分出天與地，有「一」才能化出萬物。在這個解釋裡，「一」的本義是基數一。

「一」是最小的整數，如：一人、一馬、一刀。「一」也是單純的唯一，所以也當全體、都是的意思，如：一身是膽，說的是全身都是膽識。〈詩經·邶風·北門〉：「王室適我，政事一埤益我。」（適ㄓˊ：通「擲」，投[143]。）詩句的大意是，差役逼著我，收稅的事全部加給我。

因為「一」是最小的整數，所以又有數量上小、少許的意思，如：一本萬利，就是說，用極少的金錢賺取豐厚的利潤，這個「一」是少許的意思。

「一」從少許的意思又可引申為動作的短暫、兩種狀況的接續的意義，如：歇一歇再走、一而再再而三。

「一」，也從「全體」的意義上引申為「專一」講，如：專心一意。〈荀子·勸學〉：「用心一也。」這是說，它的用心是專一的。

作為基數的每一個「一」必須是等量、等值才可以累計，所以「一」就有相同、一樣的意義，例如：一視同仁。

143. 投、擲：〝投〞和〝擲〞是同義詞。但是〝投〞字多用於拋向的意義；〝擲〞字較多用於拋棄的意義。

從「相同」、「一樣」的意義，可以引申出「每個」的意義，「一人一杯」，意思就是每個人一杯。

從全部裡所看到的一個，就是講「其中（一個）」、「某（個）」的意思，小朋友寫日記經常會寫著：有一天早晨……，這就是說，某天的早晨。

「一」，作為動詞，就當統一、使……一致的意思，如〈孫子．軍爭〉：「金鼓旌旗者，所以一人之耳目。」這句話的大意是，金鼓旌旗都是用來統一軍隊作戰行動的。

作為指事字的「一」，比劃雖然簡單，但引申出許多的意義，除了上述的字義之外，「一」還有才、剛剛、偶然、概括、每逢、事物的某方面等義。

如今一可單用，也作偏旁使用。凡從一取義的字，皆與數目等義有關。

注意部首字詞

「一」與「壹」，二者本義是不同的。「一」是數詞，「壹」是動詞，義為專一，一般也只用「專一」的意義。「壹」，偶用作數詞，但一般只做狀語，表動量。「一」也可表示專一義。如〈荀子．勸學〉：「用心一也。」但該用「一」的地方，一般不用「壹」。

「丁」，ㄉㄧㄥ，是天干的第四位，也做成年男子義。在〈詩經．小雅．伐木〉有：「伐木丁丁。」這裡的「丁丁」是作象聲詞，是伐木的聲音，要讀作ㄓㄥ。

「上」，ㄕㄤˋ，指事字，甲骨文作 二 ，長橫之上畫一短橫，表示位置在上的意思。引申為在上位的、君主，也作由低處到高處講。〈論語．子罕〉：「子在川上。」這裡的「上」指的是邊、畔的意思。〈韓非子．忠孝〉：「上法而不上賢。」大意是，要尊尚法制而不能尊尚賢人。這個「上」通「尚」，崇尚的意思。

「上」，讀作ㄕㄤˇ時，即上聲，漢語四聲之一，即國語第三聲。

「三」，ㄙㄢ，基數，三。「三」與「參」二字有時會混用，其實「三」是一般的數詞；「參」用作數詞卻要受限制，一般只表示並[144]列的三個、三種或三份來使用。「參」的意義可以用「三」表示；但是「三」表示多數的意義卻不能寫作「參」。

｜語文點心｜《韓非子》

《韓非子》，書名。戰國時韓非撰，20卷，55篇；清王先慎作集解。該書大旨尚法術、明賞罰、厲刑名，非難儒者，而歸本於道家虛靜無為之說。簡稱為「韓子」。

韓非是中國戰國末期思想家、政治家、法家學說集大成者，司馬遷在〈史記．韓非列傳〉中說：「韓非者，韓之諸公子也，喜刑名法術之學。……悲廉直不容於邪枉之臣，觀往者得失之變，故作〈孤憤〉、〈五蠹〉、〈內外儲〉、〈說林〉、〈說難〉10餘萬言。」

韓非出身韓貴族，與李斯同學於荀子，曾建議韓王變法圖強，不見用。為秦王政邀遊秦，不久被李斯、趙高陷害，腰斬於咸陽。

值得注意的是，《韓非子》書中記載了大量膾炙人口的寓言故事，最著名的有「自相矛盾」、「守株待兔」、「諱疾忌醫」、「濫竽充數」、「老馬識途」、「畫鬼最易」等等。這些生動的寓言故事，蘊含著深雋的哲理，憑著它們思想性和藝術性的完美結合，給人們以智慧的啟迪，具有較高的文學價值。

144. 並：會意字，甲骨文作 ，從二人立，會二人相並立之意，本義為並排。

｜看圖說故事｜

「黃河遠上白雲間，一片孤城萬仞山。」這是唐代詩人王之渙著名的〈涼州詞〉，詩中的「山」是個非常具象的字。①甲骨文就是以三座山峰組成的形象，可別誤認為是冒長的竹筍喔！②金文把它實心化，顯示出山形的厚重。③小篆將實心的山給寫成線條狀，隱約還看得出山形。④楷書寫成「山」。

「山」，ㄕㄢ，三劃，象形字，作為部首的稱呼有山部、山字旁。

「山」字中豎如果穿過橫筆就成了「屮」（ㄔㄜˋ），這是初生的草木，也就是「草」的古字，兩「屮」並列就是「艸」（ㄘㄠˇ）。

｜語文點心｜王之渙

王之渙是盛唐時期的詩人，他的出生和死亡日期都不詳，根據後人的考證，大約是唐武后到玄宗（公元688－742年），字季陵，絳州（今山西新絳）人。曾任冀州衡水主簿，被謗，辭官歸鄉，家居15年。後為文安尉，卒於任所。早年精於文章，工詩，多引為歌詞，名動一時，有旗亭畫壁故事，尤善五言詩，以描寫邊塞風光為勝。

他從小就很講究義氣，喜歡幫助弱小，時常和豪俠子弟交往，一邊飲酒一邊談論劍術，青史上記載的許多俠客，都是他模仿的對象。直到中年，一事無成，才悔悟先前的頹廢無知，從此立志向學，專心於文章寫作。他有兩個文章寫得很出色的哥哥，王之咸、王之賁，在他們的指導下，王之渙不久就掌握了讀書的方法，作起文章也不輸兩位兄長，令人刮目相看。

他那首膾炙人口的〈涼州詞〉，即「黃河遠上白雲間，一片孤城萬仞山。

羌笛何須怨楊柳，春風不度玉門關」，歷代被人們廣為傳誦，甚至被章太炎先生稱為「絕句之最」。〈登鸛雀樓〉中的「欲窮千里目，更上一層樓」，更為千古名句。王之渙的詩流傳下來的甚少，今可見者只有6首，而此6首，卻足以使王之渙詩名與宇宙共存。

部首要說話

「山」，甲骨文象山峰連綿形，本義就是指山巒，山的字形就像是隆起的三座山。〈說文解字・山部〉：「山，宣也。宣气散，生萬物，有石而高。」這是說，山，宣暢。使地氣宣通，散布各方，產生萬物。由石構成而又高峻。

高山、山河、泰山、山腰、山峰等詞的「山」，都是用「山」的本義。後來引申為山野，多用為謙詞，如李白〈贈范金卿之一〉：「留舌示山妻。」（留舌：典故出處為戰國時代張儀的故事，這是說，沒什麼擔憂的，人在，心在，夢就在，還怕日子不好過？山妻：自稱其妻的謙詞。）詩的大意是，留一片舌頭給妻子，這其實是比喻能言善辯的口舌是安身進取之本。

「山」的形象本來就比平地要高，所以也有「高大」的意思，如，「崇山峻嶺」，就是指高大陡峭的山嶺。

「山」字的連綿形象，也引申為像山一樣的（東西），例如：「人山人海」，就是形容許許多多的人聚集在一起。

在古時，也把「山」當墳[145]墓講，現在已經少用了。〈水經注・渭水〉：「秦名天子冢曰山，漢曰陵。」這表示在秦朝時，天子的墳塋叫「山」，在漢

145. 墳：本為高起的土堆。春秋以後才與“墓”合稱為“墳墓”。據考古發現，長江以南的東南地區，墳墓的出現要比黃河以北地區要早，江蘇、安徽等地發現在西周墓葬上已有墳丘（墳墓）。原因是這地區地勢低下，下挖容易出水，為了防潮保屍，人們才將屍體平放在平地上，再用土掩埋起來，因此才形成了土堆（墳）。

代就稱作「陵」146。後世就將「山陵」比喻為帝王陵墓。到了漢朝之後，民間也把「山」當墳墓講，不過，今天已經少用了。

中國古代也有將「山」當作姓氏的，如晉代有山濤，時人稱「山公」。

「山」、「丘」、「陵」、「嶺」都與山石有關，石頭大山為「山」，山峰為「嶺」，自然形成的小土丘為「丘」，大土丘為「陵」。

山，可單用，也作偏旁使用。凡從「山」取義的字，都與山石、高大等義有關。

注意部首字詞

山部的字，可概分三類：

名詞：表示山名，如嵩、岱（泰山）、崵。表示山的種類，如嶽、岑（山小而高）、巒（山小而銳）。表示關於山的部分，如岡、巖、岫（山穴）。

形容詞：表示山的形狀，如峻、巍、崔嵬、嵯峨、崢嶸。

動詞：表示山的變化，如崩。

由山組成的詞有幾個是很特殊的，必須要注意。

黃景仁的〈圈虎行〉中有「役使山君作兒戲」句，「山君」是「老虎」的代稱。另外，「山斗」指的是泰山和北斗星，這是古人比喻自己所尊崇景仰的人，「久逢山斗」，就是這個意思。

「山呼」，不是向山呼喚的意思，這是指臣下對皇帝高呼萬歲，是封建時代臣下祝頌皇帝的一種禮儀。〈漢書．五帝紀〉中記載，元封元年（公元前110年）初，武帝帶領群臣登上嵩山，隨從的官員聽見山中隱隱傳來三聲高呼萬歲的聲音，武帝把此事記在了自己下的詔書中視為「祥瑞」的象徵，並將「三呼萬歲」規定成臣子朝見皇帝的定規，稱為「山呼」。

「崩」，ㄅㄥ，會意兼形聲字，篆文從山從朋（凤，即孔雀），朋也兼表聲，會山石像孔雀開屏一樣迸裂倒塌之義，本義是山倒塌，後引申為崩潰、毀壞。〈國語・周語下〉：「景王崩，王室大亂。」這個「崩」是指帝王死了，後來王后死亦叫「崩」。那麼「崩」與「薨」（ㄏㄨㄥ）、「卒」、「死」、「沒」這些有「死亡」義的字有無差別呢？其實在中國古代等級制度下，不同的人死亡是用不同的詞，〈禮記・曲禮下〉：「天子死曰崩，諸侯曰薨，大夫曰卒，庶民曰死。」而「沒」則指去世。其中，「死」的意義最為廣泛，它除了表示人死亡之外，還可以指動植物喪失生命。

從部首「山」組成的字，有些就是山名，許多還是罕見的字，讀音要特別注意。

「岐ㄑㄧˊ山」，陝西岐山縣一帶（注意陝字，右邊「大」字裡是兩個「入」）。「岐」，又當分岔講。

「岍ㄑㄧㄢ山」，古山名，在今陝西隴縣一帶。

「岱」，泰山的別稱。

「岣ㄍㄡˇ嶁山」，在今湖南衡陽北。「岢ㄎㄜˇ嵐」，山名，山西岢嵐縣北。

「峚」，ㄇㄧˋ，山名，出自《山海經》。

「峴」，ㄒㄧㄢˋ，山名，今湖北襄陽。

「崞」，ㄍㄨㄛ，山名，在今山西。

「崆峒」，山名，在今甘肅平涼。

「崌」，ㄐㄩ，山名，出自《山海經》。

「崤」，ㄧㄠˊ，山名，在今河南。

「崦嵫」，ㄧㄢ ㄗ，山名，今甘肅天水縣，傳說為日落的地方。

146. 陵：會意字，從𨸏從夌（上為地穴上的覆廬形，下為人，表示人從地穴下登上來），會人從窩腳處往上登高之意，本義是高山。〝高山〞義的〝陵〞怎麼會和〝墳墓〞有關呢？根據古籍記載，墳丘的高度是與墓主身分的尊卑有關聯的，身分愈尊貴，墳丘就疊得愈高，於是，皇帝的墓上墳丘就被疊得高如山陵，〝陵〞、〝山〞二字就變成皇帝墳墓的代名詞。〈水經注・渭水注〉卷十九：「秦名天子冢曰山，漢曰陵，故通曰山陵矣。」

「嵇」，ㄐㄧ，山名。

「嵕」，ㄗㄨㄥ，山名。

「嵞」，ㄊㄨˊ，山名，指今浙江省的會稽山。

① 〔甲骨文〕 ② 〔金文〕 ③ 〔小篆〕 ④ 川

看圖說故事

〈論語．子罕〉有一段孔子對人事變換快速的喟嘆，令人印象深刻。「子在川上，曰：『逝者如斯夫，不舍晝夜。』」大意是，孔子在河邊說著：「消失的時光像這河水一樣吧！日夜不停的流逝。」這個「川」字，①甲骨文以彎彎曲曲的形態造字，形狀就像是條河流，中間的點狀指的是河流中的漩渦。②金文把河流中的漩渦給省略了，是為了讓字形美觀。③小篆的三條彎線更整齊了，在書寫上就變得易寫。④楷書寫成了「川」字。

「川」，ㄔㄨㄢ，三劃，象形字，作為部首的稱呼是川部。

書寫「川」字時要注意第一筆是豎撇，特別是作為偏旁的時候，不可寫作三筆豎筆，如：順、甽。「川」的本字其實是「巛」，有時寫在字的裡面，如：巠、巢。

部首要說話

「川」與「水」本來語出一源，但「川」的造型比「水」更加突出了兩側，像兩岸夾水的樣子。甲骨文象大河流水形，兩邊為岸，所以本義是指水道、河流。

「川」是由上而下流的，所以「川」也指河流的源頭，這就是「川」的引申義。

中國西部的四川省，顧名思義就可以理解為四條大河之地，長江和它的三條支流（岷江、沱江、嘉陵江）流經四川省。現在有成語「高山大川」、「百川歸海」，這個「川」就是指河流。

「川」從「河流」的本義引申為「平野」或「平地」，古謠辭〈敕彳丶勒歌〉就有：「敕勒川，陰山下，天似穹廬，籠蓋四野。」歌謠大意寫著，敕勒川位於高聳雲霄的陰山腳下，天空如氈製的圓頂大帳篷，蓋住了草原的四面八方。這裡的「川」指的是平川，平的陸地。「平川」的「川」，就是河流沖積而成的平原，是山間和高原間的平坦地帶，常見的成語就有「八百里秦川」、「平川曠野」、「一馬平川」等。

從「川」的動作來看，有「穿通」、「穿過」的動作，所以房屋前後院中間的大廳就叫做「川堂」，表示這個地方是可以穿通、穿過的。

《考工記》：「兩山之間必有川焉。」表示「川」是穿通兩山之間。

「巛」，可單用，也作偏旁使用。凡從「巛」字取義的字，都與河流、隨順、通暢等義有關。

要注意的是，楷書裡有些從巛的字是由其他形體變來的。例如：巢。

｜語文點心｜《敕勒歌》

〈敕勒歌〉是中國古代敕勒族民歌。敕勒，秦漢時稱丁零，魏晉南北朝時南方人又稱之為高車。主要居住在大漠南北，即今蒙古草原。

〈敕勒歌〉最早見錄於宋郭茂倩編〈樂府詩集．雜歌謠辭〉。本為鮮卑語，北齊時譯為漢語。辭曰：「敕勒川，陰山下。天似穹廬，籠蓋四野。天蒼蒼，野茫茫，風吹草低見牛羊。」此歌約產生於公元429－443年，即北魏147太武帝拓跋燾北伐破柔然期間。這是一首歌唱家鄉、歌唱草原的牧歌，蒼勁豪莽，抑揚暢達，以致千古傳唱。

據說，在公元546年，統治中國北部的東魏和西魏兩個政權之間爆發一場大戰，東魏喪師數萬，軍心渙散，主帥高歡為安定軍心，在宴會上命大將斛律金唱〈敕勒歌〉，群情因之一振。這個故事令人想像著，〈敕勒歌〉的歌聲，該是何等雄壯豪放！

注意部首字詞

由部首「川」組成的字在字辭典裡收的不多，但有幾個字卻是作為組字的構件。

「巛」，ㄔㄨㄢ，象形字，甲骨文象大河流水形，兩邊為岸，隸變後楷書分別寫作「巛」、「川」，後「巛」作偏旁使用，即「川」的本字，本義為河流。讀作ㄕㄨㄣˋ時，為「鬊」的古字，指自然脫落的頭髮。

「ㄑ」，ㄑㄩㄢˇ，象形字，篆文象一彎曲的小水流形，表示田間小的排水溝，即「甽」的古字，本義就是田中小水溝。

「巜」，ㄎㄨㄞˋ，象形字，篆文象兩道流水形，表示田間大的排水溝，本義即田間略大於甽的小水溝。又讀ㄍㄨㄞˋ，形容水流聲。如今不單用，只作偏旁使用。

「州」，ㄓㄡ，象形字，甲骨文 象水中有小島形，即水中陸地，《說文解字》：「水中可居者曰州，水周繞其旁。」後〈尚書．禹貢〉定九州之名為冀、兗ㄧㄢˇ、青、徐、揚、荊、豫、梁、雍。這樣，「州」就成了行政區的專有名詞，而「州」的「水中陸地」義就由州旁增水的「洲」使用。今有七大洲，亞洲為其中一洲。「州」則用於行政區域及其官名，如：揚州、州牧、知州。

「巟」，ㄏㄨㄤ，形聲兼會意字，金文和篆文從川亡聲，亡也兼表看不到邊之意，表示水廣大。本義為水廣大，引申指達到，由大水漫流，引申指荒廢，由於後作「巟」做了偏旁，本義由「荒」來表示。

「巠」，ㄐㄧㄥ，象形字，金文作 ，象壬（持經之箝）上有經線形，是「經」的本字。本義為經線。「巠」後來組構為其他字，如：莖、經、脛等。

「巢」，ㄔㄠˊ，象形字，上從甾（ㄗ），象巢形，表示樹上有一個鳥窩，本義是樹上的鳥窩。〈詩經．召南．鵲巢〉：「維鵲有巢，維鳩居之。」（維：句首語氣詞。）後指遠古人類的簡陋居處，這個詞義就有了貶義，於是稱盜匪盤據的地方也叫做「巢」，〈晉書．宣帝紀〉：「賊大眾在此，則巢窟虛矣。」這是說，賊群大夥都在這裡，那巢穴就空虛無人了。

「巤」，ㄌㄧㄝˋ，指事字，金文 下邊是個突出了囟門的襁褓中的嬰兒，上邊三豎指明是毛髮，本義為嬰兒囟門上的毛髮，引申泛指動物頸上的毛髮。今作「鬣」。老鼠毛也作「巤」。

| 看圖說故事 |

〈荀子．勸學〉：「積土成山，風雨興焉。」這是說，積聚起土來成為高山，風雨就要在這裡發作起來了。這個「土」就是土壤、泥土。①甲骨文表示地面上突起了一堆土，下部的一橫就表示地面。②金文只是將虛心變為實心

---

147. 北魏的漢化政策：公元386年，鮮卑族拓跋氏建立北魏，結束十六國的混亂時期，北魏孝文帝即位後，推行徹底的漢化政策（漢語、漢字、漢服），促使匈奴、鮮卑、羯、氐、羌等北方民族與漢族融合，也為後來的隋朝打下了統治的基礎。在中國歷史上，少數民族統治者學習漢語漢字除了北魏，更還有滿族清朝的〝熔鑄滿漢〞，更編纂了《康熙字典》、《佩文韻府》、《古今圖書集成》、《四庫全書》等大型漢文書籍，至今仍為學人使用。

——這是與青銅的鑄造有關。③小篆將上部的棗核型變為十字。④楷書寫成「土」。

「土」，ㄊㄨˇ，三劃，象形字，作為部首的稱呼是土部。作為偏旁叫土字旁。

書寫「土」字的時候，上橫比下橫短，如果相反就成了「士」字，「士」是指男生、讀書人的意思。

「土」作為偏旁時，下橫一筆要寫作上撇，如：地、堆。

｜語文點心｜《荀子》

《荀子》，書名。戰國時趙人荀況撰，20卷，今存32篇。有唐楊倞注、清王先謙集解。此書本儒家崇禮、正名之說而主性惡，為先秦重要的哲學思想著作，也是重要的散文集。

荀子著作中，以〈性惡篇〉、〈解蔽篇〉、〈天論篇〉、〈正名篇〉、〈卻學篇〉等5篇，最能了解荀子的思想。而〈賦篇〉也常在中國文學史中被提及，學者普遍認為此篇是中國辭賦文體的來源之一。

馮友蘭在《中國哲學簡史》中寫道：「荀子在中國歷史的地位如亞里斯多德之在西洋歷史，其氣象之篤實似之。」足見《荀子》在中國哲學、思想界地位的重要性。

｜**部首要說話**｜

「土」，甲骨文象地上有土塊，當是最原始的祭社形象。〈說文解字．土部〉：「土，地之土生物者也。二象地之下、地之中，物出形也。」這是說，土，吐生萬物的土地，「二」象地的下面和中間，「｜」象萬物從土裡長出的形狀。所以本義就是土壤、泥土。

古人非常敬重上，有了土就有農業，有了莊稼的種植與生產，才有糧食可以填飽肚子，所以早期人們將土堆起來當作是神，並且向它祭拜。《史記》卷八十七：「是以泰山不讓土壤，故能成其大；河海不擇細流，故能就其深。」大意是，泰山不排除細小的土石，所以能那麼高。比喻人度量大，能包容不同的事物。

人與土之間的關係是非常密切的，因此又引申出鄉里、本地之義，如：故土、鄉土。範圍再擴大，就有了「領土」的意思，例如：本土、本國等。〈左傳・昭公七年〉：「普天之下，莫非王土。率土之濱，莫非王臣。」這句話的大意是說，普天之下，無不是天子的土地。沿著國土的邊涯，無不是天子的臣僕。

在現代化、全球化之後，愈來愈顯示出所謂民間的東西比較粗俗的感覺，這其實是出於自信心不足，所以「土」就有了「土包子」、「土裡土氣」、「土頭土腦」等貶義詞，但這是後來的衍義。「土」的民間義，表示的是在地的、本地的意思，〈尚書・旅獒〉：「犬馬非其土性不畜，珍禽奇獸，不育于國。」大意是，犬馬不是土生土長的不養，珍禽奇獸不收養於國。

在中國五行學說裡，「土」是五行之一，五行就是「金、木、水、火、土」，五行是相生相剋的，「土」在中醫指的是人的脾臟。

「土」也做中國古代音律的八音之一，八音是金、石、土、革、絲、木、匏、竹。

值得注意的是，在〈詩經・豳風・鴟鴞〉：「迨天之未陰雨，徹彼桑土，綢繆牖戶。今此下民，或敢侮予！」原詩是描寫一隻失去了幼鳥的母鳥，仍然在辛勤地築巢。意思是說：趁著天還沒有下雨的時候，趕快用桑根的皮把鳥巢的空隙纏緊，只有把巢築堅固[148]了，才不怕人的侵害。這裡的「土」，讀音ㄉㄨˋ，是指植物的根。

〈詩經・大雅・緜〉：「民之初生，自土沮漆。」（沮：通「殂ㄘㄨˊ」，往。漆：古河名。）詩句的大意是說，周民創業當初，是從杜水遷到漆水。詩句中的「土」讀ㄉㄨˋ，通「杜」，是古代河流名稱。

不論如何，「土」是個辭義甚廣的字，足見人與土的關係是緊密而深遠的。

由於土後來專用以表示泥土等義，土地神之義便另加義符「示」和「木」，後寫作「社」來表示土地神之義。土地之義，則另加聲符「也」寫作「地」來表示。

今土可單用，也作偏旁來使用。凡從土取義的字，都與土地等義有關。

注意部首字詞

土部的字，依性質可以分成幾類：

一、名詞：有表示關於土的名詞，如地、壤、埃等。有表示疆界的名稱，如疆、境等。有表示關於建築物的名稱（因上古建築以築土為主），如城、墉、垣、堵、堂、壘等。

二、形容詞：有表示土的性質，如坦、堅等。

三、動詞：有表示土的變化，如坼（地裂）。有表示對土或用土的動作，如埽（掃）、填、塗（用泥）等。

「圮」與「圯」兩字相像，「圮」，ㄆㄧˇ，是坍塌、毀壞的意思，今有「傾圮」一詞，表示倒塌毀壞。「圯」，ㄧˊ，本義是橋，《史記》曾記載，秦時於下邳（ㄆㄟˊ）圯上傳太公兵法給張良的老人即「圯上老人」。

「坊」，有二讀，讀音ㄈㄤ，形聲字，篆文從土方聲，〈說文解字‧土部〉：「邑里之名。從土方聲。古通用堃。」本義為城市中街道里巷的通稱，即里巷，引申作店鋪，也作用來表揚名節、紀念人物或慶祝節日的牌樓，如：貞節牌坊。一般常誤讀為ㄈㄤˇ。另有讀音ㄈㄤˊ，在古籍中是當「堤防」義，通「防」。

「圻」與「坼」兩字相差一點，也是容易認錯的字。「圻」，ㄑㄧˊ，會意兼形聲字，篆文從土從㫐，會遠望所極之意，㫐也兼表聲，異體後改為斤聲，本為邊界，通「畿」時，指京畿。台灣有位電影導演就叫做「陳耀圻」。「坼」，ㄔㄜˋ，會意兼形聲字，篆文從土從㡿（表裂）聲，會裂開之意，㡿也兼表聲〈說文解字・氐部〉：「裂也。《詩》曰：『不㡿不𩙻。』。」本義為裂開、分裂，如〈詩經・大雅・生民〉：「不坼不副，無菑無害。」（坼副ㄆㄧˋ：皆指裂開、破開，指產門破裂。菑ㄗㄞ：同「災」。）詩的大意是，產門沒有傷裂，沒有任何的災難。

詩詞中常見到「城郭」一詞，用以泛稱城牆，單獨使用的時候，「城」指內城，「郭」指外城。

「場」，ㄔㄤˇ，是常見的字，形聲字，篆文從土昜聲，〈說文解字・土部〉：「祭神道也。一曰田不耕。一曰治穀田也。從土昜聲。」一般指平坦空地。「埸」比「場」少了右邊「昜」一橫為「易」，「埸」讀作ㄧˋ，見〈詩經・小雅・信南山〉：「疆[149]埸翼翼，黍稷彧彧。」（翼翼：整齊的樣子。彧彧ㄩˋ：通「郁」，茂盛的樣子。）大意是說，田地的疆界齊齊整整，小米高粱多茁壯茂盛。這裡的「埸」是指田界，後引申為邊境。

「執」，ㄓˊ，會意字，甲骨文作 ，右邊屈膝的人雙手被刑具繫住，本義是拘捕，引申握著，作為動詞就是從事、執行的意思，後來也指結成某種關

---

148. 堅、固、剛、強：〝堅〞的本義是土硬，〝剛〞的本義是刀硬（〝鋼〞字由此發展而來），〝強〞的本義是弓有力，〝固〞的本義是四面閉塞，難攻易守。由本義的不同，可看出它們之間的差別。〝固〞字用於城郭險阻的時候，不是〝堅〞〝剛〞〝強〞所能代替的。〝強〞字用於本義時，如杜甫〈前出塞〉：「挽弓當挽強。」也不是其他三字所能替代的。〝堅〞〝剛〞〝強〞三字的分別，又可以從它們的反義詞〝脆〞〝柔〞〝弱〞看出來。

149. 形在一角：疆，會意字，甲骨文是兩田相並連形，金文加出田間界線，篆文另以〝彊〞為基礎（聲符），加上意符〝土〞，成為形聲字，表示田界、田邊之意，引申泛指國界。〝疆〞是屬於形聲字形結構〝形在一角〞失衡的字，這類字，形旁偏居一隅。列舉如後：穎—從禾頃聲，賴—從貝剌聲，佞—從女仁聲，騰—從馬朕聲，務—從力敄聲，修—從彡攸聲，雖—從虫唯聲。

係。〈國語・越語上〉：「寡人不知其力之不足也，而又與大國執仇，以暴露百姓之骨于中原，此則寡人之罪也。」這句話的大意是，（越王句踐向百姓解釋說）我沒有估計到自己力量的不足，去同強大的吳國結仇，以致使得我國廣大百姓戰死在原野上，這是我的過錯，請允許我改正！

「執」與「秉」、「持」、「握」看來都有「以手握著」的意思，其實，「持」與「握」的本義大致相同，但「握」是攢著，意義窄；「持」是拿著、握著，意義寬。「秉」則是由一束禾穀引申出持、拿著的意義，「執」是由拘捕引申出手持、拿著的意義。由是「持」與「握」成為同義詞，在主持、掌握的意義上，四者也是相同的。

看圖說故事

〈列子・湯問〉：「且150置焉土石。」這句出自故事〈愚公移山〉中的意思是，（你）將要把挖下來的泥土和石頭擺到哪裡去呢？這個「石」字，①甲骨文直角的部份是山崖，表示這是從山崖上落下的東西。②金文在山崖下方寫上了表示崩落石頭的形狀，有稜有角。③小篆承襲金文的寫法，但在線條筆劃上寫的比較柔和。④楷書寫成了「石」。

「石」，ㄕˊ，五劃，象形字，作為部首的稱呼是石字部。

「石」字的一撇出了頭就變成了「右」，這是左右的「右」，小心不要將「石」字出了頭。

｜語义點心｜《列子》

《列子》，書名。舊題列禦寇撰，列子著書有舊本20篇，多寓言。西漢劉向去其重複，存者八篇，一直流傳到現在。

列子之學，本於黃帝、老子為宗。先秦時期的一些書都提到他曾隨關尹子問學，後者相傳是老子的弟子。關尹的思想，以「貴清」為基本特徵，要求人心和外物接觸時要保持清虛的狀態，這對列子有一定的影響。

列子稱列禦寇，或稱列圄寇，是戰國時早期道家代表人物之一。據《歷世真仙體道通鑒》記述，列子是鄭國人，他居住在鄭國40年，無人知其是何人。因《莊子》書中記載了很多關於列子的傳說，故《漢書》認為他生活的年代早於莊子時，而列子與楊朱大致同時。

《列子》實為魏、晉時人蒐集道家文獻編輯而成，八卷。大部分思想與莊子相同。唐天寶元年詔號為「沖虛真經」。

《列子》一書，想像力極為豐富，構思奇特新穎，尤其擅用神話與寓言，〈杞人憂天〉、〈愚公移山〉、〈夸父追日〉等膾炙人口的故事皆出自於《列子》，足見其可讀性與思想哲理是越千年而不墜。

｜部首要説話｜

「石」，甲骨文象山崖下有石塊之狀，本義就是岩石，也就是構成地殼的硬塊，如：巖石。〈荀子．議兵〉：「譬之若以卵投石。」大意是，打個比

150. 且、將：在〝將要〞的意義上，〝且〞和〝將〞是同義詞。但〝將〞表示一般的將來，〝且〞表示〝快要〞，意義稍有不同。

方，就像是以易碎的雞蛋擊向堅硬的石頭一般（喻自不量力），今有成語「以卵擊石」。

名詞的「石」作動詞使用，就是指投擲的動作。賈誼〈新書・連語〉：「提石之者，猶未肯止。」大意是，拿起石頭丟擲（紂王）的人，沒有停止的。

石頭是硬塊的東西，所以也引申為堅固、堅硬，例如：金石不渝，是形容堅如金石而不可改變。

後來由石頭所刻鑿而成的物件也稱作「石」，如：石碑151、金石152。

在中醫用藥使用礦物的部份，就叫做「藥石」，這也是「石」的引申義。〈戰國策・秦策二〉：「扁鵲怒而投其石。」大意是，扁鵲聽了很生氣，把治病的砭石一丟。

「石」也是古時八音之一，是石製的樂器。石磬，就是中國古代樂器名，屬八音之一。「八音」指的是：金、石、土、革、絲、木、匏、竹。

石，也是姓氏之一。如宋代有石延年。

另外，古人在計量重量時，以一百二十斤為一石，計算容量時，以十斗為一石，所以「石」也做重量、容量的單位。此時的「石」字讀作ㄉㄢ丶。

石，今可單用，也作偏旁使用。凡從「石」取義的字，都與山石或堅硬等義有關。

注意部首字詞

「石友」，有兩義，一是指友誼堅如金石，如杜牧〈奉和門下相公送西川相公兼領相印出鎮全蜀〉：「同心真石友，寫恨蔑河梁。」二是比喻讀書人離不開「文房四寶」——筆、墨、紙、硯。

〈莊子・外物篇〉：「嬰兒生，無石師而能言，與能言者處也。」句中的「石師」是什麼意思呢？其實「石」通「碩」，石師就是碩師，賢師也。這句話的大意是，嬰兒生來沒有賢師而能說話，這是與會說話的人在一起的緣故。

「石髮」，什麼樣的石頭會長頭髮呢？當然是水中之石，石髮就是水苔，生於水邊石上的苔藻。

「石錢」，指的並不是什麼錢幣，語出李賀〈昌谷詩〉：「石錢差復藉，厚葉皆蟠膩。」這個「石錢」是指石上所生圓形如錢幣狀的苔蘚。

「砉」，ㄏㄨㄛˋ，這個字跟石頭沒有關係，這是個象聲詞，形容破裂的聲音、雷聲等，如〈莊子·養生主〉說明〈庖丁解牛〉的寓言中有句話寫道：「砉然向然，奏刀騞然，莫不中音。」（然：詞尾。向：通「響」，聲響。）大意是，發出嘩嘩的響聲，進刀時砉砉的聲音，沒有不符合音律的。「砉」字的另一個意義是迅疾的樣子，如盧綸〈和趙給事白蠅拂歌〉：「砉如寒隼驚暮禽。」

「砥」，ㄉㄧˇ，形聲字，篆文從石氐聲，〈說文解字·石部〉：「砥，柔石也。從石，氐聲。」本義是質地細膩的磨刀石，「砥礪」就是磨刀石，後引申為磨煉、勉勵的意思。〈國語·魯語下〉：「先王制土，籍田以力，而砥其遠邇。」（籍田：帝籍田，用來生產祭祀用黍稷的土地。邇：近。）這裡的「砥」是由平坦引申為平均的意思，整句話的大意是，先王的賦稅，是按勞力的強弱、土地的遠近來平均徵稅的。另外，「砥」從磨刀引申為阻滯、阻擋的意思。徐霞客〈粵西遊日記二〉：「有石砥中流。」這是說有石塊在河流之中阻擋著。今有成語「中流砥柱」，用來比喻獨立不撓、力挽狂瀾的人。

---

151. 石碑：通常，石碑由三部分組成：上部為〝碑首〞，又稱〝碑額〞，用於題寫碑文的名稱；刻寫碑文的是〝碑身〞；底座稱作〝趺〞。碑首與碑身的銜接處通常鑿有一圓形孔，稱為〝穿〞。

152. 金石：金石，最早指鐘鼎碑碣，是古人常於日常器物上鐫刻文字，用以頌功紀事。敲之金石可發出聲響，即指鐘磬類樂器。後指金銀、玉石之屬，以其質地堅硬，常用以喻堅固、貞堅，如：鍥而不捨，金石可鏤。〈周禮·秋官·職金〉：「凡國有大故，而用金石，則掌其令。」這個〝金石〞指的是兵器，是屬於鎗雷椎椁的兵器。

① ② ③ ④水

｜看圖說故事｜

〈水經注・河水〉：「水有大小，有遠近。」這就是「水」形，①甲骨文中間有一條曲線，彎彎曲曲的，周圍有四個小點，這就是水流與水波。②金文和③小篆的形體大致和甲骨文一樣，小篆甚至劃出了流水分支的樣子呢！④楷書寫成「水」。

「水」，ㄕㄨㄟˇ，四劃，象形字，一般位在字的下半部，如：求、泰。

「水」，位在字的左邊，寫成「氵」，一般稱為「三點水」。

「氵」，液態的意思。「冫」，水凝結成冰的意思，又稱兩點冰，小心不要寫錯了。

｜語文點心｜**《水經注》**

《水經注》，書名。北魏酈道元撰，40卷，是用來注釋《水經》的一本書，內容以水經137條水道為經，詳細記載了1000多條大小河流及有關的歷史遺跡、人物掌故、神話傳說等，是中國古代最全面、最系統的綜合性地理著作。該書還記錄了不少碑刻墨蹟和漁歌民謠，文筆絢爛，語言清麗，對於山川景物描寫生動，文辭雋美，為一部兼具地理及文學價值的著作。

《水經注》不僅講河流，還詳細記載了河流所經的地貌、地質礦物和動植物。後世可以從中瞭解古代的耕作制度、古代植物種類和植被分布，動物的地區分布及其活動的季節，及古人如何利用它們取得經濟效益。《水經注》還載錄了不少古代的陵墓以及墓前碑刻。

酈道元寫景文字，遣詞精當，能以不同風格的語言，表達不同性格的山水，「片語隻字，妙絕古今」。唐代李白、杜甫的詩篇裡，都吸收了《水經注》的藝術滋養，柳宗元的《永州八記》文章實脫胎於《水經注》。宋朝蘇軾說：「嗟我樂何深，《水經》也屢讀。」

部首要說話

「水」，甲骨文象水流形，中間是水脈，兩邊是水點，從古至今本義都沒變，就是指「水」。水是一種無色、無味、無臭的液體，是由氫和氧化合而成。〈說文解字．水部〉：「水，准也。象眾水并流。」這是說，水，平。像許多水一同流去。作為廣義的說法，就是我們一般所見之水，作為特殊的用法，「水」就特指「水災」，如〈漢書．食貨志上〉：「故堯禹有九年之水，湯有七年之旱。」這是說，堯帝和大禹經歷過九年的水災，商湯遇到七年的旱災。

水是一種液體，所以也將汁、液用「水」來表示。如：「墨水」、「藥水」、「橘子水」、「檸檬水」。

「撈油水」一詞的「水」，指的並非是水，而是指額外的收入、費用。

在中國古代有所謂「五行」之說，象徵事物的五種特性，彼此相生相剋，「水」就是五行之一，五行就是金、木、水、火、土。

「水」，也是古代二十八星宿之一的星名，即營室。現在也指太陽系九大行星之一的水星。〈左傳．莊公二十九年〉：「火見而致用，水昏正而栽。」大意是說，大火的出沒正與農事的作息相始終，方春東作而暮見東方水星，農功秋迄而隱於西方（作為農時的標誌可謂天設地就）。

「水」，也作量詞使用。計算衣物刷洗次數的單位就叫做「水」。例如：「這件衣服洗兩水就走樣了。」

至於「放水」一詞，是指出於某種原因在競技中有意去輸。

水，也是姓氏之一。例如，明代有個人名叫水甦民。

今「水」可單用，也作偏旁使用。凡從水取義的字，皆與水流等義有關。

注意部首字詞

水部的字可分成三類：

一、名詞：表示江河的名字，如江、河、淮、漢、涇、渭、洛等。有表示水利的名稱，如溝、渠、瀆等。

二、關於水的形容詞：深、淺、清、濁等。

三、表示水的動詞：流、湧、潰等。

「水火」，這個常見的辭彙，在古籍中以多義出現，要注意使用的詞義。⑴指烹調。見南朝梁．何遜〈七召．肴饌〉：「海椒、魯豉、鹽、蜀薑，劑水火而和調。」這是說，將海椒、魯豉、鹽、蜀薑等作料加以調和來烹調。⑵〈明史．朱天麟傳〉：「王知群臣水火甚，令盟於太廟。」這句話的大意是，（明末，當國勢已如風前燭火時）桂王朱由榔清楚官僚階層仍然朋黨鬥爭嚴重，互為死敵，於是命群臣盟誓於太廟，要求朋黨和解、合作。這裡的「水火」，正是今日最常用的意義，比喻互不相容，勢不兩立。⑶〈管子．法法〉：「蹈白刃，受矢石，入水火。」（蹈：投入。）這裡的「水火」是比喻災難、艱險。

「永」，ㄩㄥˇ 甲骨文作水流漫長之形，本義是水流長，〈詩經．周南．漢廣〉：「江[153]之永矣，不可方思。」（方：乘筏渡水。思：語氣詞。）詩句大意是，江水長又長啊，不可乘木筏漂流喲！「永」從本義就引申為延長的意思。當緩慢頌吟的意義時，「永」通「詠」。

「氾」，ㄈㄢˋ，水漫溢、淹沒就叫「氾」，引申為廣泛，當動詞時，就是浮、浮行的意思，左思〈蜀都賦〉：「騰波沸涌，珠貝氾浮。」這是說，魚駭波動，珠貝浮見。

「氾」字易解，但與「汎」、「泛」並置，就容易混淆。《說文解字》：「氾，濫也。」「汎，浮皃。」「泛，浮也。」三字的古音同為滂母，「氾、泛」在談部，「汎」在侵部，聲音相近，常通用，但也有不能通用者，如作翻、覆義時，只能寫作「泛」，而在這個翻、覆義的「泛」，要讀作ㄈㄥˇ。

「求」，ㄑㄧㄡˊ，象形字，甲骨文象毛朝外的皮襖形，金文 上加一手（又），表示手提皮衣形，又也兼表聲。本為「裘」的初文，本義為皮衣，獸皮能為皮衣，是人所欲得之物，故引申指設法取得，後引申為探究、請求、要求等義，但在〈詩經・大雅・江漢〉：「匪安匪游[154]，淮夷來求。」（匪：非。淮夷：古代淮河下游的少數民族。）中，「求」是征討的意思，這句詩的大意是，不敢安逸，不敢遊樂，（因為）要去征討南方的淮夷。另外，「求」通「逑」時，是聚的意思。

一般而言，「求」、「覓」、「尋」在尋找的意義上是同義詞，不過三字有時代先後的不同。在上古漢語中，「尋找」的意義只用「求」，中古之後才用「覓」、「尋」。而且，「覓」多用於找人，「尋」多用於找人。而「求」的請求、責求義，是「覓」、「尋」所沒有的。

「沐」，ㄇㄨˋ，會意兼形聲字，沐與釁同源，甲骨文是一人伸頭於盆中用雙手洗頭形，篆文改為從水木聲，〈說文解字・水部〉：「濯髮也。從水木聲。」本義是洗髮，〈論語・憲問〉：「孔子沐浴而朝。」大意是，孔子洗澡齋戒而後上朝去見魯哀公。「沐」從本義引申為蒙受。「沐」與「沫」、「洗」、「浴」、「盥」、「洒」都有洗的意思，但是洗的部分都不同。

---

153. 江與河：〝江〞與〝河〞既然都是專名，當不是同義詞。後代被引申為一般河流的意義時，則變為同義詞。但是，中國北方的河流多稱〝河〞，如漳河、渭河等；南方的河流多稱〝江〞，如湘江、嘉陵江等，這都是受〝江〞〝河〞本義的影響。

154. 游與遊：二字是同音字，意義也常常相通。就字形說，〝游〞是關於水的，〝遊〞是關於行走的。但在實際應用上，凡關於行走方面的〝遊〞可以寫作〝游〞（遊藝—游藝、遊子—游子、遊宦—游宦）；關於水的〝游〞則不能寫作〝遊〞。

「盥」是洗手，「沐」是洗髮，「沬ㄏㄨㄟˋ」是洗臉，「洗ㄒㄧㄢˇ」是洗腳，「洒ㄒㄧˇ」是一般的洗滌，後來寫作「洗ㄒㄧˇ」。

「沉」，ㄔㄣˊ，會意兼形聲字，甲骨文像把一頭牛丟進河中之狀，本是古代祭祀水神的儀式，篆文成為從水冘聲，楷書後分化成「沈」、「沉」。沉，本義為沉祭，引申為沒入水中，與「浮」相對。「沉」從本義引申為沉溺、深、低等義。「沉」字古代是寫作「沈」，和姓沈（ㄕㄣˇ）的「沈」同字，後來為了區別，把「沈沒」的「沈」寫作「沉」。而「沈」專指國名（沈國）、地名（沈陽，沈通瀋）、姓氏（沈先生）講。另有「沈沈」一詞，是宮室深邃的樣子，讀作ㄊㄢˊ ㄊㄢˊ。

① ② ③ ④谷

｜看圖說故事｜

〈詩經‧周南‧葛覃〉：「葛之覃兮，施於中谷。」（覃：延長。施ㄧˋ：蔓延。）這句詩是說，葛藤長又長啊！蔓延到山谷中央。這就是「谷」字，①甲骨文的上部是水的一半之形，下部是水的出口處，表示泉水從泉源流出。②金文大致與甲骨文同。③小篆寫來較為對稱，仍看得出水源處。④楷書寫成「谷」。

「谷」，ㄍㄨˇ，七劃，會意字，作為部首的稱呼是谷字部。

書寫「谷」字時，要注意作為左偏旁時，捺改為點，如：卻、欲。

|語文點心|「谷」字一說

隨著甲骨文的陸續出土與研究，今人唐漢氏認為「谷」下部是「𠙵」（公），是指有肛門的男人，上部是表示進入的「八」形符號，兩相會意，就是從口裡吃進，從肛門原樣拉出的帶穀種籽。

今人唐漢的證據是認為，漢字中，凡以「谷」為組字構件者，不是與排泄有關便是與山谷有關，前者如浴、俗、欲、裕等，後者如豁、谿。

|**部首要說話**|

「谷」，甲骨文上象水流，下象山泉洞口，會泉水流出山澗泉口之意，本義就是「兩山之間的水道或夾道」。如：山谷、河谷。姚鼐〈登泰山記〉：「東谷者，古為天之門溪水。」大意是，所謂東谷，就是古代所稱的天門溪水。又，「谷」字上部象「水」但不完全，表示從山中剛流出洞尚未成流的泉脈，因以指明泉的所在地。

因為山谷愈往裡走往往是狹窄的，所以引申為比喻「困境」的意思，如成語「進退維谷」，語出〈詩經．大雅．桑柔〉：「人亦有言，進退維谷。」這意思是，人們也說過這樣的話，進或退都是一條死路。

山谷以其形，登高望之就像是個坑，所以「谷」也當作「坑」講，〈莊子．天運〉有：「在谷滿谷，在阬滿阬。」（阬：通「坑」。）大意是，（其聲音）在山谷就充滿山谷，在坑洞就充滿坑洞。今有成語「滿坑滿谷」，形容很多，到處都是。

「谷」，在古籍中也通「穀」，作為糧食的總稱。張說〈祭城隍文〉有：「登我百谷。」（登：使動詞，使……成熟。）這是說，請讓百穀成熟。

「谷」，也作中醫醫學的名詞使用，常與「谿」連用，如「大谷」，「小谿」，是肢體肌肉之間相互接觸的縫隙或凹陷的部位，是經絡氣血輸注出入的處所。

「谷」，也做姓氏之一。如漢代有谷吉。

「谷」，有另一個讀法為ㄩˋ，「吐谷渾」，是中國古代西北部的一個民族，鮮卑族的一支，曾建立吐谷渾國。後以「吐谷渾」作為異族軍隊首領的代稱，如王昌齡〈從軍行〉：「前車夜戰洮河北，已報生擒吐谷渾。」這句詩的大意是，先發部隊已在洮河邊與敵軍作戰，主力部隊前往馳援途中，已傳捷報，說是戰事已了，已經生擒敵方的首領了。

如今，「谷」可單用，也作偏旁使用。凡從谷取義的字，都與山谷、水流等義有關。要注意的是，中國大陸將「穀」簡化為「谷」，要注意辨認。

注意部首字詞

「谷風」是山谷吹來的風嗎？其實，「谷風」說的是「穀風」，穀，生也，谷風也就是生長之風，是穀稷生長時節所吹的風，也就是春風，春來吹東風，谷風就是東風。所以晉陶潛〈和劉柴桑〉有詩云：「谷風轉淒薄，春醪解飢劬。」（淒薄：淒冷迫人。醪：濁酒。）大意是，東風已轉為淒冷逼人，只要薄酒一杯就可以解除辛勞。

由部首「谷」所組成的字並不多，亦不常見，一般多存於古籍。

「谹」，ㄏㄨㄥˊ，形聲字，從谷宏聲，本義是谷中的聲響，後引申為宏大的意思，這個意義後來由「閎」來承擔。〈漢書・司馬相如傳下〉：「必將崇論谹議，創業垂統，為萬事規。」這是說，高明宏大的議論，用以開創基業，傳之子孫，成為後世的規範。

「豁」，ㄏㄨㄛˋ，形聲兼會意字，篆文從谷害聲，害也兼表割裂之意，〈說文解字・谷部〉：「䜿，通谷也。」本義是通敞的山谷，引申為開闊、通達。山谷通敞，也表示山谷有「深邃」貌。郭璞〈江賦〉：「集若霞布，散若雲豁。」這裡的「豁」當消散講，這句話的大意是，聚集起來就像霞彩，散去時就如消散的雲。「豁」從消散義又引申為人事的「豁免」、「免除」的意思。另外，「豁」讀作ㄏㄨㄛ時，也有兩義，一指殘缺、缺損，如〈韓愈・進學解〉：「頭童齒豁。」（頭童：頭禿無髮。）這是指，齒落頭禿，形容年老體衰的樣子。二是捨棄的意思。

「谿」，ㄒㄧ，形聲字，篆文從谷溪聲，〈說文解字・谷部〉：「山瀆無所通者。從谷奚聲。」同「溪」，本義就是山間不與外界相通的小河溝，〈荀子・勸學〉：「不臨深谿，不知地之厚也。」這是說，不臨深溪，就不知道地的厚度。「谿」，又作空虛解，〈呂氏春秋・適音〉：「太清則志危，以危聽清則耳谿極。」（危：高。極：疲困。）。

| 看圖說故事 |

〈易・繫辭下〉：「穴居而野處。」是說上古時候的人居住在野外的洞穴裡。這個「穴」字，是個象形字，①甲骨文就像是上古先民所居住洞穴的白描圖像，這個甲骨文的形象，有學者認為跟天干中的「丙」字是同源。②金文更像是黃河中下游地區的先民所鑿出的袋形穴居室，有屋頂，牆體是掘地所形成的，類似土室或岩洞之形。③小篆的形體也依照金文，只不過更突出了屋頂的形象。④楷書寫成「穴」。

「穴」，ㄒㄩㄝ丶，五劃，象形字，作為部首稱作穴部或穴字部。

「穴」比「宀」多了下部的「八」，「宀」的本義是一種簡易的房屋，後來引申為覆蓋的意思。兩字相近，要注意分清楚。

「穴」字在書寫的時候，下部的「八」不接上橫鉤，作為右偏旁的時候也一樣，如：穴、泬。但是作為上偏旁時，下部的「八」要輕觸上橫鉤，如：空、窄。

部首要說話

穴，小篆象古人居住的半地下土窖，本義就是地穴。上古的人還不會建造宮室時，他們都是挖洞而居。〈呂氏春秋・悔過〉：「穴深尋，則人之臂必不能極矣。」（尋：古代長度單位，八尺為一尋。極：用作動詞，指探到底。）大意是，穴深八尺，人的手臂無法探入到底。

穴居就必須在地上挖洞，所以「穴」也指洞窟，泛指地上或建築物的坑、洞。如：「洞穴」、「幽穴」、「巖穴」。

由居住在洞室裡，「穴」字又引申為墓壙、墓穴（葬死人的洞穴）。後來動物的巢穴也稱作「穴」，有句成語不就是說「不入虎穴，焉得虎子。」〈詩經・王風・大車〉：「穀者異室，死者同穴。」（穀：生，活著。）這是說，活著的時候並不住在一室，死後卻埋葬在一起。

從「洞穴」義又引申為人體周身的洞穴——穴位，也就是人體上可以針灸的部位（有如洞穴），也就是中醫稱人體經脈會聚的要害，多為密集的神經末稍或較粗的神經纖維經過處。如：「穴道」、「經穴」、「太陽穴」。

〈漢書・天文志〉：「日月薄食，暈適背穴。」（薄：追近。暈：日月旁的光圈。），這個「穴」不能解為「洞穴」義，「穴」通「鐍ㄐㄩㄝˊ」，本義是有舌的環，這裡是用來比喻日月旁的光環。

如今穴可單用，也作偏旁使用。凡從部首「穴」取義的字，都與屋室或洞窟等義有關。

「究」，ㄐㄧㄡˋ，形聲兼會意字，篆文從穴九聲，九也兼表尾巴盡頭之意，〈說文解字．穴部〉：「窮也。從穴九聲。」本義是窮、極、盡，引申為探求、研究，也有追究、追查的意思。事物的探究到了底，就有終究、畢竟的意思，如〈詩經．小雅．鴻鴈〉：「雖則劬勞，其究安宅。」（宅：居住。）這是說，雖然人很勞苦，百姓終究有了安身的房屋。另外，在〈詩經．唐風．羔裘〉中有：「羔裘豹褎，自我人究究。」（羔裘、豹褎ㄒㄧㄡˋ，此皆美服。）詩的大意是，羔皮袍子，豹皮袖口，他對我們太傲慢了。這裡的「究究」是指憎惡的意思。

「空」，有三讀，ㄎㄨㄥˇ，形聲兼會意字，金文和篆文接從穴工聲，工也兼表築搗之意，〈說文解字．穴部〉：「竅也。從穴工聲。」本義即孔洞，窟窿，通「孔」時，一般指小穴，也當人體穴經處，如〈素問．刺瘧〉：「開其空，出其血，立寒。」，「空」是指人體上的穴位。ㄎㄨㄥ，空虛的意思，這是「空」字最常用的解釋。ㄎㄨㄥˋ，這是指匱乏或是空暇的意思。

在宋朝陸游詩稿有句「居人空巷看，疑是湖中仙。」這裡的「空巷」讀作ㄎㄨㄥˇ巷，是指人都從街上走了出來，爭先恐後地看熱鬧的景象。

「窗」，ㄔㄨㄤ，象形兼形聲兼會意字，古文本作囪，象古代半地下穴居房屋坡頂上的簡易窗櫺形，篆文另加意符穴，以突出窗洞之意，囪也兼表聲，本義是天窗，《說文解字》：「在牆曰牖，在屋曰窗。」這是說「窗」是開於房頂者，「牖」是開於牆壁的窗戶。「窗牖」後來泛指窗戶。「窗」泛指窗戶，則與「牖」同義。

「窮」，ㄑㄩㄥˊ，會意兼形聲字，篆文從穴躳（躬）聲，躳也兼表聲，〈說文解字．穴部〉：「極也。從穴躳聲。」本義是達到盡頭，後引申為困厄、不得志、不能顯貴、行不通，這個意義與「達」、「通」是相對的。在古代，「貧」是缺乏衣食錢財，與之相對的是「富」，「貧窮」合用當作貧困義是後世的事情了。

「竊」，ㄑㄧㄝˋ，會意兼形聲字，篆文從穴從米從 卨（ㄒㄧㄝˋ，蠍子類爬蟲），會鑽穴盜物之意，卨也兼表聲，本義是偷盜，以不正當的手段取得。後引申為偷偷地、暗地裡，這種低調的涵義後來引為一種謙詞，當作私下、私意解，後世則將「竊盜」合用作為不正當手段奪取的意思，在「偷盜」的意義上，「竊」與「盜」同義，但是「盜」沒有「竊」的謙詞義。

進一步說，「盜」，會意字，篆文從次（人張口流涎水）從皿，用垂涎人家的器物會盜取之意，指的是盜竊的行為。盜是貪欲皿中之物而私取，竊是從穴中取米，早期的盜竊是以偷竊食物為主要目標。至於「偷」，在先秦西漢並不作為「偷竊」使用，原為「苟且」義，後來才有「竊取」的意思。

二、日月精華

〈詩經．衛風．伯兮〉：「其雨其雨，杲155杲出日。」（杲杲ㄍㄠˇ：形容太陽明亮。）這是一首婦女思念遠行丈夫的詩歌，婦人以「下雨」表示期待丈夫歸來，可惜的是，老天仍舊出現明亮的太陽，使得雨水無法來臨。雨、日，這是天地自然的現象，一舉一動，其實都牽引著人類的心緒，「天象」之辨識，乃成為人類人文化育的線索，舉凡農牧生產、歲時祭儀、四時節令，莫不與天象之辨識與運用相關連。

〈尚書．堯典〉：「乃命羲和，欽若昊天，曆象日月星辰，敬授民時。」這是說，堯派羲仲、羲叔、和仲、和叔四人，調整日月星辰的位置，把一年分成四個季節，三百六十六天，並設計閏月。可見，觀象授時在上古時代的君主眼裡，就已經是國家施政的大事了。

直到今天，我們使用的漢字部首，處處可見日月精華所組構的字，它們像幾千年前古人造字時所煥發的光芒，穿越時空，依舊展現出大自然的魅力。

｜看圖說故事｜

〈孟子．離婁下〉：「夜以繼日。」表示夜晚接著白天，一直不歇息。這個「日」字是個最典型的象形字。①甲骨文和②金文簡直就是太陽的形狀。③

155. 杲：會意字，甲骨文作 ，從日在木上，會明亮之意，本義為日出明亮，引申泛指光明。

小篆將中間的一點變成了一橫，這可以看作是太陽的精光，也就是太陽在光線集中時最為耀眼的光芒。④楷書寫成「日」。

「日」，ㄖㄧ，四劃，象形字，作為部首的稱呼有日部、日字旁。

「曰」（ㄩㄝ）字比「日」字要寬扁，「曰」是說的意思。「日」字與「曰」字兩字相似，在書寫的時候要分辨清楚。

有一則字謎156如下：「劃時圓，寫時方；冬日短，夏日長。」謎底就是「日」。

｜語文點心｜《孟子》

《孟子》，書名。孟軻撰，由弟子輯錄而成，七篇，十四卷。有漢趙岐注、宋孫奭疏、朱熹集注，與大學、中庸、論語合稱「四書」。

孟子（公元前372年—前289年）（生於周烈王四年，卒於周赧王二十六年），名軻，字子輿。又字子車、子居，山東鄒城人。中國古代著名思想家。戰國時期157儒家代表人物。

孟子師承子思（一說是師承自子思的學生），繼承並發揚了孔子的思想，成為僅次於孔子的一代儒家宗師，有「亞聖」之稱，與孔子並稱為「孔孟」。其學說出發點為性善論，提出「仁政」、「王道」，主張德治。孟子的文章說理暢達，發揮詳盡，氣勢充沛並長於論辯。

孟子是儒家最主要的代表人物之一，但孟子的地位在宋代以前並不是很高的。自中唐的韓愈著《原道》，把孟子列為先秦儒家中唯一繼承孔子「道統」的人物開始，出現了一個孟子的「升格運動」，孟子其人其書的地位逐漸上升。至元朝至順元年（公元1330年），孟子被加封為「亞聖公」，以後就稱為「亞聖」，地位僅次於孔子。

部首要說話

「日」，甲骨文象太陽形（甲骨文用刀不易刻出圓形），〈說文解字·日部〉：「日，實也。太陽之精不虧。」這是說，太陽，光明實盛。太陽的精華不會虧損。所以「日」的本義就是太陽。〈詩經·魏風·伯兮〉：「其雨其雨，杲杲出日。」（杲杲ㄍㄠˇ：形容太陽明亮。）意思是，我希望天將降雨，下起大雨，可是太陽如此明亮。日出，所以天光大亮，黑夜退幕，所以「日」就引申為白天的意思，也就是晝，與「夜」相對。例如〈孟子·離婁下〉：「夜以繼日。」

晝與夜合起來就是一天，所以「日」就當作計量時間的單位，一日就是一天的意思。〈尚書·洪範〉：「五紀：一曰歲[158]，二曰月，三曰日。」這是說，五種記時的方法：一是年，二是月，三是日。

〈左傳·文公七年〉：「日衛不睦，故取其地。」大意是，從前衛國不合睦，因此奪取了它的土地。放在句首主語之前的「日」是什麼意思呢？在古代漢語中，往往放在句首主語之前的「日」，當作「往日」、「從前」的意思。又如「日君以驪姬為夫人」句，大意就是，往日（晉國）國君以驪姬為夫人。

---

156. 謎：會意兼形聲字，從言從迷，迷亦聲。會隱語之意。
157. 時、世、期：〝時〞和〝世〞只有用〝時代〞的意義才是同義詞，其餘不能更換。〝時〞和〝期〞在泛指〝時間〞時事同義詞，但二者分用時有區別。〝時〞的本義是〝時令（四時）〞，後來才指〝時間〞〝時候〞。〝期〞則是指〝固定的時期〞，如三天、七天、三年、七年。在〝期限〞的意義上，絕不能用〝時〞。〝期〞與〝世〞一般不易混用。
158. 年、歲：在年齡和年成的意義上，二者都是同義詞。但是在習慣用法上有些差異。在表示年齡的時候，〝年〞字多放在數目字的前面（〝年七十〞）。偶有放在數字後面的，如〈左傳·僖公二十三年〉：「對曰：我二十五年矣，又如是而嫁，則就木焉。請待子。」這個情形古代少見，後代更不這樣說。〝歲〞字則放在數目字的後面（〝七十歲〞）。〝年〞不泛指〝光陰〞，〝歲〞不表示〝壽命〞。習慣上〝望歲〞不說〝望年〞，〝望年交〞不說〝望歲交〞等等。

「日」從往日義又引申為他日的意思，〈列子．湯問〉：「日以俱來，吾與若俱觀之。」這就是說，過幾天你把它帶來，我們一塊兒看看。

柳宗元〈三戒．永某氏之鼠〉：「永有某氏者，畏日。」句中的「畏日」說的並非是害怕太陽，這是指避忌某日作某事的意思。這裡的「日」是指日辰禁忌，要注意「日」字此義。

在特定的一天裡，我們也用「日」來指稱，例如：「國慶日」、「生日」。

「日」，可單用，也作偏旁使用。凡從日取義的字，都與太陽、光陰、時日等義有關。

注意部首字詞

「日」是白天，「夕」是晚上，但「日夕」連用卻有多解。韓愈〈潮州刺史謝上表〉：「毒物瘴氛，日夕發作。」大意是，毒物和瘴氣，朝夕發作。這裡當早晚講。陶淵明〈飲酒〉：「山氣日夕佳，飛鳥相與還。」這裡的「日夕」是當傍晚講，所以飛鳥歸巢啊！

李白〈望天門山〉：「兩岸青山相對出，孤帆一片日邊來。」孤帆怎麼會從太陽邊駛過來呢？其實這個「日邊」是指「天邊」的意思。

「旦」，ㄉㄢˋ，象形字，甲骨文作，日從地面升起，本義就是天明，早晨。那麼「朝」不也講的是早晨嗎？其實「旦」、「朝」二字都表示太陽初升的時候，但表示的時間範圍卻不相同。「旦」指夜將盡、日將出之時；「朝」是指日出至早飯這段時間，也就是說，先「旦」後「朝」。

「旦旦」，有兩義解，一是指天天、每天的意思。另一義出自〈詩經．衛風．氓〉：「信誓旦旦，不思其反。」（反：返，此指舊事。）這句詩的大義是，真誠的誓言情義懇切，不要再去回憶往事了。詩中的「旦旦」是誠懇的樣子。

「旨」，ㄓˇ，雖然收為「日」部，實際上卻與「日」無些關係。甲骨文作，下部是個「口」，上部是勺子（匕），表示將甘美的食物送到口中，本義就是「滋味美好」。「旨」從本義引申為意思、意圖，如〈周易．繫辭下〉：「其旨遠，其辭文。」大意是，意味深遠，修辭文飾。

「甘」、「甜」、「旨」都是「滋味美好」的意思嗎？仔細查看，「甘」與「甜」都有甜的意思，只是這個意義先秦用「甘」字，「甜」字是漢代以後才出現的。在味美、美味的意義上，「甘」與「旨」是同義詞，所不同的是，「甘」常有意動的用法，如「甘之如飴」，強調的是自我感覺。再說，「旨」沒有「甘」的「甜」義，「旨」是美味，卻不是甜味。

「昇」，ㄕㄥ，會意兼形聲字，篆文從日從升會意，升也兼表聲，本義是太陽上升，引申為登上的意思，登上官職，就是指升官、晉級的意思，如〈舊唐書．馬周傳〉：「欲有擢昇宰相，必先試以臨人。」

「昇」、「升」、「陞」三字都讀作ㄕㄥ，也都有「上升」義。在使用上，還是有些差異。「昇」為「升」的後起字，「太陽升起」、「登上」等義，先秦只寫作「升」，秦朝以後，「升」、「昇」並用。但「直升機」作為專有名詞則不能寫作「直昇機」，「升降機」亦同。至於同音的「陞」字，唐朝以前罕見，唐朝以後多用作升官的意義。另外，作為量詞使用的升斗，只能寫作「升」。

看圖說故事

〈詩經．陳風．月出〉：「月出皎兮。」這是說，天上一輪圓月灑著皎潔的銀輝，這夜色顯得格外的美麗啊。這個「月」字是個象形字。①甲骨文與②金文都像是半月的樣子，中間的一橫有人認為是橫在月亮的雲影，也有人認為是古人用來表示這是月中的桂樹（這個想像應該是出自「吳剛伐桂」的神話故事。）③小篆在月中又多加一橫，這是為了和「夕」字有所區別的關係。④楷書寫成「月」。

「月」，ㄩㄝˋ，四劃，作為部首的稱呼有月部、月字旁和右月旁。

「⺼」和「月」形體極為相似。「⺼」是肉字的偏旁，裡面是上下兩點，是指動物肌膚的總稱，構字多與「肉類」有關，如：肝、腿、胃。「月」的裡面是二短橫，兩字的字體要小心書寫。

部首要說話

「月」，甲骨文象半月之形，這是因為月亮缺時多、月圓時少。〈說文解字・月部〉：「月，缺也。太陽之精。」大意是，月亮，常虧缺，是太陽的精魂。這是那個時代對月亮的解釋，我們現在知道，月亮所發出的光是反射太陽的光亮。所以「月」的本義就是月亮。「夕」字在甲骨文、金文、小篆都與「月」字相像。「夕」是指夜晚，小篆作夕，月比夕多了一短橫，用來區分兩字。

月亮的圓缺週期大約是三十天，古人觀月以作為時間概念，所發展的年曆就叫做陰曆（農曆），大月為三十日，小月為二十九日。〈詩經・豳風・七月〉：「七月流火。」（流火：大火星159開始偏西。）

夜晚月亮出來時，會發出微弱的光照，這就是月光。唐朝的詩人杜甫，有首〈夢李白詩二首之一〉的詩寫著：「落月滿屋梁，猶疑照顏色。」這個「月」，指的就是月光。

古人很喜歡比擬，所以把圓形、顏色像月亮的東西也用「月」來表示。白色的羽毛被稱作「月羽」；形圓如月的門被稱作「月亮門」；古代城防中圍繞在城門外的半圓形小城就叫作「月城」。

「月」，也是姓氏之一。例如：明代有個人叫做月文憲。

「月」，如今可單用，也作偏旁使用。凡從月取義的字，都與月相、光亮等義有關。

注意部首字詞

「月」的本義很好理解，但由「月」所組成的詞卻頻出歧義。「月吉」，非指吉祥的月亮，這是指每月初一，又專指正月初一。「月旦」也稱為「月朔」，指每月的初一。張若虛〈春江花月夜〉：「此時相望不相聞，願逐月華逐照君。」這是說，此時此刻只能相望而不能相聞，我願意追隨著月光流照著你。「月華」指的是月光、月色。至於成玄英疏〈莊子・馬蹄〉：「月題，額上當顱，形似月者也。」這個「月題」是什麼呢？這是指「馬絡頭」。

「有」，ㄧㄡˇ，今收為「月」部，會意兼形聲字，甲骨文 象牛頭形，用牛頭表示占有財富，金文 改為上部是一隻手（又），下部是肉塊（月），表示把肉給到我手上，我便持有了東西，成了會意字，本義是持有，與「無」相對。〈詩經・小雅・信南山〉：「中田有盧，疆埸有瓜。」（埸ㄧˋ：畔、田界。）大意是，田中種植有蘿蔔，田邊地頭長瓜蔬。這個「有」字是存在、存有的意思。

「朋」，ㄆㄥˊ，象形字，甲骨文 就像兩串貝（或玉）連結在一起的形象，是古代的貨幣單位。《說文解字》無「朋」字，借古文「鳳」來表示，鳳的意思便以朋為基礎另加意符鳥寫作「鵬」來表示。〈詩經・小雅・菁菁

---

159. 省形的形聲字：星，是屬省形的形聲字。形聲字有個特殊現象，就是聲旁或形旁是不完整的，它們省去了一些構成要素，〝星〞就屬省形字（形旁的字簡省了），列舉於後：星從晶省，生聲。晨從晶省，辰聲。考從老省，丂聲。耆從老省，旨聲。寐從㝱晶省，未聲。屨從履省，婁聲。

者莪〉：「錫我百朋。」（錫：賜。）這是說，賜給我一千個貨幣。「朋」字本作「貝」的數量的稱謂，五貝為一串，兩串為一朋。兩兩為朋，因此引申為「朋友」義，如〈論語・學而〉：「有朋自遠方來。不亦樂乎？」另外，「朋」與「友」在「朋友」的意義上是有細微的差別的，同門為「朋」，同志為「友」。

「望」，ㄨㄤˋ，是個會意字，甲骨文作，表示一隻大眼睛（有個人）站在地上登高遠望，本義就是「遠望」。「望」、「觀」、「看」三字都有看的意義，但期間有明顯的差別。「觀」是仔細看，所以可以引申出觀察、觀賞的意義；「看」字始見於戰國末期，最初只是探訪的意思；「望」是向遠處看，所以可以引申盼望的意義。

看圖說故事

〈詩經・王風・君子于役〉：「日之夕矣，牛羊下來。」意思是，到了傍晚時刻，牛羊也都要回家了。這個「夕」是個象形字。①甲骨文②金文就像個半月形，可見這可能在很早的時候與「月」是同一個字。②金文去掉了「月」中間的小豎，這個代表著「光」的小豎，說明了有光為「月」，無光為「夕」。③小篆承襲金文，只是下部未封口。④楷書寫成「夕」。

「夕」，ㄒㄧˋ，三劃，象形字，作為部首的稱呼為夕部。

「夊」（ㄙㄨㄟ）字與「夕」字的差別在於末筆，「夊」為一撇，「夕」為一點。「夊」是走路遲緩的意思。「夕」字上頭加上一橫就成了「歹」字，是不好的意思。「夕」、「夊」、「歹」三字要認清楚。

部首要說話

「夕」，甲骨文夕與月同形，金文去掉一豎，表示無光為夕，表示日暮，本義就是日暮，表示太陽下山，夜晚就要來臨了。李商隱〈登樂遊原〉：「夕陽無限好，只是近黃昏。」這是說，美麗的夕陽餘暉散放著光彩，只是傍晚就要到了，美與顏彩也留不住了。這句詩其實是詩人人生的自況吧！「夕」從「日落」、「傍晚」義，就引申為夜晚的意思。而「夕」的夜晚特指天黑之後睡覺之前的一段時間。

〈左傳．成公十二年〉：「百官承事，朝而不夕。」這是說，百官承奉職事，都在早上上朝，而不在傍晚朝見君主。這裡的「夕」，說的是傍晚朝見君主，後來也當傍晚拜見尊長講。

「夕」是日將盡，所以一個月的最後一旬叫「月之夕」，一年的最後一季就是「年之夕」。

白居易〈秦中吟．不致仕〉：「朝露貪名利，夕陽憂子孫。」這裡的「朝露」、「夕陽」是代表年輕時和晚年，詩的大意是，年青時追逐名利，到了晚年就憂慮著子孫的將來。

日暮之時，太陽落下的方向為西方，所以西向也叫做「夕」，如〈周禮．秋官．司儀〉：「凡行人之儀，不朝不夕。」（行人：古官名。掌朝覲聘問，接待賓客之事。朝：東向。）大意是，作為行人的禮儀，不東向面對主人，亦不西向背對客人。

今「夕」可單用，也作偏旁使用。凡從「夕」取義的字，大都與月亮、夜晚等義有關。

｜語文點心｜李商隱

李商隱（公元813—858），字義山，號玉谿生，懷州河內（今河南省沁陽縣）人，可說是晚唐漸趨寥落的詩壇中最光輝燦爛的一顆晨星，對當時和後世都有深廣的影響。

李商隱其詩最重要的藝術特色為工於比興，妙於象徵。

善於運典，是李商隱詩藝術上第二大特色。詩歌的語言力求精煉，恰當運用典故，通過暗示喚起讀者的聯想，就可省掉許多不必要的敘述和說明，使詩歌的內涵更豐富多采。

詩藝的第三個特色是，清麗字句，字字錘鍊。李商隱是極富於藝術感的詩人，對美有獨特160的會心之處。他能細緻入微地摹寫事物，把自然界中最有詩意的都融進詩中。

有了上述三大特點，李商隱的詩，在藝術上就形成了含蓄婉曲、情韻深表的風格。

｜注意部首字詞｜

「夕陽」，一般指傍晚的太陽，也指山的西面，如〈詩經・大雅・公劉〉：「度其夕陽，豳居允荒。」（度ㄉㄨㄛˋ：度量。允：確實。荒：大。）這句詩的大意是，測量山的西面，豳人居住的土地確實寬廣。要注意「夕陽」的另一義，白居易〈秦中吟・不致仕〉有詩曰：「朝露貪名利，夕陽憂子孫。」這裡的「朝露」與「夕陽」不能僅從字面上解釋，否則「早上的露水貪圖名利」是不通的，這應該從它們的引申義來解，「朝露」和「夕陽」是分別代表年輕時和晚年，所以原詩的意思是：年輕時追逐名利，到了晚年就要憂慮子孫的將來。

由部首「夕」所組成的部首字其實並不多，但多是多義詞，要注意辨認。

「外」，ㄨㄞˋ，會意字，金文從夕從卜會意，《說文解字》解釋為：「卜尚平旦，今夕卜，於事外矣。」這是說明古人占卜在晚上，晚上占卜則在事外了。今人唐漢認為「外」字的「卜」，那一豎表示月光下泄之形，歧出的一斜橫表示薄雲掩月之後，我處無月光，這就是月光宣洩於外的意思。不論如何，「外」的本義是使處於外，引申為外部、外面。以「外」字定義一個人，就是指人的外表，又引申為別的、其他人，如〈孟子・滕文公下〉：「外人稱夫子好辯，敢問何也？」大意是，（孟子的弟子公都子說）別人都認為您（指孟子）喜歡辯論，敢冒昧請問是為什麼？「外」作為「內」的相對，就有疏遠、排斥的意思，從家族血緣的關係來看，「外」就是指母族、妻族等外姓親戚，〈爾雅・釋親〉：「母之考為外王父。」（考：父親。外王父：外祖父。）最後，「外」就是非正規的、非正式的。如「外史」，就是指官方正史之外的稗史。

「多」，ㄉㄨㄛ，會意字，甲骨文作，二夕重疊用以表示「多」，許慎說：「重也，從重夕，夕者相繹也，故為多。」這意思是說，晝夜更替永不停息，這就是「多」的意思。多者如重（重量），引申為看重、稱讚的意思，〈韓非子・五蠹〉：「以其犯禁也，罪之，而多其有勇也。」這句話是說，因為他違犯了法令才給他定了罪，卻又稱讚他勇敢。「多」從本義又引申為多餘的意思，今有成語「多此一舉」。

「夙」，ㄙㄨˋ，也是會意字，甲骨文作，左上為月形，其下有人在

---

160. 獨與特：獨與特都有動物的偏旁，怎麼會有〝與眾不同〞的意義呢？獨，形聲字，從犬蜀聲，因為犬好鬥，故常獨自不成群，本義為獨自，即只有一個。特，形聲字，從牛寺聲，本義為公牛。古時祭祀，選用公的豬牛羊，祭祀用的動物一般都是一隻，於是〝獨〞便與〝一〞有了連結。〝獨〞與〝特〞的本義都有突出與眾不同義，所以後世才有〝特立獨行〞一詞，用來表示行為獨特，不隨俗、不和眾。

月下跪著，兩手不停的勞動著，這樣的人能不勤勞乎！這表示天未亮就起來幹活了，「夙」的本義是早晨，但義中隱含著早起是為了要幹活，所以「夙夜匪懈」一詞不能僅僅解作「早上趕早起床，晚上遲些睡覺」，這應該解為，這人起早遲睡，工作非常勤勞。

「夢」，ㄇㄥˋ，這個字比較複雜，是個會意兼形聲字，甲骨文作，右邊是床，左邊是有個人手撫額頭在作夢，突出的眼眉（目）的人形作表聲，原本並無「夕」字，到了楚帛161漢書文字才在原字加上「夕」，表示夜晚作夢。《說文解字》：「夢，不明也。」所以我們通常說一個人在作夢，大多是貶義詞，如《陶庵夢憶》序：「又是一番夢囈。」這也是指說夢話，卻是一種荒唐的言論。

「夤」，ㄧㄣˊ，形聲字，金文 從肉寅聲，〈說文解字・夕部〉：「敬惕也。從夕寅聲。《易》曰：『夕惕若夤。』𡖟，籀文夤。」但《集韻・諄韻》：「夤，夾脊肉也。通作夤。」本義當是夾脊肉，此為夕祭用，故引申指恭敬，也作連接的意思。後作深、遠義，〈夜譚隨錄・雙髻道人〉：「夤夜抵其處。」古書多藉「寅」為「夤」，今有成語「寅吃卯糧」，是說寅年就吃掉了卯年的食糧，比喻入不敷出，預支以後的用項。「寅」當時辰講，這個意義不能寫作「夤」。

①　②　③　④雨

看圖說故事

唐代杜牧〈清明〉：「清明時節雨紛紛，路上行人欲斷魂。」這個「雨」字是個象形字。①甲骨文上部的一條橫線表示高空上的雲層，下垂的六條短線表示落下的雨水，雨的大小不一、節奏分明，彷彿還能聽見淅瀝淅瀝的雨聲哩！②金文的形體看得出雨水是從雲層而下。③小篆在其上多加一橫，就像是從遠處看到的天與雲的形象。④楷書寫成「雨」。

「雨」，ㄩˇ，八劃，象形字，作為部首的稱呼有雨部、雨字部。

「雨」字中的左右點、挑、撇皆不接中豎，作上偏旁時，左豎改點、橫折鉤改橫鉤成「⻗」，如雪、需。

｜語文點心｜**杜牧**

杜牧（公元803—852），字牧之，號樊川，唐代詩人，京兆萬年人。為人剛直有奇節，

曾指時弊，深憂藩鎮、吐番的驕縱，後果言中。其詩風骨遒上，豪邁不羈，文尤縱橫奧衍，多切經世之務，在晚唐成就頗高，時人稱其為「小杜」，以別於杜甫。著有樊川集，代表作品有阿房宮賦、泊秦淮等。

最能代表杜牧詩文的就是他的絕句，特別是詠史詩。杜牧的詠史絕句善用翻案法，如〈赤壁〉、〈題烏江亭〉等，闡述了深含哲理的精闢見解，被譽為「二十八字史論」，可見評價甚高。

｜部首要說話｜

「雨」，甲骨文象天上落雨形，或上邊另加一橫表示雲層。〈說文解字．

161. 楚帛：即戰國時期楚國帛書，書寫於布帛絲織品上的先秦文字的通稱。一般將楚簡、楚帛文字，合稱為〝楚簡帛文字〞。珍貴的楚帛書被盜徒從湖南長沙東南郊子彈庫戰國楚墓掘出（盜掘時間為公元1942年9月），幾經輾轉，現存放於美國紐約大都會博物館。楚帛書是目前出土最早的古代帛書，有900多字，對研究戰國楚文字以及當時的思想文化有重要的參考價值。

雨部〉解釋為：「雨，水從雲下也。」是說，雨，水從雲中降下。所以「雨」的本義就是雨水。

據說，現存的十萬片甲骨中，占雨的卜辭少說也有幾千條，殷人對雨不僅有大小之分，也有分類描述：微雨叫「小雨」、零星之雨叫「霝雨」、雨量充沛的雨叫「大雨」、「多雨」，雨勢猛驟叫「烈雨」、「疾雨」，雨勢綿綿不絕叫「祉雨」、「霖雨」，雨來調順叫做「從雨」，雨來及時叫「及雨」，雨量充沛保證農作所需的叫做「足雨」，可見古人對雨的重視與尊重。

如果有像雨一樣的東西從天而降，也可以用「雨」來指稱，例如：「流星雨」、「槍林彈雨」。

雨水可以濕潤大地，所以古人也把「雨」引申為教誨恩澤（如雨水一般潤澤到人的身上）。孟郊〈終南山下作詩〉：「山村不假陰，流水自雨田。」這是描寫山村悠閒自然的情趣，是說山村的日子並不需要依賴陰雨，流水自然會滋潤田間阡陌。

有句成語叫做「舊雨新知」，這是用來指新舊朋友或顧客，這裡的「雨」是朋友的代稱。

「雨」，作動詞的時候就是「下雨」、「降雨」。但此時要讀作ㄩˋ，如〈淮南子・本經訓〉：「昔者倉頡作書，而天雨粟，鬼夜哭。」大意是說，古代的倉頡造字的時候，天上像下雨一樣的下起粟米，晚上還有鬼神在哭嚎。後來也泛指從空中降落，如〈詩經・邶風・北風〉：「北風其涼，雨雪其雱。」（雱ㄆㄤˊ：雪盛的樣子。）詩句的大意是，北風吹得那樣涼，雪下得那樣大。詩句中的「雨」當降下的意思。

降雨、自上而下降落，這些作為動詞的「雨」，都要讀作ㄩˋ，例如：「夏雨雨人」，意思是夏日及時降雨，給人涼意。第二個「雨」字是動詞。

今「雨」可單用，也作偏旁使用。凡從「雨」取義的字，都與雨、水、雲、雷162等義有關。

注意部首字詞

大凡由「雨」所組成的字大都與雲、雨有關。

「雨露」一詞，由於雨、露可滋潤萬物，在古代多用於比喻恩情、恩澤，如李白〈書情〉：「愧無橫草勁，虛負雨露恩。」（橫草：將草踩倒，橫草之功比喻微薄的功勞。）這是說，慚愧自己沒一點功勞，辜負了您的恩情。

「雨墮」，不單單是說雨降下，這是個引申詞，東漢桓帝四大宦官誅梁冀有功而封侯，卻擅權專橫，天下苦之，故曰：「左回天，具獨坐，徐臥虎，唐雨墜。」（回天：比喻權力極大。獨坐：獨自坐大。臥虎：比喻橫暴凶殘之人。）句中的「雨墮」，是說雨之所墜，無不沾濕，比喻流毒遍於天下，也用來形容一個人性急暴如雨之墮。

「雨過天青」，是說雨後的晴空蔚藍澄澈，比喻事情的處境轉好。「青」是指天色澄澈如青，此句不可誤寫為「雨過天晴」。

「雲」，ㄩㄣˊ，這是後起字，「雲」的古字是「云」，甲骨文作云，像雲彩形。「云」也作「說」的意思，如「人云亦云」。後假借作有、如此義，甚至作為句首、句中、句末的語氣詞。「雲」與「云」在「雲彩」義相通，但「雲」沒有「云」的其他義。

「震」，ㄓㄣˋ，形聲字，從雨形辰聲，本義是雷、疾雷，天有雷而地為之震，所以引申為「震動」，也專指「地震」，如〈國語．周語上〉：「幽王二年，西周三川皆震。」這是說，幽王即位第二年，涇水、渭水、洛水三條河流都發生地震。「振」，本義是振動，是外物使之振，如「振臂一呼」；

162. 省聲的形聲字：雷，是屬省聲的形聲字。形聲字有個特殊現象，就是聲旁或形旁是不完整的，它們省去了一些構成要素，〝雷〞就屬省聲字（聲旁的字簡省了），列舉於後：珊從玉，刪省聲。琛從玉，深省聲。豪從豕，高省聲。炊從火，炊省聲。雷從雨，畾省聲。茸從艸，聰省聲。徽從黑，微省聲。融從鬲，蟲省聲。

「震」本義為雷震，凡自身震顫的作「震」，如「震天動地」。「振」與「震」，兩字用法要辨認清楚。

「霍」，ㄏㄨㄛˋ，甲骨文作，會意字，表示群鳥在雨中疾飛，發出霍霍之聲，這就引申為象聲詞，如〈古樂府・木蘭詩〉：「磨刀霍霍向豬羊。」從「鳥疾飛」義就引申為迅速，如枚乘〈七發〉：「涊然汗出，霍然病已。」（涊ㄋㄧㄢˇ然：出汗的樣子。）這是說，汗水大出，病突然就好了。

看圖說故事

〈列子・天瑞〉：「虹霓也，雲霧也，風雨也，四時也，此積气之成乎天者也。」這是說，虹霓呀，雲霧呀，風雨呀，四季呀，這些是氣在天上積聚而形成的。這個「气」字，①甲骨文三短劃表示一種氣流迎面撲來。②金文為了和數字「三」區別，將三短橫寫的像是氣流流動的彎曲狀。③小篆寫得更加彎曲。④楷書寫成「气」、「氣」。

「气」，ㄑㄧˋ，四劃，象形字，作為部首的稱呼叫作气部。

「气」字少了中間的一短橫就成了「乞」，「乞」是向人求討的意思，如：乞求。「气」與「乞」兩字形似，而且末筆的寫法不同，要仔細分辨。

部首要說話

「气」與「雲」同源，甲骨文象雲層形，因與數字三形近易混，金文與小篆稍加彎曲，以象雲氣升騰流動之形。所以「气」的本義是氣味、空氣、氣流。三千多年前的殷商先民就已經對「氣」有了認識，因為看不到、摸不著，不像雲有形象，也不像風有物可依，所以只好以三短橫（及後來的三條曲線）來表示迎面送來的氣味，如炊煙、食物香氣等。

古人認為，氣是構成宇宙萬物的基本要素，也是構成人的精神的基本因素，所以「气」就有了「雲氣」、「氣候」的意思，也引申為人的精神狀態和作風，如勇氣、朝氣等。也引申出中醫學的氣虛、痰氣、元氣等概念。

到了楷書時在「气」下加上「米」字就成了「氣」，所以「气」是「氣」的本字。這個外聲（气）內形（米）的形聲字——氣，是用以表示餽贈之義，如《左傳》：「齊人來氣諸侯。」這是說，齊人以物餽贈諸侯。這就是說，「氣」是「餼」（ㄒㄧˋ）的最初寫法，後世則將餽贈義的「氣」寫作「餼」，「氣」則用來表示雲氣等意義，而「气」在古籍中反而不用了。現在中國大陸地區將「氣」簡化為「气」。

由於「气」後來做了偏旁，雲氣之義便借「氣」來表示。可是「氣」的本義原是饋送人的糧草，原讀作ㄒㄧˋ，「氣」被借為表示雲氣之後，饋送人的糧草義便又另加義符「食」寫作「餼」來表示，並由饋送義引申指給予，又引申為乞求。為了避免與雲氣義相混，於是將「气」省一筆寫作「乞」，用來專指乞求之意。也就是說，古時候「气」、「乞」本是同字，後來才分化出兩字。

今「气」不單用，只作偏旁使用。凡從「气」取義的字，都與雲氣之義有關。

注意部首字詞

「氣氛」一詞，多做洋溢於某個特定環境中的情調會氣息講，但是在〈說苑・辨物〉：「登靈臺以望氣氛。」中，這是指雲氣，這句詩的大意是，登上靈臺望著雲氣。

由部首「气」組成的字，今僅收「氣」、「氛」、「氤」、「氳」四字，「气」一般以不單用，僅作部首字。

「氛」，ㄈㄣ，形聲兼會意字，篆文從氣分聲，〈說文解字．氣部〉：「祥氣也。從氣分聲。雰，氛或從雨。」本義古代預示吉凶的雲氣，多指凶兆之氣，如〈左傳．襄公二十七年〉：「楚氛甚惡，懼難。」這是說，（晉大夫伯夙對趙孟說）看樣子楚國是要襲擊晉國，恐難盟會。這句話是比喻天下將要大亂。從本義引申也指霧氣，寒氣。

「氤」，ㄧㄣ，形聲字，從气因聲，〈玉篇．气部〉：「氤，氤氳，元氣。」本義為元氣，指天地為分前的混一之氣。一般以「氤氳」一詞出現在古籍中，有兩義。一是指古代陰陽二氣交合的狀態。一指（雲氣、霧氣）瀰漫的樣子，如張九齡〈湖口望廬山瀑布〉：「空水共氤氳。」這是說，長空連著水氣煙雲瀰漫。

「氳」，ㄩㄣ，形聲字，從气昷聲，同「氤」，指元氣。「氳氛」是指盛大的樣子。李白〈觀元丹丘坐巫山屏風〉有詩：「煙光草色俱氳氛。」

｜語文點心｜李白

李白（公元701—762），字太白，號青蓮居士，祖籍隴西成紀（今甘肅省秦安縣），家居四川綿州（今四川省綿陽縣西南），為唐代著名的大詩人。個性率真豪放，嗜酒好遊。玄宗時曾為翰林供奉，後因得罪權貴，遭排擠而離開京城，最後病死當塗。其詩高妙清逸，世稱為「詩仙」。他善於從民歌、神話中汲取營養素材，構成其特有的瑰麗絢爛的色彩，是屈原以來積極浪漫主義詩歌的新高峰，與杜甫齊名，時人號稱「李杜」，著有《李太白集》。亦稱為《李太白》。

杜甫在〈寄李十二白二十韻〉有詩云：「昔年有狂客，號稱謫仙人，筆落驚風雨，詩成泣鬼神。聲名從此大，汨沒一朝伸；文采承殊渥，流轉必絕倫。」可見對李白才華的推崇備至。

歷來關於李白之死，眾說紛紜，莫衷一是。總體可以概括為三種死法：其一是醉死，其二是病死，其三是溺死。第一種死法見於《舊唐書》，說李白「以飲酒過度，醉死於宣城」。第二種死法亦見諸其他正史或專家學者的考證之說，不能偏信。話說當李光弼東鎮臨淮時，李白不顧61歲的高齡，聞訊前往請纓殺敵，希望能在垂暮之年，為挽救國家危亡盡力，卻因病中途返回，次年病死於當塗縣令、唐代最有名的篆書家李陽冰處。而第三種死法則多見諸民間傳說，極富浪漫色彩，與詩人性格非常吻合。可信可不信。說李白在當塗的江上飲酒，因醉跳入水中捉月而溺死。但是不管哪一種死法，都因參與永王李璘謀反作亂有著直接的關係。因為李白流放夜郎，遇赦得還後不久，就結束了他傳奇而坎坷的一生，這是一個不爭的事實。縱觀李白的三種死法，《舊唐書》之說應較為可信。

據傳李白「五歲頌六甲，十歲觀百家」，是個「常橫經籍書，製作不倦」的天才詩人。同樣是大詩人的杜甫曾經在〈寄李十二白二十韻〉中寫道：「文采承殊渥，流傳必絕倫。」這個預言果然是被說中了，李白以才情寫詩、憑氣質寫歌，詩風獨樹一幟，在中國的詩歌史上，有著無可取代的崇高地位。

看圖說故事

〈荀子．勸學篇〉：「冰，水為之而寒于水。」這是說，冰淩是由水中產生出來的，可是它比水寒涼得多。這個「冰」字，①甲骨文就像是兩個人一前一後的樣子，這其實不是兩個人，而是嚴寒之下在岩石上凍結之後突起的冰塊形狀。②金文的形體與甲骨文相似。③小篆卻在原形上加了個「水」字，表示這是由水凝結而成的。④楷書寫成「冫」、「冰」。

「冫」，ㄅㄧㄥ，兩劃，象形字，做為部首的稱呼是冰部、冰字旁。

「冫」字加個一點就成了「氵」，這是水的偏旁字。

在書寫「冫」字時，有個地方要特別留意，當「冫」做為內偏旁時，上下兩點改為長頓點，如：冬、疼、終、螽、鼕等。

｜部首要說話｜

「冫」，甲骨文、金文皆象初凝的冰花形，本為「冰」的初文，〈說文解字．冫部〉解釋「仌」字時說：「凍也，象水凝之形。」大意是說，「仌」這個字，就是凍結，就是水因寒冷而凝結成冰塊的形象造的字。所以「冫」的本義就是，水受冷凝結而成的固體。

「冫」是受冷而凝結的，所以引申為「冷」的意思，如「冰天雪地」，這是形容天氣非常寒冷。戴叔倫〈奉天酬別鄭諫議〉：「木冰花不發。」大意是，植物受冷而未開花。

在古籍中，「冰」通「掤」時，是指箭筒的蓋，〈左傳．召公二十五年〉：「公徒釋甲，執冰而踞。」（徒：兵眾。踞：蹲坐，臀部著地而坐。）這是說，昭公的親兵正脫去皮甲，手拿著箭筒蹲坐著。

「冰」又讀ㄋㄧㄥˊ，凝結的意思，後來這個意義由「凝」取代。如〈新唐書．韋思謙傳〉：「涕泗冰須。」這是說，鼻涕凍結在鬍鬚上了。

現在，「冫」不單獨成字只做為部首字，成為字的構件，而「冫」的意義也由「冰」來使用。由部首「冫」所組成的字大都有寒冷、凝冰的意思。

注意部首字詞

由「冫」（冰）所組成的詞有些不似字面上所見到的意義，要特別注意。

「冰人」，這可不是用冰製成的假人。〈晉書・索紞ㄉㄢˇ傳〉：「孝廉令狐策夢立冰上，與冰下人語。紞曰：『冰上為陽，冰下為陰；陰陽事也。士如歸妻，迨冰未泮，婚姻事也。君在冰上與冰下人語，為陰陽語，媒介事也。君當為人做媒，冰泮而婚成』。」（泮ㄆㄢˋ：解凍。）後來便把媒人叫做「冰人」，用以「冰泮而婚成」。「冰人」，也有做「冰斧」的，同樣是指媒人。

「冰人」、「冰斧」是媒人，送給媒人的酬勞就叫做「冰敬」，後來也指清代外官在夏季賄賂京官的銀兩。

「冰鏡」，是由冰製成的鏡子嗎？不能如此誤解。請看宋代孔平仲〈玩月〉：「團團冰鏡吐清輝。」這是說，圓圓的明月正發出明亮澄淨的光輝。所以「冰鏡」是古人用以比擬明月的意思。

「凌」，ㄌㄧㄥˊ，形聲字，篆文從冫夌聲，本義是結出冰凌，引申義多作動詞講。⑴當登、升講，〈商君書・賞刑〉：「攻將凌其城。」大意是，攻打的兵士將登上城牆。⑵屈原〈九章・哀郢〉：「凌陽侯之氾濫兮。」（陽侯：藉指波濤。）大意是，我冒著起伏洶湧的波濤前進。這裡的「凌」是乘、冒著的意思。⑶又引申為侵犯、欺侮的意思。〈呂氏春秋・侈樂〉：「勇者凌怯。」（怯：指膽小畏縮之人。）⑷當迫近講，如杜甫〈自京赴奉先縣詠懷五百字〉：「凌晨過驪山。」是說，迫近早晨的時候才經過驪山。

「凌」、「淩」、「陵」三字同音，但「凌」本義是冰，「淩」的本義是水名，「陵」的本義是大山，三字本義原不相干，後來由於同音之故，在「登」、「侵犯」等意義上三字經常通用。

「凊」，ㄑㄧㄥˋ，比「清」字少一點，「凊」的本義是涼，〈禮記・曲禮上〉：「凡為人子之禮，冬溫而夏清。」大意是，為人子女的，在冬天時要使父母溫暖，夏天時使父母涼爽。

｜語文點心｜**杜甫**

杜甫，（公元712—770）字子美，號少陵，有「詩聖」之稱。唐代詩人。祖籍湖北襄陽，出生於河南鞏縣。官左拾遺、工部員外郎，故亦稱為「杜工部」。杜甫博覽群書，善為詩歌。在政治上始終不得志，中年後過著坎坷流離的生活，他的詩博大雄渾，千態萬狀，不僅慨嘆自己遭時不遇，亦反映出當時的社會動亂形態。故有「詩史」之名。著有杜工部集。或稱為「杜陵布衣」、「老杜」。

杜甫曾在四川成都住了3年9個月，創作了250多首詩。這段期間，杜甫的生活困苦，經常須仰賴親友的接濟，其中西川節度史嚴武對他的幫助最大，他經常到杜甫的草堂作客，詩酒唱和，並向朝廷表奏杜甫為檢校工部員外郎，這也是後世稱杜甫為杜工部的緣由。

〈茅屋為秋風所破歌〉即為杜甫在四川草堂之作，雖然自己得病、全家幾為飢寒交迫狀，但詩中卻敘述著，自己的茅屋雖被秋風吹垮，但一想到天下的寒士，就希望有千萬的廣厦來庇護他們，那麼自己即使受凍而死也能心滿意足了。足見杜甫悲天憫人、推己及人的崇高的思想品德，這也正是後世景仰杜甫之處，不僅是因為詩文，更見憂民悲憫的情懷。

① 二 ② 二 ③ 二 ④ 二

| 看圖說故事 |

〈左傳・僖公三十二年〉：「殽有二陵焉。」（陵：大山。）殽山有兩座山頭。這個「二」字，①甲骨文就是兩根手指伸出的形狀，以手掌面對他人的象形描述。②金文與③小篆也像甲骨文。④楷書寫成「二」。

「二」，ㄦˋ，二劃，指事字，做為部首的稱呼是二部。

「二」，本身是個部首字，可不是部首「一」所組成的字，「三」才是「一」部字。

| 部首要說話 |

「二」，本義就是最初的偶數，是甚麼的最初呢？其實上下的一各指天與地，所以《說文解字》上寫著：「二，地之數也。」如果在二裏頭加上別的成分，就可以清楚的看出天與地，例如：「亘」。「二」，即數字二、兩個。成語典故有「二桃殺三士」、「不二法門」，這個「二」都是兩個的意思。

「二」從兩個的意思引申為第二，表示是次[163]一級的意思，如：二年級、二等貨、第二名。唐・聶夷中〈傷田家〉：「二月賣新絲。」大意是，二月就要賣掉新生的絲，這是比喻田家生活的窮困，寅吃卯糧。

從兩個又引申為別的、其他的、兩樣、兩類。如：不二價、二者必居其一。〈左傳・成公三年〉：「其竭力致死，無有二心。」大意是，我將盡心竭

163. 次：象形兼會意兼形聲字，甲骨文作 〓，象人張口連打噴嚏形，本義為連打噴嚏，引申作排在前項之後的、順序等義。古文中的〝次〞不作量詞，大多作次第在後的、等級較差之義。量詞義為後來所加。

力到獻出自己的生命，不會有別的想法。

事有兩樣、心有二心，就無法專意致志，所以「二」又引申出不專心、不忠誠的意義。例如：三心二意。

大體來說，以「二」作為構字組件的字，大都與數字、二等義有關。

注意部首字詞

「二」，是個看似簡單的字，但由「二」所連成的詞，有些詞義要特別注意。

「二三」，有兩義，兩義都不似字面上所看到的簡單。⑴〈詩經．衛風．氓〉：「士也罔極，二三其德。」（罔極：無常。）詩的大意是，男士反覆無常心不正，三心二意不忠誠。詩句中的「二三」，指的是反覆無定，在此詩中，「二三」是比喻用情不專。⑵〈左傳．文公十三年〉：「請東人之能與夫二三有司言者，吾與之先。」這是說，請派一位東邊人而能夠跟魏地幾位官員說話的，我跟他一起先去。句中的「二三」是個約數，即二個或三個。

古籍中有所謂「二天」一詞，這不是講基數的兩天，典出〈後漢書．蘇章傳〉。東漢冀州刺史蘇章巡視部署時，特別宴請清河太守，太守高興地說：「人皆有一天，我獨有二天。」後世就引此常用「二天」表示感恩之詞。如唐杜甫〈江亭王閬州餞筵蕭遂州〉：「二天開寵餞，五馬爛生光。」（五馬：漢制大守駟馬，加秩二千石乘五馬。後來五馬成為太守的代稱。）

「二毛」，是說人老頭髮斑白，故以此稱老人，如〈左傳．僖公二十二年〉：「君子不重傷，不禽二毛。」（重ㄔㄨㄥˊ：再。禽：通「擒」。）大意是，君子是不再殺害已經受傷的敵人，不擒拿頭髮斑白的老人。

「二離」，並非指兩人背離或分離，「離」指的是長離，是傳說中的鳳鳥，「二離」是比喻同時兩個有才華的人。

「亍」，ㄔㄨˋ，是「行」字的右半，本義是小步行走，左思〈魏都賦〉：「澤馬亍阜。」（澤馬：古人以為表示祥瑞的神馬。阜：土山。）大意是，神馬小步地行走在山丘上。

「于」，是個多音多義詞。讀作ㄩˊ，指事字，甲骨文左邊像一種吹奏樂器，或許是最早的簡單竽形，右邊象徵樂聲，當是「竽」的初文。本義為樂聲舒緩婉轉悠揚，用作動詞，引申指⑴往。〈詩經．豳風．七月〉：「晝爾于茅。」（爾：你們。茅：作動詞，採茅草。）這是說，白天去割茅草。⑵鐘脣，鐘口的邊緣。〈周禮．考工．梟氏〉：「銑間謂之于。」（銑ㄒㄧㄢˇ：鐘口的兩角。）⑶象聲詞。⑷當介詞時，一作引進動作的處所、時間。〈左傳．成公．二年〉：「射其左，越於車下。」（越：墜。）大意是，射車左，車左墜死在車下。二作引出動作涉及的對象、方面等，如〈論語．為政〉：「吾十有五而志於學。」（有ㄧㄡˋ：又。）大意是，我十五歲有志於學習。三作引出比較對象，〈尚書．胤征〉：「天吏逸德，烈於猛火。」大意是，天王的官吏如有過惡行為，害處將比猛火更甚。四作引進行為的主動者，〈詩經．邶風．柏舟〉：「憂心悄悄，慍於群小。」大意是，我憂心忡忡，被一群小人所忌恨。⑸當連詞時，表示並列關係。⑹當語氣詞，表示疑問語氣。⑺當動詞詞頭，〈詩經．王風．君子于役〉：「君子於役，不知其期。」大意是，夫君在外面服役，不知道哪天是歸期。「于」，讀作ㄒㄩ時，是當嘆詞，同「吁嗟」。

三、天造地設

戰國時期成書的《山海經》，是一部富於神話傳說的最古地理書。它主要記述古代地理、物產、神話、巫術、宗教等，也包括古史、醫藥、民俗、民族等方面的內容。

一般認為，《山海經》最重要的價值也許在於它保存了大量神話傳說，這些神話傳說除了我們大家都很熟悉的如夸父追日、精衛填海、羿射九日、鯀禹治水、共工怒觸不周山等之外，還有許多是人們不大熟悉的。

其實，《山海經》可以是那樣的時代所記錄下來的科技史，它既記載了古代科學家們的創造發明，也有他們的科學實踐活動，還反映了當時的科學思想以及已經達到的科學技術水準。例如，關於農業生產，《大荒海內經》載：「後稷是始播百谷。」「叔均是始作牛耕」。《大荒北經》載：「叔均乃為田祖。」關於手工業，《大荒海內經》載：「義均是始為巧倕，是始作下民百巧。」關於天文、曆法，《大荒海內經》載：「噎鳴生歲有十二。」《大荒西經》載：「帝令重獻上天，令黎邛下地。下地是生噎處於西極，以行日月星辰之次。」諸如此類的記載不勝枚舉。

當代著名歷史地理學家譚其驤先生指出：「《五藏山經》在《山海經》全書各部分中最為平實雅正，儘管免不了雜有一些傳聞、神話，基本上是一部反映當時真實知識的地理書。」據譚先生研究，《山經》共寫了四百四十七座山，這些山中，見於漢晉以來記載，可以指系確切的約為一百四十座，占總數的三分之一。

實際上，遠在殷商時期，華夏民族早已將自己對地理、土地、自然生成的事物的認識，鐫刻、鎔鑄在一個個甲骨、金銅之中，密碼藏於斯，線索早已流布在繁衍的字系族譜。

看圖說故事

〈詩經．商頌．長發〉：「如火烈烈，則莫我敢曷。」（曷：古「遏」字，阻擋。）這是說，像火一般猛烈，沒有誰敢阻攔我。這是個氣勢洶洶的「火」字，①甲骨文就像是盡情燃燒的火焰，卻是一幅十分寫意的線條素描。②金文寫成了實心的火苗，火苗更是往上竄。③小篆還保留一些火苗的形象，字形簡單了，寫起來也更容易。④楷書寫成了「火」。

「火」，ㄏㄨㄛˇ，四劃，象形字，作為部首的稱呼有火部。「火」作為部首可單用，也作偏旁，作為字下的偏旁時寫作「灬」，一般叫做四點火。

書寫「火」字時，如作左偏旁，捺筆要改為頓點，如「焰」、「燒」。雙火併列為上偏旁時，捺筆都改為頓點，如「榮」、「螢」。雙火相疊時，只有上部「火」的捺筆改作頓點，如「炎」「餤」。

部首要說話

「火」，甲骨文象火焰升騰形，〈說文解字．火部〉：「火，毀也。南方之行，炎而上，象形。」大意是，火，焚燬。表示南方的一種物質，火光熱烈向上。象形。所以「火」的本義就是火焰，這是當名詞使用，作動詞時，就是火燒，如〈左傳．宣公十六年〉：「夏，成周宣榭火，人火之也。」（宣榭：古代建築於土臺上的廳堂，為講武臨觀之所。）這句話的意思是，夏季，成周的宣榭失火，這是由於人放火燒著的。

火燒的時候，呈赤紅色，所以也形容赤紅的顏色，如：火紅。

燒火時，一不小心就會蔓延成大災164，〈左傳・宣公十六年〉：「凡火，人火曰火，天火曰災。」這是說，凡是失火，人為的火叫做火災，天降的火叫做天災。火災發生非常急速，所以引申為形容急迫的樣子，如：十萬火急。

火在燃燒時又快又猛，用性情來比擬，就是指一個人動怒的樣子，例如：「他一火，大家都不敢說話了。」

一個人動怒就叫做「發火」，機械發怒，不就像是槍炮彈藥等武器嗎？所以，古人也將槍炮彈藥等武器用「火」來指稱，例如：「軍火」、「火藥」、「火器」。

漢樂府〈木蘭詩〉中有：「出門看火伴，火伴皆驚惶。」這個「火伴」可不是火的伴侶，其實古代兵制以十人為一火，所以這句詩是說，出門看同袍，同袍都驚訝著。「火伴」後寫作「伙伴」。

火也是中國五行之一，五行為金、木、水、火、土。

另外，在中醫指病理變化過程中，機能亢進的現象也當作「火」。例如：「肝火」、「上火」、「退火」。這些「火」，都會影響身體健康，大家可要多注意囉！

〈詩經・豳風・七月〉中有：「七月流火，九月授衣。」（七月：夏曆七月。授衣：將製冬衣之事授與婦女。）詩句的大意是，七月火星下移，九月安排做冬衣。這裡的「火」，指的是星宿，火星，一稱大火，又名熒惑。

最後，「火」也是姓氏之一。例如明代有人就叫做火源潔。

「火」今可單用，也作偏旁使用。凡從「火」取義的字，大都與火、熱或火的作用等義有關。

｜語文點心｜〈樂府・木蘭詩〉

〈木蘭詩〉是中國南北朝時期北方的一首長篇敘事民歌，記述了木蘭女扮男裝，代父從軍，征戰沙場，凱旋回朝，建功受封，辭官還鄉的經歷，故事充滿傳奇色彩。隋恭帝義寧年間，突厥犯邊，木蘭女扮男裝，代父從軍，征戰疆場12年，屢建功勳，無[165]人發現她是女子，回朝後，封為尚書。唐代追封為「孝烈將軍」，設祠紀念。〈木蘭詩〉選自宋朝郭茂倩編的《樂府詩集》，是一首北朝樂府民歌。

繼《詩經》、《楚辭》之後，在漢魏六朝文學史上出現一種從民間採集的詩歌，能夠配樂歌唱的新詩體，叫做「樂府」，「樂府」本是官署的名稱，負責制譜度曲，訓練樂工，采輯詩歌民謠，以供朝廷祭祀宴享時演唱，並可以觀察風土人情，考見政治得失。

相對於漢賦用來描繪宮廷生活、歌誦盛世、表達士人心境，則漢樂府可以說是反映了民間生活的苦難與底層人物的真實情感，是繼承並發展了《詩經》的現實主義傳統。其特點是：質樸自然、清新剛健、自由靈活、充沛有力，詩中多雜用五言、七言的句式，值得細細品味。

注意部首字詞

火部的字可以分成三類：

名詞：表示與火有關的東西，如煙、炭、灰、燭等。

關於火（特別是火光）的形容詞：炳、燦等。

---

164. 災：象形字，甲骨文作[illegible]，象洪水氾濫橫流成災之形，〈說文解字・川部〉：「從一壅川。」隸變後楷書寫成巛，本義為遠古時帶的水災。由於巛後來做了偏旁，其義又另加意符火寫作〝[illegible]〞，省作〝災〞，成了從巛從火的水火大災。後來大概火災漸多，便又另造從宀（房屋）從火的〝灾〞，今中國大陸使用〝灾〞字。

165. 無與不：無，作為動詞，它否定的是名詞，無字後面的形容詞和動詞往往帶有名詞性，如〝無窮〞〝無畏〞。不，是副詞，它所否定的是形容詞和動詞，不字後面的名詞則帶有動詞性，如〝不君〞〝不臣〞〝不國〞。

動詞：表示火（特別是火光）的動作：焚、熬、煎、煣等。

「火燒」，當然就是焚燒的意思，但在宋代，也是民間小吃的一種名稱，宋代張端義《貴耳集》下：「發合取食，但見兩枚火燒而已。」這個「火燒」就是流傳至今的燒餅，燒餅乃以火燒烤，直呼火燒為餅，還真是貼切不過。

「灰」，ㄏㄨㄟ，會意字，篆文從火從又（手），會可以用手拿得火之意，當然就是灰囉！本義是灰燼，引申為塵[166]土。借喻為人心，就是指沮喪、消沉的意思，〈聊齋誌異・成仙〉：「成自經訟繫，世情盡灰。」這是說自己經歷了訴訟而繫獄之後，對於世間人士早已以萬念俱灰。後來「灰」也作顏色的一種，即灰色。「灰」字易懂，然古籍中有「灰釘」一詞，這是指釘棺的鐵釘和棺中的石灰合稱灰釘。但三國另有故事，魏國王凌兵敗請降，試探司馬懿意，請索棺釘，懿照給，凌遂自殺。後以請棺釘比喻罪重請死。

「為」，ㄨㄟˊ，會意字，是個多義詞，甲骨文作手牽象以助人勞動，本義是做。古人使用「為」的含意非常廣泛，在具體上下文中可釋為：治理、治療、謀求、種植、賜與、演奏、學習等，〈荀子・富國〉：「冬日則為之饘粥，夏日則與之瓜麮。」（饘ㄓㄢ粥：濃稠的稀飯。麮ㄑㄩˇ：麥粥。）大意是，冬天就為他們準備漿粥，夏天就為他們準備瓜果麥飯。在句中，「為」常作判斷句，用以幫助判斷；表示被動時，作介詞；表示假設時，當連詞；也做語氣詞，多用於反問句末，如〈論語・季氏〉：「何以伐為？」這是說，為何要攻打它？

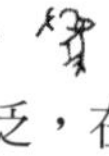

「為」，又讀作ㄨㄟˋ，當幫助講，如〈詩經・大雅・鳧鷖〉：「公尸燕飲，福祿來為。」（公尸：代替祖先受祭的活人。）公尸赴宴飲酒，福祿就能成全。「為」通「偽」時，假裝的意思。當介詞使用，可作因為、給（替）的意義。

「為」與「作」都有「做」的意義，但是「作」的本義是站起來，所以用於「做」的意義時，常含有興起、創造、建立的意思。「為」一般只表示

「做」，可適用於各方面，含義要比「作」字廣泛。

「炰」，ㄈㄡˇ，會意字，從火在缶下，就是「煮」的意思，但是「炰」與「煮」的仍有差別，「煮」是一般的煮，「炰」為少汁的煮，是一種特殊的烹飪方法。

古時戰爭，常見「烽火連天」用來表示戰亂之境，這個「烽」就是古代邊境報警用的煙火，「燧」也同義，只不過白天放煙報警叫做「烽」，夜間舉火告警叫做「燧」。

另外，有些古籍中出現的字要稍加注意。

「炁」，ㄑㄧˋ，同「氣」，元氣的意思。

「烜」，ㄒㄩㄢˇ，形聲字，篆文從火亘聲，本義為舉火，古代祭祀用桔槔舉火以祓除不祥。本義是舉火，引申指照亮，又引申泛指顯赫。

「焱」，ㄧㄢˋ，會意字，甲骨文從三火，會火焰盛大之意，本義為火花、火焰。引申指火氣逼人。

「燮」，ㄒㄧㄝˋ，會意字，甲骨文作 [illegible] ，象手持木柴撥火使旺形，本義為以木柴撥火使火旺盛，引申泛指調和、協調。〈詩經．大雅．大明〉：「保右命爾，燮伐大商。」（右：古「佑」字。）大意是，上天保佑你命令你，協調你的隊伍攻伐殷商。「燮」從本義引申為熟爛。

「燹」，ㄒㄧㄢˇ，會意兼形聲字，金文是以手持棍於火上烤野獸形，篆文承之，成為從火從豩（ㄅㄧㄣ，野豬）會意，豩也兼表聲，本義是野火，引申泛指焚燒。古時戰爭在曠野進行，故又引申特指戰火。

「爨」，ㄘㄨㄢˋ，會意字，小篆作 [illegible]，上邊是兩手將鍋坐在灶[167]台上形，下邊是兩手持火將木柴送進灶口內形，表示正在燒火作飯，本義就是燒火煮飯，當名詞用就是灶。

---

166. 塵：會意字，從土從鹿，會鹿跑得很快，奔跑時揚起塵土意，本義就是塵土。中國大陸簡字作〝尘〞，從小從土，就是指塵土。

167. 灶：以義會意字，從土從火，砌灶用土，灶要發揮功能離不開火，本義為燒火作飯的設備。

｜看圖説故事｜

②金文是外形（厂）內聲（干）的形聲字，「𠄎」，很像突出的石岩，在這石岩底下可以住人。③小篆將干字去掉了。④楷書寫成「厂」。

「厂」，ㄏㄢˇ，二劃，形聲字，作為部首的稱呼是厂部或厂字頭。

「厂」字在上面多加一點就成了「广」，「广」是依山建造的房屋。「厂」與「广」形似，不要搞混了。

｜部首要説話｜

「厂」，甲骨文象外突的山崖形，另加義符「干」（防護）以突出山崖的遮蔽作用，「干」也兼作表聲，本義就是在突出的石岩下，下面可以住人。《說文解字》：「厂，山石之厓巖，人可居。」段玉裁《注》「厓，山邊也；巖者，厓也；人可居者，謂其下可居也。」

厂，本義就是山崖。也有學者認為，「厂」的形象就是沒有牆壁或是只有一面牆的簡易房屋。或如鄒曉麗認為，「厂」是借山崖為一面牆，有頂的居室之形，與「广」同源。李孝定則以為「厂」即「石」的古文。陳夢家在《綜述》中以為，卜辭不以厂、广構成居住建築的名稱，證明商代人不以崖岸為窟穴，而是在平地上立壁架而構成房屋的，這就是後來的「家室」、「宮室」。

「厂」後來當作偏旁之後，在「厂」的本義加上聲符「干」、「圭」，就成了我們現在使用的「岸」、「崖」。

「厂」與「广」在上古文字中常常混用，如「廈」與「廚」等字可以寫成「厦」與「厨」，不過現在不能通用了，必須寫作「廈」與「廚」。

厂，是個部首字，凡是由部首「厂」所組成的字大都與房屋或山崖等義有關。

| 注意部首字詞 |

「厄」，ㄜˋ，小篆作，象有個人躺在山崖下，表示情勢非常危難，本義是困苦、危難。從本義引申為為難、迫害，如〈史記．季布傳〉：「高祖急，顧丁公曰：『兩閒豈相厄哉？』」這是說，兩造之間還要相互為難的意思。

「噩」，ㄜˋ，會意字，噩是咢的異體字，是由甲骨文（喪）發展來的，金文從四口（眾口）從桑，會眾口喧哭於桑枝下之意，本義是使人驚愕，引申為不吉祥，如趙翼〈哭蔣立崖之訃〉：「噩耗傳來夢亦驚。」「厄」與「噩」本義不同，「厄運」是說命運悲慘，不能寫作「噩運」。「噩耗」是指壞消息，常用以指親友的死亡，也不能寫作「厄耗」。

「厎」，ㄉㄧˇ，形聲字，從厂氐聲，本義柔石，即質地細膩的磨刀石，《說文解字》：「厎，柔石也。」從磨刀石引申為砥礪。〈詩經．小雅．小旻〉：「我視謀猶，伊于胡厎。」（謀猶：謀略。伊：句首語氣詞。胡：何。）「伊于胡厎」是說，事情（在此指國家）要到什麼地步才停止呢？表示事情已到了不可收拾的地步。這個「厎」，當「至、終」解。

「厓」，ㄧㄚˊ，形聲字，從厂圭聲，本義是山崖，謝朓〈遊山〉：「凌厓必千仞。」這個意義後來寫作「崖」。「厓」，又當水邊講，郭璞〈江賦〉：「觸曲厓以縈繞。」這個意義後來也寫作「涯」。另有「厓眥」，是說發怒時瞪大眼睛的樣子，通「睚眥」。

「厚」，ㄏㄡˋ，甲骨文作，上部的厂是旋轉九十度的符號，與甲骨文中的侯（侯）、反（反）用意相同，右下部是個高的土壇與台階，如果把影子旋轉九十度，「厚」字的本義「深」便明顯了起來，由「深」義引申為厚重，如〈孫臏兵法．篡卒〉：「德行者，兵之厚積也。」大意是，良好的道德涵養和行為方式，是用兵的深厚基礎。又引申為「厚度」，作為「薄」的相對。日後對味道的濃重、品格上的憨厚，也可以用「厚」字。當動詞的時候，就是重視、看重的意思，如成語「厚此薄彼」、「厚古薄今」等。

「厭」，形聲字，金文借用猒（ㄧㄢˋ）來表示，篆文另加意符厂（山崖），從猒聲，表示山崖崩毀，今為多音多義字。⑴ㄧㄚ，本義為壓、壓覆之意，後寫作「壓」。⑵ㄧㄢˋ，本義是飽足168，後寫作「饜」。⑶ㄧㄢˇ，作惡夢叫做「厭」，後來這個意義寫作「魘」。⑷ㄧㄢ，安、安定，〈荀子．儒效〉：「天下厭然猶一也。」這是說，天下還是安安穩穩地統一著。⑸ㄧˋ，「厭浥」，是露水沾濕的樣子，語出〈詩經．召南．行露〉：「厭浥行露，豈不夙夜？」（行：道路。夙夜：此句夙夜下省「而行」。）詩句的意思是，晚上的露水太潮濕，難道不想早晚趕路？

「厖」，ㄇㄤˊ，會意兼形聲字，篆文從厂從尨（長毛犬）會意，尨也兼表聲，〈說文解字．厂部〉：「石大也。從厂尨聲。」本義是石頭厚大的樣子。司馬相如〈封禪文〉：「湛恩厖鴻，易豐也。」（湛：深。鴻：大。）這是說，湛恩廣大，憲基豐厚容易延澤後代。是大的意思。「厖」的另一義是紛亂，〈尚書．周官〉：「推賢讓能，庶官乃和，不和政厖。」（庶：眾。）大意是，推舉賢明而讓能者，眾官就會和諧；眾官不和，政事就複雜紛亂。另外，殷文圭〈玉仙道中〉有句詩：「隔溪煙雨吠村厖。」這裡的「厖」是通「尨」，指的是狗，而且是種長毛狗。

① 凵 ③ 凵 坎 ④ 凵坎

看圖說故事

〈論衡・亂龍〉：「鑿地為坎。」這是說，在地上挖一個坑。這個「坎」的本字就是「凵」，①甲骨文像是坑陷的樣子，在室內挖出坑陷，就可以作火塘；野外挖坑陷，一般就做為捕獸的陷阱來使用。③小篆其一是按甲骨文的形狀來寫，其二左邊加個土字，右邊是有人打呵欠的形狀，表示這個字是人工挖掘的地穴、陷阱之類的東西。④楷書寫成「凵」、「坎」。

「凵」，ㄎㄢˇ，二劃，象形字，做為部首的稱呼是凵部。

「凵」與「冂」（ㄐㄩㄥ），正好是上下顛倒的字形，「冂」是遙遠的邊境的意思。

書寫「凵」字時，末筆是一豎，不論是做為偏旁來寫，都不可寫成一點或一豎鉤。如：凸、出、屈、祟、朏等。

部首要說話

「凵」，甲骨文象地上挖的坑坎形，〈說文解字・凵部〉解釋為：「凵，張口也。」意思是，凵字就像一個人張口的樣子，但後世的學者大都認為這個解釋不合理。因為「凵」是「坎」的本字，「坎」是人力所掘的坑，所掘的土必堆積在一旁，所以「坎」從「土」部。這就是說，「凵」的本義就是坑陷之類的坑坎。賈思勰〈齊民要術・大豆〉：「坎方深各六寸，相去二尺。」這是

168. 厭與飽：〝厭〞與〝飽〞在〝飽足〞義上是同義詞。但〝飽〞字一般只用於〝吃飽〞，而〝厭〞則經常用於抽象的意義。〝飽〞是不及物動詞，〝厭〞是及物動詞，所以說〝厭酒肉〞。〝飽〞字可以用作狀語，如〝飽食〞，〝厭〞字無此用法。

說，所挖的坑穴，方與深各需六寸，相距要有二尺遠。

「凵」的形象，就像是張著的嘴，所以引申為張口。

「凵」到了小篆就成了形聲字的「坎」，也代替了「凵」的本義。「坎」就是人工所挖掘的坑洞，挖土時將泥土堆在一旁，這就像是田間地頭的楞坎，這也成了「坎」的引申義。今有「坎坷」一詞，這就是形容地勢不平，後來用作比喻不順利或不得志。文天祥〈平原〉：「崎嶇坎坷不得志。」這就是比喻自己人生的道途不順利。

「坎」，後來也作八卦卦名之一，代表水，卦形為☵。〈周易・坎卦〉：「習坎，有孚，維心亨，行有尚。」（有孚：心懷誠信。心亨：內心亨通。）這卦義是，坎卦象徵重重險陷，只要心懷誠信，內心亨通，勇往直前必能受人崇尚。

「坎」，也作為敲擊聲，〈詩經・陳風・宛丘〉：「坎其擊鼓，宛丘之下。」詩句的意思是，銅鼓敲得鼕鼕響，在那宛丘之下。

此外，「凵」義及其引申義大都由「坎」字承擔，現在「凵」只作為部首字，用以成為造字構件，而不單獨成字。凡從凵取義的字，都與坑坎等義有關。

注意部首字詞

由部首「凵」所組成的字並不多，一般字辭典收有：凶、凸、凷、出、凹、函。

「凶」，ㄒㄩㄥ，象形字，凶與兇是同一個字的分化，本義是凶險，引申為凶惡。遇到饑荒，收成不好，也叫做「凶」，〈孟子・梁惠王上〉：「河內凶，則移其民於河東。」大意是，河內饑荒，就把那裡的民眾遷移到河東。

「凶」，通「訩」時，即爭吵不休的意思。

「凶門」，一般作辦喪事時在門外用白布結紮而成的門形。另外，古代將軍出征時，鑿一扇向北的門，由此出發，表示抱著必死的決心。如〈淮南子・兵略〉：「將已受斧鉞，辭而行，乃翦指爪，設明衣，鑿凶門而出。」這就是指將軍出征所出之門。

「凷」，ㄎㄨㄞˋ，同「塊」，土塊。這是個罕見的字，只見古籍，如〈漢書・律曆志下〉：「乞食於野人，野人舉凷而與之。」這是說，（重耳）向農民討個吃的，農民卻把土塊拿給重耳。

「凸」，ㄊㄨˊ，指事字，用符號表示中間高四周低之形，這是個後造的字，像物高出之形，與「凹」相對。

「出」，ㄔㄨ，會意字，甲骨文作，下像凵形（凵即坎的古寫），上部是一隻向上的腳，坎穴是當時人居住的地方，足向外，表示走出坎穴之意，本義就是出去，與「入」相對。引申為發出、產生、出現、超過等義。

「出妻」同「出婦」，不能解作妻、婦走出，這是講遺棄妻子或指被遺棄的妻子，〈孟子・離婁下〉：「出妻屏子，終身不養焉。」（屏：摒棄。養ㄧㄤˋ：奉養。）大意是，拋妻棄子，終身得不到侍奉。

「函」，ㄏㄢˊ，象形字，甲骨文象代中有箭形，表示盛矢箭，本義當為箭匣，藏箭時所用，整個箭都可裝在裡面，外有小耳可以鉤掛。古代另有一種盛箭的器具叫箙，是射箭時所用的，盛箭時箭尾和部分箭杆露在外面，便於隨時抽取。從本義引申作匣子、封套。古時戰士披甲帶刀，身體猶如被包覆著，「函」就作為鎧甲的代稱，〈周禮・考工記敘〉：「燕無函。」這是說，燕地沒有專門製造「函」（護身用具）的工匠。另外，函谷關的簡稱就是「函」，賈誼〈過秦論〉：「然後以六合為家，殽函為宮。」（六合：天地四方。殽ㄧㄠˊ：殽山。）這是說，天下合併為一家，把殽山函谷關當作宮室。

②【金文字形】 ③【小篆字形】 ④冂

看圖說故事

〈列子・黃帝〉：「出行，經坰外，宿於田更商丘開之舍。」（田更：田叟。）這是說，（列子）有一次出外遊玩，經過荒遠郊野，住在老農商丘的家裡。這個「坰」的古字就是「冂」，②金文的形體，是一面開口的四方區域，中間的「口」形表示是京城所在。③小篆的形體其實是從「冂」字來的，外部的冂原本是個「囗」字，「囗」是周圍的意思，「囗」缺了南邊的一横成了冂，表示這是城外的意思。小篆簡省了表示京城所在的「口」。④楷書寫成「冂」。

「冂」，ㄐㄩㄥ，二劃，指事字，做為部首的稱呼是冂部。

「冂」與「冖」（ㄇㄧˋ）形體相似，「冖」是有東西覆蓋的意思，從部首「冖」所組成的字大都與覆蓋有關。

書寫「冂」字時，如作上下偏旁，横豎鉤只作横豎，而「冂」內的筆劃（短横）不觸及冂，如：冒、最（兩字的上部不寫作曰、日）、冑（下部不可寫作月、⺼）

部首要說話

「冂」，甲骨文象畫出的一個範圍，就像現在臨時畫定的一個集市交易場所。在《說文解字》裡有一段清楚的說明：「冂，邑外之謂郊，郊外之謂野，野外之謂林，林外之謂冂。」這意思是說，在城邑之外的叫做郊，在郊之外的叫做野，在野以外的叫做林，在林之外的就叫做冂。可見「冂」是離城邑很遠的地方，所以本義就是離都邑遙遠的邊界。「冂」就是「坰」（遠界）的古字。

以往「冂」字還會出現在古籍裡，但後來只做為部首字，成為造字構件。後人也為「冋」字加了土字旁，成為新的形聲字——坰，用來代替「冂」的本義。換句話說，「冂」就是「坰」的古字。〈詩經・魯頌・駉〉：「駉駉牡馬，在坰之野。」（駉駉ㄐㄩㄥˇ：馬匹壯大的樣子。）詩的大意是，高大肥壯的公馬，馴養在遙遠的野外。

因為邦國必有四界，而「冂」僅有三邊，這是為了避免與「口」字相混的緣故，所以「冋」字從「口」以象國（國都）形；「冋」外的「冂」象國家的邊界。

「冂」，今不單用，只作偏旁使用。凡從冂、冋取義的字，都與一定的範圍、遙遠等義有關。

注意部首字詞

「冉」，ㄖㄢˇ，象形字，甲骨文象草編的簑衣柔軟下垂形，是「簑」的本字。本義為（簑衣）柔軟下垂的樣子，多用作「冉冉」，有三義。⑴柔弱下垂的樣子。曹植〈美女篇〉：「柔條紛冉冉。」詩意是，柔嫩下垂的桑枝輕輕搖動。⑵慢慢地。屈原〈離騷〉：「老冉冉其將至兮。」大意是。眼看著衰老之年慢慢地就要來到。⑶光亮閃動的樣子。元稹〈會真詩三十韻〉：「華光猶冉冉。」這是說，華美的光彩依然光亮閃動。「冉」作為獨字使用屬罕見，〈漢書・食貨志下〉有：「元龜岠冉，長尺二寸。」（元：大。岠：至。）這是說，大龜龜貝邊緣兩側的距離是一尺二寸。這個「冉」，是指龜甲的邊緣。

「冊」，ㄘㄜˋ，象形字，甲骨文作，象竹木簡牘[169]串編在一起之形，本義是竹木簡牘，後指書冊。帝王祭告或冊封的文書也稱作「冊」，當動

169. 簡牘：簡和牘是兩種不同的材質，削得細長的稱〝簡〞，窄木條叫〝牘〞。這兩種材質都被廣泛用作書寫材料，是因為中國盛產竹、木，便於就地取材的緣故。簡牘便於取材，造價低廉，但體積龐大，不便於搬運，〝汗牛充棟〞一詞所指的書籍就是簡牘。

詞使用就是冊立、冊封。〈漢書・趙充國傳〉有：「此全師保勝安邊之冊。」這裡的「冊」指的是計謀、計策，今有「獻冊」一詞，就是獻上計策的意思。

「冏」，ㄐㄩㄥˇ，象形字，甲骨文象古代原始的窗戶形，在牆上挖個洞，在洞中交叉支撐上竹或木根，就成了簡易的窗戶，本義是明亮，另有木華〈海賦〉：「冏然鳥逝。」這個「冏」，卻是形容鳥飛的樣子。

「冒」，ㄇㄠˋ，會意字，金文 從目上象帽子形，會頭上戴上了帽子，本義是帽子，帽蓋頭上，故引申覆蓋（象眼睛（目）被覆蓋著，於是目就要往上睜），又引申為頂著、迎著的意思，後作觸犯義，如《國語・晉語》：「有冒上而無忠下。」「冒」也作帽子講，這個意義後來寫作「帽」。「冒」從觸犯義，引申為輕率、冒昧。〈漢書・衛青傳〉：「故青冒姓為衛氏。」這裡的「冒」，是冒充的意思。〈左傳・文公十八年〉：「貪于飲食，冒於財賄。」大意是，追求吃喝，貪圖財貨。要注意這個「冒」當貪解。「冒」，當人名有「冒頓」，這是漢初匈奴單于名，讀作ㄇㄛˋ ㄉㄨˊ。

「冑」，ㄓㄡˋ，一作古代作戰時所戴的頭盔。一作後裔的意思。其實，甲冑意義的「冑」與後裔意義的「冑」本是兩個形體不同的字，前者形旁為「冃」（古「帽」字），後者形旁為「⺼」（肉）。隸書混而為一。

「冕」，ㄇㄧㄢˇ，會意兼形聲字，篆文從冃從免會意，免也兼表聲，本義為古代大夫以上的人所戴的禮帽。今有「冕」、「弁」、「冠」、「帽」都有帽子義，但其中有所差別。「冠」是帽子的通稱；「冕」、「弁」是帝王、公卿大夫所戴的禮帽，「冕」用於重要的禮儀活動，而「弁」用於一般的禮儀活動。至於「帽」，是後起字。冃（古「帽」字），甲骨文作 ，下部為帽，上部為獸角，從古代岩畫中可發現，史前先民曾盛行以獸角作為頭飾，而這種頭飾是作為地位的標誌。

「最」，會意字，小篆作 ，從冃從取，本義是古代考核政績或軍功的等級，上等為「最」，下等為「殿」。「最」從本義引申為極、最，是「最」字常用的意義。〈管子・禁藏〉有句：「冬，收五藏，最萬物。」（收五藏：收藏好五穀。）這裡的「最」字是「聚合」的意思。大意就是，冬季時，收藏五穀，聚集萬物。最後，「最」當總要、總計的意義。

① 𨸏 ② 𨸏 ③ 𨸏 ④ 阜

看圖說故事

〈詩經・小雅・天保〉：「如山如阜。」這是說，好比高山，好比土山。這是個「阜」字，①甲骨文像是一層層的台階，也有人認為是石階之形。②金文將空心的角寫成了實心。③小篆卻看不出是一階一階的模樣了。④楷書寫成了「阜」。

「阜」，ㄈㄨˋ，八劃，象形字，作為部首的稱呼有阜部、左耳阜。

「阜」，作左偏旁時寫作「阝」，如：防、陽。另外，「邑」的右偏旁也作「阝」，「邑」的意思是古時的封地，由「邑」組成的字大多與城池[170]、地名有關，如：郊、邵、鄭、邸。「阜」、「邑」兩字的偏旁寫法相同，但一在左一在右。

部首要說話

「阜」，古人穴居，甲骨文象古人在其所居的穴的牆上、或木橛挖出的上下用的腳窩形，就如後來的樓梯一般，換句話說，這其實取象於古代的梯子，

170. 池：在上古漢語裡，一般多作〝護城河〞講。〈孟子・公孫丑上〉：「城非不高也，池非不深也。」這是說，城牆不是不高，護城之河不是不深。

是在一根直木砍出相連的凹槽，或者楔入木橛（將一截木塊嵌入直木裡），以便出入地穴或登高。所以「阜」的本義就是梯子。

有些不太高的山也狀如一階一階式的，所以「阜」由梯子引申為土山，是指有台階能踏步而上的小山丘。〈呂氏春秋・重言〉：「有鳥止於南方之阜，三年不翅不飛不鳴，嘿然無聲，此為何名？」這句話是說，有一隻鳥停息在南方山上，時過三年，既不展翅飛騰，又不引吭高鳴，請問，這是什麼緣故呢？

因為山景總是由多座的山形成的，於是又引申為盛多的意義，如成語「物阜民豐」，是說物產豐盛，人民豐衣足食。〈詩經・小雅・頍弁〉：「爾酒既旨，爾殽既阜。」（殽一ㄠˊ：烹煮熟的魚肉等。）詩的大意是，您的酒很甘美，您的菜很豐富。

「阜」從豐盛義，又引申為淳厚的意思。錢鏐〈頭龍文〉：「民安俗阜，道泰時康。」這是說，人民安樂民俗淳厚。

雖然「阜」有這幾個意義，但是一般將「阜」作部首字，可單用亦可作偏旁使用，但從部首「阜」取義的字，大都有階梯、升降、地名等義有關。

注意部首字詞

「阨」，ㄜˋ，象形字，金文 [illegible] 象車轅前邊套在牲口脖子上的曲木形，本義是車軛，車軛是卡在牲口脖子上的，故引申指阻塞、阻隔，引申為困窘，危難，如〈孟子・萬章上〉：「是時孔子當阨。」大意是，這個時候，孔子的處境很困難。「阨」，又讀ㄞˋ，通「隘」，狹隘義，如〈左傳・召公元年〉：「彼徒我車，所遇又阨。」大意是，他們是步兵我方用的是戰車，卻偏偏遇上了狹隘的地勢。

今有「阨」、「厄」、「阸」三字同ㄜˋ音，「阸」實為「阨」的異體字，而「厄」、「阨」為兩個不同的字，在困難、危難的意義上雖可通用，但狹隘的意義不能寫作「厄」。

「隄」，ㄉ一，形聲字，篆文從土是聲，隸變後借用作隄，從阜是聲，表示隄防（堤防），本義是阻滯，後借為攔水的土壩，引申為防範、防止，如〈漢書．董仲舒傳〉：「不以教化隄防之，不能止也。」

「隄」、「防」兩字原是同義詞，只是細分之下，大的水壩叫「隄」，小的水壩叫「防」。在防範、防止的意義上，多用「防」而少用「隄」。

「險」，ㄒㄧㄢˇ，形聲字，篆文從阜僉聲，〈說文解字．阜部〉：「阻，難也。從𨸏僉聲。」所釋為引申義，本義是高峻，引申險要的地方，如〈周易．坎〉：「王公設險以守其國。」大意是，國君王侯設置險阻以守衛他們的國家。險要之處，就引申有艱難、險惡、危險等義。

今有「危險」一詞用以表示不安全，其實「危」與「險」原各有所指。「危」的「危險」義是由「高而不穩」引申而來，「危」作「危險」講，含有不穩定或危急的意思。「險」的「危險」義是由「地勢險阻」引申而來，「險」作「危險」講，含有險惡或艱難的意思。上古表示「危險」的意思，一般是用「危」而不用「險」。

「阤」，ㄓˋ，形聲字，篆文從阜也聲，〈說文解字．阜部〉：「小崩也。從阜也聲。」本義是山坡，又作塌落講，〈國語．周語下〉：「是故聚下阤崩，而物有所歸。」大意是，不要讓大地塌陷崩落，要使萬物有所依歸。這是說開發自然要依據自然山川形勢，順其自然才能有所成。「阤」，又讀ㄧˇ，有「阤靡」形容山是綿延的樣子。「阤」，一讀ㄊㄨㄛˊ，「陂阤」一詞形容傾斜的樣子。

「阬」，ㄎㄥ，形聲字，篆文從阜亢聲，〈說文解字．阜部〉：「阬，阬閬也。門也。從阜亢聲。」本義是門洞深，引申泛指地洞，又指山谷，也指水阬、土阬，作為動詞是坑殺、活埋的意思，如〈史記．秦始皇本紀〉：「乃自除犯禁者四百六十餘人，皆阬之咸陽[171]。」這是說，秦始皇親自把他們（供

---

171. 焚書阬儒：秦統一六國之後，〝焚書阬儒〞的舉動，事實上與〝書同文字〞達到為政治服務的目的是一致的。統一後的文字是小篆，是用自己的文字（戰國時期秦國文字）去〝同〞別國的文字，以高度規格化、標準化的小篆，保證全國政令暢通，政權鞏固。在這個內部統一的統治基礎上，〝焚書〞是用來把那些〝異形〞的六國文字隨同六國史書典籍盡數燒毀，〝阬儒〞則是把眾多熟悉掌握〝異形〞文字的人埋入黃土。此後，〝異形〞的文字將不復起，而秦國一統天下也就可以長治久安。然而，文字的歷史卻對秦國做了諷刺的反撲，秦朝在統一中國後只歷14年即覆亡，恐怕這是秦始皇始料未及的。

出者）從名籍上除名，一共四百六十多人，全部活埋在咸陽。「阬」，一讀ㄍㄤ，揚雄〈羽獵賦〉有：「跇巒阬。」（跇：跨越。）這是說，跨越山巒。這裡的「阬」是指大土山。

「阿」，一般讀作ㄚ，是名詞詞頭，多用於某些疑問代名詞、稱謂及人名之前。其實，「阿」是個多義詞，形聲兼會意字，金文和篆文皆從阜（豎立在穴側牆上供人上下時腳蹬的坑窩）可聲，可（歌聲）也兼表彎曲，意為像腳窩一樣的山彎曲的地方，本義是山彎曲的地方，屈原〈九歌．山鬼〉句首：「若有人兮山之阿。」大意是，彷彿有個縹緲虛無的人，在那幽深山中隱幽的轉彎處。引申泛指⑴大山，〈詩經．大雅．皇矣〉：「無矢我陵，我陵我阿。」（矢：陳兵。）詩的大意是，不要在我的丘陵陳兵，我的丘陵，我的大山。⑵屋角處翹起的簷。⑶引申作曲意迎合，偏袒的意思，如〈孟子．公孫丑上〉：「智足以之聖人，汙不至阿其所好。」這是說，（宰我、子貢、有若三人）他們的智慧足以了解聖人，即使再卑劣也不至過分偏袒他們所愛好的人。⑷是一種輕細的絲織品。⑸通「婀」，柔美的樣子。

四、教育事業

《孟子》：「夏曰校，殷曰序，周曰庠；學則三代共之。」句中的「校」、「序」、「庠」指的都是現在所稱廣義的學校。學校裡教的是「禮、樂、射、御、書、數」，執教的老師手持教鞭，用來鞭策、教導學生哪個要學哪個不能做，於是甲骨文的「教」被記成 ，一個成年人手持鞭杖指導小孩的形象就成了人們對老師的刻板印象。

「教，上所施下所效也。」一個人在成長、社會化的過程為什麼需要教育呢？〈孟子．滕文公上〉面對人性的「惡」為我們留下一記警示的語言：「飽食煖衣，逸居而無教，則近於禽獸。」人之異於禽獸者幾希，正是人類可以在日常生活中不斷修正錯誤的道途，這些擦拭而被修正的記憶正是透過學習的基因一代代被傳遞了下來。這樣的效能不能不是教育的結果。

教育，就是透過文字將前人創造的經驗得而習之，而在這些嚴整規律的方塊文字中，我們也可以體察由時光淬煉的智慧是如何漫遊在我們生命的周遭，就像山林中的螢火，夜夜擦亮黑暗的天穹。

｜看圖說故事｜

《文心雕龍》是由南朝梁劉勰所撰，凡十卷，五十篇，分論文章之體制及文學源流、原理、批評方法等。隋唐以來，為詞章家所宗，對我國歷代文學創作及文學批評影響深遠。

「文」從字形一看就知道是個人形，但它有個特別的地方。①甲骨文像是一個心寬體胖的壯年人正立的樣子，向左右伸展的是兩臂，下部是雙腿，特別的地方是在胸前，胸前刻有美觀的花紋。②金文大致與甲骨文相似，但花紋顯得更美觀好看。③小篆把花紋給省略了，看得出是人正立的樣子。④是楷書的寫法，這就是「文」字。

「文」，ㄨㄣˊ，四劃，象形字。

「夂」與「文」有些相似，「夂」也是個部首，ㄆㄨ，本義是腳，已不再單獨成字使用，僅作為字的部首，由部首「夂」所組成的字大都與腳有關，如：各、夏。

｜語文點心｜**文**

許慎《說文解字敘》：「倉頡之初作書，蓋依類象形，故謂之文。其後形聲相益，即謂之字。字者，言孳乳而浸多也。著於竹帛謂之書。書者如也。」這句話談到了「文」、「字」、「書」的本義與形成，大意是說，倉頡初造文字，是著眼於描摹事物的外在形象的，所以叫做「文」，隨後又造出合體的會意字（意符）、形聲字（聲符），以擴充文字的數量，這些文字就叫做「字」。叫它為「字」，是說它來自「文」的孳生，使文字的數量增多。把文字寫在竹簡172、絲帛上，就叫做「書」。「書」，就是指文字初造的時候是以事物的自然形象作為依據。

這樣說來，按照物類畫出形體的大多是象形字，這就是「文」，是表示事物的本來面目；而「字」是指那些由「文」所造出合體的會意字、形聲字，即孳乳、增多的意思。

「文」，甲骨文象人胸部有刺畫的花紋形，是古代紋身的寫照。「文」的本義，就是指在胸前刻劃花紋，因為上古時候的人就有這樣的習慣。〈莊子．消遙游〉：「越人斷髮文身。」就是說，越人（居中國南方）把頭髮剪斷，在身上刻花紋。台灣的南島民族泰雅族也有在臉上紋上花紋的習慣，認為這樣才是成年男女的象徵，這就叫做「文面」。這個意義後來寫作「紋」。

「文」從「花紋」義引申為文字，文字就是「紙本上雕刻的花紋」，文字就是「文」，所以文章也稱作「文」。明代李贄〈焚書．童心說〉：「詩何必古選，文何必先秦。」（選：指蕭統編的《文選》，又稱《昭明文選》）這是說，詩歌，何必一定推崇《文選》；散文，何必非得看重先秦。這裡的「文」指的是文章、文辭。

華麗有文采的外表，也是「文」的引申義，這裡的「文」與「質」相對。例如：「文質彬彬」，就是形容一個人舉止文雅有禮。

古人常把治國的方法、制度寫成文章，所以典章制度也叫做「文」。文字書寫於典冊，以供行事有所依循，這就是「禮樂制度」，〈論語．子罕〉：「文王既沒，文不再茲乎？」這句話是說，（孔子回答說）文王死了之後，禮樂制度這些文化遺產不都由我繼承嗎？

一個人書讀得好、運動技能也很不錯，我們會說這個人「文武全才」，表示文是武的相對，「文」就是相對於武的「文雅」義。〈國語．周語中〉：

---

172. 簡：〝竹簡〞之為〝簡〞，一方面是說明了上古時代主要文字書寫材料的質類為竹木，一方面更是因為〝春秋筆法〞的用字簡略而得名。簡略，則是稱說〝《春秋》之稱，微而顯，志而晦，婉而成章，盡而不汙，懲惡而勸善。非聖人誰能修之？〞（《成公十四年》）之意；而用字簡略的另外一面，反而顯示了文字豐富的意蘊，也就是所謂的〝蘊藉曲奧〞、〝微言大義〞。

「武不可覿，文不可匿。」（覿ㄉㄧˊ：顯示。匿：顯露。）大意是，武道隱而藝文興，這就是指尚文之風大盛。

「文」，在古代也作量詞使用，表示古代用以計算銅幣的單位。例如：「三文錢」、「分文不取」。

「文」，也是姓。例如：宋代有人名叫文彥博。

另外，「文」又讀成ㄨㄣˋ。初民紋身是用來保護自己以避免獸害，所以引申為掩飾的意思，現在有成語「文過飾非」，意思是掩飾過失、錯誤。〈論語．子張〉：「小人之過必也文。」這是講，小人犯了錯一定會掩飾起來。

由於「文」為引申義所專用，花紋、有文采之義便另加義符「糸」或「彡」寫作「紋」、「彣」來表示。

文，是個多義字，今可單用，也作偏旁使用。凡從部首「文」取義的字，大都與花紋等義有關。

注意部首字詞

由部首「文」所組成的字並不多，但是「文」本身的字詞卻繁複多樣。就以「文章」一詞來說，〈詩經．大雅．蕩序〉：「無綱紀文章。」這裡的「文章」指的是禮樂法度。〈楚辭．九章．橘頌〉：「文章爛兮。」這裡的「文章」指的是文采。另有〈官場現形記〉：「便曉得其中必有文章。」這裡的「文章」指的卻是「暗含」的意思，今天我們還會說「其中大有文章」，表示此事必有內情。

「文文」一詞語出〈山海經．中山經．中次七經〉：「又東五十二里，曰放皋之山……有獸焉，其狀如蜂，枝尾而反舌，善呼。其名曰文文。」大意是，再往東五十二里，就是放皋山，明水從這裡發源……有一種獸，樣子像蜂，尾巴分杈，舌頭倒反，喜歡呼喊，名叫文文。這是什麼樣的怪物啊，「文文」原來是古代傳說中的獸名。

「文具」一般用作書寫繪畫的工具，如文房四寶。「文具」實有另解，〈史記・張釋之傳〉：「且秦以任刀筆之吏，吏爭以亟疾苛察相高，然其敝徒文具耳，無惻隱之實。」這裡的「文具」是指沒有實際內容的空文，可見司馬遷之筆何其耿烈。

「文戰」不是指筆戰，是說科舉考試猶如武士應戰，所以參加競爭激烈的考試，就可以說是「文戰」。

由部首「文」所組成的字有「斑」、「斌」、「斐」、「斕」等。

「斑」，有痕跡的意思，線索清晰明白，足可考查得知就叫做「斑斑可考」，不要寫成「班」、「般」字。

「斐」，讀ㄈㄟˇ時，是指有文采的意思。春秋時晉有斐豹，當姓使用時讀作ㄈㄟ。

① ② ③ ④ 攴

| 看圖說故事 |

〈史記・刺客列傳〉有一句話對刺殺秦王有著生動的描繪：「舉筑扑秦皇帝。」這是說，抓起了筑向秦王政[173]撲擊。這裡的「扑」字，本字就是「攴」，①甲骨文下部是一隻手的形象，上部是一根帶杈的木棍或是一條皮鞭吧！②金文和③小篆大致都與甲骨文相像，是一隻手上拿著木棍敲打的樣子。④楷書寫成了「攴」。

---

173. 政：會意兼形聲字，從攴從正，正亦聲。從攴，表示政事免不了運用強力；從正，意味著政治要追求中正無偏。本義為糾之使正，即採取措施加以扭轉使走上正途。

「攴」，ㄆㄨ，四劃，會意字，作為部首的稱呼有支部。「攴」又寫成「攵」，也是四劃，一般稱它為「反文部」。

「反文部」的「攵」與「夂」（ㄓˇ）非常形似。「夂」是三劃，一撇、一橫撇、一捺，「夂」字的意思是，走路遲緩的樣子。

「攴」字的上短橫如果穿過一豎就成了「支」，「攴」與「支」是不同的，要小心筆劃。

部首要說話

「攴」，甲骨文從又（手），象手持刑杖棍棒形，會擊打之義。「攴」，就是手執皮鞭撲打，本義就是「撲打」。《說文解字》在解釋這個「攴」字的時候寫著：「攴，小擊也。」也就是輕輕的敲打的意思，後來，這個「撲打」的意義就被「扑」字所取代了，而「攴」就成為部首字，並不單獨來使用。

在〈尚書．舜典〉有一句話寫著：「扑作教刑。」（教：指學校教育。）這是什麼意思呢？這句話的大意是，用木條鞭打作為學校的刑罰。也就是說，「扑」是指學校體罰的用具，是舊日塾師懲責學生所用的鎮尺，猶如今日所稱的教鞭。

雖然如此，凡是由部首「攴」所組成的字，大都保留了「打」、「擊」的意思。如：「攻」、「牧」「效」、「教」、「敞」等。

「攴」字今日已不單用，只作偏旁使用。凡從攴取義的字，皆與撲打、操作等義有關。

注意部首字詞

「改」，ㄍㄞˇ，改、攺（ㄧˇ）同源，會意字，從巳（蛇，有血水滴下）從攴（手持棍），會驅鬼避邪之意。篆文後分為二體，一形仍從巳，二形改為從己（來回記物狀）從攴（成為「改」字），會變更之意，本義是更改，改變，引申為改正，〈論語・學而〉：「過則勿憚改。」（憚ㄉㄢˋ：害怕。）這句話的大意是，有錯誤不要怕改正。今有「更改」一詞表示改換、變動的意思，其實「更」與「改」在「改變」的意義上是同義詞，但是「更」的更替、經歷等意義，是「改」所沒有的。

「敗」，會意字，甲骨文作，從貝從攴，會手持棍棒擊貝使損害之意，所以本義是毀壞，又指食物腐敗變質，如作戰事，則引申為戰敗、失敗。〈呂氏春秋・仲冬〉：「行春令則蟲螟為敗。」這是說，孟夏之月如果硬性施行應在春天施行的政令，蝗蟲等蟲害就會瀰漫成災。所以這裡的「敗」是指災禍，後來也有特指荒年為「敗」。從災禍義就引申為殘破、凋殘的意思。

今有「負」也當失敗講，其實在戰敗、失敗的意義上，「敗」與「負」是同義詞，不過，「負」一般指用於勝負對舉的場合，而且不帶賓語（使動用法）或補語。而「敗」則不受限制，意義較「負」寬廣得多。

「敘」，ㄒㄩˋ，會意兼形聲字，從又從余（茅屋），會鋪排茅草屋之意，本義是鋪排茅草為屋。鋪苫茅草有一定的順序，故引申指次序、次第，作為動詞則引申為陳述、記述，〈國語・晉語三〉：「紀言以敘之，述意以導之。」這是說，按次序、有條理地記述事情的經過，說明事理加以引導。「敘」，後來也當序言、序文，古時將「敘」置於書後，後代則置於書前。

今有「敘文」、「序文」，其實「敘」、「序」兩字本義實不相同，「序」的本義是堂屋的東西牆，後指地方學校。雖然它們在次序、敘述、序言等意義上是可以通用的，但是「序」的序牆、學校的意義則不能通「敘」。

「敬」，ㄐㄧㄥˋ，會意字，甲骨文從羊從人，會牧羊人之意，金文另加意符口、或既加口又加攴，以強調持鞭吆喝督飭羊群，會認真敬事之意，本義是嚴肅、慎重，引申為尊重的意思，作為動詞就是警惕、警戒，如〈詩經・大雅・常武〉：「既敬既戒，惠此南國。」詩的大意是，提高警惕，加強戒備，去解救南方諸侯各國。今有「恭敬」一詞，表示對尊長或賓客肅敬有禮。

「恭」與「敬」是個同義詞，惟「恭」多指外貌的恭謹有禮貌，而「敬」多指內心崇敬、謹慎。「敬」的意義比「恭」的意義廣泛，往往指一種內心的修養，嚴肅對待自己。

「斃」，ㄅㄧˋ，會意兼形聲字，篆文從犬從敝（破敗），會犬倒仆之意，隸變後楷書寫作「獘」，異體作「斃」，從死從敝會意，敝也兼表聲，本義是仆倒，引申為死，如〈左傳·僖公四年〉：「與犬，犬斃。」這是說，給狗吃肉，狗卻仆倒而死。今有「斃」、「僵」、「仆」、「偃」、「跌」，都可以表示「倒下去」的意思，但這五字在倒的姿勢上各異：「仆」是向前倒，「僵」與「偃」是向後倒，「斃」不但是倒下而且多指因傷病而到下，「跌」卻是失足而倒下。另外，「仆」、「僵」、「偃」都泛指倒下，所以能構成雙音詞，如「仆僵」、「僵仆」、「偃仆」等。

｜語文點心｜《尚書》

《尚書》，原稱《書》，到漢代改稱《尚書》，意為上代之書。這是中國第一部上古歷史檔和部分追述古代事蹟著作的彙編，它保存了商周特別是西周初期的一些重要史料。

《尚書》相傳由孔子編撰而成，但有些篇是後來儒家補充進去的。西漢初存28篇，因用漢代通行的文字抄寫，稱《今文尚書》。另有相傳在漢武帝時從孔子住宅壁中發現的《古文尚書》和東晉梅賾所獻的偽《古文尚書》（較《今文尚書》多16篇）。現在通行的《十三經注疏》本《尚書》，就是《今文尚書》和偽《古文尚書》的合編本。

《尚書》所錄，為虞、夏、商、周各代典、謨、訓、誥、誓、命等文獻。其中虞、夏及商代部分文獻是據傳聞而寫成，不盡可靠。「典」是重要史實或專題史實的記載；「謨」是記君臣謀略的；「訓」是臣開導君主的話；「誥」是勉勵的文告；「誓」是君主訓誡士眾的誓詞；「命」是君主的命令。還有以人名標題的，如《盤庚》、《微子》；有以事為標題的，如《高宗肜日》、《西伯戡黎》；有以內容為標題的，如《洪範》、《無逸》。這些都屬於記言散文。也有敘事較多的，如《顧命》、《堯典》。其中的《禹貢》，托言夏禹治水的記錄，實為古地理志，與全書體例不一，當為後人的著述。

朱自清認為《尚書》是中國最古的記言的歷史。所謂記言，其實也是記事，不過是一種特別的方式罷了。記事比較是間接的，記言比較是直接的。記言大部分照說的話寫下了，雖然也須略加剪裁，但是盡可以不必多費心思。記事需要化自稱為他稱，剪裁也難，費的心思自然要多得多。

中國的記言文是在記事文之先發展的。商代甲骨大部分是些問句，記事的話不多見。兩周金文也還多以記言為主。直到戰國時代，記事文才有了長足的進展。古代言文大概是合一的，說出的、寫下的都可以叫作「辭」。卜辭我們稱為「辭」，《尚書》的大部分其實也是「辭」。我們相信這些辭都是當時的「雅言」，就是當時的官話或普通話。但傳到後世，這種官話或普通話卻變成了詰屈聱牙的古語了。

看圖說故事

古文中常有「詩云」、「子曰」……等，「子曰」就是「夫子說」的意思。這個「曰」字，①甲骨文下部就是一張嘴巴，在嘴巴的上面有一短橫，表示說話時嘴裡所發出的氣。②金文更像是一個人的嘴形，那一橫所代表的氣也還在，有些人乾脆說，那就是一個人所發出來的聲音嘛！③小篆也像是甲骨文的形狀，但曲線已經接近方形的方塊字了。④楷書將開口封上，寫成了「曰」字。

「曰」，ㄩㄝ，四劃，指事字，作為部首的稱呼是曰字部、曰部。

「曰」字略瘦就成了「日」字，一般都還能辨認得清，只是在書寫時要注意，兩字的第二筆都是橫折鉤，不可僅寫橫折，如：更、曲、書。

部首要說話

「曰」，甲骨文從口，一短橫指明張口出氣說話。本義就是「說」，也就是說，在甲骨文「口」字上的一橫，代表的是一個人所說的話。我們經常讀到「子曰」、「曾子曰」，意思就是孔子說、曾子說。

「曰」從本義引申為「叫作」、「稱作」的意思，如〈孟子．梁惠王下〉：「天子適諸侯曰巡狩。」這是說，天子到諸侯國家去叫作巡狩。

另外，在古籍中經常看到「曰」字在句首，這通常是當語氣詞，不代表任何意義。如〈詩經．豳風．七月〉：「朋酒斯饗，曰殺羔羊。」（朋酒：兩壺酒。饗：鄉人聚會飲酒。）鄉人共飲好酒兩壺，還要宰殺羔羊。

由於「曰」為引申義所專用，說話之義便借本當喜悅講的「說」來表示。

今「曰」字可單用，也做偏旁使用。大凡從部首「曰」取義的字，大都與說話等義有關。

注意部首字詞

「曰」與「謂」，都有「說」的意義，但兩者在使用上有很大的差別，要分辨清楚。

「謂」當說講時，其後不帶引語，如「誰謂雀無角」、「此乃公孫衍之所謂」，這裡的「謂」都不能換成「曰」。「曰」當說講時，其後必帶引語。更常見的是，「謂」表示「對……（說）」，組成「謂……曰」的格式。在表示「叫作」、「稱作」的意義時，「謂」一般要帶雙賓語，而「曰」只要帶一個賓語。

「書」，是個多義詞，會意字，甲骨文上邊是手持筆，下邊是器物，會手持刀筆在器物上刻畫之意，金文改為從聿（筆）者聲，本義是寫、記載，引申為文字，如〈荀子．解蔽〉：「故好書者眾矣，而倉頡獨傳者，一也。」（一：專一。）這句話的大意是，喜好文字的人是很多的，可是倉頡獨獨地流傳於後世，這是由於他專一於文字。「書」，就是書籍，也當文書講，至於在〈左傳．昭公六年〉：「叔向使詒子產書。」（詒一ˊ：贈送。）這個「書」可不是書籍的意思，而是指書信，所以這句話是說，叔向派人送給子產一封信。最後，「書」作文體名，《史記》就列有《書》八章。

要注意的是，古時「書」與「信」各有所指，「書」後來引申為書信義；「信」，金文和古文從人從口，篆文改為從人從言，用人口所言會真實之意，本義為言語真實，引申出攜帶憑證或傳遞消息的人，也就是說，「信」主要是指信使，即送信的人。〈世說新語．雅量〉：「外啟信至，而無兒書。」這是說，外邊的人報告信使到了，卻沒有看到兒子的信。

今又有將用筆寫稱為「書寫」，其實在古代，書寫的意義是用「書」而不用「寫」。「寫」的書寫義是唐以後才出現的，由「寫」的摹畫、抄寫義引申出來的意義。

「曲」，有二讀，一為ㄑㄩ，本義是彎曲，與「直」相對，引申為理屈。又當盡、遍講。在〈莊子．秋水〉：「曲士不可以語於道者，束於教也。」句中的「曲」是指偏僻之處。整句話的大意是，偏僻的鄉野之人，是不可能跟他們談論大道，那是因為教養的束縛。「曲」由偏僻義引申為局部、一部分。「曲」也作養蠶用具的蠶箔。「曲」，二讀為ㄑㄩˇ，就是我們現在常用的「歌曲」義。

從「曰」部的字，有兩個是罕見的字。「朅」，多音多義詞，讀作ㄑㄧㄝˋ，一義為離去，屈原《九辯》：「車既駕兮朅而歸。」大意是，車駕已經準備好了，我且離開這裡吧！另一義為勇武壯大的樣子，〈詩經・衛風・碩人〉：「庶士有朅。」大意是，隨從的武士威武雄壯。「朅」，一讀ㄏㄜˊ，通「何」。

「鞕」，ㄧㄣˋ，古代一種小鼓，見〈周禮・春官・大師〉：「今奏鼓鞕。」

｜語文點心｜**雙賓語**

雙賓語是指一個謂語動詞後面帶兩個賓語。這兩個賓語通常一個指人，一個指物，指人的一般為間接受事者，稱間接賓語（或近賓語）；指物的叫直接賓語（或遠賓語），兩個賓語分別跟述語發生述賓關係。這種語法現象，在古今漢語中都存在，但比較起來，古漢語中的雙賓語結構更為複雜多樣，其語義和類型比現代漢語更多，有時還會產生歧義和誤解，有些雙賓語句式的現代漢語中已經消失了。這些情況，往往給閱讀古籍帶來困難，引起了研究者的關注。

試舉一例：〈史記・李斯列傳〉：「高自知權重，乃獻鹿，謂之馬。」大意是，趙高知道自己權高震主，於是獻鹿給秦二世，並告訴二世說這叫作馬。「高自知權重」與「獻鹿」是賓語，「謂」是雙賓語句的謂語動詞。

① ② ③ ④ 言

看圖說故事

〈左傳・成公二年〉：「豈敢言病。」這是說，哪裡敢說是受傷呢？這個「言」字，①甲骨文下部就是一張嘴巴的形象，上部是簫管之類樂器的吹嘴子，這表示用嘴巴吹著簫管之類的樂器。②金文大致同甲骨文。③小篆在上部又增加了一短橫，表示吹奏時所發出的語音。④楷書寫成了「言」。

「言」，ㄧㄢˊ，七劃，會意兼形聲字，作為部首的稱呼是言部與言字旁。

部首要說話

「言」與「音」同源，甲骨文從口，上象簫管樂器形，會口吹樂器之意，本義是吹大簫，《爾雅》：「大簫謂之『言』。」但是，後來「言」的本義消失了，就當「說」來講。〈說文解字・言部〉：「言，直言曰言，論難曰語。」這個直接從口裡發出的話語是後來的引申義。我們說一個人說話很守信用，就說是「言而有信」；如果說話經常誇大不實，無法讓人相信時，我們就說這個人「言過其實」。

說話是用來傳情達義，也是表達自己的想法，所以就從「說話」引申為「議論」，話說的很有道理，就是「言之有物」；相對的，說話時無法完全表達自己的想法，那就是「言不盡意」，可見說話的重要性。

「議論」[174]是動詞，作為名詞就是「言論」，「言論」通常會以文字紀錄

174. 議、論：〝議〞著重在得失，所以〝議〞的結果往往是做出決定；〝論〞著重在是非，所以〝論〞的結果往往是做出判斷。〝議〞往往是許多人在一起，你一句我一句的交換意見；〝論〞不一定要有許多人在一起。作為名詞用時，〝議〞和〝論〞更有分別，〝議〞是建議，而〝論〞是評論或是議論。

下來，所以「言」引申為「字」來講，像唐詩三百首裡分有五言、七言，這就是以五個字七個字當成一句詩，而絕句是四句、律詩是八句。

「言」，在古籍中也作動詞詞頭，不帶意義，如〈詩經・周南・葛覃〉：「言告師氏，言告言歸。」詩的意思是，告訴我的老師，我要請假回家。今有成語「言歸于好」，是歸於和好的意思，「言」作動詞詞頭，無義。

「言」與「音」從甲骨文來看，兩字同源出口吹樂器，隸變後才分化成兩字。另外，許慎也明確的指出「聲」（即今天「聲樂」的聲）與「音」（即「聲音」的音）的不同；「音」指的是「聲音」的音，而非「音樂」的音。「音樂」，古代只稱作「樂」（ㄩㄝˋ）。

今「言」可單用，也作偏旁使用。凡從「言」取義的字，都與聲音、語言等義有關。

注意部首字詞

言部的字，大致可以分成三類：

動詞：許、誣、謂、諾、諫、謗、謝、讒等。

名詞：詩、詞等。

形容詞：這一類字多與道德有關，如謹、誠、信（《康熙字典》歸入人部）、諒、詐等。

我們經常用「語言」這個詞，這兩字是有區別的，「言」是主動跟人談話；「語」是回答別人的問話或是與人談論。所以〈禮記・喪服四制〉有「齊衰之喪，對而不言」的說法。另外，「言」的賓語如果指人時，指能指第三者，不能指談話的對方；「語」的賓語指人時，則可以指談話的對方，如〈論語・陽貨〉：「居，吾語女。」（女ㄖㄨˇ：你。）這是說，坐下，我告訴你。而且，「語」當告訴講時，還可以帶雙賓語，如〈左傳・隱公元年〉：「公語之故。」大意是，莊公就對他說明了原因。〈莊子・在宥〉：「吾語女至道。」大意是，我給你講說大道（至善至美的道理）。要注意的是，「語」的告訴、諺語義，是「言」所沒有的。

「討」，ㄊㄠˇ，會意字，小篆作，左邊是言，指言論；右邊是寸，指法度，兩相會意就是言論合於法度的意思，本義是探討、研究，引申為聲討，宣布罪狀加以抨擊的意思，從聲討義又引申為征伐、征討，如〈左傳·隱公十年〉：「以王命討不庭，不貪其土以勞王爵，正之體也。」（不庭：指不來朝見。）這句話的大意是，用天子的命令討伐不來朝覲的諸侯，自己不貪求土地，而以犒賞受天子的爵位的魯國，這是得到治理政事的本體了。另外，「討」，也當索取、求取講。

今有「討」、「伐」、「侵」、「襲」都有進攻、攻打的意義，但四字使用的場合有別。「伐」多指正義的，進軍時有鐘鼓；「侵」多指非正義的，進軍時不用鐘鼓；「討」是攻打有罪者，多用於上攻下；「襲」指偷偷地進攻，是乘人不備而進攻。

「証」，ㄓㄥˋ，會意兼形聲字，從言從正，會以正言相諫，正兼表聲，本義是諫之使正。〈呂氏春秋·知士〉：「士尉以証靜郭君，靜郭君弗聽。」（士尉：人名。靜郭君：也作「靖郭君」，田嬰的號。）這是說，士尉勸諫靜郭君，但靜郭君不聽。今有「證」通「証」，大陸地區也將「證」簡化為「証」，其實「證」、「証」在古代是兩個不同的字，除了在「勸諫」的意義上可通外，「證」的其他意義（告發、驗證、病症），一般是不用「証」。

｜語文點心｜莊子

莊子（約公元前369年—前286年），名周，字子休（一說子沐），戰國時代宋國蒙（今安徽省蒙城縣）人。著名思想家、哲學家、文學家，是道家學派的代表人物，老子哲學思想的繼承者和發展者，先秦莊子學派的創始人。他的學說涵蓋著當時社會生活的方方面面，但根本精神還是歸依於老子的哲學。後世將他與老子並稱為「老莊」，他們的哲學為「老莊哲學」。

莊子的文章，想像力很強，文筆變化多端，具有濃厚的浪漫主義色彩，並採用寓言故事形式，富有幽默諷刺的意味，對後世文學語言有很大影響。著作有《莊子》，亦稱《南華經》，道家經典之一。《漢書藝文志》著錄《莊子》五十二篇，但留下來的只有三十三篇。其中內篇七篇，一般定為莊子著；外篇雜篇可能摻雜有他的門人和後來道家的作品。

莊子看起來是一個憤世嫉俗的人，他生活在戰國時期，與梁惠王、齊宣王同時，約比孟軻的年齡略小，曾做過漆園小吏，生活很窮困，卻不接受楚威王的重金聘請，在道德上其實是一位非常廉潔、正直，有相當稜角和鋒芒的人。

雖然他一生淡泊名利，主張修身養性、清靜無為，在他的內心深處則充滿著對當時世態的悲憤與絕望，從他哲學有著退隱、不爭、率性的表象上，可以看出莊子是一個對現實世界有著強烈愛恨的人。

正因為世道汙濁，所以他才退隱；正因為有黃雀在後的經歷，所以他才與世無爭；正因為人生有太多不自由，所以他才強調率性。莊子是以率性而凸顯其特立的人格魅力。正因為愛得熱烈，所以他才恨得徹底，他認為做官戕害人的自然本性，不如在貧賤生活中自得其樂，其實就是對現實情形過於黑暗汙濁的一種強烈的覺醒與反彈。

因為莊子為人、行事與著書遠離儒家思想，使得司馬遷在《史記》僅以寥寥幾行字介紹了莊子，說他著書十餘萬言，大抵都是寓言，如其中的〈漁父〉、〈盜蹠〉、〈胠篋〉等篇，都是用來攻擊孔子的學說，從而辨明老子的主張。

② 𠶷 ③ 音 ④ 音

看圖說故事

〈詩經・邶風・燕燕〉：「燕燕於飛，下上其音。」大意是，燕子燕子飛啊飛，上上下下叫得歡。這個「音」字，甲骨文沒出現過，②金文的寫法與「言」相近，同樣在下部是個口形，上部是一支大笙的形象，只不過在口形多加了一短橫，表示聲音是從這裡發出的。③小篆將字形美化。④楷書寫成了「音」。

「音」，ㄧㄣ，九劃，指事字，作為部首的稱呼是音字部。

部首要說話

金文中的「音」字和甲骨文的「言」字非常的相像，上部是一種類似笙的吹奏樂器，下部是一個口形，口中有一橫，用來表示聲音是從這裡出去的。很多學者已經證明，在合成字當中，「音」和「言」是可以互相代替，表示這兩個字很可能有著共同[175]的起源，後來才逐漸變成兩個形和義不同的字。卜辭中「音」和「言」為一字。字形在溪州楚王領鐘的銘文中才開始有區別，但在用法上仍相通互用。

「言」的本義是「大簫」，本義消失，就當「說」來講。可見「音」的本義也應該是一種吹奏的樂器，可是後世本義消失了，就將「音」當「聲音」講。蘇軾〈石鐘山記〉：「南聲函胡，北音輕越。」（函胡：指聲音重濁。）

---

175. 共、同：在〞共同〞的意義上，〝共〞與〝同〞仍然有別。〝共〞跟〝分〞相對，〝同〞跟〝異〞相對，作〝一樣〞講時，只能用〝同〞，所以〝布帛長短同〞不能換成〝布帛長短共〞。

這是說，北方人的歌聲重而濁，南方則是清晰激越。每個地方所說出來的語言不盡相同，這就是我們講的「口音」、「語音」，這也就成了「音」的衍生義。

〈說文解字・音部〉：「音，聲也。生於心有節於外謂之音。從言，含一。」這是「音」的引申義，指的是音樂，即用有組織的樂聲來表達人們的思想情感、反映現實生活的一種藝術。《說文解字》又指出：「宮、商、角、徵、羽，聲也。絲、竹、金、石、匏、土、草、木，音也。」也就是說，許慎明確地指出「聲」（即今天「聲樂」的「聲」）和「音」（即今天「聲音」的「音」）的區別。「音樂」在古代只稱為「樂」。

音樂成曲成調，所以引申為樂曲、歌謠。

「音」，由聲音義引申為音訊、信息。如〈詩經・鄭風・子衿〉：「縱我不往，子寧不嗣音？」（嗣：通「貽」，給予。）這句詩的大意是，縱然我沒有去找你，你為何不給我捎個信呢？

如今「音」可單用，也作偏旁使用，凡從「音」取義的字，大都與聲音等義有關。

｜語文點心｜蘇軾

人名。（公元1037—1101）字子瞻，宋眉州眉山人，為蘇洵長子。詩、詞、文、書、畫均成就極高，且善書法和繪畫，是中國文學藝術史上罕見的全才，也是中國數千年歷史上被公認文學藝術造詣最傑出的大家之一，其散文與歐陽修並稱歐蘇；詩與黃庭堅並稱蘇黃；詞與辛棄疾並稱蘇辛；書法名列「蘇、黃、米、蔡」北宋四大書法家之一；其畫則開創了湖州畫派。

為文雄渾奔放，詩亦清疏雋逸，為北派大宗。王安石倡行新法，軾上書痛陳不便，得罪安石，被連貶數州。在黃州時，築室於東坡，自號東坡居士，後累官至端明殿侍讀學士。卒諡文忠。著有《東坡集》、《東坡詞》等。

蘇軾被貶黃州時，有首著名的〈豬肉頌〉打油詩：「黃州好豬肉，價錢等糞土。富者不肯吃，貧者不解煮。慢著火，少著水，火侯足時它自美。每日起來打一碗，飽的自家君莫管。」詩中的「慢著火，少著水，火侯足時它自美」，就是著名的「東坡肉」烹煮法。後來蘇軾任杭州太守，深受百姓愛戴，而「東坡肉」也隨之名聲大噪，成了當地的一道名菜。

注意部首字詞

凡部首「音」字所組成的字並不多，僅收音、竟、章、韶、韻、韽、響、頀等字。

「竟」，ㄐㄧㄥˋ，會意字，甲骨文下從儿，上象口中吹奏樂器形，會演奏樂曲終止之意，本義就是樂曲完畢，後引申為疆土的終止處，邊境，後來這個意義寫作「境」。由「終止、邊境」義引申為全部、整個的意思，如〈後漢書·第五倫傳〉：「吾子有疾，雖不省視而竟夕不眠。」（吾子：對對方的尊稱。）大意是，您生病在床時，雖然不能前往探望，我卻是整夜也無法安眠。「竟」又指窮究、追究義。後世對「竟」最常用的意義是終於與竟然，今有成語「有志者事竟成」，這個「竟」是終於的意思；〈史記·趙世家〉：「反索，兒竟無聲。」（反：同「返」。索：搜索。）這裡的「竟」是竟然的意思。

「章」，ㄓㄤ，會意字，金文 從辛（鏨齒）下為玉璧，會用鏨齒雕治玉璧花紋之意，後引申出⑴規章、準則。⑵花紋，如〈詩經·小雅·六月〉：「織文鳥章。」是說旗幟上織繪出飛鳥圖紋。⑶印章。⑷奏章。⑸顯著、顯明，這個意義後來寫作「彰」。⑹通「獐」，獸名。

「韶」，ㄕㄠˊ，形聲字，篆文從音召聲，〈說文解字·音部〉：「虞舜樂也。《書》曰：『《簫韶》九成，鳳皇來儀。』從音召聲。」本義是傳說中舜時的樂曲名，後引申為美好的意思，如〈世說新語．品藻〉：「時人道阮思曠……韶潤不如仲祖。」（阮思曠：阮裕。仲祖：王濛。）這是說，當時的人們認為阮思曠文章的美好溫潤不如王濛。

「韻」，ㄩㄣˋ，形聲字，篆文從音員聲，〈說文解字．音部〉：「韻，和也。從音員聲。」本義即和諧悅耳的聲音，後作詩賦等的韻腳，或押韻的字。也引申為情趣講，陶潛〈歸園田居〉之一：「少無適俗韻，性本愛丘山。」這是說，自少我便不適應世俗的情趣，生性本來就酷愛著大自然。

「響」，ㄒㄧㄤˇ，會意兼形聲字，篆文從音從鄉會意，鄉也兼表聲，本義是回聲，如〈管子．任法〉：「下之事上也，如響之應聲也。」這是比喻兩個人或兩件事物關係密切，不能分離。「響」，又特指聲音，其聲高而大就叫作「響」。

「頀」，ㄏㄨˋ，形聲字，從音蒦聲，這是個罕用的字，本義是指大頀，為商湯時樂名。

|看圖說故事|

漢代揚雄〈太玄．飾〉：「舌聿之利，利見知人也。」（舌：講話。聿：用筆寫文章。利見：喻得見君主。）這是個「聿」字，①甲骨文是一隻手握著細長的東西（刀或木棍），正在刻字或畫字的樣子。②金文是依照甲骨文的寫法。③小篆在細長的刀或棍上補上一橫，這是用來表示筆毛。甚至在其上增加一個竹字頭，表示這是竹製的物件。④楷書寫成「聿」，竹字頭的寫成「筆」。

「聿」，ㄩˋ，六畫，象形字，作為部首的稱呼是聿字部。

部首要說話

「聿」，甲骨文象手持筆形，篆文加出一橫，表示其用是刻寫。《說文解字》：「所以書也。楚謂之聿，吳謂之不律，燕謂之弗。」所謂「所以書」就是用來寫字的東西。又說，「聿，秦謂之筆，從聿從竹。」這表示，「筆」是「聿」字的後起字。

人類在西元前三世紀發明了筆，但是新的考古發現證明，用筆的歷史恐怕還要再向前推進三千年，很有可能在新石器時代就有了筆的存在。在測定年代為西元前四千年的中國半坡就發現了一個陶器上有很多符號，酷似後世用毛筆[176]和墨色所寫的文字，這確實是用「筆」寫的，筆道上也看得清楚。這樣說來，《古今注》：「蒙恬始造，即秦筆耳，古以枯木為管，麢毛為柱，羊毛為被，所謂蒼毫，非兔毫竹管也。」（麢 ㄩˊ：獸名，似鹿而大。）所謂「蒙恬造筆」之說，僅能稱作是筆的改造發明家。

「聿」字毛筆的本義由「筆」字取代之後，「聿」一般僅作為語氣詞，用於句首或句中，如〈詩經．大雅．大明〉：「昭事上帝，聿懷多福。」詩的大意是，他用光明的德行事奉上蒼，於是招來許多福氣。

「筆」取代「聿」字的本義後，「筆」作為動詞就是書寫、記載，〈史記．孔子世家〉：「至於為《春秋》，筆則筆，削則削。」（削：刪除。）這是說，孔子在書寫《春秋》這部書的時候，要寫就寫，要刪就刪，全憑自己的意見，別人是無法干涉的。「筆」後來又指字畫詩文等作品。

「聿」，也作姓。例如商代有人名叫聿速。

如今「聿」可單用，也作偏旁使用。凡從聿取義的字，皆與筆等義有關。

---

176. 毛筆〝四德〞：毛筆是古人必備的文房用具，因而非常重視毛筆本身的功能，一款好的毛筆必須具備〝尖、齊、圓、健〞四德。尖，指筆鋒聚攏時，末端要尖銳。齊，指筆尖潤開壓平後，毫尖平齊。圓，指筆鋒要圓滿。健，指筆要有彈性。

由部首「聿」所組成的字一般僅收「肆」、「肄」、「肅」、「肇」四字。

「肆」，是個多音多義字，ㄙㄟ，會意字，肆與肄同源，皆為「隶」的加旁分化字，甲骨文從又（手）持𢑚（已宰之豕），會宰牲加以整治之意，金文又多加一𢑚，以突出殺牲陳祭之意，本義為殺牲陳祭，引申泛指⑴陳設，陳列。⑵古人將人處死後陳屍於市，〈論語・憲問〉：「吾力猶能肆諸市朝。」這句話是說，（魯國大夫子服景伯告訴孔子說）我的力量還能夠殺掉公伯寮，把他的屍體放在街上示眾。⑶作坊，引申為市場、店舖。⑷不受拘束，猶言放肆。⑸顯明。⑹施行。⑺伸展、擴張。⑻指懸列的成組鐘磬。⑼當連詞使用，略等於「故」。⑽通「肄」時，是多餘的意思。「肆」，另讀ㄧㄟ，是解剔牲體的意思。

「肄」，ㄧㄟ，會意字，甲骨文從又（手）持一獸形，會宰牲加以整治之意，金文另加意符巾，以突出整治之意，本義是捕獲一獸加以整治，引申為整治、學習，引申為檢查、查閱。又指樹木砍伐後再生的枝條，引申為多餘義，如〈詩經・周南・汝墳〉：「遵彼汝墳，伐其條肄。」（汝墳：汝水之堤。）這是說，沿著那汝水的堤岸，砍伐枝條和樹幹。「肄」從餘義引申為後裔的意思。最後，「肄」當勞苦講，如〈左傳・昭公十六年〉：「莫知我肄。」這是說，沒有人知道我的辛勞。

「肇」，ㄓㄠㄟ，會意字，甲骨文[illegible]是以戈擊門形，表示要打開門。金文[illegible]改以手持棍敲擊門，後來手持棍形訛化為手持筆（聿），本義為打開門擊打，引申泛指開始，又做敏捷講。〈國語・齊語〉有：「竱本肇末。」（竱ㄓㄨㄢˇ：齊等。）這句話是什麼意思呢？這裡的「肇」是端正的意思，整句話就是，先等其本以正其末也，猶如正本清源的意思。

「肅」，ㄙㄨㄟ，會意字，肅當是由建演化來的，甲骨文建是手持篙撐船形，金文 中手持篙形訛化為手持筆（聿），省去船形 卻加上了行船的深淵，會戰戰兢兢、如臨深淵，小心謹慎之意，本義是行船小心謹慎，引申泛指恭敬，又當嚴肅講。作為動詞就是揖拜的意思，引申為引導，引進，如〈禮記．曲禮上〉：「主人肅客而入。」大意是，主人引導來客進入的意思。「肅」也做敏捷、快捷的意思，但是要注意另一義，〈呂氏春秋．季春〉：「季春行冬令，則寒氣時發，草木皆肅，國有大恐。」這句話的大意是，季春時如果實行冬季的政令，寒氣便會經常發生，草木會凋落，國家也會有大恐慌。所以這個「肅」是萎縮、衰敗的意思。

看圖説故事

《說文解字》：「龠，樂之竹管。」這是說，龠，是一種用竹管編成的樂器。①甲骨文的下部是三支竹管樂器編排在一起的樣子，上部的「亼」（ㄐㄧˊ）是個會意字，表示「集合」。②金文與③小篆也大致依照甲骨文的形象，只不過是將這樂器所發出來的聲音用「口」形表示出來。④楷書寫成「龠」。

「龠」，ㄩㄝˋ，十七劃，會意加象形字，作為部首的稱呼是龠字部。

部首要説話

「龠」，甲骨文象一種編管組成的樂器形，中部有孔，上有吹口，或在其上又加倒口，以強調吹奏。這個「龠」，就是古代一種三孔竹管樂器。這種樂器似笛而較短，有三孔、六孔的分別，將這些有孔的竹管編排在一起，很可能就是最初的「排簫」。因為這種樂器是用竹管作的，所以後是就增加「竹字頭」而寫作「籥」，也就是說，「龠」正是「籥」的初文。

「籥」作為「龠」的後起字，本義也是三孔竹管樂器，〈詩經．邶風．簡兮〉：「左手執籥，右手秉翟。」（翟：舞具，雉的尾羽。）大意是，左手拿著排簫，右手舉著雉雞尾羽。相傳，禹時的樂舞〈大夏〉就是用籥伴奏的。

因為古代吹火氣的管子形似籥一般，所以把吹火的竹筒也稱作籥，如《老子》第五章：「天地之間，其猶橐籥乎？」（橐籥：古代冶煉時用來鼓風吹火的裝置，現在稱為「風箱」。）大意是，整個宇宙不就好像是個大風箱？

「龠」，也是古代的量器名，漢尺方九分，深一寸，容量為八百一十立方分。十龠為一合，十合為一升。〈漢書．律曆志〉：「量者，龠、合（ㄍㄜˇ）、升、斗、斛，所以量多少也。」

「籥」後來也作鎖鑰，〈淮南子．時則〉：「慎管鑰。」

由於「龠」作了偏旁，樂器之義便又另加義符「竹」寫作「籥」來表示，以突出這種樂器是竹管所製。

如今龠可單用，也作偏旁使用。凡從龠取義的字，都與樂器等義有關。

注意部首字詞

由部首「龠」所組成的字很少，也大都是罕見字。

「龡」，ㄔㄨㄟ，同「吹」字，本義即吹奏。

「龢」，ㄏㄜˊ，形聲兼會意字，甲骨文 [illegible] 從龠（口吹排簫）禾聲，禾也兼表如禾一致之意，〈說文解字．龠部〉：「龢，調也。從龠禾聲。」本義是以聲音相應，協調著跟著唱或伴奏，引申指和諧，〈國語．周語下〉：「其終也，廣厚其心，以固龢之。」

「龥」，ㄔˊ，同「篪」，一種橫吹的管樂器。屈原〈九歌．東君〉：「鳴龥兮吹竽。」大意是，單管的竹笛橫吹，多簧的竽笙齊鳴。

｜語文點心｜屈原

屈原，人名。（公元前343—？）名平，又名正則，字靈均，戰國時楚人。曾做左徒、三閭大夫，懷王時，遭靳尚等人毀謗，被放逐於漢北，於是作離騷表明忠貞之心；頃襄王時被召回，又遭上官大夫譖言而流放至江南，終因不忍見國家淪亡，懷石自沉汨羅江而死。

屈原是中國最偉大的浪漫主義詩人之一，也是我國已知最早的著名詩人和偉大的政治家。他創立了「楚辭」這種文體（也就是創立了「詞賦」這一文體），也開創了「香草美人」的傳統。〈離騷〉、〈九章〉、〈九歌〉、〈天問〉是屈原最主要的代表作。〈離騷〉是我國最長的抒情詩。後世所見屈原作品，皆出自西漢．劉向輯集的《楚辭》。這部書主要是屈原的作品，其中有〈離騷〉1篇，〈九歌〉11篇（〈東皇太一〉、〈雲中居〉、〈湘君〉、〈湘夫人〉、〈大司命〉、〈少司命〉、〈東君〉、〈河伯〉、〈山鬼〉、〈國殤〉、〈禮魂〉），〈九章〉9篇（〈惜誦〉、〈涉江〉、〈哀郢〉、〈抽思〉、〈懷沙〉、〈思美人〉、〈惜往日〉、〈橘頌〉、〈悲回風〉），〈天問〉1篇等等。

西元前278年，秦國大將白起揮兵南下，攻破了郢都，屈原在絕望和悲憤之下懷大石投汨羅江而死。傳說當地百姓投下粽子餵魚以此防止屈原遺體被魚所食，後來逐漸形成一種儀式。以後每年的農曆五月初五為端午節，人們吃粽子，划龍舟以紀念這位偉大的愛國詩人。

屈原的誕生，蹇困的經歷、忠君愛國不為所識、以孤絕的形象開闢詩的荒原，使屈原詩中的個人形象達到一個新的境界，這標誌著中國出現第一位形象鮮明、性格與文字交相雜揉、理想與現實相互拉扯的「真正的詩人」終於走出歷史的道途。

看圖說故事

〈論語・公冶長〉：「回也聞一以知十。」這是說，顏回聽到一件事，可以推論而知道十件事。這個「十」字，①甲骨文的形狀是，手掌豎直的側視圖，因為古「十」往往以一掌代表十。②金文在中間增加了一個小圓點，強調壹拾的意義。③小篆為了要演變成方塊字，將小圓點給訛化為一橫，形成了豎長橫短的字形。④楷書寫成「十」。

「十」，ㄕˊ，二劃，指事字，做為部首的稱呼是十字部。

書寫從部首「十」組成的字時，要遵守「十」字筆劃的一豎，不要寫成一豎撇（「卂」為誤寫字），如：訊、鳵、茕（ㄑㄩㄥˊ）、汛、蝨等。

注意部首字詞

「十」，源自手掌直伸，古人以一隻手掌代表十的意思，所以本義就是基數十。如，佛教的「十戒」、封建王朝頒定的「十惡不赦」177，這個「十」都是指數量上的十。

「十」從本義引申為十倍的意思，〈孫子・謀攻〉：「故用兵之法，十則圍之，五則攻之，倍者分之。」大意是，所以用兵的法則，有十倍於敵人的兵力就四面包圍，迫敵屈服；有五倍於敵人的兵力，就要進攻敵人；有一倍於敵人的兵力，就要設法分散敵人。

「十」代表著雙手手指的全部，《說文解字》也說：「十，數之具也。」意思是，「十」這個數字是個完備的數目。因此，「十」就引申為完滿具足的意思。如：「十分」、「十足」、「十全十美」，這都有完備、齊全的意思。

北宋·孔平仲〈對菊有懷郎祖仁〉：「庭下金齡菊，花開已十分。」詩的意思是，庭院中的金菊花已盛放。

「十」的大寫字為「拾」，本義是以手挑逗，後來引申為撿拾的意思。因為「拾」音同義近「十」，所以假借為「十」的大寫字。

「十」[178]可單用，也作偏旁使用。凡從十取義的字，都與棍棒、多數、完備等義有關。

｜語文點心｜《孫子》

《孫子》，又稱《孫子兵法》、《孫武兵法》和《吳孫子兵法》，是中國古代的兵書，作者為春秋末年的齊國人孫武（字長卿）。一般認為，《孫子兵法》成書於專諸刺吳王僚之後至闔閭三年孫武見吳王之間，也即公元前515至前512年，全書為十三篇，是孫武初次見面贈送給吳王的見面禮；事見司馬遷《史記》：「孫子武者，齊人也，以兵法見吳王闔閭。闔閭曰：子之十三篇吾盡觀之矣」。

有個別觀點曾認為今本《孫子》應是戰國中晚期孫臏及其弟子的作品，但是銀雀山出土的漢簡（同時在西漢墓葬中出土《孫子兵法》、《孫臏兵法》各一部）已否定此說。

---

177. 十惡不赦：十惡的部分罪名在秦漢時代的法律中已經出現，到北齊時形成〝十條重罪〞，隋朝《開皇律》在北齊律的基礎上進一步概括為〝十惡之條〞，為此後的朝代所沿用。唐律中對明確的指出十惡，謀反、謀大逆、謀叛、惡逆、不道、大不敬、不孝、不睦、不義、內亂，其中，謀反、大逆、反叛、大不敬是為違反人道大義，惡逆、不孝、不睦、內亂是為違反人道大倫，不道、不義，是為違反生人大義，都是天理不容、人道不齒、王法必誅的十惡。

178. 十、什：二者同音，意義也同源，但用法不一樣。〝十〞用於基數和序數，而〝什〞不用於基數和序數。〝什〞表示作為單位的十，〝十〞無此用法。因此，〝什伍〞不作〝十伍〞，〝什長〞也不能作〝十長〞。至於〝什〞表示十倍或十分之意時，可換成〝十〞。〈莊子·達生〉：「而失者十一。」指十分之一。韓愈應科目時與人書〝蓋十八九矣〞，指的是十分之八九，表示應科的希望濃厚。

《孫子兵法》可說是世界上最早的兵書之一。在中國被奉為兵家經典，後世的兵書大多受到它的影響，對中國的軍事學發展影響非常深遠。它也被翻譯成多種語言，在世界軍事史上也具有重要的地位。

當時的吳王闔閭稱：「子之13篇，吾盡觀之矣。」表示他對孫武作品的欣賞。吳王知孫子能用兵，拜為大將。孫子以3萬兵，西破強楚20萬兵，北威齊晉，顯名諸侯。因《孫子兵法》的關係，孫武被人譽作「兵聖」。

《孫子兵法》，是中國古代軍人必須研讀的一本軍事著作，許多著名的軍事家都對此書作過注解。自公元600多年左右，《孫子》被翻譯成許多不同語言，開始流傳到世界各國。最初書版被帶到日本，及後至東南亞，再至西方各國。日本便有不少研究《孫子兵法》的學會、協會和俱樂部。其中，英國曾翻譯了共8個版本。1772年，法國人的《孫子兵法》翻譯版中，在扉頁上載：「凡欲成為軍官者，都必須接受以本書為主要內容的考試。」足見本書在軍事思想上的重要性。

注意部首字詞

從部首「十」所組成的字並不多，幾個多音多義字，要留心用法。

「卒」，ㄗㄨˊ，象形字，金文作，像帶有特殊標記的衣服形，古時穿這種衣服的人是軍隊中的步兵，後來泛指士兵。「卒」，從士兵義就引申為稱做軍隊建制，如〈周禮‧地官‧小司徒〉：「五人為伍，五伍為兩，四兩為卒。」「卒」，又當終、盡的意思，〈詩經‧邶風‧日月〉：「父兮母兮，畜我不卒。」（畜：養。）大意是，父親啊母親啊，養我不能養到老。「卒」從終、盡義引申為死亡。「卒」通「崒」時，是指高峻；通「捽」時，是指爭鬥，如〈荀子‧王制〉：「偃然案兵無動，以觀夫暴國之相卒也。」大意是，安安泰泰地按兵不動，來觀察暴國的互相交接。「卒」，又讀ㄘㄨˋ，當迅疾講，引申為突然的意思，這兩義後來都寫作「猝」。

今有「卒」、「兵」、「士」都有士兵的意思，但三字本義原是不同的。在表示士兵的意義時，也有區別：「兵」為士卒、軍隊的通稱；「士」指戰車上的甲士；「卒」是指步兵。三字泛指士兵、軍隊的意義則不再區分，所以能夠成雙音詞，如「士卒」、「兵士」。

「南」，一讀ㄋㄢˊ，象形字，甲骨文象懸掛著的敲擊的樂器形，上為懸結下為器體，〈說文解字・朩部〉：「艸木至南方，有枝任也。」本義為敲擊的樂器，南這種樂器大概是南方的樂器，所以借指⑴南方，方位名，與「北」相對。〈墨子・貴義〉：「南之人不得北，北之人不得南。」原義是，淄水之南的人不能渡淄水北去，淄水之北的人也不能渡淄水南行。⑵是指古代南方樂舞名，〈詩經・小雅・鼓鐘〉：「以雅以南，以籥不僭。」（雅：王者之正樂。籥：古樂器名。僭ㄐㄧㄢˋ：越禮。）這句詩的大意是，奏起了雅樂、跳支南舞，吹起了籥，各種樂器循序齊鳴。⑶爵位名，這個意義後多作「男」，即古代有公、侯、伯、子、男（南）五等爵位。

「南」，讀作ㄋㄚˊ，作梵語音譯，有佛教語稱「南無ㄇㄛˊ」，表示對佛的尊敬或皈依。

五、禮儀制度

在孔子的思想體系中，「禮」是同「仁」分不開的。孔子說：「人而不仁，如禮何？」這是說，一個人沒有仁愛之心，遵守禮儀有什麼用？他主張「道之以德，齊之以禮」的德治，打破了「禮不下庶人」的限制。到了戰國時期，隨著封建制度的形成，奴隸社會的禮已逐漸廢除。孟子把仁、義、禮、智作為基本的道德規範，禮為「辭讓之心」，成為人的德行之一。荀子比孟子更為重視禮，他著有《禮論》，論證了「禮」的起源和社會作用。他認為禮使社會上每個人在貴賤、長幼、貧富等封建等級制中都有恰當的地位。在長期的歷史發展中，禮作為中國封建社會的道德規範和生活準則，在精神素質的修養起了重要作用；隨著社會的變革和發展，在封建社會的後期，它愈來愈成為束縛人們思想、行為的繩索，影響了社會歷史的進步和發展。

作為倫理道德的「禮」的具體內容，包括孝、慈、恭、順、敬、和、仁、義等等。隨著現代文明社會的發展，吸取了西方哲學與文明的「禮」，愈來愈是一種生活的品質，是個人面對社會大眾的一種善美的態度。或許藉著文字所隱藏的線索，我們可以從更加開放與自由的態度，重新審視禮儀制度的功效，重新擦亮那個曾經有節有度、喜怒哀樂都不踰矩的美好年代。

看圖説故事

〈莊子・胠ㄑㄩ篋ㄑㄧㄝˋ〉：「國之利器不可以示人。」這是說，國家的軍隊和武器，不可以輕易讓敵人窺看。這個「示」字，①甲骨文是以上古時代的靈石（供桌）來造像的，供桌上可以貢獻祭品。②金文將桌腳簡化為「小」形的支架，就像是三腳支架一樣。③小篆依照金文的形狀，但桌上貢獻的物品以短橫來代表了。④楷書寫成「示」。

「示」，ㄕˋ，五劃，象形字，作為部首的稱呼是示部與示字旁。

「示」字作偏旁時寫作「礻」，與「衣」部的偏旁「衤」極為相似，「示」偏旁為右一點，「衣」偏旁為右二點。

部首要說話

「示」，甲骨文象用兩塊石頭搭起的簡單祭台形，猶如現今農村的供桌或香臺子，用以供奉神主，遂成神靈的象徵。有的上加短橫或旁加小點，表示祭洒之物。所以「示」的本義就是靈石，名詞。在靈石上放置祭品，這是要供奉給祖靈，請祖靈享用，所以引申為「給人看」、「給……看」的意思，如：展示。〈史記・廉頗藺相如列傳〉：「秦王大喜，傳以示美人及左右。」（美人：指妃嬪、姬妾。左右：指秦王近侍。）大意是，秦王大喜之下，把和氏璧傳給妻妾嬪妃與左右近侍看。

〈說文解字・示部〉：「示，天垂象，見吉凶，所以示人也。從二；三垂，日月星也。觀乎天文，以察時變。示，神事也。」這是說，示，上天垂下天文圖象，體現（人事的）吉凶，是用來顯示給人們看的東西。從二（代表天地），三豎筆，分別代表日月星。（人們）觀看天文圖象，用來考察時世的變化。示，就是神事。許慎的析形是就篆文所作的解說，所釋也是引申義。

「示」從「給……看」義引申出指示、顯示的意義，〈禮記・禮運〉：

「刑仁講讓，示民有常。」（刑仁：把合於仁的行為定為法則。讓：謙讓。常：常規。）大意是，取範於仁愛，講求禮讓，將行為的正軌昭示給人們。

甲骨文卜辭中，「示」用作牌位意義的極少，大多數是用其引申義，即指祭祀的對象，如先公、先王、天神、地祇等神主。「示」有另一讀與地祇有關，讀作ㄑㄧˊ，意思就是地神，如〈周禮・春官・大宗伯〉：「大宗伯之職，掌建邦之天神人鬼地示之禮。」（大宗伯：春官之長為大宗伯，掌禮制，爵為卿。）句中的「地示」指的就是地神。

到了後代，「示」則指異常的自然現象（例如：禾生雙穗、河出圖、洛出書、地震、兩頭蛇），所以文字中凡與鬼神祭祀之示有關的字都以「示」作為義符，這一組字的完成，約於戰國、秦、漢之際完成。

今「示」可單用，也作偏旁使用。凡由「示」字所組成的字大都與崇拜、祝願、鬼神、祭祀等義有關。

注意部首字詞

示部的字大致可以分成四類：

關於神的類別：神（天神）、祇（地神）、社（土神）。

關於祭祀的類別：祭、祀、祠（春祭）、礿（ㄩㄝˋ，夏祭）、禘（五年大祭）、祓（除惡祭）、禪（祭天）、祝（禱告）、祈（求福）、禱（告事求福）、禳（祭求免災）等。

關於宗廟的：祖（祖廟）、祏（ㄕˊ，宗廟中藏神主的屋）等。

關於禍福之事的：福、祿（福）[179]、祥、禎（福）、祜（福）、祇（福）、禍（害）、祟（神禍）。

「祀」，ㄙˋ，會意字，甲骨文作，左邊是供奉牌位的「示」，右邊是跪著的一人，兩相會意就是祭祀的意思，也作祭祀的地方，如〈禮記・檀弓下〉：「過墓則式，過祀則下。」（式：扶著車前橫木致敬。下：下車。）大意就是，駕車經過墓地就要扶軾致敬，經過土神的社[180]壇就該下車致敬。祭祀等大事是有時間性、有週期，所以「祀」也當「年」講，〈尚書・洪範〉：「惟十有三祀，王訪於箕子。」（訪：諮詢。箕子：人名。）這是說，周文王十三年，武王詢問箕子。「祀」從「年」義引申為世、代。

「祀」與「祭」在祭祀的意義上是同義詞，只不過「祭」指一般性的祭祀，而「祀」是指永久性的祭祀。

「祁」、「祈」、「祇」三字都讀作ㄑㄧˊ，有些人會誤用，其實三字本義都不同。

「祁」，形聲字，篆文從邑示聲，〈說文解字・邑部〉：「祁，大（太）原縣。從邑示聲。」本義為地名，後借用以表示大，〈詩經・小雅・吉日〉：「瞻彼中原，其祁有孔。」（瞻：望。孔有：指獸多。）詩的大意是，瞻望那原野，多麼遼闊，野獸大又多。

「祈」，形聲字，甲骨文從單（戰鬥工具）從斤（斧），金文或另加戰旗，羅振玉認為蓋會「戰時（手執兵器）禱於軍旗之下」之意，本義是向天或神明求福禱告，引申為請求的意思，如〈呂氏春秋・適威〉：「民日夜祈用而不可得。」這是說，百姓日夜請求卻沒有獲得回應。

「祇」，形聲兼會意字，篆文從示氏聲，氏也兼表至地之意，本義為地神。「祇」是個多音多義詞，一指地神（本義），二是大的意思。又讀ㄓˇ，

179. 福、祿：福是一般的福，祿是食福。依上古的說法，二者都是天所賜的，但是稍有不同。〝福祿〞二字連用時，並不意味著它們完全同義，而是表示既有福又有祿。到了後代，福往往指福，祿往往指貴，所為〝福祿壽〞，就是指〝福貴壽考〞。

180. 社：古人造字象土，就是祭祀地神的場所。後來在土上加木，就是後來的社壇，地神就有了固定的場所。金文寫作 ，易木為示，〈禮記・郊特牲〉：「唯為社事，單出里。唯為社田，國人畢作。唯社，丘乘共粢盛。所以報本反始也。」這是說，每里有民社，民社有事，里中人都要出力幫忙。諸侯為祭社準備供品而舉行田獵，國中人人都要參加。天子舉行大社，各地都要以〝丘乘〞為單位供應穀物作為粢盛。這樣人人祭社，為的是報答大地養育之恩，尊敬穀物生產的始祖。自此，〝社〞字有了〝全里社人共同參加祭祀土神集會〞的〝社會〞義。

通「只」，只有、恰好的意思，〈詩經・小雅・何人斯〉：「胡逝我梁，祇攪我心。」（逝：往。梁：攔魚的堰。）這是說，為什麼去看我的魚梁？那正好攪亂了我的心神。

另有「祉」讀作ㄓˇ，會意兼形聲字，甲骨文 從示從止，會神來到為福之意，本義是福，今有「福祉」，表示有福氣的意思。

而「祗」讀作ㄓ，形聲兼會意字，金文 從二甾（ㄗ，古代盛酒漿之器）顛倒，會以酒洒地敬獻神祖之意，本義就是恭敬的意思，如〈詩經・商頌・長發〉：「上帝是祗。」大意是，對上帝十分敬畏。要注意的是，「祗」作為只、恰好的意義時通「衹ㄓˇ」。

｜語文點心｜《禮記》的價值

《禮記》，「禮」181「記」二字連詞，始於〈史記・孔子世家〉，所謂「書傳禮記自孔氏」云者，乃是泛指禮俗儀文之紀錄而非載籍之專名。降至匡衡、瞿方進、劉歆、王莽、張純等人之引稱「禮記」（分見〈漢書・梅禮傳〉、〈韋賢傳〉、〈王莽傳上〉、〈郊祀志下〉），以及班、史所說河間獻王得「禮記」云云；皆係泛指某一內容之著述，猶如匡衡稱〈檀弓〉為「禮記」，而張純又以《禮緯含文嘉》為「禮記」。至鄭玄注《小戴禮記》49篇，而後《禮記》乃為專書之稱。皮錫瑞《經學通論》說：「漢初所謂禮，即今17篇《儀禮》，而漢不稱《儀禮》。專主經言，則曰禮經；合記而言，則為『禮記』。許慎盧植所稱之『禮記』，即《儀禮》中之記，非今49篇《禮記》也。其後《禮記》之名為49篇所奪，乃以17篇之禮經別稱《儀禮》。」可見《禮記》與《儀禮》的關係極為密切。今本《禮記》共有49篇，其內容大概可區別為通論、通禮、專禮三部分。

於今綜觀《禮記》的價值，主要有三點：

一、指出禮之精神內涵，所以不讀《禮記》，不能知民族文化形成的根源。

二、是儒家的禮治思想，所以不讀《禮記》，不能知個人行為應遵的規範。

三、是古代禮俗史，所以不讀《禮記》，不能知國家制度訂立的原理。

看圖說故事

〈左傳・文公八年〉：「司馬握節以死，故書以官。」大意是，司馬手裡拿著符節死去，所以《春秋》記載他的官職而不寫名字。作為符節義的「節」字，初文寫成「卩」，①甲骨文是個相對於女性（ ）的男子形象，古人衣著只穿裙（裳），因此席地而坐時不可蹲著，也不可以兩腿叉開，以免下體外露。②金文和③小篆也是一個人跪坐的符號，這種坐姿又叫「踞坐」，一直到唐代都是如此。其實這種符號又和竹子剖成兩半是有關係的，因為合起來就表示一種信物，就像是印章一樣。④楷書寫成「卩」。

「卩」，ㄐㄧㄝˊ，二劃，象形字，作為部首的稱呼是卩部。

「卩」，作為下偏旁時寫作「㔾」，如：卮、危、卷等字。不可寫作已、己、巳。

181. 禮：會意兼形聲字，甲骨文象禮器〝豆〞中盛滿了祭品玉之狀，表示致敬之意。古文改為從示乙聲。篆文另加意符示，成了從示從豊會意，豊也兼表聲，本義為敬事神靈以求福。禮，甲骨文中兩串玉被盛於器中，也說明了玉在上古時代是重要的祭祀神靈的物品。

部首要說話

「卩」，甲骨文象跪坐的人形，本義是跪坐的男子，古時稱這種坐姿為踞坐，這是人們相向談話的端莊姿勢，以此為雅。《論語》中有段孔子敲打原壤膝蓋的記載，這是因為原壤沒有採用踞坐的姿勢，而是把腿伸直席地而坐，孔子認為坐姿不雅乃是對自己的不尊重，於是用手杖敲打他的膝蓋。這段小插曲語出〈論語・憲問〉：「原壤夷俟。……以杖叩其脛。」（夷：蹲踞。俟ㄙㄟ：等待。）

卩，本義就是跪坐的人。人跪坐時以膝蓋著地，所以「卩」是「厀」的初文，「卩」作為偏旁之後，其義另加聲符「桼」成了「厀」，後又改為從「肉」（月）成了「膝」。

「卩」的本義給了「膝」後，從跪坐領受「符節」引申為「㔾」，「㔾」就是「節」的古字，本義是代表身分的符節。這個「卩」在古文裡寫作「㔾」，這就是信符，最早的信符是以竹片剖半而成，合起來就是一個完整的竹片。

什麼叫「信符」呢？舉個例子，古時候朝廷要派大將戍守邊疆，出發前會將玉或金屬之類的東西剖為二半，一半交守將帶往邊疆，另一半留在朝廷，如果守將有緊急的軍務必須向朝廷請示時，就會派遣親信以快馬持「㔾」回朝廷陳述，然後將兩個「㔾」合在一起是否相符，這表示邊疆守將真的有事請朝廷決定。同樣的，朝廷有令的時候，也會將「㔾」帶往邊疆，讓守將遵守朝廷的命令。

所以〈說文解字・卩部〉寫著：「卩，瑞信也。守國者用玉卩，土邦者用人卩，澤邦者用龍卩，門關者用符卩，貨賄者用璽卩，道路用旌卩。象相合之形。」許慎的析形釋義當為後來的借義。

華夏社會逐步進入男權至上的社會之後，跪坐男子意義的「卩」失去了本義，而是作為引申義，並由後起的「節」字承擔其義，於是「卩」就作為部首字，成為構字組件的偏旁來使用，如：印、仰、即、卿等字。

正如甲骨文屈膝長跪的男子一樣，這是約束自己尊重他人的意思，因此「節」就引申為節制和俯就的意思，如〈呂氏春秋．論人〉：「適耳目，節嗜欲。」（適：合宜、適度。）這是說，耳目聲色之好要適度，各種嗜好與慾望要節制。

如今「卩」不單用，只作偏旁使用。凡從卩取義的字，都與人的腿部動作等義有關。

注意部首字詞

「卬」，這是個多音多義字。讀作ㄧㄤˇ，會意字，篆文 [illegible] 左從立人，右從跪坐之人，會翹首仰望之意，這是指臉向上，抬頭向上的意思，與「俯」相對，後來這個意義寫作「仰」。「卬」從抬頭向上的意義引申為仰望，又做仰賴解，如〈漢書．公孫弘傳〉：「貧民大徙，皆卬給縣官。」這是說，貧民由中原遷徙至邊境，都仰望官府救助。

「卬」，讀作ㄤˊ，⑴「我」的意思，如〈詩經．邶風．匏有苦葉〉：「人涉卬否，昂須我友。」（須：等待。）大意是說，別人渡過了河，我卻沒有，（因為）我在等待我的朋友。⑵當激勵講，西漢司馬相如〈長門賦〉：「意慷慨而自卬。」⑶抬起，升高。

「印」，也是個多音多義字。讀作ㄧˋ，會意字，甲骨文 [illegible] 上從爪（覆手）下從卩（跪人），會用手按一人使其跪下之意，本義為按壓，後來此義寫作「抑」，如〈老子．道德經〉：「天之道，猶張弓者也，高者印之，下者舉之。」這是說，大自然的道理就像上弓弦一般，高時壓低些，低時抬高些。

「印」，讀作ㄧㄣˋ，本義即印信，引申為留下或印下痕跡，後作印證，吻合講，如南朝梁．簡文帝〈答湘東王書〉：「皇情印可，今便奉行。」

（可：認可。）這是說，皇上的意思已經認可，現在就可以行事。今有成語「心心相印」，表示兩心吻合，用以比喻彼此心意互通。

「卷」，ㄐㄩㄢˇ，也是個多音多義字。會意兼形聲字，篆文從卩（跪坐人形）從𠂔（ㄐㄩㄢˋ，表屈曲），會膝彎曲之意，𠂔也兼表聲，本義為膝曲，引申指⑴把物彎曲成圓筒形，這個意義後來寫作「捲」，引申為收、藏，如〈論語．衛靈公〉：「邦無道，則可卷而懷之。」大意是，國家危亂的時候，就隱居起來。⑵ㄐㄩㄢˋ，書籍或字畫的卷軸，泛指書卷，書籍，今有成語「手不釋卷」。後又作量詞，也特指試卷，〈宋史．選舉志一〉：「凡廷試，帝親閱卷累日。」這是說，（宋太宗）在位期間，皆親自複試進士，甚至親自出題選士，並親自參加閱卷。⑶ㄑㄩㄢˊ，一指彎曲，如〈詩經．小雅．都人士〉：「彼君子女，卷髮如蠆。」（蠆ㄔㄞˋ：蠍子一類的毒蟲，尾上翹。）詩的大意是，那貴族家的女子，捲起的頭髮像蠍尾。二通「婘」，指美好的樣子。三通「拳」，指拳頭。四通「衮」，為古代帝王或三公所穿的禮服。

｜語文點心｜**司馬相如**

司馬相如（約公元前179年—前117年），字長卿，四川南充蓬安人，漢代文學家。司馬相如善鼓琴，其所用琴名為「綠綺」，是傳說中最優秀的琴之一。

司馬相如少時好讀書、擊劍，為人口吃而善著書，被漢景帝封為「武騎常侍」，但這並非其初衷，故借病辭官，投奔臨邛縣令王吉。臨邛縣有一富豪卓王孫，其女卓文君，容貌秀麗，素愛音樂又善於擊鼓彈琴，而且很有文才，但不幸未聘夫死，成望門新寡。

司馬相如趁一次作客卓家的機會，借琴聲表達自己對卓文君的愛慕之情，他彈琴唱道，「鳳兮鳳兮歸故鄉，游遨四海求其凰，有一豔女在此堂，室邇人遐毒我腸，何由交接為鴛鴦。」使得在簾後傾聽的卓文君怦然心動，並且在與司馬相如會面之後一見傾心，雙雙約定私奔。當夜，卓文君收拾細軟走出家門，與早已等在門外的司馬相如會合，從而完成了兩人生命中最輝煌的事件。

卓文君也不愧是一個奇女子，與司馬相如回成都之後，面對家徒四壁的境地（這對愛情是一個極大的考驗），大大方方地在臨邛老家開酒肆，自己當壚賣酒，終於使得要面子的父親承認了他們的愛情。

後人則根據他二人的愛情故事，譜得琴曲〈鳳求凰〉流傳至今。

相如之賦，詞藻瑰麗，氣韻排宕，為漢賦辭宗，影響當代及後世甚鉅，有「西漢文章兩司馬」的美譽（另一位即司馬遷）。

看圖說故事

「不問蒼生問鬼神」，有人說「問鬼神」就是「卜」，真的是如此嗎？①甲骨文是龜甲裂紋的形象，有縱有橫。②金文是帶有彎曲的裂紋。③小篆乾脆把斜行的裂紋改為一短橫。④楷書寫成「卜」。

「卜」，ㄅㄨˇ，二劃，象形字，作為部首的稱呼叫卜字部。

書寫「卜」字的時候，一點要輕觸一豎。「卜」作為上偏旁時，點改為短橫，如：占、貞。

部首要說話

卜，甲骨文象龜甲燒灼後出現的縱橫裂紋形，是兆象的簡形，古人觀此以判斷吉凶禍福。所以「卜」的本義就是灼甲龜取兆以占吉凶。〈詩經・衛風・氓〉：「爾卜爾筮，體無咎言。」（體：指占卜時顯示的兆相。咎：凶。）大意是，為你卜卦問神，象兆沒有不吉祥。

上古時殷商民族，幾乎事無巨細，都要通過占卜來決定吉凶，征戰是否順利、田獵有無收穫、天氣會不會降雨、婦女何時分娩、生男或生女、疾病會不會好轉……諸如此類，都要反覆在龜甲或牛肩胛骨上燒灼，觀看由此產生的卜紋是吉兆或是凶兆。一般來說，兆枝向上斜出是吉，向下或歧出是凶。最後，卜官再把卜兆的緣由，卜兆預示的結果刻寫在甲骨上，昭示給眾人，這就是甲骨卜辭。

占卜是用來問吉凶，所以引申為「預測」，成語「生死未卜」，是說無法預測是活是死。後來也泛指預測吉凶，如唐代于鵠〈江南曲〉：「偶向江邊采白蘋，還隨女伴賽江神。眾中不敢分明語，暗擲金錢卜遠人。」唐代盛行一種閨怨詩，主要寫閨中女子對情人征戍遠遊異鄉的纏綿情思。于鵠的這首〈江南曲〉則是此類閨怨詩中的上乘之作，它通過對一個少婦「暗擲金錢卜遠人」的典型細節描寫，表現了她對愛情的忠誠和對遠方丈夫的深切思念。從「預測」又引申為「選擇」，如「卜居」就是指選擇居住的地方。

〈詩經・小雅・楚茨〉：「卜爾百福。」這裡的「卜」當賜予講，大意是，賜予你福澤。

「卜」，也是作為百家姓之一，如「卜先生」。

如今「卜」可單用，也作偏旁使用。凡從卜取義的字，都與占卜活動等義有關。

| 注意部首字詞 |

「卜」、「占」、「筮」都是預測吉凶的活動，但燒龜殼判斷吉凶是「卜」，用蓍（ㄕ）草的排列來判斷吉凶叫「筮」，而「占」是觀察兆象以推斷吉凶，其兆象可以是龜甲的裂紋，也可以是蓍草的排列。「占」除了讀作ㄓㄢ，是察看兆相推斷吉凶之外，又做讀音ㄓㄢˋ，一指估計數目上報，又指「據有」、義今有成語「獨占鰲頭」，是說自己占有（得到）了狀元（第一名）。

「卜老」，這個「卜」當選擇講，這個詞就是說選地定居養老。

「卜食」，這不能單從字面解為預測吃飯的好時機。古時占卜用墨畫龜，以火烤甲殼，如果殼上裂紋恰好食去墨畫，就算是吉利。〈北史．隋文帝紀〉：「龍首山川原秀麗，卉物滋阜，卜食相土，宜建都邑。」後來就以「卜食」作為建都選地的代稱。

「卝」，讀音ㄎㄨㄤˋ，為「礦」的古字，〈周禮．地官．卝人〉：「卝人，掌金玉錫石之地。」讀音ㄍㄨㄢˋ，為「丱」的俗字，就是古時兒童分梳兩邊的錐形髮髻。

「卣」，ㄧㄡˇ，象形字，甲骨文象一種盛酒的器皿置於座上形，是古代一種中型酒樽，青銅製，多用作禮器。〈詩經．大雅．江漢〉：「秬鬯一卣。」（秬鬯ㄐㄩˋ ㄔㄤˋ：用黑黍和鬱金香釀成的酒，供祭祀用。）大意是，黑黍香酒賜你一樽。

| 語文點心 | 《周禮》

《周禮》，書名。相傳為周公攝政後所撰，漢武帝時河間獻王從山崖、牆壁中搜得，其後劉歆獻給王莽，流傳至今。十三經注疏本為漢鄭玄注，唐賈

公彥疏，清孫詒讓有周禮正義。此書擬周室的官制，本名「周官」，自劉歆始名「周禮」，分天官、地官、春官、夏官、秋官、冬官六篇，冬官司空早佚，漢時補入考工記一篇，大而至於政治、軍事，小而至於衣冠、陳設，無不有義。鄭玄著《周官禮註》與《儀禮》、《小戴禮記》被列入儒家經典中的「三禮」之一。

《周禮》之制度多與他書不同，故攻擊者尤眾。然前人之攻擊者，亦多認為周制。至於後人，今文家何休認為該書是「六國陰謀之書」，宋朝王安石變法時，效法《周禮》的精神以執行新法，引起反對派極大的反彈，其著有《周官新義》；蘇轍首先寫了長篇大論，言《周禮》之不可信。到了清代萬斯同著有《周官辨非》，指書中偽著五十餘處。近代不少人認為是漢朝初期時士人所偽作，康有為《新學偽經考》則認為是劉歆偽造。柳翼謀在《中國文化史》「周之禮制」中，認為並非偽作，《周禮》「實成、康、昭、穆以來王官世守之舊典，以之言西周之文化，固非托古改制之比也。」

看圖說故事

有一天，孔子和子路走在山谷中，看見了幾隻野雞，這件事記載在〈論語．鄉黨〉，最後有這樣的一句話，「子路共之，三嗅而作。」這是什麼意思呢？這是說，子路向牠們拱拱手，野雞（受到了驚嚇）便叫了幾聲就飛走了。句中的「共」字，初文就是「廾」字，①甲骨文是左右兩手向上的的動作，表示要獻上什麼東西給他人。③小篆形似甲骨文。④楷書寫成了「廾」。

「廾」，ㄍㄨㄥˇ，三劃，會意字，作為部首的稱呼是廾部、廾字頭。

「廾」字三劃，如作四劃，就成了草字頭的「艹」。兩字要分清楚。

｜部首要說話｜

「廾」，甲骨文是兩手相對拱舉有所奉的樣子，會兩手捧物之意。《說文解字》的解釋是：「廾，竦手也。」這個「竦」（ㄙㄨㄥˇ）是什麼意思呢？就是「敬」，恭敬的意思。「竦手」就是拱手肅靜行禮的意思。這個「恭敬」的意義後來由後起字「共」來承擔，如〈孟子‧萬章上〉：「我竭力耕田，共為子職而已矣。」大意是，我竭盡全力耕種莊稼，恭恭敬敬的盡子女的責任就是了。

「廾」從本義引申為供給、供奉，即[182]雙手捧出將己物奉獻給他人。而這個意義也由後起字「拱」來承擔，如〈論語‧微子〉：「子路拱而立。」大意是，子路拱著手恭敬地站在那裡。「廾」就是「共」的古字，「共」又是「拱」的古字，可見「廾」就是「拱」，也就是拱手的意思。

現在，「廾」的本義語引申義已經由「共」、「拱」來使用，「廾」僅作為部首字，但是由部首「廾」組成的字大都有手的動作的意思。

另外，「廿」（ㄋㄧㄢˋ），是二十的意思，即「二十」的合體，有時也寫作「廾」，唐石經二十皆作「廾」。

如今「廾」已不單用，只作偏旁使用。凡從廾取義的字，皆與兩手的動作、行為等義有關。

｜注意部首字詞｜

從部首「廾」所組成的字並不多，但有些字的用法要注意。

---

182. 即：會意字，甲骨文作，從皀（盛滿食物的器具），從卩（跪坐的人），會人面向食器正在吃飯之意，本義為就食，引申泛指靠近等義。

「弁」，有二讀。會意字，甲骨文 為兩手（廾）捧帽形，會正戴帽子之意，《說文解字》：「弁，本作覍。冕也。象形。或作弁。」本義為加冠。⑴ㄅㄧㄢˋ，這是指古代舉行通常禮儀時戴的帽子。祭祀時戴的稱為爵弁（文冠），這是用赤黑色布帛製成。田獵征伐時戴的稱皮弁（武冠），是用白鹿皮製成。「弁」也當放在……前面，一般當書序使用。「弁」從帽子義引申指為明清時代武官或低級武官。〈漢書．甘延壽傳〉：「試弁，為期門，以材力愛幸。」（期門：官名。愛幸：被皇上寵愛。）這裡的「弁」是徒手搏鬥的意思。另外，「弁」也當驚恐的樣子講。⑵ㄆㄢˊ，歡樂的意思，〈詩經．小雅．小弁〉：「弁彼鸒斯，歸飛提提。」（鸒ㄩˋ斯：烏鴉的一種。提提ㄕˊ：鳥群飛的樣子。）詩的大意是，看那快樂的寒鴉啊，一群群飛回家。

「弄」，也有二讀。⑴ㄋㄨㄥˋ，本義是用手擺弄、玩弄。〈詩經．小雅．斯干〉：「乃生女子……載弄之瓦。」（干：通「澗」，山間之水。）大意是，於是生下女孩……就給她玩紡錘。今有成語「弄瓦之喜」，表示慶祝生下女孩。「弄」，從本義引申為戲弄。演奏樂器也稱作「弄」。⑵ㄌㄨㄥˋ，這是指里巷、胡同。

「弈」，ㄧˋ，形聲字，篆文 從廾（雙手）亦聲，〈說文解字．廾部〉：「弈，圍棊也。從廾亦聲。」本義是下圍棋，但「弈弈」有二解，⑴憂愁的樣子，如〈詩經．小雅．頍ㄎㄨㄟˇ弁〉：「未見君子，憂心弈弈。」大意是，沒有看見君子，我憂心忡忡。⑵光彩明亮的樣子，〈北史．齊琅邪王傳〉：「琅邪王眼光弈弈，數步射入。」

「舁」，ㄩˊ，會意字，甲骨文和金文都是四隻手抬物形，〈說文解字．廾部〉：「舁，共舉也。從臼從廾。凡舁之屬皆從舁。」，本義是共同抬起，又作裝，裝載義，如韓愈〈憶昨行和張十一〉：「車載牲牢甕舁酒。」「舁」通「輿」時，指的就是轎子。

| 看圖說故事 |

〈周易‧繫辭〉：「爻也者，效天下之動者也。」這是說，爻辭，就是仿效天下萬事萬物運動變化的。這就是個「爻」字，①甲骨文②金文③小篆都像是物與物相互交叉的形狀，由兩個╳上下重疊所構成。④楷書寫成了「爻」。

「爻」，ㄧㄠˊ，四劃，象形字，作為部首的稱呼是爻字部。

書寫「爻」字時，如作內偏旁或「大」偏旁的兩側，末捺改頓點，如：爾、攀、爽等字。

| 部首要說話 |

「爻」，甲骨文象蓍草或算籌交錯形，表示交叉蓍草或算籌進行占卜計算。《說文解字》的解釋是：「爻，交也。」意思就是說，「爻」這個字就是「交錯」的意思。另外也有學者（朱駿聲）認為：「╳為古五字，二五天地之數會意。」其實，在「爻」部中以前只收一個字——棥，這就是「樊」的本字，也就是「籬笆」（樊籬），籬笆是用竹條或木條交錯所編成的。這樣看來，「爻」的本義就是「交錯」、「交叉」。

「爻」是「交錯」的意思，後來就作為《周易》這本書中組成卦的符號。「—」是陽爻，「 -- 」是陰爻，含有交錯和變化的意義，每三爻合成一卦，得八卦，兩卦相重疊共得六十四卦，爻的變化就決定了卦的變化。

以「爻」部所組成的字很少，有些漢字只是因為在楷書的寫法上含有「爻」的字形又難以歸部，就只好歸入「爻」部，如：爽、肴、爾等，但它們的字義都跟「爻」沒有關係。

如今「爻」可單用，也作偏旁使用。凡從爻取義的字，皆與交叉、明達、仿效、淆亂等義有關。

注意部首字詞

「爽」，ㄕㄨㄤˇ，象形字。一般本義多作明亮、清朗解，但近人的研究已有新解。郭沫若就認為，甲骨文的（爽）字，「實像人形而特大其二乳，其所垂者乃是乳房也。」而〈爾雅・釋言〉釋為：「爽，差，忒也。」這是說，爽，即鬱悶阻滯的意思，也就是說膨脹的乳房會讓母親感到憋脹不適，〈詩經・衛風・氓〉：「女也不爽。」即是從乳房憋脹引申出差錯、違背的意思。乳房膨脹到一定的程度就會噴出，因此有率直義，引申出清爽、舒適、暢快的意思，王勃〈滕王閣序〉：「酌貪泉而覺爽。」大意是，即使喝下貪泉的水，心志依然是清明暢快的。乳色為白，因此引申出明亮及明白義，如〈左傳・昭西元年〉：「茲心不爽，而昏亂百度。」大意是說，心裡不明白這些（所謂的君子有四時），就會使百事昏亂。另外，《老子》十二章有句話說：「五味令人口爽。」這是說，五味使人口傷，口傷就是失去味覺，這是老子反璞歸真的反義用詞。這裡的「爽」，是當敗壞講，這個意義要特別注意。

「爾」，ㄦˇ，甲骨文作，下部是三個人字或大字，其上一横將人（或大）給聯繫起來，表示這是一個家庭成員的家族，而這些人都是吃同一個奶水長大的，本義是同母的一群孩子，引申為母系家族。在古時母系家族中，上輩對下輩子女的指稱為「爾」，就是「你們」的意思，於是「爾」就假借為第二人稱代名詞，後來也作「這、那」的代詞，如〈禮記・檀公上〉：「夫子何善爾也？」這是子貢向孔子的問話，大意是，夫子（孔子），您為什麼稱讚那喪事辦得好呢？「爾」，在古文中還用作形容詞和副詞的尾碼，表示「……的樣子」，作為語氣詞時，就等於「罷了」的意思。這樣看來，「爾」的本義逐漸不用，發達的反而是這些那些代詞，甚至於原本晚輩對母親或祖母稱呼的

「爾」（音近ㄋㄞˇ）也假借出去之後，這個稱呼的意義也由「嬭」字承擔下來了。至於「爾」也作「薾」與「邇」的通假字，通「薾」時是指花繁盛的樣子；通「邇」時，是指近的意思，引申為淺近，如〈荀子・天論〉：「其說甚爾，其災甚慘。」大意是，這種說法雖然很淺近，但是這種災禍卻很淒慘。

看圖説故事

一般人說，「色」字頭上一把刀，真有一把刀嗎？這個「色」字，①甲骨文右邊是個跪著的人，左邊的形象有人認為是把刀子，但它是個象徵的意符，是「節」的古字——卪（卩）。③小篆的人形在上面，下部是個 卪 。④楷書寫成「色」。

「色」，ㄙㄜˋ，六劃，會意字，作為部首的稱呼是色字部。

書寫「色」字時，上部為「⺈」（ㄖㄣˊ），不作「刀」。如：艴、銫、色。這與從「刀」的「絕」字是不同的。

部首要說話

「色」，小篆上從立人，下從跪人，用立人在訓誡跪人會怒形於色之意。《說文解字》有一段解釋：「色，顏氣也。從人 卪。」這是什麼意思呢？「顏氣」就是面上的氣色，也就是面色。所以「色」的本義是怒色。《論語》記載孔子所說：「戒之在色。」這是講色慾。〈孟子・梁惠王下〉裡記載齊宣王所說：「寡人有疾，寡人好色。」這個「色」，就是指女色，這句話的大意是，我（齊宣王）還有個毛病，我喜歡女色。也就是說，色是人之天性，但必須要「卩」，就是節制的意思。因此，「色」從怒色又引申為「人之好色，須有節制」的意思。

「色」從本義就引申為臉色、神色，如，和顏悅色。〈孟子‧梁惠王上〉：「民有飢色，野有餓莩。」大意是，百姓面帶飢餓的臉色，郊野橫陳著餓死的屍體。

臉色、神色，會隨著情緒而有所變化，這是指臉的「顏色」的變化，因此就引申為「顏色」的意思。老子說過：「五色令人目盲。」這就是說，色彩過於紛呈，反而使人看不清楚。

「色」，也作為種類、式樣來講。如：「貨色齊全」、「形形色色」、「花色繁多」。

陳子昂〈感遇〉之八：「空色皆寂滅。」這裡的「色」，乃陳子昂借用佛教用語，「色即是空」，指一切事物皆由因緣所生虛幻不實。

另外，「色」有個特別的讀法，也就是當賭具的意義時，要讀作ㄕㄞˇ，「色子」就是賭博用的「骰子」。

如今「色」可單用，也作偏旁使用。凡從色取義的字，都與氣色、顏色等義有關。

注意部首字詞

由部首「色」所組成的字非常少，一般僅收「色」、「艴」。

現在我們使用「顏色」一詞大都指臉色或顏色用，其實「顏」本義指額，「色」引申指臉色，兩者本來並不相同。卻因「顏」的引申義與「色」的臉色義相同，所以成語就有「察顏觀色」。但是，「色」的「景色」義、「女色」義，是「顏」所沒有的。

「色色」，一指種類義，即各種各樣，但是〈荀子‧哀公〉有句話寫道：

「所謂庸人者，口不能道善言，心不知色色。」這裡的「色色」不當種類講，這是指分辨容色的意思，即觀其色，以知其好惡。

「色斯」，指的是什麼呢？語出〈論語・鄉黨〉：「色斯舉矣，翔而後集。」（舉：鳥兒飛起來。）大意是，孔子臉色動了一下，野雞便飛向天空，盤旋一陣，便落在一處。馬融注解：見顏色不善，則去之。後人即以「色斯」代指離去的意思。

「色養」，又指什麼呢？其實是先有「色難」才有「色養」。〈論語・為政〉：「子下問孝，子曰：『色難』。」所謂「色難」，是說承順父母顏色乃為難。於是後人就把承順父母顏色，孝養侍奉父母為「色養」。

「艴」，ㄅㄛˊ，「艴然」是盛氣、發怒的樣子，〈孟子・公孫丑上〉：「曾西艴然不悅。」（曾西：曾參之子。）這是說，曾西臉色一變，非常生氣。

① ② ③ ④ 鼓

看圖說故事

〈尚書・胤征〉：「瞽奏鼓。」（瞽：樂官。）大意是，樂官正敲奏著鼓器。這個非常形象化的「鼓」字，①甲骨文左邊就是鼓形的白描，右邊是一隻持棒槌的手，正在做什麼呢？自然是敲打囉！②金文和③小篆的字形愈趨流利平滑，方便寫成方塊字。④楷書寫成了「鼓」。

「鼓」，ㄍㄨˇ，十三劃，會意字，作為部首的稱呼是鼓部、鼓字部。

書寫「鼓」字時，左半上部作「士」，不寫成「土」。作為上偏旁時，除了「瞽」字之外，末捺筆都改為長頓，如：鼙、鼕、鼛、鼘等。

| 部首要說話 |

「鼓」，甲骨文從壴（鼓形），從攴，象手持鼓槌擊鼓之狀。本義就是擊鼓。1977年在湖北出土的商代銅鼓，下有底座上有馬鞍形的仰腳，與甲骨文、金文的「壴」（鼓形樂器）相比對，可說是唯妙唯肖183。

「鼓」，在上古時候有三項用途：

一是作為樂舞伴奏，如〈詩經・小雅・彤弓〉：「鐘鼓既設，一朝饗之。」大意是，鐘和鼓都已經架設好啦，整個上午大宴賓客。這正是「鼓」本義的來源。

二是在戰爭中用作指揮、發布命令來用，所以「鼓」也引申為戰鼓，今有成語「偃旗息鼓」、「一鼓作氣」，這個「鼓」就是來自於軍陣中的擊鼓衝鋒。如〈左傳・莊公十年〉：「一鼓作氣，再而衰，三而竭。」這是說，（作戰全憑勇氣）第一通鼓振奮勇氣，第二通鼓勇氣就少了一些，第三通鼓勇氣就沒有了。

三是用來作遠距離的信號傳遞，因為擊鼓有聲，鼓面震動而發出聲音，所以「鼓」又引申出震動、搖動的意思，如「鼓手」、「鼓舌」。後有「歡聲鼓舞」，這「鼓」就當激勵、振作的意思。如〈莊子・盜蹠〉：「搖唇鼓舌，擅生是非。」這是說，鼓動嘴脣與舌頭，用來專生是非。

因為鼓的形狀圓而中空，因此表示鼓脹、突出的形容詞也可以用「鼓」來描述，如：鼓著嘴、口袋鼓鼓。

「鼓」，在古時也作為量詞，一是指夜間計時的單位，李商隱〈無題〉之一：「嗟余聽鼓應官去。」這鼓，就是「官街鼓」，官街即是長安的大街道，其中最主要的街道，便是「朱雀大街」朱雀大街承接著承天門街，承天門上有「挈壺正」掌管漏壺，負責報時工作；「城門郎」則負責擊鼓和各門啟閉的事宜。所以，鼓聲是打開長安人一天作息的關鍵。二是作量器名稱，古時四鈞為石（ㄉㄢˋ），四石為鼓。〈管子・地數〉：「民自有百鼓之粟者不行。」（不行：不用到重泉服兵役），人民只要自己家中有百鼓之粟，就可以不用到重泉服兵役。

「鼓」，今可單用，也作偏旁使用。凡從鼓取義的字，都與鼓或凸起等義有關。

｜注意部首字詞｜

「鼓下」，按照字面上解就是在鼓的下方處。古時軍令皆以鼓聲做為進退的依據，置軍營則立旗以為軍門，並設鼓，戮人必於其下。因此，「鼓下」就是指軍中斬人的地方，如〈左傳・襄公十年〉：「皆衿甲面縛，坐於中軍之鼓下。」大意是，不解除（殖綽、郭最的）盔甲從後面捆綁，他們坐在中軍的戰鼓下邊。

從部首「鼓」所組成的字，大都與鼓的類型或聲音有關。

形容聲音的字，「鼕」，ㄉㄨㄥ，象聲詞，鼓聲。「鼚」，ㄔㄤ，擊鼓聲。「鼝」，ㄩㄢ，象聲詞，鼓聲。

鼓的類型有，「鼖」，ㄈㄣˊ，大鼓。「鼗」，ㄊㄠˊ，是一種長柄的搖鼓，〈隋書・音樂志下〉：「二人執　，二人執鐸。」（鐸：古樂器，形如大鈴。）「鼙」，ㄆㄧˊ，是一種軍用小鼓，又代指戰事，如杜甫〈出郭〉：「故鄉猶兵馬，他鄉亦鼓鼙。」「鼛」，ㄍㄠ，用於役事的大鼓，〈詩經・大雅・緜〉：「百堵皆興，鼛鼓弗勝。」（堵：古代築牆單位。弗勝ㄕㄥ：猶

183. 肖：一般常用相似義，〝不肖〞應該就是不一樣的意思，怎麼會與〝不孝順〞的意義連結呢？肖，會意形聲字，盟書從肉從小，會細小的肉丁意，小也兼表聲，本義即細小、細微。細微的事物難辨其異，引申為相似。《說文解字》：「肖，骨肉相似也。不似其先，故曰不肖。」也就是說，子孫如果不具備他們先輩的良好德行，就會被視為不肖，用來指稱品行不好，品行不好的子孫，當然也就是〝不孝順〞了。〝不肖〞另有一義，是指才能、力量與所承擔的工作不相稱，後來逐漸成為一個表示無能的謙詞。

言不止。）詩的大意是，百堵土牆都樹立起來囉，大鼓擂個不停。「鼛」，ㄍㄠ，這是指守夜的警鼓。

六、五顏六色

老子《道德經》中寫道：「五色令人目盲，五音令人耳聾，五味令人口爽，馳騁畋獵令人心發狂……」意思是說，如果一個人過分追求感官刺激，則會傷其身、亂其心。

事實上，一個民族對顏色的好惡就是經由日常生活所焠煉出來的文化底蘊，例如，紅色是中國文化的基本崇尚色，它體現了中國人在精神和物質上的追求。它象徵著吉祥、喜慶，如把促成他人美好婚姻的人叫「紅娘」，喜慶日子要掛大紅燈籠、貼紅對聯、紅福字；白色與紅色相反，是一個基本禁忌詞，體現了中國人在物質和精神上的擯棄和厭惡。在中國古代的五方說中，西方為白虎，西方是刑天殺神，主肅殺之秋，古代常在秋季征伐不義、處死犯人。所以白色是枯竭而無血色、無生命的表現，象徵死亡、凶兆。

古代黑色為天玄，原來在中國文化裡具有沉重的神秘之感，是一種莊重而嚴肅的色調，它的象徵意義由於受西方文化的影響而顯得較為複雜。一方面它象徵嚴肅、正義，如民間傳說中的「黑臉」包公，傳統京劇中的張飛、李逵等人的黑色臉譜；另一方面它又由於其本身的黑暗無光給人以陰險、毒辣和恐怖的感覺。

至於黃色，在中國文化中是紅色的一種發展變異，如舊時人們把宜於辦大事的日子稱為「黃道吉日」，但是它更代表權勢、威嚴，這是因為在古代的五方、五行、五色中，中央為土黃色。黃色象徵中央政權、國土之義，所以黃色便為歷代封建帝王所專有，普通人是不能隨便使用「黃色」的，如「黃袍」是天子的「龍袍」，「黃鉞[184]」是天子的儀仗，「黃榜」是天子的詔書，「黃馬

184. 鉞：是古代用於殺戮的刑具。「鑲嵌十字紋方鉞」為鉞之一種，方形平刃，闌旁有兩方孔，似用於皮條捆紮。器物中心有一圓孔，其周圍用綠松石鑲嵌十字紋六組，紋飾特殊。此方鉞大而重，使用不便，且有綠松石作鑲嵌，後作儀仗用具使用。

褂」是清朝皇帝欽賜文武重臣的官服。

總而言之，經由顏色所發展出來的文字，確實承載了文化的重量，探索顏色的文字，正是進一步挖深對文化的認知與理解。

看圖說故事

〈莊子．馬蹄〉：「白玉不毀，孰為珪璋！」這是說，白玉不被毀壞，誰能作成珪璋之類的玉器！這個「白」字，①甲骨文裡頭的三角形是個火苗燃燒的形象，外部上尖下寬的圖案是它的光圈。②金文將裡頭的火苗簡化為一橫，外部仍是光圈的模樣。③小篆為了使字形匀稱美觀，在方塊化過程中增添飾筆，在光圈上頭加上一短豎，反而讓人看不出原來的樣子了。④楷書寫成了「白」字。

「白」，ㄅㄞˊ，五劃，會意字，作為部首的稱呼是白部。

書寫「白」字，作為上下偏旁時，「白」在上下部都寫作「臼」，如：皂、阜、百、皆等。作為左右偏旁時，「白」在下部都寫作「日」，如：伯、怕、皎、皈等。

部首要說話

「白」，就是以火苗發出亮光的形象會意出「明亮」的意涵，火光明亮，最外邊的光圈色形如白，引出顏色之「白」，就是我們現在說的白色。白色的物件使人有潔淨的感覺，因而常用來比喻純潔，如明代于謙〈石灰吟〉：「粉身碎骨全不惜，要留清白在人間。」詩人藉著燒製石灰是要粉身碎骨才成粉末，而將清白的顏色留給人間使用，來表達自己內心不怕犧牲、清白忠貞的坦蕩胸懷。

「白」從本義「明亮」又引申出「說清楚」的意思，如，明明白白、真相大白。〈荀子・王霸〉也有：「三者明主之所謹擇也，仁人之所務白也。」大意是，（禮義、信用、權謀）這三者，是英明的君主所慎重選擇的，是仁人所必須明白的。

將話給說清楚，就引申為「陳述」的意義，就像基督徒有到祈禱室懺悔「告白」的習慣，情人之間總是希望對方真心的向自己「表白」，這個「白」就是陳述、秉告的意思。〈韓非子・外儲說左上〉：「燕相白王，王大說，國以治。」（說ㄩㄝˋ：喜悅。）大意是，燕相告訴燕王，燕王非常高興，國家因此治理好了。

話說清楚了，事情也就告了一段落，有如船過水無痕，所以也引申出「徒然」、「空」的意義，如，白跑了一趟、白費力氣。李白〈越女詞〉之四：「相看月未墮，白地斷肝腸。」這裡的「白地」就是平白、徒然的意思在漢民族的習俗中，喪服用白色，所以「白色」常指喪事。「白」與「紅」在現代語彙又成了一對反義詞，「紅」指的是革命，「白」就是反動、保守的意思，如：白軍、白區、白色革命、白色恐怖。

白，也是中國少數民族之一，分布在雲南大理和貴州一些地區，即白族。

另外，白，也是姓，如：白小姐。

「白」，今可單用，也作偏旁使用。凡從白取義的字，大都與白色、明亮、米粒等義有關。但是從「白」的字中，有些是其他字形變來的。例如：皂、皆、皇、習。

注意部首字詞

「白」，雖然是個看似簡單的字，但是由「白」所構成的詞，有些要注意。

「白刃」，可不是白色的刀刃，語出〈莊子．秋水〉：「白刃交於前，視死若生者，烈士185之勇也。」這句話是說，閃光鋒利的刀劍橫在面前，把死看得如生一樣平常，是烈士勇敢的表現。「白刃」，指的是鋒利的刀刃。

「白雨」，老天會降下白色的雨水嗎？宋代司馬光〈和復古大雨〉有詩云：「白雨四注垂萬緪。」（緪ㄍㄥ：粗繩。）這種雨下起來就像千萬條粗繩一般，這就是暴雨啊！另外，在中國關中地區的方言裡，把冰雹說成天降「白雨」。

「白鳥」，自然是指白色羽毛的禽鳥，但自古以來，有一種小蟲也稱作白鳥。〈大戴禮．夏小正〉：「丹鳥羞白鳥，丹鳥者，謂丹良也；白鳥者，謂蚊蚋也。」什麼是「丹良」？「丹良」就是螢火蟲，古代相傳螢火蟲食蚊蚋，所以白鳥即指蚊蟲。

從部首「白」組成的字，有些字罕見而有趣，在此稍作介紹。

「皀」，ㄅㄧ，這個字是白下為匕，「皁」（ㄗㄠˋ）是白下為七。《說文解字》釋為：「皀，一粒也。」所以「皀」是一粒的意思，後來也當穀香解。

「皁」，ㄗㄠˋ，多義詞，象形字，皁與皂本為一字，金文象未熟的櫟實形，因其殼像斗，故稱為橡斗。⑴皁斗的省稱，即櫟樹的果實。⑵古代一種賤役謂之「皁」。⑶〈詩經．小雅．大田〉：「既方既皁，既堅既好……。」這是說，莊稼已經抽穗，已經灌溉，已經堅硬，已經成熟……。「皁」是指穀粒尚未堅實，在此當動詞解。⑷古時以馬十二匹為「皁」。⑸指馬槽。

「白」有白色義，三個白在一起就是「皛」，ㄒㄧㄠˇ，明亮、潔白。又讀ㄆㄞ，拍打的意思。

｜看圖說故事｜

白居易在〈賣炭翁〉有詩句：「兩鬢蒼蒼十指黑。」此詩是藉著賣炭翁生活的困苦經歷，來對執政者發出批判與控訴，「十指黑」不僅是外在手指的黑，還是生活處於黑境的暗喻。這個「黑」字，②金文的上部是個煙囪的形狀，裡面的四個小點表示煙囪裡的黑灰，下部是個「炎」，這就是說，燒火石把煙囪都給熏黑了。③小篆基本上字形同金文，煙囪（㓁）更具象化，底下依然是「炎」。④楷書寫成「黑」。

「黑」，ㄏㄟ，十二劃，會意字，作為部首的稱呼是黑部或黑字部。

｜語文點心｜白居易

白居易（公元772－846），唐代詩人，字樂天，號香山居士，祖籍太原（今屬山西）。一生以44歲被貶江州司馬為界，可分為前後兩期。前期是兼濟天下時期，後期是獨善其身時期。

元和十年六月，白居易44歲時，宰相武元衡和御史中丞裴度遭人暗殺，

185. 烈士：烈，形聲字，篆文從火列聲，隸變後楷書寫作烈，本義是火勢猛烈，引申光明、顯赫，後引申指為忠義而死難的人。此即古代〝烈士〞之〝烈〞的主要意義，一般指堅貞不屈、剛強之士或有志於建立功業的人。現代〝烈士〞的意義有了轉變，專指為正義事業而犧牲的人，並且是死去的人。

武元衡當場身死，裴度受了重傷。對如此大事，當時掌權的宦官集團和舊官僚集團居然保持鎮靜，不急於處理。白居易十分氣憤，上疏力主嚴緝兇手，以肅法紀。可是掌權者非但不褒獎他熱心國事，反而說他是東宮官，搶在諫官之前議論朝政是一種僭越行為；還說他母親是看花時掉到井裡死的，他寫賞花的詩和關於井的詩，有傷孝道，這樣的人不配做左贊善大夫陪太子讀書，應驅逐出京。於是他被貶為江州司馬。實際上他得罪的原因還是那些諷喻詩。

貶官江州給白居易以沉重打擊，他說自己是「面上滅除憂喜色，胸中消盡是非心」，這使得他早年的佛道思想滋長。晚年以太子賓客分司東都。七十歲致仕。比起前期來，他消極多了，但他畢竟是一個曾經有所作為的、積極為民請命的詩人，此時的一些詩，仍然流露了他憂國憂民之心。他仍然勤於政事，作了不少好事，他曾經疏濬李泌所鑿的六井，解決人民的飲水問題；他在西湖上築了一道長堤，蓄水灌田，並寫了一篇通俗易懂的〈錢塘湖石記〉，刻在石上，告訴人們如何蓄水泄水，認為只要「堤防如法，蓄泄及時」，就不會受旱災之苦了，這就是有名的「白堤」。

白居易的詩繼承了《詩經》以來的比興美刺傳統，重視詩歌的現實內容和社會作用。強調詩歌揭露、批評政治弊端的功能。他在詩歌表現方法上提出一系列原則：

「辭質而徑」，辭句質樸，表達直率。

「言直而切」，直書其事，切近事理。

「事核而實」，內容真實，有案可稽。

「體順而肆」，文字流暢，易於吟唱（〈新樂府序〉）。

白居易詩歌理論對於促使詩人正視現實，關心民生疾苦，具有進步意義。對大曆（公元766—779）以來逐漸偏重形式的詩風，亦有針砭作用。但一般認為白居易的詩過分強調詩歌創作服從於現實政治的需要，則勢必束縛詩歌的藝術創造和風格的多樣化。不論如何，後世將白居易併同詩仙李白、詩聖杜甫、詩豪劉禹錫、詩鬼李賀於同等的詩藝水平，而白居易為後世稱為「詩魔」。

部首要説話

「黑」，金文象煙囪中的點點煙灰，下從炎，用煙灰表示黑色義。其實，在上古時代，人類早期的發展階段，為了避開獸害，先是把頭面塗上花花點點，一方面嚇唬獸類、一方面是用作保護色，後來又將一定圖形刺在臉上作為同族的標誌，正如台灣泰雅族的文面一般。其後又發展為假面具。所以，「黑」的本義是把頭面塗抹的顏色像墨似的看不清楚。

《說文解字》釋「黑」，應是由本義引申出薰黑的顏色。日後並「黑」與「白」相對。〈詩經・小雅・大田〉：「來方禋祀，以其騂黑。」（禋ㄧㄣ祀：泛指祭祀。騂ㄒㄧㄥ：赤色牛。）這是說，（曾孫）來到將祭祀，用那紅毛的牛、黑色的豬。

黑色經常讓人感覺昏暗看不到，所以「黑」由顏色的黑引申為「昏暗無光」，如：黑暗。杜甫〈春夜喜雨〉：「野徑雲俱黑。」詩意是，田野小徑溶入夜色，漆黑一片。

「黑」從黑暗無光義引申為黑夜、夜晚。唐代王建〈和門下武相公春曉聞鶯〉：「侵黑行飛一兩聲，春寒囀小未分明。」詩中的黑指的是夜晚。

對於居心不良的人在私底下的、隱密的進行某些事情，通常是不讓別人知道的，於是「隱密」、「非法」也是「黑」由「昏暗無光」的引申義。至於邪惡的，我們通常也用「黑心」來形容。

另外，「黑」也作姓氏用，如：黑幼龍先生。

在漢字中，凡是有「四點底」的字大都是「火」字變來的，這是為了結構美觀，書寫方便的緣故。

如今「黑」可單用，也作偏旁使用。凡從黑取義的字，都與黑色、昏暗不明等義有關。

注意部首字詞

「黑」字組成的詞很多，在古籍中有些詞應注意用法。

「黑子」，在自然科學中是指太陽表面的黑點，在古籍中另有用法，如〈史記・高祖本紀〉：「美須髯，左股有七十二黑子。」（七十二是借用古人以七十二為天地陰陽五行的成數，來傳達劉邦身上具有統合天下的象徵記號。）這是說，（漢高祖劉邦）留有華美的鬍鬚，左大腿有七十二顆黑痣。所以，這裡的「黑子」指的是黑痣。另有北周庾信〈哀江南賦〉：「地惟黑子，城猶彈丸。」這是講土地和城池都極小的意思，這裡的「黑子」，是比喻土地狹小。

「黑頭」一詞，一指傳統劇角色186淨的一種，淨，俗稱大花臉，有粉頭、黑頭、銅錘之分，黑頭面塗墨色，表示粗莽或森嚴，京劇中包公的角色即屬黑頭。另外，杜甫〈草唐詩箋・晚行口號〉：「遠愧梁江總，還家尚黑頭。」詩中的義旨是，還故土時尚不很老。這裡的「黑頭」，是指青壯年。

「黨」，ㄉㄤˇ，形聲兼會意字，篆文從黑（刺在人身上的同族人的共同標誌）表示親族，尚聲，尚也兼表尊崇之意，本義為親族，古代居民戶籍編制以五百家為黨，又引申為同夥的人。對同夥的人帶有貶義就指為朋黨，是為私利而勾結在一起的，如屈原〈離騷〉：「惟夫黨人之偷樂兮。」（惟：想起。偷樂：苟安歲月，貪圖享樂。）詩的大意是說，想起那幫包圍在楚王周圍結黨營私的小人，只顧苟且偷生、貪圖享樂。「黨」，從朋黨義又引申為偏私。「黨」，又作處所講；「黨」，其實另有褒義，是美善、正直的意思，但這個意義後來寫作「讜」。

今中國大陸地區將「黨」簡化為「党」，兩字的意義是完全不同的，「黨」的上述意義都不能寫作「党」，「党」只作姓來使用，又「党項」為古代民族名，是羌的一支，不可寫作「黨項」。

「黯」與「暗」音同為ㄢˋ，也都有昏暗的意義，但兩字在本義上不盡相同，用法也不一樣。「黯」，本義是黑色，引申為昏暗，無光澤。「黯然」作心神沮喪的樣子，今有成語「黯然神傷」，表示心神沮喪，神情憂傷。「暗」，本義是光線不足而致昏暗，引申為昏亂、愚昧，又作遮蔽講。「黑暗」是指光線不足的黑，不作「黑黯」；「黯然銷魂」是說心神沮喪好像失去了魂魄，也不能寫作「暗然銷魂」。

看圖說故事

賈思勰〈齊民要術・種椒〉：「色赤椒好。」這是說，好椒顏色要紅。這就是個「赤」字，①甲骨文下部是把大火，上部是人（大）被烤紅了。在遠古時期，真有焚人牲而祈雨的習俗。「赤」，正是這種可怕習俗的寫照。②金文仍是上人下火之形。③小篆經過隸變，上部的人（大）訛變為土字。④楷書寫成「赤」。

「赤」，ㄔˋ，七劃，會意字，作為部首的稱呼是赤字部。

書寫「赤」字時，左撇右點不接豎撇與豎鉤，如：哧。作左偏旁時，右點輕觸豎鉤，如：赦、赧、赫。惟「郝」字，標準字體右點卻不接豎鉤，要特別

186. 角色、腳色：藝術來自於生活，形形色色的人物出現於舞台是經過提煉、概括，甚至誇張，將劇中人物進行藝術化的分類，在京劇中，這些被分成生、旦、淨、丑等不同的類型就被稱為〝行當〞，〝行當〞就是後來指的〝腳色〞，清代孔尚任《桃花扇》凡例中云：「腳色所以分別君子小人，亦有時正色不足，借用丑淨者。」角色，英文為Role，1934年米德（G.H.Mead）首先運用這個概念來說明個體在舞台上的身分，所以角色就是指演員在戲中扮演的那個具體人物。簡言之，人物的類型化就是行當（腳色），人物的個性化就是角色。

注意。另外，作上偏旁時，豎鉤改豎筆，右點仍輕觸豎筆，如：螫。

部首要說話

「赤」，甲骨文從大或亦（露著腋窩的人），從火，會以火焚人呈現紅色義。「赤」，原是一種祭祀的名稱，指的是以火焚人感天求雨，火焰燃燒而起，會首先燒掉人的服飾，因此「赤」有空或裸露的意思，如：赤地千里、赤手空拳、赤裸裸、赤條條等。〈韓非子．十過〉：「晉國大旱，赤地三年。」這是說，晉國久旱不雨，一連三年田裡沒什麼作物。

焚人又有被火烤紅的意思，因此，又引申為表達比朱紅色稍淺的紅色，後來，「赤」也泛指所有的紅色。

「赤」是紅色，鮮血的顏色也是紅色，也是心臟的顏色，所以「赤」就引申為「忠誠」、「純真」，也成為象徵革命的顏色，如：赤膽忠心、赤子之心。另外，「赤子」也是嬰兒的意思。〈後漢書．光武帝紀上〉：「蕭王推赤心置入腹中，安得不投死乎？」（蕭王：指劉秀。投死：效死。）大意是，蕭王待人真誠無偽，我們哪裡能不以死效力？後有成語「推心置腹」用以比喻真心誠意的待人，即典出於此。

在古籍中，「赤」有時也通「斥」，當斥候講，即偵查敵情的士兵，如〈史記．晉世家〉：「伐秦，虜秦將斥。」這是說，要攻打秦國的時候，前線虜獲了秦國的斥候兵。

「赤」也有通「尺」的，一赤就是一尺。這個長度單位並不長，所以才有「赤子」當嬰兒講，後來用作為百姓的代稱，如宋代方勺〈青溪寇軌〉：「歲賂西北二虜銀絹以百萬計，皆吾東南赤子膏血也。」（西北二虜：指契丹和党項。）大意是，每年要用百萬的銀絹賄賂契丹、党項，這些可是東南百姓的血汗錢啊！

在地球科學裡，地球表面的點隨地球自轉產生的軌跡中，周長最長的、與地球南北兩極距離相等的圓周線（長約四萬七百公里）就稱為「赤道」。

「赤」，也是中國姓氏之一。例如，古時有個人名叫赤翟。

如今「赤」可單用，也作偏旁使用。凡從赤取義的字，都與火盛、火紅等義有關。

注意部首字詞

在古代，表示紅的顏色有好幾個字，如赤、朱、丹、殷、絳、紅、緋等，如果按照由淺及深的程度排列的話，那七種紅應該是這樣：紅、緋、丹、赤、朱、絳、殷。「絳」是深紅、「朱」是火紅、「殷」是黑紅、「赤」是紅、「丹」是丹砂的顏色，「紅」是淺紅。後來「赤」和「紅」才沒有分別。

「赤兔」，一指傳說中象徵吉祥的瑞獸。一指三國．呂布騎乘的駿馬，〈三國志．魏．呂布傳〉：「布有良馬曰赤兔。」也就是說，「赤兔」非兔。那麼「赤馬」難道也不是馬嗎？沒錯，這是舟名，〈釋名．釋船〉：「輕疾者曰赤馬，其體正赤，疾如馬也。」另外，「赤馬」又指丙午年，古代方士相信這是國家發生動亂災難的一年。也就是說，「赤馬」也非馬。

由部首「赤」組成的字裡，大多與紅色有關，指為顏色的紅的有「赩ㄒㄧˋ」、「赭ㄓㄜˇ」「赮ㄒㄧㄚˊ」、「赯ㄊㄤˊ」、「赬ㄔㄥ」，不單是指顏色為紅的有「赧ㄋㄢˇ」、「赦ㄕㄜˋ」、「赫ㄏㄜˋ」等。

「赧」，形聲字，篆文 [篆文] 從赤𠬝聲，〈說文解字．赤部〉：「赧，面慙赤也。從赤𠬝聲。」本義是因慚愧而臉紅，如三國時魏吳質〈達東阿王書〉：「赧然汗下。」大意是，因慚愧而臉紅，還不斷地流下汗水。從本義引申為擔憂害怕，如〈國語．楚語上〉：「夫子踐位則退，自退則敬，否則赧。」（踐位：登上君位。退：謙讓。敬：受尊敬。）大意是，只要您登上王位就要懂得謙讓的道理，懂得謙讓就受人尊敬，否則就要讓人擔憂害怕啊！

「赦」，本義即赦免，〈論語．堯曰〉：「有罪不敢赦。」（有罪：自稱的謙詞。）大意是，有罪的我不敢隨隨便便地赦免他（指夏桀）。

「赫」，ㄏㄜˋ，會意字，篆文從二赤組合而成，會火紅的顏色之意。⑴火紅色，如〈詩經・邶風・簡兮〉：「赫如渥赭。」（渥：塗抹。赭：紅土。）臉色紅潤，好像濕潤的紅土顏色。⑵引申為顯赫，〈詩經・商誦・那〉：「於赦湯孫，穆穆厥聲。」（於ㄨ：嘆詞，表示讚美。湯：商湯。穆穆：和美的樣子。）詩的大意是，啊，烜赫的商湯後人，那演奏的樂曲多麼優美動聽。⑶「赫」，也作發怒的樣子。⑷通「嚇」，威嚇，〈莊子・外物〉：「聲侔鬼神，憚赫千里。」（侔：等同）這是說，聲音等齊鬼神，震撼威嚇直達千里。

｜語文點心｜**稽古、引經**

稽古、引經為古代漢語文章中的修辭方式。

稽古是援引古人的事蹟來證實自己的論點，這種相當於「論證」的修辭方式，是古代作品常見的修辭手段。

稽古和引經都有「引古人」，其中的分別在於：

一、稽古是敘述一些歷史事實，引經則是援引古代聖賢的言辭。

二、稽古可以有正面的、有反面的，而引經則一律是正面的言論。

稽古有明有暗。「故令尹誅而楚姦不上聞，仲尼賞而魯民易降北，上下之利，若是其異也。」（韓非子・五蠹），此為引令尹、仲尼的事蹟來論證。

「臣聞洪水橫流，帝思俾乂。」（孔融・薦禰衡表）孔融把帝堯求賢治水的事壓縮成為八個字說出來，是為暗（隱藏）的稽古。

「老吾老，以及人之老；幼吾幼，以及人之幼：天下可運於掌。《詩》云：『刑於寡妻，至於兄弟，以御於家邦。』言舉斯心加諸彼而已。」（孟子・梁惠王上）此為引經之例。

戰國時代，引經成為風氣，漢代以後，引經已不限《詩》《書》《易》

三種，愈到後代，可引的著作就愈多。這種引用一般著作的方法，是從「引經」發展來的。

① ② ③ ④ 青

看圖說故事

〈荀子．勸學〉：「青取之於藍而青於藍，冰，水為之而寒於水。」（藍：可以提取靛青染料的植物。）這句話是說，青色是從蓼藍中萃取出來的，可是它比藍草精美得多；冰淩是由水中產生出來的，可是它比水寒涼得多。這個「青」字，①甲骨文上部是株小草，下部是一口井，小草長在井水附近會長得如何呢？②金文將字形寫的整齊劃一，不過小草訛化為「生」字。③小篆再將井的形狀訛化為「丹」字，這就讓後世的人解字時發生了意義的多元解釋。④楷書再一次將「丹」字訛化為「月」，最後寫成了「青」。

「青」，ㄑㄧㄥ，八劃，形聲字，做為部首的稱呼是青字部。

書寫「青」字時，下部的字是「月」，二短橫，不可寫成「月」（ㄖㄡˋ）。

部首要說話

「青」，甲骨文從生（植物初生）從丹（表顏色），用植物初生之色會綠色之意。「青」，就是以生長在水源豐沛的井水邊的小草造字，這樣的小草，色澤必然青翠鮮明如「青翠」，本義就是春天時植物葉子的翠藍或深綠色。所以「青」在古代也指「藍色」，如「青天」就是指藍天；「雨過天青」，指的就是下雨過後陽光初放時，天空呈現出美好的藍天。〈詩經．齊風．著〉：「充耳以青乎而。」（充耳：瑱187ㄊㄧㄢˋ，玉或象牙製成的飾物。乎而：語氣詞連用。）這句詩歌的意思是，懸掛充耳的是青絲線喲！

也有人認為，「青」，就是從礦中提取草木色的顏料，其色澤必然青翠鮮明，本義就是翠藍或深綠色。另外，青色還可以從藍草中萃取，所以古人說：「青出於藍而青於藍。」（荀子）指的就是這個意思。

「青」以「青色」義表示出這是美好的顏色，所以也引申為「美好」的意思。「青春」一詞，就表示這是人一生中生命力最旺盛、創造力最發達，是最為美好的時光。以景色來講，就是明媚的春光，如杜甫〈聞官軍收河南河北〉：「春青作伴好還鄉。」大意是，明媚春光和我作伴，我好啟程還鄉。以人的年歲來看，「青」指的就是青少年時期，如西晉潘尼〈贈陸機出吳王郎中令〉：「予涉素秋，子登青春。」（素秋：喻老年。）這是說，我將要步入老年之歲，而你卻是正要登上青春好年華。

在〈尚書．禹貢〉有句：「厥土青黎。」（厥：其。黎：黑中帶黃的顏色。）這裡的「青」是黑色的意思，這句話是說，這裡的土是疏鬆的黑土。「青」有黑色的意義，也出現在李白〈將進酒〉名句：「君不見高堂188明鏡悲白髮，朝如青絲暮成雪。」這個「青絲」指的就是黑髮，黑髮在一日之內轉成白髮，這是怎樣的悲痛所致！

「青」，在古籍中也作東方的代稱，〈周禮．冬官．畫繢〉：「畫繢之事雜五色，東方謂之青。」（繢ㄏㄨㄟˋ：布帛的頭尾。）

古時製作竹簡，要將竹片烘烤一下，去掉青皮上的水分，它就能吸墨了，這樣，竹簡的正反兩面都能寫字。青皮在炙烤時會冒出汁液，像出汗一般，「汗」有「去其汁」之意，「汗青」便由此而來，我們現在說的電影、電視劇「殺青」或一本書完稿「殺青」，也是從這層意思來的。

「青」字在發展過程中，也由小篆「青」中的「丹」會意出青銅金屬的鏽色（銅綠色）。

如今「青」可單用，也作偏旁使用。凡從青取義的字，都與顏色等義有關。

注意部首字詞

「青」，雖多義卻很好理解，不過由「青」所組成的詞有些要特別注意。

「青士」一詞指的並不是某某人，這是一種植物。宋代陸游〈晚到東園〉：「岸幘尋青士，憑軒待素娥。」（岸幘ㄗㄜˊ：推起頭巾，露出前額。形容態度灑脫，或衣著簡率不拘。素娥：嫦娥的別稱，也指月亮，也指美麗的仙女。）詩句中的「青士」指的是青竹。

「青羊」，羊一般喻指美好，但「青羊」指的是神話中的木精，一種煞神，見南朝梁·任昉《述異紀上》：「梓樹之精化為青羊。」

「青雲」，當然不僅止是文字表面上的意義，這是個多義詞。⑴高空的意思，〈楚辭·遠遊〉：「涉青雲以汎濫兮，忽臨睨夫舊鄉。」這是說，踏入高空雲鄉，縱橫浮游，居高臨下瞥見自己的故鄉楚郢都。⑵比喻官高爵顯。如〈史記·范雎ㄙㄨㄟ傳〉：「須賈頓首言死罪，曰：『賈不意君能自致於青雲之上。賈不敢復讀天下之書，不敢復與天下之事。』」大意是，須賈見到范雎連叩響頭口稱死罪，說：「我沒想到您靠自己的能力達到這麼高的尊位，我不敢再讀天下的書，也不敢再參與天下的事了。」後世則以此稱登科為「平步青

---

187. 瑱：形聲字，從玉真聲，本義是古代冠冕上的玉質裝飾物，這裝飾物其實是繫於冠上，懸於兩耳側。〈釋名．釋首飾〉：「懸當耳旁，不欲使人妄聽，自鎮重也。」也就是提醒人們非禮勿聽，用以塞耳（充耳）。成語〝充耳不聞〞，此〝充耳〞即〝瑱〞。

188. 高堂：古時對父母的敬稱。堂，也用作對尊稱別人母親，如：令堂。堂，本是一種居室建築的名稱，古人用〝廳堂〞、〝堂屋〞來表明它在家屋的地位，也就是正廳。堂屋是家庭重要活動的場所，能夠做出家庭事務決策的自然是一家之主，於是稱〝高堂〞又稱〝堂上〞指的就是父母。特用〝堂〞來尊稱別人母親，是古人尊重她是正妻的地位，因為古代社會妻妾成群惟有正妻才能與丈夫一同成為堂上之主，古人有〝糟糠之妻不下堂〞，正是對〝堂〞的尊重。

雲」。⑶喻隱逸。⑷春官之稱。

「青樓」一詞今多指妓院，其實更早的時候指的是顯貴家的閨閣，如曹植〈美女篇〉：「青樓臨大路，高門結重關。」這是說，美人的閨閣在城南大路附近的高樓裡，多重的大門有如關卡。後來也指帝王的居所。

從部首「青189」所組成的字並不多，罕見字有「䩇」，ㄑㄧㄥˋ，青黑色。

「靖」，ㄐㄧㄥˋ，形聲字，篆文從立青聲，表示立容安靜，段玉裁《說文解字注》：「立竫也。謂立容安竫也。安而後能慮。故釋詁，毛傳皆曰靖，謀也。從立。青聲。」本義是立容安靜，引申泛指安定，引申為恭謹，如〈詩經．小雅．小明〉：「靖共爾位，好是正直。」（共：恭。）大意是，專心一意供奉你的職位，親近這正直的道理。「靖」，作為動詞是止息的意思，〈左傳．昭公十三年〉：「諸侯靖兵，好以為事。」這是說，諸侯之間應休息甲兵，從事於友好。另外，「靖」通「旌」時，當表彰、彰明的意思。

｜語文點心｜**代稱**

代稱，是漢文修辭的方式之一。

代稱的範圍很廣，茲舉八個方面來敘述：

一、以事物的特徵或標誌來指代該事物。

黃髮垂髫，并怡然自得。（陶潛．桃花源記）

何為棄墳井，在山谷為寇也。（洛陽伽藍記．王子坊）

「黃髮垂髫」是老人和小孩的特徵，借指老人和小孩。「墳井」是古代鄉里的標誌，借用來指代鄉里。

二、以部分代全體。

有時候以事物的主要部分指代該事物的全體，例如「國風」和「大小雅」是《詩經》的主要部分，所以「風雅」可作為《詩經》的代稱。如，遠棄風

雅，近詩辭賦。（文心雕龍·情采）

有時是摘取一篇作品裡的個別的詞或詞組指代整篇作品。

子建函京之作，仲宣灞岸之篇，子荊零雨之章，正長朔風之句，并直舉胸情，非傍詩史。（沈約·謝靈運傳論）

三、以原料代成品。

原料和成品是互相有關的事物，所以原料可以指代成品。

〈孟子·滕文公上〉：「許子以釜甑爨，以鐵耕乎？」

鐵是製造農具的原料，所以拿鐵來指代鐵製的耕田農具。

四、以具體代抽象。

這是古人在修辭上常用的一種方法。如，「刑罰」是一種比較抽象的概念，古人則常用刑具「徽索」、「纍絏」、「刀鋸」等作為刑罰的代稱。

范雎，魏之亡命也，折脅摺骼，免於徽索。（揚雄·解嘲）

亦頗識去就之分矣，何至自沉溺纍絏之辱哉？（司馬遷·報任安書）

五、以地代人。

古書中常見的一種是以做官的地點為人的代稱。如〈世說新語·自新〉篇：「平原不在，正見清河。」平原代陸機，清河代陸雲。

六、以官代人。

以官代人是表示尊重。

司馬遷把自己的父親稱為太史公而不稱名，這是明顯地表示尊敬。甚至有簡省官名，只剩兩個字的，例如王羲之曾任右軍將軍，世稱王右軍，後代也有人省稱為右軍。

---

189. 青、蒼、碧、綠、藍：用來表示顏色的字，〝青〞是藍色，〝蒼〞是深藍，〝碧〞是淺藍，這三者本是有所分別的，但又有混用的情形。青天又叫蒼天，也叫碧空或碧落。青草又叫碧草；青苔又叫蒼苔。綠色和青色顏色較遠，混用的情況較少。綠草指嫩草，與青草的意義不盡相同。〝藍〞字在上古漢語中不用來表示顏色，只用來表示染料，這種染料染出來的顏色就叫做〝青〞，所以才有〝青出於藍〞的語詞。直到中古以後，〝藍〞字還是很少用來表示顏色的。

及三閭橘頌，情采芬芳。（文心雕龍．頌讚）

三閭，指三閭大夫屈原。

七、專名用做通名。

楊意不逢，撫凌雲而自惜；鍾期既遇，奏流水以何慚。（王勃．滕王閣序）

楊得意是推薦者的代稱，鍾子期是知音者的代稱。

八、割裂式的代稱。

把古書中的一個詞組割裂開來，用其中的一部分代替另一部分，這是割裂式的代稱。

丘遲〈與陳伯書〉說：「主上屈法申恩，吞舟是漏。」

「吞舟」為大魚的代稱。這是因為賈誼〈弔屈原賦〉說：「彼尋常之汙瀆兮，豈能容吞舟之魚？」

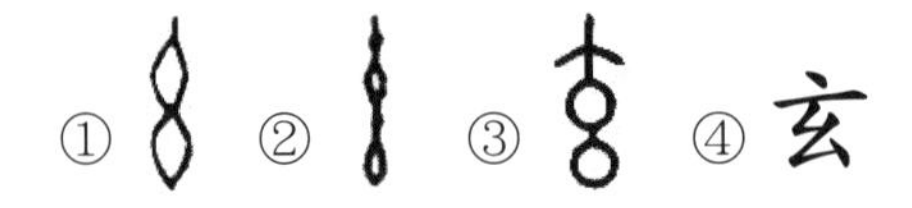

看圖說故事

〈尚書．舜典〉：「玄德升聞。」這是說，高古的德行連堯帝也耳聞而熟知了。這個「玄」字，①甲骨文和②金文的樣子就是「幺」（𡿨），是一束小絲的形狀。③小篆在（𡿨）上加個指事符號「︿」，表示在︿的覆蓋下。④楷書寫成了「玄」。

「玄」，ㄒㄩㄢˊ，五劃，指事字，作為部首的稱呼是玄字部。

部首要說話

「玄」，原與「滋」、「茲」、「幺」同源，最早的時候，古人都是在河裡漂洗染絲，原本造字時就是糸在河中的形象，後來省去了河流，只留下一把絲，所以「玄」的本義是染黑。篆文的上部訛化為人之後，「玄」就表示是一束細絲覆蓋在㇏下，幺已經是微小的絲線了，又被覆蓋著，自然更覺幽暗不清，所以「玄」從本義引申出不顯露、幽暗的意思。〈莊子．胠篋〉：「削曾、史之行，鉗楊、墨之口，攘棄仁義，而天下之德始玄同矣。」大意是，除去曾參、史魚之類忠孝德行，封住楊朱、墨翟之類善辯之口，捨棄仁義，而天下人的德行才能達到與大道混同的境界。

從「幽暗」義就引申為深奧、玄妙的意思，如《老子》第一章：「玄之又玄，眾妙之言。」幽玄又幽玄，這（可道與不可道）是各種奧妙的門徑。後來也指高深的道理。

「玄」，〈說文解字．玄部〉：「玄，黑而有赤色者為玄。」，所以「玄」為黑紅色，如，玄武岩，是由火山噴發所形成的熔岩凝固而成的岩石，以色澤黑所以稱「玄」武岩。又泛指黑色，〈廣雅．釋器〉：「玄，黑也。」從黑色義就引申指黑暗，漢代劉楨〈公讌〉：「遺思在玄夜，相與復翱翔。」這個「玄夜」指的就是暗夜。

「玄」，因為有黑紅色、幽暗的意思，因此又引申為事物、言論的遠、深、高、妙，如，「玄之又玄」，表示幽微深遠到了極點，也用來形容事理的微妙難以理解。〈莊子．天地〉：「玄古之君天下，無為也。」這是說，遠古之君治理天下，行無為而治，順應天道自然而已。

古人對天地宇宙的理解，多以方位定名。天有九野，何謂九野？中央曰鈞天，東方曰蒼天，東北曰變天，北方曰玄天，西北曰幽天，西方曰皓天，西南曰朱天，南方曰炎天，東南曰陽天。所以古人稱北方為玄。玄帝，就是北方之帝。

由部首「玄」所組成的字不多，一般字辭典僅收「玄」、「玅」、「率」、「兹」。「玄」今可單用，也作偏旁使用。凡從玄取義的字，都與細絲、黑色等義有關。

注意部首字詞

「玄夫」一詞，見唐代韓愈〈孟東失子〉：「東野夜得夢，有夫玄衣巾。……再拜謝玄夫，收悲以歡忻。」注：「玄夫，大靈龜，以其巾衣玄，故曰玄夫。」原來「玄夫」指的是大靈龜。

「玄豹」一詞指的卻不是豹，反而是人。南齊謝朓〈之宣城新林浦向版橋〉：「雖無玄豹姿，終隱南山霧。」所以「玄豹」是比喻隱遁潛居之人。

「玄黃」是個多義詞，原指黑色與黃色，引申為采色的絲帛。但是在〈詩經．周南．卷耳〉：「陟彼高岡，我馬玄黃。」大意是，登上那座高高的山梁啊，我的馬已經病得毛色發黃了。也就是說，「玄黃」是指病的樣子。

「玅」，ㄇㄧㄠˋ，即「妙」的古體。

「兹」，ㄌㄨˊ，形聲字，篆文從玄呂省聲，〈說文解字解字．玄部〉：「兹，黑色也。從玄，旅省聲。」本義是黑色，見〈左傳．僖公二十八年〉：「兹弓矢千。」這是說，黑色的弓十把和箭一千支。

「率」，是個多音多義詞。讀作ㄕㄨㄞˋ，象形字，甲骨文 象牽引繃緊的大繩形，小點象徵繃緊時繩上翏起的毛刺，當是「繂」、「繂」（繂，繫船的大繩）的本字。金文還加出了行表示動作符號，本義為拉緊的大繩，引申為⑴一種長柄的捕鳥網。引申為羅致，斂聚，如宋代范仲淹〈上執政書〉：「暴加率斂。」這是說，過度地搜刮聚斂。⑵率領，帶領。⑶循著、沿著。如〈詩經．小雅．沔水〉：「鴥彼飛隼，率彼中陵。」（鴥ㄩˋ：疾飛的樣子。）大意是，那疾飛的鷂鷹，沿著山陵飛行。又引申為遵從、依循。⑷表率，楷模。⑸是指直率的意思，如〈莊子．山木〉：「形莫若緣，情莫若率。」大意是，儀容舉止莫如隨順物性，情感莫如坦率。(6)大概，大抵的意思。

「率」，讀作ㄌㄩˋ，是指一定的標準，〈孟子・盡心上〉：「羿不為拙射變其彀率。」（羿：古代善射的人。彀ㄍㄡˋ：開弓。）這句話的意思是，羿不因為拙劣的射手改變開弓的標準。

「率土」，語出〈詩經・小雅・北山〉：「率土之濱，莫非王臣。」這個意思是，四海之內，哪個不是大王的臣民。這個「率土」，是指境域之內。

「率然」一詞，有飄然、輕率的樣子解，但要注意出自〈孫子・九地〉的用法：「故善用兵者，譬如率然。率然者，常山之蛇也。擊其首則尾至[190]，擊其尾則首至，擊其中則首尾俱至。」這是說，善於用兵打仗的人，能使部隊像「率然」一樣。所謂「率然」，乃是常山的一種蛇，打牠的頭，尾巴就來救應，打牠的尾，頭就來救應，打牠的中部，頭尾都來救應。也就是說，「率然」在此指的是蛇名。

190. 至、致：〝至〞是〝到〞，〝致〞是〝使到來〞。〝至〞字是不及物動詞，〝致〞是及物動詞。〝招致〞、〝導致〞的意義不寫作〝至〞，〝到來〞的意義則不寫作〝致〞。〈孟子・萬章上〉：「莫之致而至者命也。」這是說，沒有刻意去達成什麼目標，然而目標卻得到了，這是命。致與至不可互換。

七、八方事物

古人在造字的時候，最早是依物體形象加以畫成的「文」，以後才演變為「字」。象形字即表示具體的「物」，但有許多「事」其實是抽象的，所以用符號表現出一件事情所造出的「字」就是指事字。如「上」與「下」，就是先用長畫表示位置，在用短畫標示出物體的位置在上在下，由此「察而見義」（仔細觀察就能發現它的意義）。

這樣看來，指事字最能表現出古人造字的智慧，但是正如蘇軾云：「大勇若怯，大智如愚。」指事字可以說是大智若愚的具體表徵，在這些簡要筆畫裡所顯現的隱微密碼，到底深藏了古人多少殫思竭慮的智慧結晶，也是後世學者亟欲破解的字碼。

當我們面對這些八方事物的字形詞意，透過對本質上的理解與參透，我們就更能夠接近古人所創造的文明一步，這一步，或許就能夠為我們敞開更高、更遠的文化視野。

④ 丨

看圖說故事

甲骨文、金文都不見「丨」字，而且，後世的人對「丨」的研究也很分歧。不過，楷書寫成了「丨」，看來就像是把「一」給豎起來一樣，有從上或往下的象徵意味。

「丨」，ㄍㄨㄣˇ，指事字，做為部首的稱呼是丨部。

「丨」的寫法有如一豎，如作豎鉤，就成了「亅」（ㄐㄩㄝˇ）。要注意的是，由部首「丨」所組成的字不要寫成豎鉤，如：中、丰、丯（ㄐㄧㄝˋ）、丵（ㄓㄨㄛˊ）。由部首「亅」所組成的字不要寫成一豎：了、予、事。

今，中國大陸將「丨」、「亅」都收為同一個部首，這一點要注意分辨。

部首要說話

「丨」，一般都認為這個字依照《說文解字》的說法：「丨，上下通也。引而上行讀若囟，引而下形讀若退。」意思是「上下貫通」。但到底是由上而下或是由下而上，卻無定論。

其實，由上往下寫叫做「退」，由下而上寫叫做「囟」，從「退」和「囟」看不出有「丨」的任何意思，所以有學者從其他的字解釋「丨」義。

有人認為「丨」其實就是「工」，而「工」是杠的初文，「杠」就是床前橫木，音讀為ㄍㄤ，這其實是「工」的異構字，屬實體象形字。

如果按照形象來看，就像是上下相通的棍子，所以一般都認為「丨」是表示棍形的符號，也就是說，「丨」是「棍」的初文。棍棒上下混一，所以引申為混同。

由於「丨」用作棍形的符號，棍子的意義便由「棍」來表示，而「丨」字不單用，只作偏旁使用。

不論如何，雖有不同的意見，但一般還是依《說文解字》的解釋，本義是「上下貫通」。

注意部首字詞

從部首「丨」所組成的字並不多，除了「丱」、「串」為古籍中所見，其他是一般性的字，不過，「中」字字義甚廣，用法也多，要稍加留意。

「个」，讀作ㄍㄜˋ，象形字，竹簡象「竹」字的一半形，用以指稱竹子的數量，為了突出其義，篆文令造了箇，從竹固聲，表示「竹一枚」。由於使用範圍擴大，俗又另造了「個」，從人固聲。王引之認為，「个」應是「介」的省形。本義即竹一枚，後引申有二解，⑴當量詞講。這個意義後來寫作「個」，如〈史記・貨殖列傳〉：「木千章，竹竿萬个。」這是說，有千根大木材和擁有竹竿萬個。⑵正堂兩邊的側室稱作「个」，如〈左傳・昭公四年〉：「使置賓饋於个而退。」這是說，讓別人把送來的食物放在廂房裡，就退出去。「个」，讀作ㄍㄢˋ，這是指箭靶兩旁伸出的部份。

「丰」，ㄈㄥ，象形字，丰與封同源，甲骨文 皆象一棵生長茂盛的樹置於土堆之上形，一指草木茂盛，《說文解字》：「丰，艸盛丰丰也。」一指人的面貌豐滿，如〈詩經・鄭風・丰〉：「子之丰兮，俟我乎巷兮。」詩的大意是，你長的如此豐盛健壯，在巷口等候我啊！

「丯」，ㄐㄧㄝˋ，甲骨文、金文皆象古代刻有齒牙的契券形。〈說文解字・丯部〉：「丯，草蔡也，象艸生之散亂也。」，這是說「丯」是草長得很亂的樣子。宋代有個叫戴侗的文字學家，根據小篆形體說出了這樣一段話：「丯即契也。又作 㓞 ，加刀；刀所以契也。又作契，大聲。古未有書，先有契，契刻竹木以為識。丯象所刻之齒。」這意思是說，丯、㓞、契都表示「刻」之義，丯字純象形。可見，丯的本義應是契券。

「丱」，ㄍㄨㄢˋ，象形字，金文 象兒童束髮成兩角形，本義為兒童束髮成兩角的樣子。語見〈詩經・齊風・甫田〉：「總角丱兮。」（總角：古代兒童束髮成兩個抓髻，形似角。）這是說，兩角髮辮兒向上翹啊！這個

「丱」，就是兩髻對稱豎起的樣子。

「串」，讀作ㄔㄨㄢˋ，象形兼指事字，串與毌同源，甲骨文象以繩或棍穿繩形，〈正字通．丨部〉：「串，物相連貫也。」本義即把相關的事物連貫起來當整體，後引申作量詞（用於連貫在一起的東西）。「串」在古籍中也讀成ㄍㄨㄢˋ，一當習慣講，如〈荀子．大略〉：「國法禁拾遺，惡民之串以無分得也。」（遺：丟失的東西。）大意是，國家法令禁止拾取遺失財物，這是憎惡人民以不正當的習慣而得到財物。一當親近講，〈新唐書．劉文靜裴寂傳贊〉：「而寂專用串昵顯。」（用：憑藉。）這是說，裴寂專門以親近巴結而顯貴。

「弗」，ㄔㄢˇ，這是串肉燒烤用的籤狀器具。

「中」，這是多音多義詞，讀作ㄓㄨㄥ，象形字，甲骨文象旗幟形，上下為斿（ㄧㄡˊ），方框為立中之處，本是士族社會的一種徽幟，本義即社會的徽幟，古代有大事，先在曠地立中，族人望見則從四周圍聚於中，由此引申指⑴中間。〈論語．鄉黨〉：「立不中門。」這是說，站立時不站在門的中間。⑵內，裡。⑶中等。〈莊子．盜跖〉：「人上壽百歲，中壽八十，下壽六十。」⑷適於。

「中」，讀作ㄓㄨㄥˋ，一般都當動詞使用，一是射中、擊中的意思。二指符合、應合，如〈荀子．勸學〉：「木直中繩，輮以為輪，其曲中規。」（繩：墨繩，取直的工具。輮ㄖㄡˊ：通「煣」，用火烤木使彎曲。）大意是，木材的直度像墨線打的一樣，把它輮成車輪，它的彎度就像圓規畫的一般。

「中土」，即指中原，漢代以來，以今河南一帶為中土。後來以「中土」指稱中國。

「中國」，上古時代，華夏民族建國於黃河一帶，以為居天下之中，故稱中國，而把周圍其他地區稱為四方，後來才成為現代國家的專稱。在戰國時代，稱中原各諸侯國為中國。另外，在〈詩經．大雅．民勞〉：「惠此中國，以綏四方。」大意是，要愛護這個京都，以此安定四方。所以這裡的「中國」，指的是京城。「中國」一詞，在不同的時代有各自的指稱，要注意分辨。

「中饋ㄎㄨㄟˋ」，原意是指婦女在家中主持飲食之事，後引申為妻子，成語「中饋猶虛」，就是指一個男人沒有妻子（或尚未娶191妻）的意思。

③ ∫ ④ 丿

看圖說故事

甲骨文和金文都沒有收這個字，③小篆是條彎曲的線條，而且是由右向左彎。④楷書寫成了「丿」。

「丿」，ㄆㄧㄝˇ，一劃，指事字，做為部首的稱呼是丿部。

部首要說話

「丿」，小篆象漢字向左拉的一撇，在漢字構造中常用以表示拉引器或符號。本義就是由右向左彎曲的意思，俗稱「撇」。〈說文解字．丿部〉：「右戾也。象左引之形。」

「丿」，也是書法家永字八法192的其中一個筆法，叫做「磔」筆。〈五燈會元．大平懃禪師〉：「若問是何宗，八字不著丿。」這意思是比喻不露端倪。後作「八字沒見一撇」、「八字還沒有一撇」，比喻事情還沒有一點眉目。

「丿」，一般只作部首字，成為構字組件，由「丿」組成的字有：乂、么、乎、乍、乘、乃、久、之、尹、乏、乓、乒、乖。雖然如此，有些從

「亅」部的字，並不是取義於亅，而是為了方便查檢而歸入「亅」部。例如：么、乎。

注意部首字詞

「之」，ㄓ，會意字，甲骨文作 ，上部是一只腳趾朝上的腳，底下的一橫是表示出發的地方，本義就是「到……去」，如〈漢書．高帝紀〉：「十一月，沛公引兵之薛。」意思是，十一月，劉邦帶領著軍隊到薛地去。從本義引申為這裡、此處的意思，成為指示代詞，如〈詩經．周南．桃夭〉：「之子于歸，宜其室家。」詩的大意是，這個姑娘要出嫁，能使她的新家和順。此後在詞句的用法上，「之」字大都被假借作為介詞、連詞，甚至是語氣詞來使用，如〈左傳．僖公四年〉：「不虞君之涉吾地也，何故？。」（虞：料想。）這是說，沒有想到君王竟不顧路遠來到我國的土地上，這是什麼緣故？

「之」、「赴」、「適」、「如」、「往」在古籍中都有表示「到……去」的意思，但是在用法上卻有細微的差別。「之」、「適」、「如」用法相同，其後都要求帶賓語。「往」字的後面常常不帶賓語；而「赴」常指奔赴危險境遇，如「單刀赴會」、「赴湯蹈火」，與「之」、「適」、「如」、「往」的意義差別較大。

「乂」，是個多音多義字，讀做一ˋ時，象形字，甲骨文象原始的除雜草

---

191. 娶：會意兼形聲字，從女從取，取亦聲，會娶婦義。娶，古字用〝取〞，是從耳從又（手），指古代打仗或打獵俘獲或殺死敵人或野獸之意，何以以〝取〞（捕取）表示嫁娶之意？這是指原始氏族社會以往的戰爭，得勝者將對方婦女擄去充作自己的妻妾之故，其後甚至以搶婚來作為發動戰爭的藉口。因而〝捕取〞就是〝婚娶〞的其中一個手段。

192. 永字八法：指一個〝永〞字囊括了楷書側（點）、勒（橫）、努（直）、趯（鈎）、策（仰橫）、掠（長撇）、啄（短撇）、磔（捺）等所有筆劃，後來人們常用〝永〞字來概括楷書的特點。楷書是在行書的基礎上變異產生的，楷是標準、模範的意思，楷書即標準字體，也就是現今人們常用的標準字體。最早的楷書書法家是三國時期曹魏大臣鍾繇。

的剪刀狀器具之形，〈說文解字・丿部〉：「乂芟（剪除）艸也。」本義即⑴當割草講，這個意義後來寫作「刈」。從割草義則引申為殺。⑵「乂」，又當治理講，〈大戴禮記・曾子立事〉：「戰戰唯恐不能乂。」（戰戰：戒慎恐懼的樣子。）⑶安定的意思，如〈史記・武孝本紀〉：「天下乂安。」⑷指才能出眾的人，如〈尚書・皋陶謨〉：「俊乂在官。」這是說，在職的官員就都是才德出眾的人。

「乂」，讀做ㄞˋ時，是懲戒的意思，如劉向〈九嘆・遠遊〉：「悲餘性之不改，屢懲乂而不移。」這是說，因為自己的個性（忠直之）使然，雖數度被讒人所懲戒，而忠直之心終不移易也。

「乘」，會意字，甲骨文作，是人在木上，表示這個人正在「登、升」的意思。「乘」，也是個多音多義字，讀作ㄔㄥˊ，本義是登，升，引申為駕車、駕馭。〈左傳・宣公十二年〉：「車馳、卒奔，乘晉軍。」這意思是，戰車奔馳、士卒奔跑，追擊晉軍。這裡的「乘」是追擊的意思。後引申為計算。

「乘」，讀作ㄕㄥˋ，一當兵車講，包括一車四馬為一乘。後來也作計算土地的單位，以九夫為井，十六井為丘，四丘為乘。

今有成語「乘虛而入」、「乘風破浪」，這個「乘」是由駕馭所引申的憑藉義，所以都要讀作ㄔㄥˊ。

③⊥ ④亠

看圖說故事

③小篆的形狀是古人在記帳時用來代表六的記號。④楷書寫成「亠」。

「亠」，ㄊㄡˊ，二劃，指事字，作為部首的稱呼有六字頭、點橫頭、文字頭。

「亠」字，在書寫的時候，一點要連接在一橫上，如：亶、亭、亮、亢、交等。

部首要說話

「亠」，《說文解字》並沒有收這個字，它只是為了方便查生字而創造出來的，沒有意義。

〈正字通・亠部〉：「亠字，六書不用為字母，本無音義。猶人字在下之文作儿，亠、儿皆不獨用，不煩訓釋。」這是說，亠這個字沒有意義，就像人字在下的文叫做儿，而且亠、儿都不作單獨的字來使用，因此就不用多作解釋。

「亠」，不獨立成字，只作為構字部件，一般字辭典收有部首「亠」的字有，亡、亢、交、亥、亦、亨、享、京、亭、亮、亳、亶、亹等字。

注意部首字詞

「亭」，象形字，金文作[金文字形]，就像一座瞭望臺，用以觀測敵情，本義就是古代用來觀察敵情的崗亭，〈墨子・雜守〉：「其甚害者，為築三亭。」（害：要害。）這是說，特別是在要害的地方，要建築三亭。「亭」，後來也作秦漢時代基層行政單位，以十里為一亭，亭有亭長。「亭」，又當調和與養育義。

「亭」與「閣」、「臺」、「樓」、「榭」，都有較高建築的意思，但是，「亭」專指瞭望用及旅宿用的建築；「臺」是指用土築城的高壇；「榭」是指臺上所見的房子；「樓」為重屋，上下都可居住；「閣」卻是架空的樓，一般作觀景用。

由部首「亠」所組成的字，有不少都是多音多義字，要注意使用。

「亡」，讀作ㄨㄤˊ，象形字，甲骨文亡與臣同為側目形，只是「亡」為挖去眼珠的殘目形，當是「盲」的本字。〈說文解字．亡部〉：「亡，逃亡也。從入從乚（ㄧㄣˇ，匿也）。」本義是逃跑，引申為滅亡，與「存」相對，如諸葛亮〈出師表〉：「此誠危急存亡之秋也。」大意是，這實在是危急存亡的關頭啊！又當「死」義。

「亡」，讀作ㄨˊ，則通「無」，表示沒有或不的意思，〈列子．湯問〉：「河曲智叟亡以應。」這是說，河曲智叟沒有回答。「亡」通「毋」時，表示不要的意思。

「亢」，讀作ㄎㄤˋ，指事字，甲骨文從大（大人）一橫象徵兩腿之間加著桎[193]（古代撐在兩腳之間的刑具），當是「桎」的初文，本義是刑具桎。桎是撐在兩腳之間的刑具，已使兩腿挺直，不便行走，挺直則高，故用作形容詞，引申指高，又引申為極、甚，如〈左傳．宣公三年〉：「先納之，可以亢寵。」大意是，先接納他（公子蘭）為國君，就可以保持他的寵信。「亢」，又當遮蔽、庇蔭講。作為抗擊、抵禦的意義，後來寫作「抗」。至於〈呂氏春秋．離俗〉：「亡戟得矛，豈亢責也哉？」（亡：失去。）這是說，丟失了戟撿到矛，它們難道可以相抵嗎？這裡的「亢」，是相當、匹敵的意思。

「亢龍有悔」出自〈易經．乾卦〉，這是講，處於極尊之位，應當以亢滿為戒，否則會有敗亡之禍。

「亢」，讀作ㄍㄤ，是指喉嚨、咽喉，引申為要害的意思，如〈史記．孫子吳起列傳〉：「批亢搗虛。」這是說，撇開敵人充實的地方，衝擊敵人空虛的地方。

「亥」，讀作ㄏㄞˋ，象形字，甲骨文象刮了毛、切割了頭和蹄的豬形，是「刻」的本字，本義當為切開，後借作天干地支的第十二位，也是十二生肖之一，〈論衡．物勢〉：「亥，豕也。」亥為何是豬呢？因為亥在十二生肖中屬豬。另外，白居易〈江州趙忠州舟中示舍弟五十韻〉中有：「亥市魚鹽聚。」詩句中的「亥市」指的是，隔日交易一次的市集，古時讀作ㄐㄧㄝ。

「亹」，讀作ㄨㄟˇ，形聲字，從文釁（ㄒㄧㄣˋ）聲，本義是美好，引申又指勤勉不倦的樣子，〈詩經・大雅・文王〉：「亹亹文王，令聞不已。」（令：美好。已：止。）這句詩的大意是，勤勉不倦的文王，他的美名遠揚不止。「亹」，當地名時，讀作ㄇㄣˊ，今有青海亹源。

｜語文點心｜**倒置**

倒置，是漢文修辭的方式之一。由於對仗、平仄和押韻的要求，古代作家往往特意造了一些詞序顛倒的句子。這種句子多半出現在辭賦駢文裡，散文裡有時也可見到。

使人意奪神駭，心折骨驚。（江淹・別賦）——應理解為骨折心驚。

臨溪而漁，溪深而魚肥；釀泉為酒，泉香而酒洌。（歐陽修・醉翁亭記）——應理解為泉洌而酒香。

例一，一方面是由於對仗漢平仄的要求（「心」對「意」：平對仄；「骨」對「神」：仄對平），一方面是由於押韻的要求（「驚」與上文「名」、「盈」下文「精」、「英」、「聲」、「情」等字的押韻）；例二，是由於平仄和對仗的要求（「洌」對「肥」：仄對平）。

遇到這種句子時，就要以正常的詞序理解文意。

193. 桎，是古代木製的獄具，包括梏、拲（ㄍㄨㄥˇ），都是束縛囚犯手腳的獄具。桎，是木製腳鐐；梏，是首械，類似木枷刑具的頸枷；拲，是木製手銬，兩手共一木，類似後世的鐵手銬。桎、梏、拲三種械具都是木質的，後世概括為〝三木〞，故三種械具加身的罪囚稱作〝三木犯人〞。

①（甲骨文） ②（金文） ③（小篆） ④小

看圖說故事

①甲骨文是三條短線，看來都不大。②金文改成三個尖點，它想要表達什麼意思呢？③小篆兩邊看來像個「八」，就是分別的意思啊！④楷書寫成「小」字。

「小」，ㄒㄧㄠˇ，三劃，指事字，作為部首的稱呼是小字部。

書寫「小」字，如作上偏旁時，豎筆不鉤，如：少、尖194、隙等。

部首要說話

「小」，甲骨文象細碎的塵沙微粒狀，如果從甲骨文與金文來看，那三點都表示是細小之物，但是小篆看來像是從「分」從「｜」（以致於後人解釋為「將｜物分開來」），其實左右形並不是「分」，而是承甲骨文與金文的針狀物，這就表示這個「小」字是將微小之物再分出，本義就是「微小之物」，與「大」相對。這個形象，有三層意義，就形體來看，表示細微。就數量來說，表示不多。就質地來說，指的是沙粒。〈莊子．逍遙遊〉：「此小大之辯也。」（辯：通「辨」，分別。）大意是說，這是大與小的分別。

名詞的「小」作為動詞就是「使……變小」的意思，由此就引申出「輕視」的意義。如：小看、登泰山小天下。〈左傳．桓公四年〉：「秦師侵芮，敗焉，小之也。」這是說，秦國的軍隊襲擊芮國，秦軍戰敗，由於小看了敵人的緣故。

「小」由「輕視」的意義也作為對自己稱呼或別人的謙詞，如：小的、小二、小人。「小人」還有另一層意思，是表示人格卑劣的人。

「小」，也當稍微、略微[195]講，如〈孟子・公孫丑上〉：「今病小癒。」這是說，現在我的病情稍微好了一些。

「小」字當中是一塊細長之物，兩側是一個「八」字，就是分的意思，一物分為二，當然就比原物「小」了。

在卜辭中，「小」、「少」是不分的。例如，「少牢」同「小牢」。「小」、「少」二字的分化，是春秋以後的事。再說字形，一以為是細小的沙粒之形，是「沙」的本字；二是以小點表示「小」的意思。

「小」，今可單用，也作偏旁使用。從小取義的字，都與細微等義有關。

注意部首字詞

「小人」，原本是指平民百姓，〈尚書・無逸〉：「不知稼穡之艱難，不聞小人之勞。」這意思是，不知耕種收穫的艱難，不知老百姓的勞苦。後來用「小人」指見識淺薄或道德低劣的人，諸葛亮〈出師表〉：「親賢臣，遠小人，此先漢所以興隆也。」大意是，親近賢臣，疏遠小人，這是前漢初年興盛的原因。「小人」，後來也作為謙稱使用。

「小年」，一般是指幼年，但是〈莊子・逍遙遊〉：「至於惠蛄不知春秋，此小年也。」這裡的「小年」不可解作幼年，而是壽命短促的意思，所以這句話是說，生命只有一個夏季或一個秋季的寒蟬，不會知道什麼是一年，因為牠的壽命短促啊！

「少」，ㄕㄠˇ，象形字，少是小的分化字，在甲骨文中都是細小的砂礫

194. 尖：以義會意字，上小下大，一頭小一頭大，便是〝尖〞了。

195. 稍、略、頓：〝稍微〞、〝略微〞看來意思相同，其實，在上古時代，〝稍〞表示〝漸〞的意思，跟〝略〞截然不同。至於〝頗〞，在漢代有時表示〝稍微〞，有時候卻被用來表示〝極度〞。〝頗有〞即表示〝多有〞。例如〈樂府・陌上桑〉：「鬑鬑頗有鬚。」到後世，表示〝稍微〞義意的就只有一個〝略〞字了。

形，故古時少、小通用。本義為細小砂礫，引申泛指數量少，與「多」相對。作為動詞則有削弱、輕視的意思。〈莊子·秋水〉：「且夫我嘗聞少仲丘之聞而輕伯夷之義者。」這是說，我曾聽說有人以仲尼之聞見、以伯夷之義而輕視的人。這裡的「少」當輕視講。「少」，也有稍微以及表示時間短暫的意思，如〈莊子·達生〉：「少焉，果敗而反。」（反：返。）大意是，一會兒，果然因馬仆倒而回。「少」，讀作ㄕㄠˋ，就是指年輕的意思，〈孟子·萬章上〉：「人少，則慕父母。」這是說，人們年幼時就思慕父母。

「少」、「寡」都有數量少的意思，但是，一般來說，在「人少」的意義上，古代多用「寡」；另外，「少」有輕視的意思，這個意義是「寡」所沒有的。

「尚」，在古籍中是多音多義字，讀作ㄔㄤˊ，有「尚羊」一詞，是悠游徘徊的意思，這個意義已寫成「徜徉」。

「尚」，今僅留讀音ㄕㄤˋ，象形字，尚與商、賞同源，在甲骨文都是個酒器形，本義是酒器，飲酒必互相舉杯致敬，引申指推崇、誇耀、高過之義，從此義又引申出加在上面的意思，如〈詩經·齊風·著〉：「充耳以素乎而，尚之以瓊華乎而。」（充耳：古代貴族冠冕兩邊用於懸掛的玉，下垂至耳。）詩的大意是，懸掛充耳的是白絲線喲，如花的紅玉掛在絲線上喲！從本義就引申為超過的意思。「尚」，當尊崇就是崇尚的意思，以婚姻來論，就是仰攀婚姻的意思，大家耳孰能詳的例子就是〈史記·司馬相如列傳〉：「卓王孫喟然而歎，自以得使女上司馬長卿晚。」這是說，卓王孫這時感慨的是女兒嫁給司馬相如的時間太晚了。「尚」，也指主管，特指帝王的私人事物，如〈淮南子·覽冥〉：「夫瞽師庶女，位賤尚枲。」（尚枲ㄒㄧˇ：即典枲，掌管布履麻草之物。）在〈詩經·王風·兔爰〉：「我生之初，尚無為。」這裡的「尚」指的是尚且、還的意思，這句詩的大意是，我幼年的時候，還可以無所用心。

「尚」與「上」，看來都有「在上」的意思，其實「上」是指位置在上，而「尚」是指加在上面。不過，「上」當動詞時，也可以指加於其上的意思，如〈論語・顏淵〉：「草上之風，必偃。」這意思是，草上風一吹，草必定會隨著風而倒。今有成語「風行草偃」，用來比喻在上位者以德化民。另外，「尚」與「上」的崇尚、久遠的意義是相同的，到後是才有明確的分別，將崇尚、久遠的意思由「尚」字承擔。

從部首「小」所組成的字雖不多，但有幾個是罕見的字，要稍加注意。

「尗」，ㄕㄨ，會意字，從金文叔的偏旁看，是用木橛等尖器掘起芋頭一類植物的地下球莖之形，本義為掘起植物的地下球莖，後引申專指豆類的總稱，後來這個意義寫作「菽」。

「尞」，ㄌㄧㄠˊ，會意字，小篆 下從火，上象架柴焚燒、火星飄飛形，是古代焚柴祭天之像，本義為燒柴祭天，引申泛指焚燒，後來寫作「燎」。

「尟」，ㄒㄧㄢˇ，會意字，從是從少會不多之意，同「鮮」，少的意思，如〈周易・繫辭〉：「力小而任重，尟不及矣。」（及：指及於禍患。）這是說，力量微弱卻擔當重任，這樣很少有不遭到禍患的。

①  ②  ③  ④

｜看圖說故事｜

〈左傳・成公三年〉：「无怨无德，不知所報。」這是說，沒有怨恨，沒有恩德，就不知道該報答什麼。這個「无」字，甲骨文和金文都沒有收這個字。③小篆的寫法像是在「儿」的頭上壓著東西的樣子。④楷書寫成了「无」。

「无」，ㄨˊ，四劃，象形字，作為部首的稱呼是无字部。

部首要說話

「无」、「無」、「舞」三字在甲骨文是同一個字，象人手持舞具舉手投足舞蹈形，本義原是舞蹈，後來這個意義給了分化出去的「舞」字，而「无」同「無」，表示「沒有」的意思。在《說文解字》裡並沒有單獨解釋「无」字，不過在「無」字的解釋是：「無，亡也。……𠑹奇字無。」。這表示「无」的本義就是「亡失」、「沒有」的意思。如〈左傳・宣公二年〉：「人誰无過，過而能改，善莫大焉。」大意是，一個人誰沒有過錯，有了過錯能夠改正，就沒有比這再好的事情了。

在古時典籍裡，「无」可以當副詞使用，通「毋」、「勿」，就是「不可」的意思。如果「无」字在句尾的時候，就是當「否」、「可不可以」的意思，就如唐詩中白居易的〈問劉十九〉就有這樣的詩句：「晚來天欲雪，能飲一杯无？」大意是，在將要飄雪花的暮色裡，可不可以請你來與我喝上一杯暖暖的新酒？

「无」字，也有寫作「旡」字的，但是這個字有兩個用法，一個是吃東西時逆氣叫做「旡」，讀作ㄐㄧˋ；另一個是頭上的髮簪，「旡」就是「簪」的本字，讀音ㄗㄢ。因此，「无」不應寫作「旡」。

「无」，可單用，也作偏旁使用。現今，「無」歸入火部，「无」歸入无部。凡從无取義的字，都與舞蹈等義有關。

注意部首字詞

由部首「无」所組成的字僅「旡」、「既」、「旣」。

「无妄」，原出〈易經・无妄〉：「无妄，元、亨、利、貞，其匪正有眚，不利有攸往。」（眚ㄕㄥˇ：眼病。比喻禍患。）這個卦義是說，无妄卦象徵不妄為，具有初始、通達、和諧、貞正的德行，如果不守正道將有禍患，有所前往將不利。故「无妄」就是真實無偽之意。另，「无妄」，表示不測的意思，今有成語「无妄之災」，即表示不測之禍。

「既」，ㄐㄧˋ，會意字，甲骨文作 ，就像人吃玩東西，掉頭要走開的樣子，本義就是終了、盡的意思，〈左傳・僖公二十二年〉：「宋人既成列，楚人未既濟。」（濟：過河。）大意是，宋國軍隊已經排成佇列，楚軍還沒有全部渡過河。「既」，從本義就引申為已經的意思，如〈論語・先進〉：「春服既成。」這是說，已經穿上了春天當令的衣服。「既」，又作不久講，如〈左傳・文公元年〉：「既又欲立王子職，而黜太子商臣。」大意是，不久立了商臣以後，又想立王子職而廢掉太子商臣。另外，「既」當連詞使用時，與「且」、「又」等呼應，表示兩種情況並存。如〈詩經・商頌・那〉：「既和且平，依我磬聲。」（磬ㄑㄧㄥˋ：一種打擊樂器。）詩的意思是，既和諧又和緩，伴著我的玉磬聲。「既」，由本義食盡，引申為日全蝕。

「既」，在古籍中又讀作ㄒㄧˋ，通「餼」，米糧的意思，《中庸》：「日省月試，既稟稱事，所以勸百工也。」這是說，每日查看，每月考察，給付糧食要與他的工作相稱。「既稟」，就是古代官府所發的給養。

「旤」，ㄏㄨㄛˋ，同「禍」，災禍的意思。

｜語文點心｜隱喻

隱喻，是漢文修辭的方式之一。隱喻有明有隱。明喻用「如」、「若」等，容易懂；隱喻不用「如」、「若」等字，不容易懂。

當塗者升青雲，失路者委溝渠。〈揚雄・解嘲〉——當塗比喻得志，失路比喻失志，清雲比喻高位。

若擇源於涇渭之流，按轡於邪正之路，亦可以馭文采矣。〈文心雕龍・情采〉——涇渭比喻清濁。

像這一類的隱喻，古書中用得多，要依照比喻的意義去了解全文。

看圖說故事

〈論語．學而〉有一句話寫著：「夫子至於是邦，必聞其政。」這是說，老師（孔子）每到一個地方，就能瞭解到該地的政事。孔子是怎麼辦到的呢？當然是與「至」很有關係，這個「至」字，①甲骨文的上部是倒著寫的「 」（矢），就像是一支箭朝下射的形狀，這支箭射到了地上。②金文將箭頭拉彎，讓後世的人誤以為是隻鳥掉了下來。③小篆為了方塊字形的美觀，將字形寫成左右對稱的樣子。④楷書寫成了「至」。

「至」，ㄓㄟ，六劃，合體象形字，作為部首的稱呼是至字部。

書寫「至」字時，如作為左偏旁，下橫改為斜挑，如：到、致、臻等。

部首要說話

「至」，甲骨文是遠處的箭落到眼前的地上之狀，表示到來。整個字形就是一支射出的箭落到了地上，用來表示到達之義，至今、至此、自始至終，這些「至」都是到達的意思。〈荀子．勸學〉：「故不積蹞步，無以致千里。」（蹞ㄎㄨㄟˇ步：半步。）這就是說，所以不積累起一步兩步，就無法到達千里之外。

「至」從本義又引申為「極」的意思，也就是到達了極限的意思，如成語「至理名言」，意思是最有價值、最有道理的言論。另外，古代尊稱孔子為「至聖先師」，也是用來表彰最為高尚的道德。〈莊子・逍遙遊〉：「我騰躍而上，不過數仞而下，翱翔蓬蒿之間，此亦飛之至也。」這是說，我奮力跳起來往上飛，不過幾丈高就落了下來，盤旋於蓬蒿叢中，這也就是我飛翔的極限了。

「至」從極限義可以引申為大的意思，如〈戰國策・秦策一〉：「商君治秦，法令至行。」這是說，商鞅治理秦國時，法令大行。

「至」，也當節氣的名稱，如，「夏至」，這一天，是北半球白天最長、夜晚最短的一天，「冬至」正好相反。「夏至」、「冬至」的「至」，都表示太陽運行到南北回歸線時，晝夜長短達到了極點。

另外，「至」還可以作為連詞，表示一件事到另一件事所達到的程度、範圍和結果，如，「至於」、「竟至於」、「以至於」等等，如〈史記・淮陰侯列傳〉：「諸將易得耳，至如信，國士無雙。」這是說，有許多將才都容易得，至於韓信，國內傑出人物裡無從出其右者。

「至」，當作介詞使用的時候，用來表示時間，相當於「到……時候」。

一般人常將「以至」、「以致」兩個詞弄混了。「以至」是指一直到或因而到達某種地步，例如：循環往復，以至無窮。「以致」是指因而招致某種後果的意思，多指不好的結果。例如：沒有任何徵兆，以致措手不及。

「至」，今可單用，也作偏旁使用。凡從至取義的字，都與到達、極點等義有關。

注意部首字詞

從部首「至」所組成的字並不多，但有幾個字是要注意的。

「致」，也讀作ㄓˋ，會意兼形聲字，甲骨文從人從至，會人送達之意，至也兼表聲，金文突出了人腳，篆文 省去人，只留下腳（夊），進一步強調達到之意，也有到達的意思，但這是「致」的引申義。「致」，從至從夂，是用腳所走出來的，因此本義是送達、送與，引申為獻出，如〈論語．學而〉：「事君能致其身。」這是說，侍奉君主，要有忘我獻身的精神。「致」，從本義引申為招致、引來的意思。「致」，既有到達的意思，所以也引申為極，如〈左傳．文公十五年〉：「兄弟致美。」這是說，兄弟之間各自盡力做到完美。這樣看來，「至」與「致」，在到達、極的意義上是相通的，而「致」的其他意義，不能寫作「至」。如「致」還有情趣的意義，也有細密的意思，這是「至」所沒有的。另外，在〈禮記．曲禮上〉有：「獻田宅者操書致。」這是什麼意思呢？這句話大意是，以田宅獻人，就要先拿出田契屋契。這裡的「致」通「質」，古音讀ㄓˋ，指的是契據。

「臺」，ㄊㄞˊ，會意字，篆文臺上邊像台上建築頂部的裝飾，中間是高的省略，下邊從至，表示是人登臨遊覽的方形高而平的建築物。本義是高而平的建築物，又稱草名，如〈詩經．小雅．南山有臺〉：「南山有臺，北山有萊。」（臺：即「薹」，一種莎草，可製簑衣。）大意是，南山有檯草，北山有野藜。古時的社會階級，奴隸中地位最低的稱作「臺」，見〈左傳．召公七年〉：「人有十等，……僚臣僕，僕臣臺。」「臺」，也當開始講，這個意義很少見，出自〈孟子．萬章下〉：「曰：『今而後知君之犬馬畜伋。』，蓋自是臺無饋也。」（伋ㄐㄧˊ：人名。）大意是，（孟子）回答說：「我這才領悟君主是把我當狗馬豢養。」大概從這次開始才停止饋送。後來，「臺」用來當作中央政府機關的稱呼。

今，中國大陸將「臺」簡化為「台」，兩字在古代的意義其實是不同的，「台」，讀作ㄊㄞˊ，一指星名，又當敬詞，用作稱呼對方或與對方有關的行為。讀作ㄧˊ，是當第一人稱代詞，「我」的意思，如〈尚書．湯誥〉：「肆台小子將天命名威，不敢赦。」這是說，所以我小子奉行天命明法，不敢寬宥。「台」，從自稱義，引申為何、什麼的意思。另外，「台」有快樂的意思，這個意義後來寫作「怡」。

③襾 ④襾

| 看圖説故事 |

甲骨文和金文都未收這個字。③小篆的形狀下部是正面和反面的ㄇ字形，上部用一橫給覆蓋住了。④楷書寫成「襾」。

「襾」，ㄧㄚˋ，六劃，指事字，作為部首的稱呼是襾字部與襾字頭。

書寫「襾」字時，作為上偏旁時寫作「覀」，二三兩筆為豎筆，不要寫成「西」字，如「要」、「覂」、「覆」、「遷」等。字裡有「西」字的是垔、煙、湮、甄等字，不要寫成「覀」。

| 部首要説話 |

「襾」，小篆象用布包酒糟作成的塞子把酒罈子嚴實塞住形。《說文解字》的解釋是：「覆也，從冂上下覆之。」大意是，這個「襾」字就是包覆的意思，是冂從上從下反覆包裹的樣子。因此，「襾」的本義就是包覆。

「襾」是「冂」從上從下包裹起來，上面的一短橫是指事，表示重複的意思。也就是說，把一個物件從上從下反覆包裹起來。

「襾」，不單用，只作偏旁使用。凡從襾取義的字，都與覆蓋、包裹等義有關。但是要注意的是，現今歸入襾部的字，並不都是從襾取義的，有的是從別的形體變來的，例如：西、要。

由部首「襾」組成的字大都有包覆，覆蓋的意思。但是「襾」不單獨成字，只是作為組字構件來使用。

「覆」，ㄈㄨˋ，形聲兼會意字，篆文從兩襾（一正一反相蒙覆）復聲，復也兼表往復之意，本義為翻轉，這是個多義詞。⑴翻轉，〈荀子．成相〉：「前車已覆，後未知更，何覺時？」這是說，前車已經傾覆，後車還不知改換道路，什麼時候才能覺悟[196]呢？「覆」，由本義引申為覆滅、顛覆。⑵將物翻轉，就引申為覆蓋、遮蓋的意思，如宋代歐陽修〈賣油翁〉：「以錢覆其口。」這是說，用銅錢覆蓋在它（指葫蘆）的口上。⑶有「埋伏」的意思，如〈左傳．桓公十二年〉：「楚人坐其北門，而覆諸山下。」大意是，楚軍坐等在北門，同時在山下設下埋伏。「覆」的「埋伏」義，後來也作伏兵解。⑷當審查、查核講，如〈左傳．定公四年〉：「藏在周府，可覆視也。」這是說，藏在成周的府庫裡，這是可以查看的。⑸當重複講，如〈後漢書．黃瓊傳〉：「舉吏先試之于公府，又覆之于端門。」（端門：宮殿的正南門。）⑹由重複義引申為回報，如〈漢書．馮唐傳〉：「賞賜決於外，不從中覆也。」這是說，邊關賞賜之事由將軍來主斷，不由朝廷從中回報而干擾之。⑺當反而講，如〈詩經．小雅．小旻〉：「謀臧不從，不臧覆用。」（臧：善。從：聽從。）詩的大意是，好計謀[197]不聽從，壞計謀反而採用。

「覆」、「復」、「複」三字同音，也都有「重覆」的意義，但三字本義各不相同。「復」是返回，「複」是夾衣，「覆」是翻轉。三字在「重覆」的意義上是相通的，在回報的意義上，「覆」、「復」通用。

「要」，這是個多音多義詞，小篆作 ，⑴像一個人雙手插腰的樣子，本義就是人體的腰部，讀作一ㄠ，如〈墨子．魯問〉：「斧鉞鉤要。」這是指，用斧鉞鉤著他的腰。後來這個意義寫作「腰」。⑵從本義引申為攔截，今有「攔腰」一詞，表示從中攔截。⑶當約束、控制講，引申為要挾，如〈論語．憲問〉：「雖曰不要君，吾不信也。」大意是，雖然有人說他（臧武仲）

不是要挾君主，我是不肯相信的。⑷求取，取得。⑸又當應和、符合的意思，如〈詩經·鄭風·蘀ㄊㄨㄛˋ兮〉：「叔兮伯兮，倡於要女。」（倡：領唱。女ㄖㄨˇ：你、你們。）詩的意思是，阿弟啊，阿哥啊，我來領唱你們應和。⑹指下裙的腰。

「要」，今日一般多讀作ㄧㄠˋ，意思是關鍵、要點，如〈荀子·強國〉：「然則凡為天下之要，義為本，而信次之。」這是說，凡是掌握天下的要害，正義是根本，而信用還在其次。從關鍵義引申為簡要、總括等義。另外，曾公亮〈宿甘露寺僧舍〉：「要看銀山拍天浪，開窗放入大江來。」這個「要」是想要的意思。

｜語文點心｜**歐陽修**

歐陽修（公元1007—1072年），北宋時期政治家、文學家、史學家和詩人。字永叔，號醉翁、六一居士，吉州永豐（今屬江西）人，自稱廬陵人，因吉州原屬廬陵郡。天聖進士。仁宗時，累擢知制誥、翰林學士；英宗，官至樞密副使、參知政事；神宗朝，遷兵部尚書，以太子少師致仕。卒謚文忠。其於政治和文學方面都主張革新，既是范仲淹慶曆新政的支持者，也是北宋詩文革新運動的領導者。又喜獎掖後進，蘇軾父子及曾鞏、王安石皆出其門下。創作實績亦燦然可觀，詩、詞、散文均為一時之冠。散文說理暢達，抒情委婉，為「唐宋八大家」之一；詩風與散文近似，重氣勢而能流

---

196. 覺悟：一般義為醒悟以往的困惑或過失。覺悟，也是佛教用語。慧遠在〈大乘義章·卷十二〉：「覺察明覺，如人覺賊；覺悟名覺，如人睡寤。」覺悟者是指，經由修行，證悟真理，而滅除無明、煩惱的聖者境界。

197. 計、慮、圖、謀：這四個詞是同義詞，其間只有細微的分別。〝計〞是心中盤算，著重在訂計畫或定計策。〝慮〞是反覆思考，著重在把事情想得透澈。〝圖〞是考慮後有所行動，但它又另有諮詢的意思。四個字常常可以相通，所以〝熟慮〞可以說成〝熟計〞，〝宏圖〞可說成〝宏謀〞；有時又可作對文使用，如〝深謀遠慮〞〝詐謀奇計〞。

暢自然；其詞深婉清麗，承襲南唐餘風。曾與宋祁合修《新唐書》，並獨撰《新五代史》。又喜收集金石文字198，編為《集古錄》。有《歐陽文忠公文集》。死後葬於開封新鄭（今河南新鄭），新鄭市辛店鎮歐陽詩村現有歐陽修陵園。

歐陽修在文學創作上的成就，以散文為最高。蘇軾評其文時說：「論大道似韓愈，論本似陸贄，紀事似司馬遷，詩賦似李白。」但歐陽修雖素慕韓文的深厚雄博，汪洋恣肆，但並不亦步亦趨。

歐陽修還開了宋代筆記文創作的先聲。他的筆記文有〈歸田錄〉、〈筆說〉、〈試筆〉等。文章不拘一格，寫得生動活潑，富有情趣，並常能描摹細節，刻畫人物。其中，〈歸田錄〉記述了朝廷遺事、職官制度、社會風習和士大夫的趣事軼聞，介紹自己的寫作經驗，都很有價值。

由於他在政治上的地位和散文創作上的巨大成就，使他在宋代的地位有似於唐代的韓愈，「天下翕然師尊之」（蘇軾〈居士集敘〉）。他薦拔和指導了王安石、曾鞏、蘇洵、蘇軾、蘇轍等散文家，對他們的散文創作發生過很大的影響。其中，蘇軾最出色地繼承和發展了他所開創的一代文風。他的文風，還一直影響到元、明、清各代。

看圖說故事

甲骨文和金文都未收這個字，③小篆的形象是上有「一」下有「ㄴ」（ㄧㄣˇ），「ㄴ」就是藏匿的意思，而「一」不是數字一，而是象有東西蓋起來的樣子。④楷書寫成「匸」。

「匸」，ㄒㄧˇ，二劃，指事字，做為部首的稱呼是匸字部。

「匸」與「匚」（ㄈㄤ）非常容易搞混，「匚」的筆劃是一橫一豎折，折筆處為方筆，意思是方形的容器，如：叵、匱、匠、匣等。

「匸」的筆劃也是一橫一豎折，但折筆處為圓筆，如：匹、甚、區、匿等。

部首要說話

「匚」，甲骨文象側放的方形受器物形，用以放神主牌或東西。〈說文解字‧匚部〉：「匚，受物之器。象形。」本義即古代一種方形受器物。

「匸」字從「乚」，上有「一」覆蓋著。這個「乚」就是藏匿的意思，所以在藏匿的地方又用「一」來覆蓋著，因此「匸」從本義又引申為躲避、藏匿的意思。

由於「匚」作了偏旁，其義便另加聲符「王」寫作「匡」來表示。「匡」後來又為引申義所專用，於是便又另加義符「竹」寫作「筐」來表示受器物的意義。

現在，「匸」也不單獨成字，只做為部首字，由部首「匸」所組成的字大都有藏匿的意思。要區別與部首「匚」所組成的字，就要注意到本義，部首「匚」是個名詞，其所組成的字大都有器物的意思。而從「匸」部所組成的字大都是動詞。

198. 金石文字：金指的就是金文，也叫鐘鼎文，因為商周是青銅器時代，青銅禮器以鼎為代表，樂器以鐘為代表，〝鐘鼎〞就成了青銅器的代名詞。宋代人已很重視金文的研究，當時稱〝金石學〞，在這方面影響較大的有歐陽修、呂大臨、趙明誠（李清照的丈夫）、薛尚功等人。

「匹」，讀作ㄆㄧˇ時，意義就比較多。象形字，金文 象在櫃子裡摺疊保存的一匹布形，本義是古代計算布帛長度的單位，布帛廣二尺二寸為幅，長四丈為匹。⑴當量詞，但這是計算布帛長度的單位，如古詩〈上山採蘼蕪〉：「織縑日一匹，織素五丈餘。」（縑：細絹。素：白色的生絹。）後來這個意義寫作「疋」。⑵相配，相等的意思，如〈詩經．大雅．文王有聲〉：「築城伊淢，作豐伊匹。」（伊：猶「為」。淢ㄒㄩˋ：護城河。豐：邑名。）大意是，築城牆，挖城河，建造豐城真相稱。⑶當伴侶講，如屈原〈九章．懷思〉：「懷質抱情，獨無匹兮。」大意是，懷抱著淳樸的本質，抱守忠直愛國的情志，以致煢煢孤寂，沒有志同道合的良伴。

「匹夫」，一指庶人、百姓，今有成語「國家興亡，匹夫有責」。一指獨夫，帶有輕蔑的意思，如〈孟子．梁惠王下〉：「此匹夫之勇，敵一人者也。」這句話的大意是，這只是普通人的勇敢，只能跟個把人較量。

「匹」，有二讀，讀作ㄆㄧ，當計算馬的單位量詞。

「區」，也是個多音多義字，從意義少的音來看，讀作ㄡ，會意字，甲骨文從匸（表示家奴住的簡易披間，僅能遮藏的地方），從品（表儲藏的物品或眾庶），會家奴逃亡藏匿之意，本義為藏匿，藏匿猶如容器存物，故用作名詞引申指量器，也是容量單位。四升為豆，四豆為區。

「區」，讀作ㄎㄡˋ，有「區霿ㄇㄡˋ」一詞，昏昧的意思。

「區」，讀作ㄑㄩ，是個多義詞。⑴分別、劃分的意思，如〈論語．子張〉：「譬諸草木，區以別矣。」大意是，譬如草木，是有大小的區別的。⑵地域，有一定界線的地方或範疇。⑶當量詞時，是所、座的單位。如姚興〈遺僧朗書〉：「經一部，寶台一區。」⑷通「勾」時，是彎曲的意思，如〈管子．五行〉：「草木區萌。」這是說，草木幼苗開始從彎曲的體形成長萌動。

「區區」，在古籍中常出現，但用法多變，要注意分辨。⑴微小的樣子，〈左傳・襄公十七年〉：「宋國區區，而有詛有祝，禍之本也。」（詛：詛咒。祝：歌誦。）這是說，宋國雖小，既有詛咒，又有歌頌，這是禍亂的根本。⑵自稱的謙詞。⑶自得的樣子，〈呂氏春秋・務大〉：「燕爵爭善處於一屋之下，母子相哺也，區區焉相樂也。」（爵：通「雀」，小鳥。）⑷拘泥、固執的樣子，如〈漢書・楊王孫傳〉：「何必區區獨守所聞？」何必目光如此短淺，獨自堅持自己知道的那一點點道理呢？⑸誠懇的樣子，蘇軾〈與陳公密書〉：「即造宇下，一吐區區。」（造：至。）這是說，於是來到您的屋宇之中，誠懇地向您傾吐。

｜語文點心｜古詩十九首

梁代蕭統《文選》「雜詩」類的一個標題，包括漢代無名氏所作的十九首五言詩。它們不是一人一時之作，也不是一個有機構成的組詩。

「古詩」的原意是古代人所作的詩。約在魏末晉初，流傳著一批魏、晉以前文人所作的五言詩，既無題目，也不知作者，其中大多是抒情詩，具有獨特的表現手法和藝術風格，被統稱為「古詩」。清代沈德潛說：「古詩十九首，不必一人之辭，一時之作。大率逐臣棄妻，朋友闊絕，遊子他鄉，死生新故之感。或寓言，或顯言，或反覆言。初無奇闢之思，驚險之句，而西京古詩，皆在其下。」

《古詩十九首》思想內容比較狹窄，情調也比較低沉，但藝術成就相當突出。作者們大抵屬於中下層文士，熟悉本階層的生活狀況和思想情緒，具有較高的文化素養，詩歌藝術上繼承了《詩經》、《楚辭》的傳統，吸取了樂府民歌的營養。

劉勰概括「古詩」的藝術特色是，「結體散文，直而不野，婉轉附物，怊悵切情」。以《古詩十九首》而言，它把深入淺出的精心構思，富於形象的比興手法，情景交融的描寫技巧，如話家常的平淡語言，融合一爐，形成曲盡衷情而委婉動人的獨特風格。其中的遊子詩多屬感興之作，寓有哲理，意蘊深長，耐人尋味；而思婦詩意在動人，所以形象鮮明，感情含蓄。

在文學史上，《古詩十九首》所代表的東漢後期無名氏五言詩，標誌著五言詩歌從以敘事為主的樂府民歌發展到以抒情為主的文人創作，已經成熟。無名氏詩人們所反映的中下層士子的苦悶和願望，在封建社會具有相當的普遍性和典型意義。他們所創造的獨特表現手法和藝術風格，適合於表現感傷苦悶情緒，為後世封建文人所喜愛和模仿。因此，他們的作品在梁代已獲高度評價，劉勰推崇它為「五言之冠冕」，鍾嶸稱它「驚心動魄，可謂幾乎一字千金」。

①　②　③　④八

看圖說故事

「八陣圖」，據傳是三國．諸葛亮推演兵法而作出的兵陣兵法。這個「八」字，①甲骨文就像是用兩手將一件東西從中分撥的樣子。②金文和③小篆也形同甲骨文，但是分撥得更加對稱了。④楷書寫成了「八」。

「八」，ㄅㄚ，二劃，指事字，作為部首的稱呼是八部與八字部。

書寫「八」字時，如在上偏旁，也寫作「丷」，兩筆不相連，如：兼、公、兮、扒。如作下偏旁時，末筆作長頓，如：兵、六、其。

「八」、「入」、「人」三部首字相似，特別是作為上偏旁時，要從本義去分辨。「八」有分別的意思，如：公、共。「入」有進入的意思，如：全、兩。「人」就是跟人有關係的如：今、余。

｜部首要說話｜

「八」，甲骨文用兩畫分別相背來表示將一物分開之意，它的形構來自於將一個東西分成兩半，本義當「分開」講，但是後來本義消失了，於是將「八」當作數字八來講。如〈左傳・莊公十四年〉：「莊公之子猶有八人。」後來也作為序數，第八，如〈詩經・豳風・七月〉：「八月其獲，十月隕蘀。」（隕蘀ㄊㄨㄛˋ：葉落。）這句詩的大意是，八月收穫，十月時草木枯落。

近人高鴻縉又認為：「八之本義為分，取假象分背之形。」大意是說，「八」的本義就是「分別」，這是取兩背分開的形狀得到「分」的意義。

元代張可久〈塞兒令・閨怨〉：「八的頓開金鳳凰，嗤的扯破錦鴛鴦。」「八的」、「嗤的」，是作為象聲詞。

「八」，也作姓氏，江寧人，有人名叫八通，曾任禮部主事。

「八」後來又有個大寫字——捌，這是因為在古漢語中「八」和「別」古音相近，而且「八」的構形又是撇捺分叉，象分別相背之形，後人就用「別」為聲旁，加個提手旁，新造「捌」為「八」的大寫字。

民間後來取「八」的諧音「發」，用來表示財運、發財的意思。所以多用帶有8的號碼、數字或日子表示吉利。

由於「八」為借義所專用，分開之義便又另加義符「手」寫作「扒」來表示；「扒」後來側重於表示將物掏出，便又另造了「捌」來表示；「捌」又借作「八」的大寫字，便又以八為基礎另加義符「刀」寫作「分」來表示。「分」後來泛指一切分開，用手分開之意便又另造了「掰」[199]來表示。

八，今可單用，也作偏旁使用。凡從八取義的字，都與分開等義有關。

---

199. 掰：以義會意字，兩手分，用兩手將東西分開。

注意部首字詞

從「八」部所組成的詞非常多，如八卦、八到、八股[200]、八音等，但有些詞常讓人會錯意，要特別注意。

「八柄」，指的是什麼呢？這是講古代統治者駕馭臣下的八種手段，即爵、祿、予、置、生、奪、廢、誅，用來調節剝削階級內部財產、權力分配的矛盾。

「具」，ㄐㄩˋ，會意字，甲骨文作，雙手持鼎（古代持肉的器具），表示準備飯食或酒席的意思。⑴本義是準備飯食、酒席。⑵作為動詞即準備、置辦，如〈左傳．隱西元年〉：「具卒、乘，將襲鄭。」（卒：步兵。乘ㄕㄥˋ：兵車。）這是說，充實步兵車兵，準備襲擊鄭國都城。引申為具備、完備。⑶全、都，如〈詩經．小雅．節南山〉：「民具爾瞻。」（爾瞻：看著你。）⑷當用具、器具講。⑸從器具之用，就引申為人的「才能、才具」，如漢代李陵〈答蘇武書〉：「抱將相之具。」這是說，擁有將向的才能。⑹陳述、開列的意思。⑺當量詞，如〈史記．貨殖列傳〉：「旃席千具。」（旃ㄓㄢ席：毛毯。）這是說，毛毯有千條。

「具」與「俱」二字，均有「全」、「都」的意思，但「俱」的意義側重指不同的事物共同發生某一動作或變化（表示兩個以上的人同做一件事），如〈孟子．告子篇〉：「雖與之具學，弗若之矣。」大意是，這個人雖然與專心致志的那個人一起學習，卻比不上那個人。而「具」側重指同一事物內部無一遺漏。另外，「具」的家具義是「俱」所沒有的，所以坊間看板常有「家俱」一詞，這是誤用，應老老實實寫成「家具」。

「具壽」，是指兼有世間長壽和法身慧命，是和尚的通稱，多用於師呼弟子或長老呼少年和尚。

「六」，ㄌㄨˋ，象形字，甲骨文和金文皆象原始圓形簡易茅廬形，本義當為茅廬。「六府」最初指的是六種藏財的東西，水、火、金、木、土、穀是貨財所聚，故稱六府，如〈尚書．大禹謨〉：「地平天成，六府三事。」（三事：正德、利用、厚生。）後來指古代六種稅官的總稱，見〈禮紀．曲禮下〉：「天子之六府，曰：司土、司木、司水、司草、司器、司貨。典司六職。」另外，「府」通「腑」時，「六府」即「六腑」[201]，即指人體內臟的胃、大腸、小腸、三焦、膀胱、膽。

「六和」，原來指的是六種調味料，和之者，春多酸、夏多苦、秋多辛、冬多鹹，皆有滑、甘，是謂六和。後來就把「六和」比喻為多種美味。

「六陳」，「陳」是久藏的意思，「六陳」及六種可以久藏的糧食，即米、大小麥、大小豆、芝麻等六物。

「六」也是個數詞，「六出」是指封建禮教壓迫婦女定有七出之條，但帝王、諸侯之妻無子不出，故有六出之說。其實，花開六瓣也叫做六出。另外，雪花所結成的六角形結晶，古時也稱六出。

「兼」，會意字，小篆作 [小篆]，從又持二禾，會并有之義。引申泛指同時涉及兩件或兩件以上的行為或事物，如「德才兼備」。又引申指合併、吞併。由本義，引申指加倍、把兩分併在一起，如「倍道兼行」，以一天的時間趕兩天的路程，加快速度。

---

200. 八股：八股即八股文，是一種源於明初，進而影響中國封建社會後期的科舉考試的主要方法和規定的應用文體。其體例演化為固定程式，每篇由破題（點破題目要旨）、承題（承接提義而申明之）、起講（起講概講全體，全文議論的開始）、領題（入手，起講後入手之處）、提比（起股）、中比（中股）、後比（後股）、束比（束股）八個部分所組成，合計八股，故稱八股文或八比文。其形式與內容後來嚴重的桎梏了人的思想，把人們的思想固定在程朱理學的範圍內，使得思想文化死氣沉沉。清代著名思想家顧炎武曾指出：八股之害，等於焚書。

201. 五臟六腑：五臟是心、肝、脾、肺、腎，六腑是膽、胃、大腸、小腸、三焦、膀胱。五臟也叫五藏，〝藏〞有內在和儲藏、收藏之意，意思是說五臟都是內在的，功能是收藏精氣。六腑的腑古代寫作〝府〞，是倉庫、庫房的意思，中空而能盛裝東西。中醫所謂的健康狀態，即落實在五臟六腑，就是說五臟的臟器飽滿而沒有有形之物，六腑則始終有一定的有形之物充實其中，不斷被傳導變化出來，吐故納新，且氣機暢通，沒有脹氣之類的毛病，此所謂健康狀態。

｜語文點心｜迂迴

迂迴，是漢文修辭的方式之一。迂迴是一種隱晦難懂的修辭手法，作者的話不是直說的，而是用轉彎抹角的方式說出來，所以叫迂迴法。古人的迂迴法往往是利用典故來表現出來，這種迂迴修辭突出地表現在駢體文或者是駢散兼行的文章裡面。

「所賴君子見幾，達人知命。老當益壯，寧移白首之心；窮且益堅，不墜青雲之志。酌貪泉而覺爽，處涸轍而猶懽。北海雖賒，扶搖可接；東隅已逝，桑榆非晚。」王勃〈滕王閣序〉

要讀懂這段話，首先要了解「見幾」、「達人」、「白首」、「青雲」、「涸轍」、「賒」、「扶搖」、「東隅」、「桑榆」等語詞的意義。「酌貪泉而覺爽」以後的句子都是用典，要了解後面幾句話，就需要經過兩個步驟：

一、要找出「酌貪泉」、「處涸轍」、「北海雖賒，扶搖可接」、「東隅已逝，桑榆非晚」這些典故的出處。

二、要從這些典故裡去體會作者的意思：同一個典故，可以從不同的角度去看；因此，要了解作者的意思，必須從上下文去體會它的連貫性。

輯四

生民與戰爭

一、食器時代

考古發現表明，中國最早的禮器出現在夏商周時期，主要以青銅製品為主。禮器是陳設在宗廟或者是宮殿中的器物，常在祭祀、朝聘、宴饗以及各種典禮儀式上使用，除此之外，禮器還用來顯示使用者的身分和等級。中國古代貴族在舉行祭祀、宴饗、征伐及喪葬等禮儀活動中使用的器物。用來表明使用者的身分、等級與權力。商周青銅禮器又泛稱彝器。青銅禮器種類數量眾多，工藝精美，最為重要，種類有食器（如煮肉盛肉的鼎、盛飯的簋）、酒器（如飲酒器爵，盛酒器尊、壺）、水器（如盥洗器盤、匜）、樂器（如鐘、鐃）。

這些食器的產生，則不能不是飲食發達的表現，〈禮記．禮運〉：「（古者）未有火化，食草木之食、鳥獸之肉，飲其血，茹其毛。……後聖有作，然後修火以利。」這說明了「火」的文明讓人類脫離鳥獸之流，並進化了「吃」的藝術、「吃」的文化以及「吃」的儀式，發達的飲食文化也帶動了新一波的「食器時代」，也遠遠拋棄了飲血茹毛的「石器時代」。

理解食器時代所產生的各式器具文字，也正是理解古代社會日常生活涓涓滴滴匯聚而成的文化大河。

看圖說故事

〈周易．繫辭下〉：「斷木為杵，掘地為臼。」大意是，砍斷樹木作成舂杵，挖掘地面作成舂臼。這個「臼」字，①甲骨文是一個有凹槽的用具。②金文將凹槽裡粗糙的紋路以左右突出的樣子表示出來，表示凹槽的內部有粗糙的痕跡。③小篆將凹槽加深、粗紋加多。④楷書寫成「臼」。

「臼」，ㄐㄧㄡˋ，六劃，象形字，作為部首稱為臼部。

部首要說話

「臼」，古文象舂坑形。古人造字是以地上有舂坑的形態表示，也就是最初挖在地上，後來則穿木鑿石而成臼，其中四點是挖掘留下的痕跡，猶如磨盤上的齒紋，一說為米的形狀，亦可。本義就是舂米用的「石臼」，也就是古代的舂米器具，一般都用石頭鑿成，中間凹下的部分是用來盛放帶殼的穀物。〈齊民要術．作醬〉：「擇滿臼，舂之而不碎。」這是說，選擇好的裝滿了臼，舂擊它但不舂碎。

日後，形狀像臼的東西也以此表示，例如：臼齒、脫臼。

「臼」，因為大都以石頭鑿成，是個定型而不易跳出來的容器，所以引申為「陳舊的格調」之義，這種陳舊的格調在古時候都稱為「科臼」，今天多作「窠臼」。

「臼」，也做星名，〈史記．天官書〉：「杵臼四星，在危南。」這是說，杵臼有四顆星，在危宿南面。

「臼」，如今可單用，也作偏旁使用。凡從就取義的字，都有舂搗、坑等義有關。

注意部首字詞

「與」，是個多音多義詞，有些用法要特別注意。讀作ㄩˇ，會意字，金文最初是兩手相拉形，表示握手結交，後另加舁（ㄩˊ，眾人四手共舉）和口（表結好），用手拉口說以強調握手結交之意，本義為黨與、徒眾，引申為友邦、同類、給予等義。⑴給予[202]，〈左傳．隱公元年〉：「欲與大叔，臣請事之。」這是說，您要把君位讓給太叔，下臣就去事奉他。⑵親附、結交。〈左傳．襄公二十四年〉：「大國之人，不可與也。」大意是，對大國的人不能和他們結交抗禮。引申為幫助的意思，如〈左傳．襄公三十年〉：「子皮與我矣。」這是說，子皮幫助我了。⑶當介詞使用，表示引進動作涉及的另一方，〈左傳．僖公三十年〉：「秦伯說，與鄭人盟。」（說：悅。）這是說，秦穆公很高興，和鄭國人結盟。⑷介詞，作為比較的對象。〈呂氏春秋．察傳〉：「人之與狗則遠矣。」這是說，人和狗比就差得遠了。⑸當連詞使用，表示並列關係。〈莊子．山木〉：「周將處于材與不材之間。」大意是，我就是處身於有用與無用之間。

「與」，讀作ㄩˋ，參與，參加，〈左傳．僖公三十二年〉：「蹇叔之子與師，哭而送之。」（師：軍隊。）這是說，蹇叔的兒子參加軍隊，蹇叔哭著送他。

「與」，讀作ㄩˊ，語氣詞，表示疑問或感嘆，〈論語．微子〉：「是魯孔丘與？」如用於句中，則表示停頓，〈論語．公冶長〉：「於予與何誅？」（予：宰予，孔子弟子。誅：責備。）大意是，對於宰予這個人，我何必去責備呢？

「與狐謀皮」，這本是出自一則故事。〈太平御覽．符子〉：「周人有愛裘而好珍羞[203]，欲為千金之裘，而與狐謀其皮；欲具少牢之珍，而與羊謀其羞。言未卒，狐相率逃於重丘之下，羊相呼藏於深林之中。」這故事用來比喻語所謀者利害根本對立，事必不成。今多寫作「與虎謀皮」，實為「與狐謀皮」才是。

「興」，是常見的字，但在古籍中是多音多義字，要注意用法。

「興」，讀作ㄒㄧㄥ，甲骨文作 ，象眾人共舉一物，本義是起、起來，引申為興起，如〈孟子・盡心上〉：「待文王而後興者，凡民也。」大意是，要等待文王興起後才振奮的人，只是平庸之輩。從興起又引申為發動，〈詩經・秦風・無依〉：「王于興師。」大意是，天子下令發兵。「興」，也當徵集，又作興盛講。

「興」，讀作ㄒㄧㄥˋ，一般作興趣、興致講，如，「乘興而去，敗興而歸」。其實最早的時候，「興」是指詩歌的一種表現手法，〈詩經・周南・關雎〉序：「故詩有六義焉：一曰風，二曰賦，三曰比，似曰興……。」這就是我們常講的，「風、雅、頌、賦、比、興」。

從部首「臼」所組成的字，有幾個是罕見的字，也要注意。

「舃」，ㄒㄧˋ，象形字，金文 象喜鵲搧動翅膀張大口喳喳叫形，喜鵲善叫，鳴叫時不斷搧動翅膀，字形反映了喜鵲的特點，本義是喜鵲，後借來用指古代一種兩層底的鞋，〈詩經・豳風・狼跋〉：「公孫碩膚，赤舃几几。」（几几：鞋裝飾華美的樣子。）這句詩的意思是，公孫身體多肥胖，紅鞋裝飾的鞋頭向上彎。後來泛指鞋。「舃」，也有大的樣子，〈詩經・魯頌・閟宮〉：「松桷有舃。」（桷ㄐㄩㄝˊ：方形的椽子。）大意是，松木椽子多粗實。另外，「舃」，通「潟」，是指鹽鹼地。

「釁」，ㄒㄧㄣˋ，這是個多義詞。(1)同「衅」，這是古代一種祭禮，殺

---

202. 與、給（ㄐㄧˇ）、予：〝與〞和〝予〞自古同音，而且在〝給予〞的意義上同義。〝給〞則和〝與〞〝予〞大有區別。〝給〞用作動詞時，不是表示一般的〝給予〞，而是表示〝供給〞，並且一般只限於供給食用。作〝給予〞解的〝給〞，是後起義，讀ㄍㄟˇ。

203. 珍羞：後作〝珍饈〞。珍，偏向山珍，是山林野獸或者果蔬製作的食物；羞，從手從羊，本義是進獻美味，引申泛指美味。珍、羞合用，代指珍奇名貴的食物。

牲以血塗鐘鼓。⑵裂縫、縫隙的意思，〈韓非子・五蠹〉：「既畜王資，而承敵國之釁，超五帝，侔三王者，必此法也。」（侔：齊等。）這是說，慢慢培養起帝王的憑藉之後，再利用敵國的間隙，予以摧毀，建立超越五帝、齊等三王的功業，就一定要靠這種法律啊！⑶當罪過、過失講。⑷動。東漢・王延壽〈魯靈光殿賦〉：「奔虎攫挐以梁倚，仡奮釁而軒鬐。」（仡ㄧˋ：壯勇的樣子。軒：豎起。鬐ㄑㄧˊ：獸頸上的毛。）

看圖説故事

〈詩經・大雅・行葦〉：「酌以大斗，以祈黃耉。」（黃耉ㄍㄡˇ：老者，這裡指長壽。）詩的意思是，用大勺舀酒，來祈求長壽。這就是「斗」字，①甲骨文就像一把長柄的大杓子，上部是勺頭，下部是杓柄，可以用來握住。②金文只是把杓子稍微傾斜，讓它增加些動感。③小篆的上部發生了訛變，杓頭成了三撇，這一變就看不出是杓子的模樣了。④楷書再一次訛變，寫成了「斗」。

「斗」，ㄉㄡˇ，四劃，象形字，作為部首稱為斗部，一般都在字的右邊，如：料。少數在字的下邊，如：斝（ㄐㄧㄚˇ）。

部首要説話

「斗」，甲骨文象帶把的舀酒的勺子形，本義是古代一種舀酒的器具。在〈史記・項羽本紀〉有一段話就寫著：「玉斗一雙，欲與亞父。」這是說，有玉製的酒器一對，想要送給亞父（范增）。

能夠盛酒的器具，也就能夠量出液體，所以「斗」引申為量具，用來計量液體。〈莊子．胠篋〉：「掊斗折衡，而民不爭。」（掊ㄆㄡˇ：打破。衡：秤杆：）大意是，打破斗斛、折斷秤杆，人們就不會爭奪。

「斗」字的甲骨文像一把大杓子，所以古人也將天上由七顆星所組成的像大杓子一樣的星群也稱作「斗」，是二十八星宿中的斗宿，也就是北斗七星。〈詩經．小雅．大東〉：「維北有斗，不可以挹酒漿。」詩的意思是，北方有斗星，卻不可以拿來舀酒漿。例如：「斗杓」，這是指北斗七星形似勺，柄上的三顆星叫作杓，當斗杓指向東的時候，就是時令要交替了。

器物如果形似斗狀的，也會用「斗」來表示，例如：煙斗、漏斗。中國建築有一種特有的結構就叫作「斗拱」，〈禮記．禮器〉：「山節藻棁。」孔穎達疏：「山節，謂柱頭為斗拱，形如山也。」

今「斗」可單用，也作偏旁使用。凡從部首「斗」取義的字，大都與酒斗、斗形、量器等義有關。

注意部首字詞

「斗筲ㄕㄠ」，斗、筲都是容器小的量器，因此用來比喻才識短淺，氣量狹小。但是，也可以作為謙詞，如〈漢書．穀永傳〉：「永斗筲之才，質薄學朽。」這是謙虛地稱自己才疏學淺。〈後漢書．郭太傳〉又見：「大丈夫焉能處斗筲之役乎？」這也是謙虛之詞嗎？這裡的「斗筲」是用來比喻地位卑微、卑賤。所以整句話的意思是，要想成就一番大事業的人怎能處在卑賤的工作呢？

「斗拱」，這是中國一種特有的建築結構，在立柱和橫梁交接觸加的弓形承重結構叫拱，墊在拱與拱之間的斗形木塊叫做斗。

斗有二義，一是指震落，孟郊〈夏日謁智遠禪師〉：「斗藪塵埃衣，謁師見真宗。」一指擺脫的意思，如白居易〈贈鄰里往還〉：「但能斗藪人間事，便是逍遙地上仙。」這是說，只要能夠擺脫人間俗事，你就可以成為地上的神仙逍遙一生。

「斗粟尺布」，是甚麼意思呢？此語出自〈新唐書・吳競傳〉：「陛下即位四年，一子弄兵被誅，一子以罪謫去，惟相王朝夕左右。斗粟之刺，蒼蠅之詩，不可不察。」又漢文帝弟淮南厲王劉長因謀反事敗，被徙蜀郡，在路上不食而死。民間作歌曰：「一尺布，尚可縫；一斗粟，尚可舂。」後因以「斗粟尺布」比喻兄弟間因利害衝突而不相容。

「料」，ㄌㄧㄠˋ，會意字，從斗從米，表示計量的意思，⑴本義即計算，⑵引申為估算、預測，如〈史記・平原君虞卿列傳〉：「虞卿料事揣情，為趙畫策，何其工也。」大意是，虞卿預料事體，預測實情，替趙國籌畫計策，為何都如此精確啊！今有成語「料事如神」，表示預測事情的發展非常準確。⑶引申為選擇的意思，如〈三國志・吳書〉：「遜料得精兵八千餘人。」這是挑選精兵的意思。⑷當物料、材料講。⑸隋唐以後官吏俸祿外另加的物品稱「料」。⑹要注意這個「料」字的用法，〈莊子・盜跖ㄓˊ〉：「疾走料虎頭。」這是講，我急急忙忙跑去撩撥虎頭。這個「料」是撩撥、碰觸的意思。

「斛」，ㄏㄨˊ，形聲字，金文從斗角聲，〈說文解字・角部〉：「斛，十斗也。從斗角聲。」本義是古代量器，也作容量單位，十斛為一斗，南宋以後改為五斗為一斛。

「斜」，ㄒㄧㄝˊ，形聲字，篆文從鬥餘聲，〈說文解字・角部〉：「斜，杼也。從鬥餘聲，讀若荼。」本義為用斗杓舀出，引申借指不正、偏斜的意思，賈誼〈鵩鳥賦〉：「庚子日斜兮，鵩集予舍。」（鵩ㄈㄨˊ：一種鳥。形似鴞，夜發出惡聲，古人以為不祥之鳥。）傍晚時候，有隻貓頭鷹飛到我家裡來了

「斟」，ㄓㄣ，形聲字，篆文從斗甚聲，舀起的意思，〈說文解字・角部〉：「斟，勺也。從斗甚聲。」本義為（用勺子）舀取，引申為用壺倒酒或

茶。作為名詞是指羹勺，如〈史記・張儀列傳〉：「廚人進斟，因反斗以擊代王。」這是說，廚工趁送上金斗的機會，反轉斗柄擊中代王。

今有「斟酌」一詞，「斟」主要指倒酒，「酌」主要指飲酒，兩相會意，不論是倒酒或是飲酒都要適量，於是引申出遇事反覆考慮力求處理得當的意思。故「斟酌」有兩義，一是指倒酒，另一義是當考慮擇取的意思，諸葛亮〈出師表〉：「至於斟酌損益，進盡忠言，則攸之、禕、允之任也。」大意是，至於商議利害興革，盡力貢獻[204]忠言，那是郭攸之、費禕、董允他們的責任。

「斡」，ㄨㄛˋ，形聲兼會意字，篆文從斗倝（旗杆）聲，倝也兼表杆把之意，本義為瓢把，瓢把是用以運轉瓢舀取酒水的部位，故引申指運轉、旋轉。今有「斡旋」一詞，除了是運轉的意思之外，常作為調解、奔走活動的意思。

從部首「斗」所組成的字裡，有幾個是罕見字，稍加注意。

「斝」，ㄐㄧㄚˇ，象形字，甲骨文𠁁象古代爵一類的酒器，有三足兩柱。〈說文解字・斗部〉：「斝，玉爵也。夏曰琖，殷曰斝，周曰爵。從吅從鬥，冂象形。與爵同意。」本義是指古代青銅製的酒器，可用之獻或酌。

「斠」，ㄐㄧㄠˋ，形聲字，篆文從鬥冓聲，〈說文解字・鬥部〉：「斠，平鬥斛也。從鬥冓聲。」這是平斗斛的工具，引申為校正的意思。

「𣂚」，ㄐㄩ，舀取，張衡〈思玄賦〉：「𣂚白水以為漿。」這是說，舀取白開水當酒喝。

204. 貢獻：貢，會意兼形聲字，篆文從貝（錢財）工（表勞動），會向天子奉獻物品或勞力之意，引申為臣下或屬國向天子進獻物品。獻，會意字，甲骨文從犬從鬲（烹煮鼎器），會以犬牲獻祭之意，後引申為進獻寶物或意見。〝貢獻〞連用，都有向尊者呈獻的意義，不過前者側重向帝王進獻，後者側重進獻給敬畏者。

看圖説故事

〈左傳・昭公元年〉：「於文，皿蟲為蠱。」這是說，在文字裡，器皿中的毒蟲是蠱。這個「皿」字，①甲骨文就是上古時代一種器皿的形狀，上部的歧出表示器皿兩旁的把手或提環。②金文在左邊加上一個「金」字，表示器皿的材質是屬於金屬，成了左形（金）右聲（皿）的形聲字，其實這個金字旁是多此一舉的，因為古代的器皿不全是以金屬製成的。③小篆又恢復成甲骨文的樣子，去掉了金字旁，字形也比較美觀了。④楷書寫成「皿」。

「皿」，五劃，象形字，作為部首稱為皿部或皿底部。

「血」比「皿」字在上部多了一撇，小心不要寫錯了。

另外，罒（网）部與「皿」也長得很像，小心辨認。

部首要説話

「皿」，甲骨文象帶底座的碗碟盤盆等一類飲205食器具形，本義就是裝東西（以液體為多）的器具，也就是碗、碟、杯、盤這一類用具的總稱。《說文解字》上寫著：「皿，飯食之用器也。」魏學洢〈核舟記〉：「能以徑寸之木為宮室、器皿、人物。」這是說，能夠用寸許直徑的木頭刻上屋室、各式器皿、人體形狀。

名詞的皿用作動詞，就是用皿盛（東西）的意思。〈國語・晉語八〉：「故食穀者，晝選男德以象穀明，宵靜女德以伏蠱慝，今君一之，是不饗穀而食蠱也，是不昭穀明而皿蠱也。」大意是，吃穀物的人，就應該白天選擇有德之男而親近之，以象人之食穀而有聰明；晚上安於有德之女而節制之，以去已所受蠱害之疾。可是，貴國國君，晝夜親近女色，這就等於不食穀物而吞吃蠱毒！

由部首「皿」字所組成的字大都與器皿有關，如：「盂」、「盈」、「盆、「盥」等。其中，「盔」字為何也屬「皿」部呢？因為頭盔實際上就是倒過來的「皿」字，能盛甚麼呢？可以說「盛頭」，也就是保護頭部。

今「皿」可單用，也作偏旁使用。凡從部首「皿」取義的字，都與器皿、容器等義有關。

注意部首字詞

「盜」，ㄉㄠˋ，是個會意字，由「次」（口中流出涎水，後來寫作「涎」）和「皿」組合而成，也就是看到了器物就饞涎欲滴，用以會意為偷竊的意思，本義就是偷盜、竊取，如〈左傳・文公十八年〉：「竊賄為盜，盜器為奸。」這是說，偷竊財物就是盜，偷盜寶器就是奸。「盜」，從本義引申為偷偷地，從本義作為名詞，就是指偷盜的人、強盜，如〈莊子・胠篋〉：「故絕聖棄知，大盜乃止；擿玉毀珠，小盜不起。」（擿ㄓˊ：拋棄。）大意是，所以說不要聖人、拋棄智慧，大盜就會消失；丟棄美玉，毀壞珠寶，小盜就不會出現。後來，又以「盜」來比喻讒佞小人，〈詩經・小雅・巧言〉：「君子信盜，亂是用暴。」詩的意思是，君子輕信盜賊一般的小人，禍亂就會更猛烈。

「盜」、「賊」、「偷」、「竊」四字常組合成詞，但是各字的意義是有所差異的。

「盜」本義是偷竊，本義是毀害。作名詞使用時，古代「盜」多指偷東西，「賊」則是指犯上作亂、害國害民的人。現代的意義，偷東西的人叫做

---

205. 飲：會意字，ㄧㄣˇ，甲骨文作 ，從食從欠會意，象人在酒樽上俯首伸舌飲酒，本義為喝，又特指喝酒，作為動詞，只給人或畜牲喝或吃，此時讀作ㄧㄣˋ。

「賊」，這是古代的「盜」；現在所謂的「強盜」，是古代的「賊」。古代曰「盜」有時也指強盜，但古代的「賊」絕不指偷東西的人。

今有「偷盜」指偷竊盜取，其實「偷」的本義是苟且的意思，漢代之後才有偷盜的意義。

「盜」與「竊」在偷盜的意義上是同義詞，所以可構成雙音詞。只是「盜」可指偷盜之人，「竊」可作謙詞，這兩個意義二者是不能通用的。

「監」，ㄐㄧㄢ，會意字，甲骨文作，象人面對著器皿俯視，本義即由上視下，引申為監察、監視，〈呂氏春秋．達鬱〉：「王使魏巫監謗者，得則殺之。」這是說，厲王派遣魏巫去監視那些敢於怨謗時政的人，抓到後就處死。又特指君主外行，太子代掌國政，如〈左傳．閔公二年〉：「君行則守，有守有從。從曰撫軍，守曰監國。」大意是，國君外出就守護國家，如果有別人守護就跟隨國君。跟隨在外叫做撫軍，守護在內叫做監國。「監」從本義又引申為監牢，作動詞就是監禁的意思。

「監」，又讀作ㄐㄧㄢˋ，⑴鏡子出現以前，人們用盆盛水照臉，所以「監」就是照鏡子，本義就是照，引申為借鑑，〈論語．八佾〉：「周監于二代，郁郁乎文哉。」（二代：指夏、商。）這是說，周朝的禮制是依據夏商兩代的禮制制定的，多麼豐富多采啊！⑵「監」，也是古代官名，又為太監。

「監」與「鑑」，實為古今字。在照形、照形器具、引以為戒等意義上，先秦時二字通用。漢以後才有了區別，在上述意義上多用「鑑」而不用「監」；而官署名、官名、太監等意義，以及讀作ㄐㄧㄢ的監臨、審察等意義，用「監」而不用「鑑」。

從部首「皿」組成的字有些字是難字，要注意書寫與用字。

「盋」，ㄅㄛ，形聲字，篆文從皿犮聲，〈說文解字．皿部〉：「盋，盋器。盂屬。從皿犮聲。」同「缽」，是指盛飲食的器具。

「盝」，ㄌㄨˋ，形聲字，從皿彔聲，是一種小匣子，盝子，古代小型妝具。常多重套裝，頂蓋與盝體相連，呈方形，蓋頂四周下斜，多用作藏香器或盛放璽、印、珠寶。當動詞用時，通「漉」，使水乾竭之意。

「盭」，ㄌㄧˋ，會意字，從弦省從盩，會彎而扭曲之意，〈說文解字．皿部〉：「盭，弼戾也。從弦省，從盩。讀若戾。臣鉉等曰：盩者，擊皋人見血也，弼戾之意。」「盭」當為「戾」的正字，本義是彎曲、扭曲，引申為乖違、暴戾，〈史記．司馬相如列傳〉：「盭夫為之垂涕。」這是說，就是凶暴之人也要為之感動流淚。

｜語文點心｜誇飾

誇飾，是漢文修辭的方式之一。誇飾是一種重要的修辭手段，古今都是一樣的。誇飾不等於誇大；誇大是言過其實。誇飾不是言過其實，而是一種極度形容語，使語言增加生動性。如：「天下之士，雲合霧集，魚鱗雜遝，熛至風起。」〈史記．淮陰侯列傳〉

某些人名地名，以及某些特殊的物名，可以用作極度形容語。「死或重於泰山」，由於泰山在古人看來是最高的山，也就代表著最重要的東西了。又如：「非有墨翟仲尼之賢，陶朱猗頓之富。」賈誼〈過秦論〉——墨翟、仲尼代表最賢的人，陶朱、猗頓代表最富有的人。

｜看圖說故事｜

〈呂氏春秋．察今〉：「嘗一脟肉，而知一鑊之味，一鼎之調。」（脟ㄌㄨㄢˊ：通「臠」，切成的塊狀肉。鑊：無足的鼎。）這句話的大意是，嘗一塊肉可以知道整鑊肉的味道，全鼎滋味調和的好壞。這個「鼎」字，①甲骨文上端其實是這個物體的雙耳，中間為腹部，下部是這個容器的足。②金文在腹部多加了二橫，表示在這個物體的外部加上圖飾。③小篆下部的足成了四足。④楷書寫成「鼎」。

「鼎」，ㄉㄧㄥˇ，十三劃，作為部首稱為鼎部。

部首要說話

「鼎」，甲骨文象鼎形，是古代的器物名，常見的有三足兩耳，用於烹煮食物的炊具，也當祭祀用的器具。中國人迄今發現最大的圓形鼎有二百二十六公斤，最大的方鼎（四足）有八百七十五公斤，高一百三十三公分，可見鼎是個巨型器物。其實，古代商周真正用來烹煮的器具叫做「鑊」，又稱做「鼎鑊」，今天，中國南昌地方的人稱煮飯的鍋，還保留「鑊」的叫法。

因為「鼎」除了是烹煮的炊具之外，還用作祭祀時盛肉的器具，後來也發展成氏族和貴族的廟堂禮器，這種禮器只有國君才可擁有，相傳禹鑄九鼎，為傳國寶器，所以「鼎」也當作王位或政權的象徵。〈左傳・宣公三年〉：「商紂暴虐，鼎遷于周。」這就是說，商紂暴虐無道，鼎於是遷到了周朝。

鼎用作祭祀的神器，並且按照使用者身分的高低有著嚴格的劃分。〈春秋・公羊傳〉中記載有周代的「列鼎」制度：「天子九鼎，諸侯七，卿大夫五，元士三也。」這指的就是西周時期的用鼎制度：天子祭祀的時候用九個鼎，諸侯祭祀的時候用七個，卿大夫用五個，元士用三個。

鼎作為傳國之寶，相對於重臣，也引申為鼎，後用以比喻三公、宰輔等重臣，〈後漢書・陳球傳〉：「公出自宗室，位登臺鼎。」「臺鼎」指的就是三公。

鼎本身很具重量，所以也引申為「重要」，也有「盛大」的意思。

鼎原是烹煮的炊具，炊煮食物時會滾燙沸騰，所以引申為「鼎沸」的意思，後來也形容政局不安定。

「鼎」也作正在、正當的意思，如〈漢書．賈誼傳〉：「天子春秋鼎盛。」

古時候，「貞」、「鼎」同字。「貞」是貝字加上卜，古代鑄鼎是件大事，要占卜之後才決定開鑄的日期，所以卜問的人叫做「貞人」，即占卜師；「鼎」加上「刂」就成了「則」字，也就是鑄刻在鼎上的「法則」。在戰國時代，「貝」與「鼎」通用，所以，往後從「鼎」取義的字雖然大多與食器有關，但有些字就訛化為從「貝」字，這是因為「貝」、「鼎」曾經一度通用的結果。

總結而言，鼎是青銅禮器的大類，它是統治階級劃分等級和權力的標誌。古代貴族之家要舉行宴會時，要鳴鐘列鼎，以顯示其權大位高、富貴顯赫，所以有「鐘鳴鼎食之家」這一稱呼。因此鐘鼎是高勛厚祿、富貴名門的象徵。鼎也有烹煮肉食、實牲祭祀和宴享等各種用途。

如今「鼎」既可單用，也作偏旁使用。凡從部首鼎取義的字，都與食器等義有關。

注意部首字詞

「鼎鼎」，一般作「鼎鼎大名」表示聲名顯赫，這個「鼎鼎」當茂盛講。但是要注意〈禮記．檀公上〉：「故騷騷爾則野，鼎鼎爾則小人，君子蓋猶猶耳。」這是甚麼意思呢？大意是說，所以，如果急迫的亂了步驟，就顯得粗鄙失禮；如果懶散拖拉，就像小人一樣不莊重；君子在辦喪事或是吉事，態度都要適中得體。這裡的「鼎鼎」指的是懶散的樣子，後引申為蹉跎。

從部首「鼎」所組成的字收錄的少，一般都與鼎的形制有關。

「鼏」，ㄇㄧˋ，形聲字，金文從鼎冖聲，鼎上加蓋，〈說文解字．鼎部〉：「鼏，以木橫貫鼎耳而舉之。從鼎冂聲。」本義就是鼎蓋。後來也稱蓋酒樽的布巾，如〈禮記．禮器〉：「犧尊疏布鼏。」（犧尊：古代酒器。疏布：粗布。）大意是，犧尊只用粗布覆蓋著。

「鼐」，ㄋㄞˋ，形聲字，篆文從鼎乃聲，〈說文解字．鼎部〉：「鼐，鼎之絕大者。從鼎乃聲。」本義就是大鼎，〈詩經．周頌．絲衣〉：「自羊徂牛，鼐鼎及鼒。」（鼒ㄗ：口小的鼎。）詩的大意是，從羊察看到牛，從大鼎察看到小鼎。

「鼒」，ㄗ，形聲字，金文和篆文皆從鼎才聲，〈說文解字．鼎部〉：「鼒，鼎之圜掩上者。從鼎才聲。《詩》曰：『鼐鼎及鼒。』鎡，俗鼒從金從茲。」本義為口小的鼎。

「鼒」，ㄏㄨㄟˋ，小鼎，也寫作「鏏」。

｜語文點心｜《毛公鼎》

毛公鼎，19世紀出土於陝西周原，現收藏於台北故宮博物院。這件鼎內鑄有銘文497字，是目前出土的所有青銅器中銘文最多的一件。銘文的內容是說，國王的大臣毛公為了讚頌國王的美德而鑄了這件鼎。

｜看圖說故事｜

〈左傳．襄公九年〉：「具綆缶，備水器。」（綆ㄍㄥˇ：汲水用的繩子。）這是說，具備好汲水的繩索和瓦罐，準備盛水的器具。這個「缶」字，①甲骨文下部的「凵」是這個容器的外形輪廓，上部的「个」是個可以提起來的容器蓋子。②金文上部的蓋子變成了「午」。③小篆與金文類似。④楷書寫成了「缶」。

「缶」，ㄈㄡˇ，六劃，象形字，作為部首稱為缶部。

部首要說話

「缶」，甲骨文上從午（杵），下從凵（器），會用杵製作陶瓦器之意。本義製作陶器。動詞的「缶」作為名詞即指瓦製盛器，是一種小口大腹、有蓋的瓦罐，作為盛酒、盛液體的容器之用。〈呂氏春秋・功名〉：「缶醯黃，蜹聚之，有酸。」（醯ㄒㄧ：醋。蜹ㄖㄨㄟˋ：小飛蟲。）這是說，瓦器裡的醋發黃變質了，蚊蚋就會成群飛來。

「缶」，除了是盛酒的瓦器之外，後來也泛指所有陶瓦製的的器皿。

「缶」，因為中空有腹，所以也可以發聲，因此缶也當作樂器講。〈墨子・三辯〉：「農夫春耕夏耘，秋斂冬藏，息於聆缶之樂。」大意是，農夫春天耕種、夏天除草、秋天收穫、冬天貯藏，也要借聽瓦盆土缶之樂的方式休息。

「缶」，可以盛酒，所以也可以當量具使用，古時候人們以十六斗為一缶。〈國語・魯語下〉：「其歲，收田一井，出稯禾，秉芻，缶米，不是過也。」（稯ㄗㄨㄥ：六千四百斗。）大意是，（打仗的）這一年，每收割一井之田的莊稼，就交出一稯粟、一缶米、一秉草，不超過這個數目。

由於「缶」作了偏旁，製作瓦器之義便另加義符「勹」寫作「匋」來表示；瓦器之義則另加義符「瓦」寫作「瓾」來表示。

如今「缶」可單用，也作偏旁使用。凡從部首「缶」組成的字，大都與陶瓦製的容器等義有關。

「缺」，ㄑㄩㄝ，形聲兼會意字，篆文從缶（瓦器）夬聲，夬也兼表破損之意，本義為器具破損、而不完整。「缺」是個多義詞，⑴器皿有所破損，⑵引申為空隙、缺口，如〈史記・孔子世家〉：「昔吾入也，由彼缺。」大意是，從前我進入過這個城，就是由那缺口進去的。⑶一個人有了缺口，意思就是有「缺點」，〈孟子・滕文公下〉：「咸以正無缺。」意思是，使大家都能夠完美無缺點。⑷當衰敗講，〈史記・漢興以來諸侯王年表〉：「厲幽之後，王室缺，侯伯強國興焉。」

「缺」與「闕」同音又常混用，其實兩字本義不同，「缺」指缺器，「闕」為門闕，至於引申為缺口、空缺、缺點等義，則「缺」與「闕」大多通用。

「缺勢」，這是出自一則事蹟，〈隋書・雲定興傳〉：「（宇文）述素好著奇服，炫燿時人。定興為製馬韉，於後角上缺方三寸，以露白色，是輕薄者率放學之，謂為許公缺勢。」這「缺勢」，是指缺後角的韉馬。

「缺蟾」，是說蟾蜍缺什麼部位嗎？不是的，這是指月圓月缺的缺月。

從部首「缶」的字大多與盛器有關，如，「缽」，ㄅㄛ，是盛飯的器具。「缻」，ㄈㄡˇ，是盛水、酒的陶器。「缿」，ㄒㄧㄤˋ，是儲錢器。「罃」，ㄧㄥˊ，盛燈油的長頸瓶。「罈」，ㄊㄢˊ，是一種陶器。「罇」，ㄗㄨㄣ，盛酒器。「罌」，ㄧㄥ，是一種盛水酒的小口大腹的陶器或木器。「罍」，ㄌㄟˊ，是一種盛水、酒的容器。「罐」，ㄍㄨㄢˋ，汲水或盛物用的器皿。另有二字與盛物無關。

「罄」，ㄑㄧㄥˋ，形聲兼會意字，篆文從缶殸聲，殸也兼表空之意。本義為器皿中空無一物。⑴器皿中空，引申為盡了，如〈世說新語・雅量〉：

「客來蚤者，並得佳設，日晏漸罄。」（蚤：通「早」。）這是說，客人來的早的，可以獲得豐盛的酒食，到了天色愈來愈暗，備辦的東西逐漸吃完了。今有成語「罄竹難書」，比喻罪狀之多，難以寫盡。⑵當出現講，〈韓非子・外儲說左上〉：「夫犬馬，人所知也，旦暮罄於前，不可不類之，故難。」大意是，犬馬是人類最熟悉的動物，從早到晚都跟在眼前，畫的不能不像，所以難畫。⑶通「磬」，是一種用石或玉製的打擊樂器，形似曲尺。「罄折」一詞，是說屈身如磬，表示恭敬的樣子，〈史記・滑稽列傳〉：「西門豹簪筆罄折，向河立待良久。」大意是，西門豹頭上插著筆，彎著腰，面對河水站著等了很長時間。

「罅」，ㄒㄧㄚˋ，形聲字，篆文從缶虖聲。《說文解字》：「罅，裂也。」本義是裂，裂開，又指裂縫，〈史記・田敬仲完世家〉：「弓膠昔幹，所以為合也，然而不能傅合疏罅。」大意是，拿膠黏用久了的弓幹，是為了黏合在一起，然而膠不可能把縫隙完全合起來。「罅」從本義引申為嫌隙，陸游〈送辛幼安殿撰造朝〉：「古來立誓戒輕發，往往讒夫出乘罅。」這是陸游送辛棄疾到朝廷時，告誡說要注意讒臣，因為這些人專門找出嫌隙生事。

看圖說故事

①甲骨文的字形與半坡遺址中出土的尖底陶瓶相似，是一種盛酒的瓶子。②金文的圖形複雜了一些，中間的兩條橫線表示酒瓶上的花紋。③小篆上的花紋顯得更美觀，這是有美麗花紋的酒瓶。④楷書寫成「酉」。

「酉」，ㄧㄡˇ，七劃，象形字，作為部首的稱呼叫做酉部。

「西」比「酉」少了裡面的一橫，「西」是指示方向，與東方相反。

部首要說話

「酉」，甲骨文象尖底的酒罈子形。《說文解字》：「酉，就也。八月黍成，可為酎酒。」這是說，酉，成熟。代表八月，這時黍成熟，可以釀製醇酒。所以本義原是酒罈子，可是到了後世，酒瓶的本義不再使用，卻被假借為代表地支（子、丑、寅、卯、辰、巳、午、未、申、酉、戌、亥）的第十位。與天干配合以紀日、紀年，〈左傳・哀公二年〉：「六月乙酉，晉趙鞅納衛大子于戚。」大意是，六月十七日，晉國的趙鞅把衛國的太子送回戚地。

「酉」，也當作時辰，一晝夜（一天）是十二個時辰，酉時就是指十七點到十九點。白居易〈醉歌〉：「黃雞催曉丑時鳴，白日催年酉時沒。」（丑時：一時至三時。）

「酉」又作為十二生肖之一，酉屬雞。〈論衡・物勢〉：「酉，雞也。」

「酉」的尖底陶瓶的酒瓶義，在製陶技術發達之後，就成了釀酒、盛酒的專用器具，而這種用糧食或水果等發酵富含乙醇的汁液，就寫作「酒」。

〈史記・律書〉：「酉者，萬物之老也。」也就是說，「酉」從成熟義引申為老。

「酉」，也是姓。古時候有個人就叫做酉牧。

由於「酉」為借義所專用，於是酒的意義就另加義符「水」寫作「酒」來表示。

「酉」雖然失去了酒瓶的本義，但是由「酉」所組成的字大都與植物發酵、酒器等義有關。

注意部首字詞

酉部的字可以分成三類：

關於酒的名詞：醴、醯、醋等。

關於酒的形容詞：醇、醨等。

關於酒的動詞：釀、酬、酌、酹（ㄌㄟˋ）、酣、醉、醒等。

「酢」，有二讀。ㄘㄨˋ，形聲字，金文從酉乍聲，〈說文解字・酉部〉：「酢，醶也。從酉乍聲。」本義為調味用的酸味液體，即醋，後來寫作「醋」。醋是酸的，代指酸，〈農書・梅杏〉：「杏類梅者，味酢；類桃者，味甘。」

「酢」，讀作ㄗㄨㄛˋ，即客人用酒回敬主人，引申為報答、酬答，如〈詩經・小雅・楚茨〉：「報以介福，萬壽攸酢。」詩的大意是，報答你大福氣，報答你長壽無期。「酢」，也是一種酬神的祭祀，〈尚書・顧命〉：「秉璋以酢。」（秉：持、捧著。）這是說，捧著酒杯自斟自飲作答。

從《說文解字》中可知，「醋」本為「酬酢」義，而「酢」是指調味用的「醋」，到後世，「酢」多用為「酬酢」，「醋」就用作調味用的「醋」。

「醜」，ㄔㄡˇ，形聲兼會意字，甲骨文 從鬼酉聲，鬼和酒鬼都很醜陋，故酉也兼表意，本義為可惡、厭惡，引申泛指⑴本義是相貌難看，〈莊子・天運〉：「其里之醜人見而美之。」（里：同鄉。美：以……為美。）這意思是，鄉親中有個醜女人看到（西施）皺著眉頭的樣子認為很美。⑵引申為醜惡，不好，如〈詩經・鄘風・牆有茨〉：「所可道也，言之醜也。」這是說，如果可以說出來啊，說起他來太醜惡了。從醜惡引申為羞恥、恥辱，司馬遷〈報任安書〉：「行莫醜於辱先。」這是說，行為沒有比辱沒祖先更為汙穢的了。又引申為厭惡，〈左傳・召公二十八年〉：「惡直醜正，實蕃有徒。」（蕃：眾多。）大意是，嫉害正直，這樣的人多的是。⑶當眾多講，這個意義出自〈詩經．小雅．吉日〉：「升彼大阜，從其群醜。」大意是，登上那個大山丘，追逐那成群的野獸。⑷當種類講，〈國語．楚語下〉：「官有十醜。」引申為比，〈禮記．學記〉：「古之學者，比物醜類。」大意是，古代的學者，能夠比較事物的異同而為之彙成一類。從比較義引申為類似，〈孟子．公孫丑下〉：「今天下地醜德齊，莫能相尚。」大意是，如今，天下諸侯國大小相等，風氣大體相似，彼此間誰也壓不倒誰。

古代「醜」與「丑」本不同義，「丑」本義是初生胎兒的小拳頭，後假借為表示地支的第二位。今中國大陸將「醜」簡化為「丑」，簡繁相用時，要注意本義。

從部首「酉」組成的字裡，屬於酒或是酒的種類的有以下幾字。

「酒」，ㄐㄧㄡˇ，即酒。「酎」，ㄓㄡˋ，春天釀的醇酒。「酘」，ㄊㄡˊ，釀酒食把飯投入甕中釀酒，俗稱落缸。「酤」，ㄍㄨ，本義即酒，引申作買酒、賣酒。「酴」，ㄊㄨˊ，是一種酒名。「醅」，ㄆㄟ，未經過濾的酒。「醍」，ㄊㄧˊ，淺紅色的清酒。「醝」，ㄘㄨㄛ，白酒。「醙」，ㄙㄡ，白米酒。「醪」，ㄌㄠˊ，濁酒。「醨」，ㄌㄧˊ，薄酒。「醱」，ㄆㄛˋ，重釀未濾的酒。「醲」，ㄋㄨㄥˊ，濃烈的酒。「醴」，ㄌㄧˇ，甜酒。「釃」，ㄙ，濾酒。

從部首「酉」組成的字裡，因酒而引發的狀態、名稱有以下幾字。

「酋」，ㄑㄧㄡˊ，象形字，篆文從酉上象酒滿溢欲流出形，〈說文解字．酋部〉：「酋，繹酒也。從酉，水半見於上。」本義是久釀的酒，引申指掌管酒的官員，也指部落領袖。又當善始善終講，如〈詩經．大雅．卷阿〉：「俾爾彌爾性，似先公酋矣。」（俾：使。爾：終。）大意是，願您長壽，猶如先公之善終。

「配」，ㄆㄟˋ，會意兼形聲字，甲骨文 從跪坐之女，從酉（酒），會置酒相對成禮婚配之意，本義是男女結合成婚，引申為匹配，又作分給義，另作流放、發配，方苞〈獄中雜記〉：「餘經秋審，皆減等發配。」這是說，其餘的經秋季審訊，都可以罪減一等，發配充軍。

「酗」，ㄒㄩˋ，形聲兼會意字，篆文從酉句聲，隸變後異體作酗，從酉凶聲，凶也兼表逞凶之意，本義即毫無節制的喝酒，酒後發酒瘋，後引申泛指沉迷於酒。

「酡」，ㄊㄨㄛˊ，形聲字，從酉它聲，《玉篇》：「酡，飲酒朱顏貌。」本義為酒後臉紅。

「酣」，ㄏㄢ，會意兼形聲字，篆文從酉從甘會意，甘也兼表聲，本義為酒喝得很暢快。

「酩」，ㄇㄧㄥˇ，形聲字，篆文從酉名聲，〈說文解字．酉部〉：「酩，酩酊，醉也。從酉名聲。」本義為大醉。「酩酊ㄉㄧㄥˇ」一詞，形容喝得大醉。

「醭」，ㄆㄨˊ，會意兼形聲字，從酉從菐（頭戴物）會意，菐也兼表聲，《廣韻》：「醋生白醭。」《集韻》：「酒上白。」本義為酒醋表面上長的白黴。後世有會聚飲酒曰「醭」，「醭」也是古代指能給人帶來災害的神。

「酹」，ㄌㄟˋ，會意兼形聲字，篆文從酉從寽（握持）會意，寽也兼表聲，〈說文解字．酉部〉：「酹，餟祭也。從酉寽聲。」本義是把酒灑在地上表示祈禱或祭奠。

「醓」，ㄊㄢˇ，《說文解字》：「血醓也。本作盬，今文作醓。」《博雅》：「醓，醬也。」這跟酒沒有關係，這是指多汁的肉醬。有「醓醢ㄏㄞˇ」一詞，均指肉醬。

「醮」，ㄐㄧㄠˋ，形聲字，篆文從酉焦聲，〈說文解字．酉部〉：「醮，冠娶禮。祭。從酉焦聲。」這是指古代冠禮[206]、婚禮的一種斟酒儀式，後引申為祭祀。

---

206. 冠禮：即成年禮。古人冠禮要加冠三次（以示慎重），首次加緇布冠，祝詞曰：「令月吉日，始加元服。弁爾幼志，順爾成德。壽考惟祺，介爾景福。」大意是，在這吉祥的日子裡，給你加上成年的冠，拋棄你少兒的志趣，造就你成人的美德，求得長命百歲，大福大貴。第二次加皮弁、第三次加爵弁，祝詞亦大同小異。經過了成年禮之後，就必須作為一個成年人，獨立地負擔起對社會、家庭所應承擔的種種義務。

「醵」，ㄐㄩˋ，形聲字，篆文從酉豦聲，〈說文解字·酉部〉：「醵，會飲酒也。從酉豦聲。」本義為聚會湊錢買酒。

「釁」，ㄒㄧㄣˋ，會意字，甲骨文是一個人頭伸於盆中用雙手洗臉形，〈說文解字·酉部〉：「釁，血祭也。象祭竈也。從爨省，從酉。酉，所以祭也。」本義是古代一種祭祀儀式，殺牲取血塗抹在新製器物的縫隙，後引申為縫隙，又引申為徵兆，如〈左傳·襄公二十四年〉：「其有亡釁乎！不然，其有惑疾，將死而憂也。」大意是，恐怕有了逃亡的跡象了吧！否則，恐怕就是有疑心病，自知將要死了而憂慮啊！

｜看圖說故事｜

〈禮記·曲禮下〉：「凡摯，天子鬯。」這是說，相見時所用的禮品，天子用鬯酒。這個「鬯」字，①甲骨文就像一個器皿的形狀，下部是底座，上部的「凵」是這個器皿的形狀，裡面的四個點代表酒糟。②金文稍微簡化甲骨文，整體的形狀是不變的。③小篆的底座訛化為「匕」。④楷書寫成「鬯」。

「鬯」，ㄔㄤˋ，十劃，象形字，作為部首稱為鬯部。

｜部首要說話｜

「鬯」，甲骨文象酒器裡盛著泡有鬱金香草的美酒形。古人將鬱金香草搗碎放在黑黍釀造的酒中，蓋嚴之後以微火慢煮，使香氣不會跑出去，冷卻之後飲下，芳香濃郁，令人舒泰暢達，稱之為「鬯酒」，用來祭祀、賜予、敬客，故用這一形象表示香甜美酒。所以「鬯」的本義就是用鬱金香草和黑黍釀成的美酒。本義是祭祀用的香酒。《說文解字》寫著：「鬯，以秬釀鬱草，芬芳攸服以降神也。」這是說，用鬱金草釀黑黍而成的，用來祭神的酒叫做「鬯」。「鬯」的本義用作名詞，指的就是酒器。這種以鬱金草釀黑黍做成的酒，古時都用來祭神，這樣的酒就稱做「鬯」。

在中國最古老的詩歌〈詩經・鄭風・大叔于田〉寫著：「抑釋掤忌，抑鬯弓忌。」這意思是說：揭開箭筒，箭裝好啦！解下弓袋，把弓收好啦！這裡的「鬯」是當「弓袋」講，一般來說，這個意義在古籍中才有，現在已經不使用這個意思了。

「鬯」，後世的人假借為「暢」，表示暢旺、茂盛的意思。〈漢書・郊祀志上〉：「草木鬯茂。」這是說草木都長得青蔥茂盛。

今「鬯」可單用，也做偏旁使用。凡從「鬯」取義的字，大都與酒、芳香、濃郁等義有關。

注意部首字詞

從部首「鬯」所組成的字很少，僅收一個「鬱」字。

「鬯人」，這是官名，掌供酒。

「鬯圭」，這是古時祭祀用的玉器，長一尺二寸。

「鬯草」，指的就是鬱金香。

「鬱」，ㄩˋ，會意兼形聲字，甲骨文從林從手持禾，用在林中狩獵，會林木繁茂之意。篆文從林從鬱省，鬱也兼表聲。本義是林木繁茂，引申為⑴草木茂盛的樣子，〈詩經・秦風・晨風〉：「鴥彼晨風，鬱彼北林。」（鴥ㄩˋ：鳥疾飛的樣子。）詩的大意是，那快飛的晨風鳥啊，飛回了樹林茂盛的北林。又指雲氣濃盛的樣子，如〈三國志・吳書・薛綜傳〉：「加以鬱霧冥其上，鹹水蒸其下。」。⑵是一種果名，〈詩經・豳風・七月〉：「六月食鬱及薁。」（薁ㄩˋ：山葡萄。）大意是，六月吃鬱李和山葡萄。⑶香草名，即鬱金香，古稱若蘭。⑷從雲氣濃盛義引申為鬱結、阻滯的意思，〈呂氏春秋．數盡〉：「形不動則精不流，精不流則氣鬱。」大意是說，形體不活動，那麼體內的精氣也就不在運行；精氣不運行，那麼人的氣血便會因積滯而鬱結。

｜語文點心｜《三國志》

《三國志》是一部記載魏、蜀、吳三國鼎立時期的紀傳體國別史。其中，《魏書》三十卷，《蜀書》十五卷，《吳書》二十卷，共六十五卷。記載了從魏文帝黃初元年（公元220年），到晉武帝太康元年（280年）六十年的歷史。作者是西晉初的陳壽。

陳壽是晉臣，晉是承魏而有天下的。所以，《三國志》便尊魏為正統。在《魏書》中為曹操寫了本紀，而《蜀書》和《吳書》則只有傳，沒有紀。記劉備則為《先主傳》，記孫權則稱《吳主傳》。這是編史書為政治服務的一個例子，也是《三國志》的一個特點。

陳壽所著的《三國志》，與前三史一樣，也是私人修史。他死後，尚書郎范頵上表說：「陳壽作《三國志》，辭多勸誡，朋乎得失，有益風化，雖文豔不若相如，而質直過之，願垂採錄。」由此可見，《三國志》書成之後，就受到了當時人們的好評。陳壽敘事簡略，三書很少重複，記事翔實。在材料的取捨上也十分嚴慎，為歷代史學家所重視。史學界把《史記》、《漢書》、《後漢書》和《三國志》合稱前四史，視為紀傳體史學名著。

然而，《三國志》也有其不足之處，不可不注意。在敘事時，除了在某些人的紀和傳中有矛盾之處外，其最大的缺點，就是對曹魏和司馬氏多有回護、溢美之詞，受到了歷代史學家的批評。另外，全書只有紀和傳，而無志和表，這是一大缺欠。

《三國志》成書之後，由於敘事過於簡要，到了南朝宋文帝時，著名史學家裴松之便為其作注，又增補了大量材料。裴注的最大特點，就是廣采博引，極大地豐富了原書的內容。特別是他所引用的原始材料今天大部分已經亡失，幸而保留在裴注中，因而史料價值就非常珍貴。我們在讀《三國志》時，一定要把裴松之的注文當作正文來讀。

魏、蜀、吳三書，原是各自為書，一直到北宋才合而為一，改稱《三國志》。

看圖說故事

〈周禮．考工記．陶人〉：「鬲實五觳。」（觳ㄏㄨˊ：古代量器。）這個「鬲」字，是個具有民族色彩的炊具，①甲骨文就像是某種烹飪之類的器具，下部有三隻腳支撐著。②金文也是三足，袋狀的空腹，上面還加上了蓋子。③小篆反而看不出原來的形象了。④楷書寫成「鬲」。

「鬲」，ㄌㄧˋ，十劃，象形字，作為部首稱為鬲部。

「高」與「鬲」長相相似，「高」是矮的相反。

部首要說話

「鬲」，甲骨文象古代鼎類蒸煮炊具形，圓口，有腹足不分的三足，如袋狀空腹，足內中空，以便增加受熱面積。〈漢書．郊祀志上〉：「禹收九牧之金，鑄九鼎，空其足曰鬲。」大意是，夏禹收集了九州的銅，鑄成九隻寶鼎，每隻鼎的三個腳製成空腹狀。

「鬲」，本義就是指古代一種陶製炊具，大口，腹如袋形，有三足，樣子像鼎。「鬲」，在古代中國是新石器時代的重要發明，距今已有六、七千年的歷史。從字形看，或從「瓦」、或從「金」，可以知道鬲為瓦器或青銅器。後來，又以「鬲」代表從事炊事的奴隸。郭沫若在《奴隸制時代》寫著：「鬲和人鬲就是古書上的民儀或黎民。黎、儀、鬲，視同音字。鬲是後來的鼎鍋，推想用鬲字來稱呼奴隸，大概是取其黑色。」

「鬲」，也是古代喪禮使用的瓦瓶，〈禮記・喪大記〉：「陶人出重鬲，管人受沐。」大意是，陶人提供掛在木架上的瓦瓶，管人再從侍者接下潘水。

「鬲」也是多音多義字，讀做ㄍㄜˊ的時候，就是「阻隔」的意思，因為這種炊具可將水火隔開，「隔」的意義就是從這裡引申出來的。〈管子・明法〉：「法令不得至於民，疏遠鬲閉而不得聞。」這是說，（亂法的君主）不讓法令到民間百姓身上，對法令施政陌生、有阻隔以致於都不知道。

「鬲」，讀做ㄜˋ的時候，其實就是後來的「軛」，這是指古代車轅前端架在牲口頸上的橫木。

由部首「鬲」取義的字大多與炊具、阻隔等義有關。

｜語文點心｜《禮記》

《禮記》是中國古代一部重要的典章制度書籍，是戰國至秦漢年間儒家學者解釋說明經書《儀禮》的文章選集，是一部儒家思想的資料彙編。《禮記》的作者不止一人，寫作時間也有先有後，其中多數篇章可能是孔子的七十二弟子及其學生們的作品，還兼收先秦的其它典籍。

《禮記》的內容主要是記載和論述先秦的禮制、禮意，解釋儀禮，記錄孔子和弟子等的問答，記述修身作人的準則。實際上，這部九萬字左右的著作內容廣博，門類雜多，涉及到政治、法律、道德、哲學、歷史、祭祀、文藝、日常生活、曆法、地理等諸多方面，幾乎包羅萬象，集中體現了先秦儒家的政治、哲學和倫理思想，是研究先秦社會的重要資料。

全書用散文寫成，一些篇章具有相當的文學價值。有的用短小的生動故事闡明某一道理，有的氣勢磅礴、結構謹嚴，有的言簡意賅、意味雋永，有的擅長心理描寫和刻劃，書中還收有大量富有哲理的格言、警句，精闢而深刻。

漢代把孔子定的典籍稱為「經」，弟子對「經」的解說是「傳」或「記」，《禮記》因此得名，即對「禮」的解釋。到西漢前期《禮記》共有一百三十一篇。相傳戴德選編其中八十五篇，稱為《大戴禮記》；戴聖選編其中四十九篇，稱為《小戴禮記》。東漢後期大戴本不流行，以小戴本專稱《禮記》而且和《周禮》、《儀禮》合稱「三禮」，鄭玄作了注，於是地位上升為經。書中還有廣泛論說禮意、闡釋制度、宣揚儒家理想的內容。

宋代的理學家選中《大學》、《中庸》、《論語》和《孟子》，把他們合稱為「四書」，用來作為儒學的基礎讀物。

注意部首字詞

在部首「鬲」所組成的字裡，字數雖少卻大多是罕見的難字，要注意使用。

「鬻」，ㄓㄡ，這是「粥」的古字，會意兼形聲字，篆文從米從鬻會意，鬻也兼表聲，本義為米粥。〈左傳・襄公十七年〉：「食鬻，居依廬。」大意是，喝粥，住在草棚裡。用作動詞，就是喝粥，〈左傳・昭公七年〉：「饘是，鬻於是，以糊餘口。」（饘ㄓㄢ：厚粥。）這是說，稠粥在這裡，稀粥也在這裡，用來糊住我的口。

「鬻」，又讀作ㄩˋ，⑴賣的意思，〈韓非子・難一〉：「楚人有鬻楯與矛者。」（楯ㄕㄨㄣˇ：盾。）這是說，有個楚國人要賣盾與矛。⑵當養育講，〈莊子・德充符〉：「天鬻者，天食也。」這是說，所謂天養，就是得到了天然本性的養育。⑶又當幼稚講，〈詩經・豳風・鴟鴞〉：「恩斯勤斯，鬻子之閔斯。」詩的意思是，我辛勤勞苦，為的是憐憫這幼子啊！

「鬻文」，原出自一則記錄下來的事蹟，〈舊唐書・文苑傳中・李邕傳〉：「時議以為自古鬻文獲財，未有如邕者。」後以「鬻文」當賣文，是替人撰寫文字而收受酬金的意思。

「鬻」與「沽」、「賣」、「售」都有賣的意思，但「沽」除了賣的意思之外，還有買的意思。「沽酒」可以是賣酒（如白居易〈杭州春望〉：「青旗沽酒趁梨花。」），也可以是買酒（如「沽酒不復疑」）。而是指東西賣出去。「鬻」、「沽」、「賣」是賣的動作，「售」則是賣的結果。

「鬷」，ㄗㄨㄥ，形聲字，從鬲㚇聲，〈說文解字・鬲部〉：「鬷，釜屬。從鬲㚇聲。」本義是一種釜器。引申為眾人的意思，〈詩經・陳風・東門之枌〉：「穀旦于逝，越以鬷邁。」（枌ㄈㄣˊ：白榆樹。穀旦：良辰。邁：遠行。）詩的意思是，在明媚的早晨出發，我們相會一道走。

「鬺」，ㄕㄤ，形聲字，〈前漢・郊祀志註〉：「師古曰：鬺，亨煑而祀也。韓詩引采蘋曰：於以鬺之，唯錡及釜。」本義是烹煮，〈史記・孝武本紀〉：「禹收九牧之金，鑄九鼎，皆嘗鬺烹上帝鬼神。」（九牧：九州。鬺烹上帝鬼神：指烹煮牛羊等祭祀上帝鬼神。）大意是，夏禹收集了九州的銅，鑄成九隻寶鼎，都曾經用來烹煮牲畜祭祀上帝和鬼神。

看圖說故事

〈呂氏春秋．樂成〉：「決漳水，灌鄴旁，終古斥鹵，生之稻粱。」大意是，引進漳水，灌入鄴地，萬年的鹽鹼地，也能長出好稻穀。這個「鹵」字，②是金文的形體，外部像是個容器，容器裡的四個點是什麼呢？那是結晶的鹽粒。③小篆的形體也像金文。④楷書寫成「鹵」。

「鹵」，ㄌㄨˇ，十一劃，象形字，作為部首稱為鹵部。

部首要說話

「鹵」，金文從西（竹簍），中加四點，象徵其中有鹽之意。「卤」（ㄒㄧ）原本是鳥巢的形狀，隸書定作「西」，失去了鳥巢的形狀，後來還假借為東西南北方向的西方。所以「鹵」是取「卤」形，加上四點當作鹽粒的合體象形字，本義就是容器裡裝了鹼鹽，後來也引申為鹼地所產的鹽，也就是鹽鹵。〈史記．貨殖列傳〉：「山東食海鹽，山西食鹽鹵。」這是說，山東地區吃海鹽，山西地區吃池鹽。

古人很早就知道，含有鹼鹽的土地是不適合生長穀物的，所以鹼鹽地就是指不宜耕種的土地。

以前的人造字不多，所以有些字兼其他的意義，後來才新造字。如，鹵也是「櫓」（ㄌㄨˇ）的假借字，意思是大盾，〈戰國策．中山策〉：「大破二國之軍，流血漂鹵。」這是說，打敗兩國的軍隊，傷亡的血流之多都讓盾牌漂動起來。

「鹵」，通「虜」，表示掠奪、擄掠的意思，〈史記．吳王濞ㄆㄧˋ列傳〉：「今卯等又重逆無道，燒宗廟，鹵禦物。」大意是，膠西王劉卬等更加大逆無道，燒毀宗廟，掠奪宗廟中皇室的器物。

「鹵」，後來也作為一種佐料製作的飲食方式，即用肉、蛋、菜等作成的濃汁，用來淋在煮好的麵條上，如：鹵麵。後來也用鹽水加五香料等濃汁製作食品，例如：鹵肉、鹵蛋。

鹵也通「魯」，表示冒失、粗率、遲鈍，如：鹵莽。〈莊子．則陽〉：「君為政焉勿鹵莽，治民焉勿滅裂。」大意是，您處理政務不要太粗疏，治理百姓不要太輕率。

由於「鹵」日後由引申義所專用，所以鹽的意義就另加聲符「監」寫作「鹽」來表示。至於鹽汁的意義，則另加義符「水」寫作「滷」來表示。

如今「鹵」可單用，也用作偏旁。凡從鹵取義的字，都與鹽鹵等義有關。

注意部首字詞

「鹵莽」，是個多義詞，⑴當粗疏、輕率講，〈莊子．則陽〉：「君為政焉勿鹵莽。」大意是，您（子牢）處理政務不要太粗疏，治理百姓不要太輕率。⑵當隱約、依稀講，〈酉陽雜俎．物異〉記載如此一事：「高郵縣有一寺，不記名，講堂西壁枕道，每日晚，人馬車轝影悉透壁上，影中鹵莽可辨。」⑶當荒草講，揚雄〈長楊賦〉：「夷坑谷，拔鹵莽。」也指長滿荒草，荒蕪一片，如蘇軾〈渚宮〉：「二王臺閣已鹵莽。」

從部首「鹵」所組成的字，一般都筆畫多，也多屬少見的字。

「鹹」，ㄒㄧㄢˊ，形聲字，從鹵鹹聲，〈說文解字．鹵部〉：「鹹，銜也。北方味也。從鹵鹹聲。」本義是像鹽那樣的味道，〈荀子．正名〉：「甘、苦、鹹、淡，辛酸奇味，以口異。」這是說，甜、苦、鹹、淡、辣、酸以及一切怪味，要用嘴嘗來辨別。

「鹺」，ㄘㄨㄛˊ，形聲字，從鹵差聲，〈說文解字．鹵部〉：「鹺，鹹也。河內謂之鹼，沛人言若虘。」本義是鹽，也指鹹味。「鹹鹺」一詞，是指祭祀時用的鹽，〈禮記．曲禮下〉：「凡祭宗廟之禮，鹽曰鹹鹺。」

「鹼」，ㄐㄧㄢˇ，形聲字，從鹵僉聲，〈說文解字．鹽部〉：「鹵也。從鹽省，僉聲。」本義就是鹵塊，〈新唐書．食貨志四〉：「盜刮鹼土一斗，比鹽一升。」

「鹽」，ㄧㄢˊ，形聲字，篆文從鹵監聲，〈說文解字．鹽部〉：「鹽，鹹也。從鹵監聲。古者，宿沙初作　海鹽。」本義就是食鹽。〈管子．海王〉：「十口之家，十人食鹽。」這是說，十口的家庭，就有十個人要吃鹽。「鹽」，作為動詞使用時讀作ㄧㄢˋ，就是用鹽醃漬食物，〈禮記．內則〉：「屑桂與薑，以灑諸上而鹽之。」這是說，灑上桂屑和薑末，用鹽來醃漬。另外，古時的曲調也常稱「鹽」，如〈昔昔鹽〉、〈神雀鹽〉，這裡的「鹽」，都讀作ㄧㄢˋ。

｜語文點心｜《管子》的思想

《管子》，是託名管仲的一部論文集。不是一人一時之筆，也不是一家一派之言。它的內容比較龐雜，涉及政治、經濟、法律、軍事、哲學、倫理道德等各個方面，而且冶先秦諸子於一爐，但以法家、道家為主。它的寫作年代，大抵始於戰國中期直至秦、漢，有些觀點源自管仲。其中有關法家的篇章，主要出於戰國中、後期的齊國法家。就法家思想而論，它對法律和「法治」的論述，都比較精闢，並具有綜合前期法家法、術、勢三派，雜揉道、儒的特色，自成體系，是研究先秦法律思想的重要著作其價值不亞於同時代的《商君書》（見商鞅）。〈韓非子．五蠹〉說：「今境內之民皆言治，藏商、管之法者家有之。」，已將商、管並列。今本《管子》為西漢劉向所校定，著錄86篇，〈漢書．藝文志〉列入道家類，〈隋書．經籍志〉改列法家類，現存76篇。

《管子》中的法律思想，可概括為三大部分：關於法律的基本觀點和看法；「以法治國」的「法治」理論；實行「法治」的方法。

法、勢、術相結合的法治方法為了實行法治，齊國法家給「法治」下過一個比較完整的定義：「有生法，有守法，有法於法。夫生法者君也，守法者臣也，法於法者民也。君臣上下貴賤皆從法，此謂為大治。」這是一個典型的封建「法治」概念，它雖然要求「君臣上下貴賤皆從法」，但又主張法自君出，只有君王有權立法，人民不過是法所役使的物件，而且還有貴賤之別。

齊國法家在韓非之前，初步提出了實行法治必須使法、勢與術相結合的思想：為了實行法治，必須尊君，君主為了防止失勢，就必須有「術」，以駕馭臣下。這樣法、勢、術相結合，就可「不身下為」，「垂拱而天下治」。

看圖說故事

〈孟子・告子上〉：「一簞食，一豆羹，得之則生，弗得則死。」這說的是，一筐飯，一碗湯，得到它就能生存，失去它就會死亡。句中的「豆」字，①甲骨文就像是一隻高腳盤，盤中的一橫表示裝有食物。②金文大致與甲骨文一樣，只不過在這高腳盤上加上了代表蓋子的一橫。③小篆中表示食物的一橫被取消了。④楷書寫成「豆」。

「豆」，ㄉㄡˋ，七劃，象形字，作為部首稱豆字部。

「豆」字，作為左偏旁的時候，末筆一橫要寫成橫斜挑，如：頭、戲。

部首要說話

「豆」，甲骨文象古代高足食器形，〈說文解字．豆部〉：「豆，古食肉器也。從口，象形。」「豆」，在上古時代就是一種日常食器，用作盛裝黍稷主食。在商周時代，「豆」這種盛主食的器皿，已經是常見的日用陶器。1987年在中國安陽殷墓出土的銅豆內，發現了鷄骨，可見「豆」也是盛肉的器皿。所以，「豆」的本義是，古代高足的食器。

由於豆為日常食器，所以也引申為容量單位。在古時候，四升等於一豆。〈左傳．昭公三年〉：「齊舊四量：豆、區、釜、鍾。四升為豆。」

容量單位的「豆」，也可作為重量單位來使用，〈說苑．辨物〉：「六豆為一銖，二十四銖重一兩。」可見，「豆」是個很輕的重量單位。

「豆」，後來作為豆類植物的總稱，這其實是假借的問題。上古的豆類是稱為「菽」，因為豆在以前也可以用作油燈，油燈的燈焰就像是一粒黃豆的樣子，與「菽」很相像，日後，人們就將「菽」稱為「豆」，到了漢代之後，「豆」字就取代了「菽」字，成為我們現在通稱的豆類植物。〈戰國策．韓策一〉：「民之所食，大抵豆飯藿羹。」（藿：豆葉植物。）這是說，一般平民的日常飯食則以豆飯藿羹為主。那麼王公貴族的吃自然是講究得多了，有「牛宜秩，羊宜黍，象直穆，犬宜粱，雁直麥，魚宜漲，凡君子食恆放焉。」。

後來，像是豆類的東西，也用「豆」來表示，例如：土豆、花生豆、咖啡豆等。不過，此類含意後來另加義符「艹」寫作「荳」來表示。

今「豆」可單用，也作偏旁使用。凡由部首「豆」所組成的字大都與食器、豆類植物或豆形物等義有關。

| 注意部首字詞 |

「豆萁相煎」，三國曹植〈七步詩〉：「煮豆燃豆萁，豆在釜中泣；本是同根生，相煎何太急。」後世則用以比喻兄弟相殘害。

凡由部首「豆」所組成，與器皿、豆類有關的字有以下幾字。

「豉」，ㄔˇ，形聲字，篆文本從尗（豆子）支聲（取其聲如「嗜」），〈說文解字．尗部〉：「配鹽幽尗也。從尗支聲。豉，俗枝從豆。」本義為豆豉，一種用大豆製成的調味作料。

「豊」，ㄌㄧˇ，象形字，豊與豐在甲骨文中一個字，皆象禮器〝豆〞中盛滿了祭品玉器形，表示致敬之意，隸變後分別寫成豊與豐，豊用來表示致敬之義，豐表示豐滿之義。豊，本義是古代一種豆形禮器。

「豋」，ㄉㄥ，《說文解字》：「禮器也。」〈爾雅．釋器〉：「瓦豆謂之豋。」本義是古代盛肉的一種禮器（豆）。

另有幾字是從部首「豆」的會意字。

「豈」，象形兼會意字，豈是由甲骨文壴（ㄓㄨˋ）發展來的，本是架起的一面鼓形，上象崇牙裝飾，中象鼓面，下象鼓架，表示擊鼓奏樂之意。古文還有點鼓的影子，篆文豈將上邊的飾物傾斜，表示行進間擊鼓奏樂，自是軍樂。《說文解字》：「豈，還詩振旅樂也。一曰欲也，登也。」也就是說，「豈」就是「愷」的古字，也就是軍隊得勝歸來所奏的樂曲，讀作ㄎㄞˇ，後來這個意義寫作「凱」。作為通「愷」的「豈」字，（鎬ㄏㄠˋ：鎬京，西周都城。）詩的意思是，大王在鎬京，飲酒安樂喲！這個「豈」字是和樂、快樂的意思。

「豈」，後人假借為副詞使用，讀作ㄑㄧˇ，⑴表示反問的意思相當於難道、怎麼、哪裡，〈左傳．僖公五年〉：「晉，吾宗也，豈害我哉？」大意是，晉國是我的宗族，難道會害我嗎？⑵表示測度，相當於是否、是不是，如

〈莊子・外物〉：「我東海之波臣也，君豈有斗升之水而活我哉？」大意是，我是東海水族中的一員，您是否有斗升之水可以救我一命呢？

「豎」，ㄕㄨˋ，會意兼形聲字，篆文從臤（操作）從豆（高腳食器）會意，豆也兼表聲，〈說文解字〉：「豎，豎立也。從臤豆聲。」本義即豎立。⑴立、豎立，魏學洢〈核舟記〉：「臥右膝，詘右臂支船，而豎其左膝。」（詘ㄑㄩ：同「屈」。）大意是，他右膝側臥，右臂彎曲，支在船板上，左膝豎立起來。從本義又引申為縱，與「橫」相對。⑵童子，未成年的孩子稱「豎」，〈左傳・成公十年〉：「公夢疾為二豎子。」這是說，晉景公又夢見疾病變成兩個小兒童。從童子義引申為僮僕、家童。⑶後來也稱左右小吏，宮中小臣為「豎」，如〈左傳・昭公二十五年〉：「平子使豎勿內，日中不得請。」這是說，平子要小僕役不讓他（季公亥）進來，太陽走到了中天還沒有能夠得到請求。後來以「豎」專指宦官。

「豐」，ㄈㄥ，會意字，甲骨文作 ，兩串玉盛放在器皿之中，表示豐滿，⑴本義是豐厚、盛多，今有成語「豐衣足食」，引申為豐收，富饒。⑵豐收就有高的涵義，〈莊子・山木〉：「夫豐狐文豹，棲於山林。」大意是，那些皮質美好的狐狸和毛色斑爛的豹子，棲息在深山老林裡。⑶當茂盛、茂密講。⑷也作肌肉豐滿，豐腴。

「豔」，ㄧㄢˋ，形聲兼會意字，篆文原本從豐盍（ㄏㄜˊ）聲，隸變後寫作豔，從豐從盍會意，本義為豐滿而美麗。⑴容貌漂亮叫做「豔」，成語「豔冠群芳」，形容女子貌美嬌豔，壓倒群雌。⑵「豔」，也當羨慕講，〈韓非子・外儲說左下〉：「夫不謀治強之功，而豔乎辯說文麗之聲，是卻有術之士。」大意是，假如不謀求安寧強盛的功績，卻愛慕巧妙美麗的言詞，這就是拒絕深明治術的賢才啊！⑶古代指楚地的歌曲叫做「豔」，如左思〈吳都賦〉：「荊豔楚舞。」（荊：楚的別稱。）

二、衣冠禮樂

管仲說過這樣一段話：「王者以民為天，民以食為天，能知天之天者，斯可矣。」漢朝司馬遷在寫〈史記．貨殖列傳〉時引用了管仲的另一段話：「倉廩實而知禮節，衣食足而知榮辱」。衣食不僅具有物質上的功能，讓一個人吃飽抵餓穿暖禦寒，再進一步，則是體現世俗禮儀。

經濟發展與精神文明建設的關係其實猶如脣齒，衣服的文化意義尤甚於食，因為穿衣除了禦寒，也是走進社會群體的外在標誌。〈周易．繫辭〉：「黃帝、堯、舜垂衣裳而天下治。」這是說，讓不同的人穿不同的衣服，以明確貴賤等級，天下變得以治理。這或許是封建制度王天下的思想，拔掉封建的慾望，衣冠可以是人倫的秩序與規矩。

看圖說故事

〈詩經．邶風．綠衣〉：「綠兮衣兮，綠衣黃裡。」（裡：襯裡。）詩的意思是，綠色的上衣啊，綠的面子黃的襯裡。這就是「衣」字，每個人都會穿在身上。①甲骨文看起來有兩個部份，上部的Λ形像不像是衣領呢！下部是衣襟，也就是古代的左衽或右衽（ㄖㄣˋ）。②金文與③小篆的形體大致與甲骨文相似，字形也趨向美觀，卻愈來愈遠離衣服的韻味。④楷書寫成了「衣」。

「衣」，一，六劃，象形字，作為部首的稱呼是衣部或衣字旁。「衣」字當偏旁時寫作「衤」，不要與「示」偏旁「礻」混淆了。

書寫「衣」字時，五、六筆作撇與捺，且撇不穿捺，獨用及當右、上、下偏旁時如此，如：衣、依、裔、袋。作左偏旁時寫作「衤」，末捺改頓點，如：初、被、裁。

部首要說話

「衣」，甲骨文象帶大襟的上衣形。〈說文解字・衣部〉：「衣，依也。上曰衣，下曰裳。象覆二人之形。」這是說，衣，（人們）依賴（用以遮蔽身體）。上身穿的叫作衣，下身穿的叫裳。象覆蓋兩個「人」的形狀。「衣」的本義就是上衣，引申為衣服的總稱。〈詩經・秦風・無衣〉：「豈曰無衣？與子同袍。」大意是，誰說沒有衣服，我和你同穿一條裙裳。成語「衣冠楚楚」，就是形容服飾整齊的樣子。

形狀、作用像衣的東西，也可以用作「衣」，白居易〈營閒事〉：「暖變牆衣色。」這是說，天氣轉暖就變成了生長在牆面上苔蘚般的色澤。這裡的「衣」是指苔蘚。張耒〈夏日〉：「蝶衣曬粉花枝舞。」這裡的「衣」指的是鳥羽蟲翅的翅膀。

衣服是穿在身上的，也就是用來覆蓋身體，所以「衣」就有「覆蓋」的意思，用來作覆蓋住物體表面的一層東西，如：書衣、地衣、糖衣。柳宗元〈段太尉逸事狀〉：「裂裳衣瘡。」這是說，撕裂裙裳蓋住瘡傷。

「衣」是名詞，當作動詞使用就是「穿上服裝」的意思，讀作一ㄧ丶。有句成語是「衣錦還鄉」，意思就是在外地獲得富貴功名，於是穿戴好服裝光榮的回家鄉。

我們常用的「衣裳」，在古代其實是兩個不同的意思，衣是指上衣，裳是指下衣、裙子（專用於遮蔽下體的服裝，男女尊卑均可穿著）。「衣、裳」連用，現已泛指衣服。

「衣」，也做姓氏之一。如明代有個人名叫衣守信。

今「衣」可單用，也作偏旁使用。凡從部首「衣」取義的字，大都與衣服、布匹或穿著等義有關。

注意部首字詞

「衣一丶褐懷寶」，是指穿著布衣，卻內懷珍寶。這是用來比喻有才能的貧士聲名未顯時。

「衾」，ㄑㄧㄣ，形聲兼會意字，篆文從衣今（朝下的口）聲，今也兼表俯覆之意，〈說文解字．衣部〉：「衾，大被。從衣今聲。」本義是指大被（先秦小被稱「寢衣」），〈詩經．召南．小星〉：「肅肅宵征，抱衾與裯。」（裯ㄔㄡˊ：單被。）這是說，急急忙忙連夜趕路，還要自己抱著被褥。

「被」同「衾」在「被子」的意義上是同義詞，但是「衾」多指大被子，「被」是指小被子。而且，先秦多用「衾」字，戰國末期《呂氏春秋》中，「被」始有被子的意義，直到漢代以後，多用「被」字表示被子。

「裡」，ㄌㄧˇ，這是個常用的字，本字是「里」，隸變後寫作「裡」，從衣里聲，本義是被的裡層，後引申為裡面，與「外」相對。〈莊子．則陽〉：「四方之內，六合之裡。」這是說，大地的四周圍以內，天地之間。今中國大陸將「裡」簡化為「里」，「裡」、「里」是不同的兩個字，本義亦不相同，「里」是指人居住的地方。

「初」，ㄔㄨ，會意字，從刀從衣，表示剪裁衣料是製作衣服的開始，⑴本義為開始，引申為序次居第一，〈周易．乾〉：「初九：潛龍，勿用。」這是說，乾卦的初爻，象徵陽剛的蓄積，如同潛伏的龍，暫時不要有所作為。

⑵當初，又做本來的意思，方文〈子房山〉：「助漢以誅秦，初非好功業。」這是說，幫助大漢誅滅秦國，本來不是為了求取功業。⑶剛剛，才。〈資治通鑑・漢憲帝建安十三年〉：「初一交戰，操軍不利。」這是說，兩軍剛剛一交戰，曹操的軍隊就處於不利的戰況。

「表」，ㄅㄧㄠˇ，會意字，這也是常見的字，表與求（裘）同源，也是甲骨文（求）演變來的，本是毛朝外的皮衣形，篆文改為從衣從毛，會皮襖之意，其實古人穿皮衣，毛朝外面，「毛」「衣」組成「表」字，用來會意為表面的意思，⑴所以本義皮襖，穿在外面的衣服，也就是衣服的外層，也可以比喻為屏障，如〈左傳・僖公五年〉：「虢，虞之表也。」這是說，虢國可說是虞國的屏障。⑵當標誌講，〈墨子・號令〉：「各立其表，城上應之。」大意是，各立標誌以示所在之處，與城上互相關照。⑶古代測日影、定時的標竿。⑷文體名，為奏章的一種，如：諸葛亮〈出師表〉。⑸表譜，表格。司馬遷〈報任安書〉：「為十表，本紀十二。」

從部首「衣」所組成的字，要注意以下易讀錯的字。

「衩」，ㄔㄚˋ，形聲兼會意字，楷書從衣叉聲，差也兼表叉開之意，本義是衣裙下側開口的地方。

「袂」，ㄇㄟˋ，形聲兼會意字，篆文從衣夬聲，夬也兼表缺口之意，〈說文解字・衣部〉：「袂，袖也。從衣夬聲。」本義為衣袖。今有「聯袂」一辭，表示衣袖相連，用以比喻進退行止一致。

「袛」，ㄉㄧ，形聲字，篆文從衣氐聲，〈說文解字・衣部〉：「袛，裯，短衣。從衣氐聲。」本義為短衣。

「衮」，ㄍㄨㄣˇ，會意兼形聲字，金文從衣從公，會在祭祀大典等公共場合穿的禮服之意，公也兼表聲，本義為古代天子或上公所穿的禮服。後世用以稱三公。

「裒」，ㄆㄡˊ，會意字，從衣從臼（雙手），〈說文解字・衣部〉：「裒，聚也。」本義為聚集。⑴聚集，〈詩經・小雅・常棣〉：「原隰裒矣，兄弟求矣。」詩的意思是，人們相聚在原野，只把兄弟尋覓。⑵削減，〈周易・謙〉：「君子以裒多益寡。」大意是，君子應當效此而取多餘以補不足。⑶通「俘」時，當俘獲講。

｜看圖說故事｜

王勃〈送杜少甫之任蜀州〉：「無為在歧路，兒女共沾巾。」詩的意思是，不要在分手的岔路口站著，像兒女那樣因悲傷而淚濕佩巾。這個「巾」字，①甲骨文就像是掛下來的一幅布料或手巾。②金文③小篆大體都與甲骨文一致，似一塊方布繫住一角吊掛下來。④楷書寫成「巾」。

「巾」，ㄐㄧㄣ，三劃，象形字，作為部首的稱呼有巾字部或巾字旁。

「巾」字的寫法很簡單，但從部首「巾」所組成的字裡，「市」與「巿」兩字可要分清楚。

「市」，ㄕˋ，在「巾」上作一點、一橫共五筆，是做買賣、人口集中的地方，如：市場。

「巿」，ㄈㄨˊ，在「巾」上加一橫共四筆，這是古代官服上的皮製護膝圍裙。

｜部首要說話｜

「巾」，甲骨文象下垂的佩巾形。《說文解字》上說：「巾，佩巾也。從冂，｜象繫也。」這是說，巾就是人們繫於身上的手帕，「｜」表示繫帶。

「巾」就是指佩在衣前的飾物，本義是指毛皮、布帛一類的方布。

上古時期，人們將毛皮、布帛剪成塊狀，用來擦拭物品或覆蓋在物品上的帕巾。後來發展成為隨身攜帶的佩巾，也可用來擦拭汗水，以後，就從手巾又分出頭巾、領巾、衣巾等。〈禮記・內則〉：「盥卒，授巾。」這是說，（父母親）盥洗完畢，再遞上面巾。

這個擦拭用的「巾」，後來也可以當包裹或覆蓋用的織物，蘇軾〈浣溪沙〉：「簌簌衣巾落棗花。」大意是，衣巾在風中簌簌作響，棗花隨風飄落下來。

「巾」，既然可以當包裹或覆蓋用的織物，用作動詞就是覆蓋的意思，〈莊子・天運〉：「巾以文繡。」這是說，用繡花的絲巾覆蓋著它。

必須注意的是，古代有關帽子之類的字有好幾個，要加以區別。冕，是帝[207]王、諸侯、卿、大夫等統治階級的人物所帶的禮帽。冠，是古代帽子的總稱。巾，是紮在頭上的飾物。弁，是古代用皮革作出的帽子。帽，是後世才有的字，今天都稱為帽子。

今「巾」可單用，也作偏旁使用。凡從「巾」取義的字，大都與布帛、佩巾等義有關。

注意部首字詞

「巾箱」，最早是指放頭巾的小箱，後多用作放書籍之類，葛洪〈西京雜記・序〉：「此兩卷在洪巾箱中。」後來又指為小版本的書，高承《事物紀

---

207. 帝與后：〝帝〞與〝后〞在古漢語中都是最高統治者的稱號。〝帝〞最初是傳說中的部落酋長，黃帝和炎帝就是上古時的部落領袖，到後來，各朝代把最高統治者神化，稱〝皇帝〞、〝天子〞是將其與天聯繫在一起。就是說，〝帝〞是天帝、上帝的意思。〝后〞原來也是君主、主宰之意，與〝帝〞不同的是，〝后〞為地上的統治者。其後，皇帝的正妻被稱作〝皇后〞，是因為她主宰著六宮，在後宮有著至高無上的權力。

原・經籍藝文》：「今謂籍之細書小本者為巾箱。」引申為用作動詞就是作學問的意思，陸游〈冬夜讀書〉：「小兒可付巾箱業。」

「巾幗」，原本是指婦女的頭巾和髮飾，〈晉書・宣帝紀〉：「亮數挑戰，帝不出，因遺帝巾幗婦人之飾。」（亮：諸葛亮。帝：司馬懿。）這是說，諸葛亮幾次向司馬懿挑戰，司馬懿不出來應戰，於是送給它婦女的飾物（用以侮辱、激怒）。其後，「巾幗」就用以代稱婦女，今有成語「巾幗英雄」。

「席」，ㄒㄧˊ，象形兼會意字，在甲骨文中，席與因同形，接象方席形，上有編織花紋，金文改為從巾，從厂（象徵簡易房），成了會意字。本義為鋪墊用的席子。⑴席子，坐臥時鋪墊的用具，〈淮南子・修務〉：「孔子無黔突，墨子無暖席。」今有成語「席不暇暖」，連席子還沒有來得及坐熱就起來了。原指東奔西走，不得安居。後用以形容很忙，多坐一會兒的時間都沒有。「席」，從名詞的席子又指坐席、坐位，〈呂氏春秋・慎大〉：「武王避席再拜之。」這是說，周武王急忙謙恭地離開席位，一再拜謝他們。⑵古人有時以席為帆，所以也稱船帆。⑶酒筵。⑷憑藉的意思，〈漢書・楚元王傳附劉向〉：「呂產、呂祿席太后之寵，據將相之位。」這是說，呂產和呂祿憑藉的太后的寵愛，占有將相的職位。

「席」與「筵」二字都是席子，但是坐的時候鋪在下面的稱「筵」，鋪在筵上供人坐的稱「席」。

「帳」，ㄓㄤˋ，形聲兼會意字，本作「張」，是把帳子張施於床上之義，後改弓為巾，從巾長聲，長也兼表長條幅之意，本義就是床上懸掛起來的帷幄，引申指帳幕，軍中營帳，〈史記・樊酈滕灌列傳〉：「營衛止噲，噲直撞入，立帳下。」守營衛士阻擋樊噲，樊噲逕直撞了進去，站立在帳下。「帳」，也作記載人口、錢物等的簿冊，這個意義後來寫作「賬」。

「帳」、「幕」、「帷」、「幄」、「幃」，都有布帳的意思，但仍有細微的差異。「幃」指帳幕。「帷」指圍在四周的布。「幕」是指在上面的幕布。「幄」指像宮室一樣的帳篷。「帳」指床上的帳子。

從部首「巾」所組成的字，有幾個是容易誤讀誤用的字，要注意辨認。

「帊」，ㄆㄚˋ，形聲字，篆文從巾巴聲，隸變後異體寫作「帕」，〈說文解字．巾部〉：「帊，帛三幅曰帊。從巾巴聲。」本義為兩幅寬的帛，後指手巾，也指纏屍的布單，〈南史．梁本紀〉：「梁王詧使以布帊纏屍。」（詧ㄔㄚˊ：同「察」。）

「帔」，ㄆㄟˋ，形聲兼會意字，篆文從巾皮聲，皮也兼表披之意，〈說文解字．巾部〉：「帔，弘農謂帬帔也。從巾皮聲。」《玉篇》：「在肩背也。」《釋名》：「帔，披也。披之肩背，不及下也。」可見本義是指披肩，是種不及地的衣飾，即下裳，裙。

「帗」，ㄈㄨˊ，形聲字，篆文從巾犮聲，〈說文解字．巾部〉：「帗，一幅巾也。從巾犮聲，讀若撥。」〈周禮．春官〉：「凡舞有帗舞。」本義是指五色帛製成的舞具，又作蔽膝。《穆天子傳》：「天子大服，冕褘，帗帶。」（大服：帝王、王后死後所穿的衣服。褘ㄏㄨㄟ：王、後祭祀時穿的上衣。）

「帙」，ㄓˋ，形聲字，篆文從巾失聲，〈說文解字．巾部〉：「帙，書衣也。從巾失聲。」本義就是書套、書函，又作卷冊講。如：稱一函為一帙。

「帨」，ㄕㄨㄟˋ，會意兼形聲字，甲骨文左邊是兩手展開形，右邊是禮巾，會獻禮巾之意，隸變後異體改為兌聲，本義是獻禮巾，後引申指佩巾，女子出嫁時由母親所授，在家時掛在門右，出門則繫在身左。〈禮記．內則〉：「女子設帨於門右。」

「幘」，ㄗㄜˊ，形聲字，篆文從巾責聲，〈說文解字．巾部〉：「幘，髮有巾曰幘。從巾責聲。」本義為包頭髮的巾帛。

｜語文點心｜**碑與帖**

帖，帛書也。古人把寫在竹、木片上的字，稱之為簡牘；寫在絲織品上的字跡稱為帖。碑，豎石也，是豎立在地上的石頭，原義是沒有文字的石頭，秦以後才發展為刻有文字的碑。分而言之，碑、帖各不相同。

功用：碑是為了追述世系，表功頌德或祭祀、紀事用的，以期達到「托堅貞之石質，永垂召於後世」的願望。刻帖則是專為書法研習者提供歷代名家書法的複製品。

文字內容：碑是為了表功頌德追述世系，故有一定的文字格式和內容；帖無格式和內容的限制，以書法優劣為選擇標準。

書體：碑的書體在隋以前以篆、隸、楷為主，至唐太宗作〈溫泉銘〉，以行書書丹，始有行書之碑，草書除武則天〈升仙太子碑〉之外絕少有之。帖的書體沒有限制，以信箚（札）為主。

形制：碑是豎立在地面上的石刻，形制以長方形為主，往往四面刻字。帖為橫石，高不過盈尺，正面刻字，無額、趺、穿孔。此外，帖有木刻，碑則絕少。

上石法：碑是用刀直接鐫刻，二是書丹上石。帖是橫勒上石，就是用油素紙覆在真跡上，把真跡複製下來，然後在紙的背面用朱墨雙鉤一遍，在將朱墨雙鉤黏於石上，刻工遂依次鐫刻。

刻法：碑刻有時因循刀法與書帖相同或有出入；帖則必須忠於原作，力求所刻與原貌完全一致。

看圖説故事

甲骨文和金文都未收這個字。③小篆的形狀就像是有什麼物件蓋住，然後四邊垂下的樣子。④楷書寫成「冖」。

「冖」，ㄇㄧˋ，二劃，指事字，做為部首的稱呼是冖字部。

「冖」字上面加個一點就成了「宀」（ㄇㄧㄢˇ），這是古代一種簡易的房屋，可以住人的地方。兩的部首字組成的字不要相混了。

部首要説話

「冖」，甲骨文象布巾蒙覆形，當是最原始的帽子，以布包頭而已，借以表示蒙覆。《說文解字》的解釋是：「冖，覆也。從一下垂也」就是說，覆蓋的意思。

到底是用什麼來覆蓋呢？後有學者認為：「冂 當以頭巾為本義。」頭巾就是帽子。也就是說，以戴帽子的形象來表示這是「覆蓋」的想法。

不論如何，用布巾之類或者用帽子，都可以覆蓋東西。所以「冖」的本義就是覆蓋。

「冖」字後來只做部首字，不獨立成字，所以就在它的本義另造了「冪」來表示覆蓋的意義。由部首「冖」所組成的字大都有覆蓋、掩蔽的意思。

注意部首字詞

從部首「冖」組成的字並不多，但用法各有特色，要注意辨認。

「冗」，ㄖㄨㄥˇ，會意字，篆文從宀從人，會人在屋下閒散之義，會意為悠閒的狀態。⑴本義即為閒散，韓愈〈進學解〉：「三年博士，冗不見治。」大意是，做了三年的博士，卻閒散著顯不出成績。⑵當離散講，〈漢書．成帝紀〉：「水旱為災，關東流冗者眾。」（關：函谷關。）這是說，水災旱災為患，使函谷關以東流離失所的人民非常多。⑶多餘，如陸機〈文賦〉：「要辭達而義理，故無取乎冗長。」⑷當低劣講，〈後漢書．蔡邕傳〉：「臣之愚冗，職當咎患。」這是說，我如此愚笨低劣，自該承擔這禍患。⑸忙碌，陳亮〈與朱元晦秘書處〉：「百冗中西望武夷。」

「冗食」，原本是指在官府服公事的人，因事留內、外朝，官給其食，故稱冗食。後有〈資治通鑑〉：「冗食空官。」用來指無事而食的官員，也作不勞而食。〈漢書．成帝紀〉：「避水它郡國，在所冗食之。」這裡的「冗食」指的是發放賑災糧食。

「冘」，ㄧㄣˊ，會意字，從金文沈的偏旁看，像頭戴枷鎖的囚徒[208]之狀，囚徒多發配遠荒之地，故借以會長行之意，本義是囚徒發配遠荒之地長行，引申泛指行進。〈漢書．揚雄傳〉有句：「三軍芒然，窮冘閼與。」（芒然：多的樣子。閼ㄜˋ與：舒緩的樣子。）這是甚麼意思呢？這是說，三軍兵馬眾多，正在舒緩地行進著。「冘」是行進的意思。但是有「冘豫」一詞，是猶豫的意思，「冘」通「猶」，見〈後漢書．來歙傳〉：「久冘豫不決。」

「罙」，ㄇㄧˊ，形聲字，《說文解字》：「周也。從网，米聲。」网，即周布，表示深入網內的意思。這個字見〈詩經．商頌．殷武〉：「罙入其阻，裒荊之旅。」（旅：旅眾，指士兵。）這句詩的大意是，深入到楚國險阻的地域，俘虜了眾多的楚兵。這個「罙」本義即是深入的意思，又引申為更加，如方干〈送許溫〉：「壯歲分罙切，少年心正同。」這個意義上，「罙」同「彌」。

「冠」，會意字，小篆作，表示手持帽戴於頭上的意思，會意為帽子的總稱，讀作ㄍㄨㄢ，〈戰國策．魏策四〉：「布衣之怒，亦免冠徒跣，以頭搶地耳。」（跣ㄒㄧㄢˇ：光著腳。搶ㄑㄧㄤ：撞。）大意是，平民的發怒，不過是摘下帽子，光著腳，拿腦袋撞地罷了。今有成語「怒髮衝冠」。後來也止形狀像帽子或覆蓋在頂上的東西，如：雞冠。

名詞的「冠」作為動詞，就是戴帽子的意思，音讀作ㄍㄨㄢˋ，〈孟子．滕文公上〉：「許子冠乎？」又引申為覆蓋的意思，如張衡〈東京賦〉：「結雲閣，冠南山。」這是說，蓋起了阿房宮，連結的屋宇樓閣覆蓋南山。古代男子滿二十歲要舉成成年儀式，這就叫做「冠」。後來由成年義引申為超出眾人，居於首位的意義，如今之「冠軍」。

「冥」，ㄇㄧㄥˊ，會意字，甲骨文作 ，從廾（雙手）從冖（表覆蓋），裡邊是日，用天日像用布幕蒙覆住一樣昏暗，會夜深之意。是個多義詞，⑴引申為昏暗，〈呂氏春秋．謹聽〉：「是乃冥之昭，亂之定。」（亂之定：把混亂當成安定。）大意是，必然將昏暗當成是光明，把混亂當成安定。從本義引申為愚昧。⑵海，這個意義後來寫作「溟」。⑶幽深、深遠，杜牧〈阿房宮賦〉：「高低冥迷，不知西東。」大意是，高高低低深邃深遠，分不出西東。⑷某些宗教稱人死後進入的世界，如：冥間。⑸也作夜講，枚乘〈七發〉：「冥海薄天。」（薄：迫近。）黑夜出獵，火光燭天。⑹相合、暗合。

「冢」，ㄓㄨㄥˇ，會意兼形聲字，金文 ，從豖（ㄔㄨˋ，閹割過的大肥豬）從厂（山崖），豖也兼表聲，會山崖高大之義本義為高大的山崖，引申指高起的墳丘[209]，王安石〈遊褒禪山記〉：「今所謂慧空禪院者，褒之廬冢也。」（褒：慧褒，唐代高僧。）從本義引申為山頂，〈詩經．小雅．十月之交〉：「百川沸騰，山冢崒崩。」（崒ㄗㄨˊ崩：崩塌。）這是說，江河泛

---

208. 囚“徒”：囚徒指的是關在監獄裡的犯人。古代的刑，“徒”刑是拘役迫使犯人服勞役的刑罰，服勞役的地點常在偏遠荒地，本義為“步行”的“徒”恰如其分的表達了需要走遠路到達服刑地點的意涵。前秦時犯罪人受刑後總稱“徒刑”，受肉刑後還要服苦役，男犯有“城旦”“鬼薪”“隸臣”“司寇”等，女犯有“舂”“白粲”“隸妾”等苦役。漢文帝廢除肉刑，將服苦役作為主刑使用，奠定了後世徒刑的基礎。

濫，山頂崩塌。「冢」，從山頂義又引申為大，見〈詩經・大雅・緜〉：「乃立冢土，戎醜攸行。」（戎醜：大眾。）這是說，於是建起供祭祀的大社，大眾於是可以發動。

「冢中枯骨」，語出〈三國志・蜀・先主傳〉：「北海相孔融謂先主曰：『袁公路（術）豈憂國忘家者邪！冢中枯骨，何足介意！』」這是講一個人猶如行屍走肉，譏諷志氣卑下、沒有作為的人。

「冤」，ㄩㄢ，會意字，篆文從兔從冖（蒙覆），會兔被蒙覆屈縮不得舒展之義，本義即屈，彎曲，後引申為冤屈，〈史記・淮陰侯列傳〉：「若叫韓信反，何冤？」這是說，你煽動韓信背叛我，烹了你有甚麼冤枉呢？「冤」，從冤屈義引申為怨恨。

今有「冤枉」合用，指受到不公平的待遇，被加上不應有的罪名。「冤」如上義，特指正義得不到申張的狀態；「枉」，形聲字，從木㞷（ㄨㄤˇ）聲，本義為彎曲、歪斜，引申指冤曲，事指法律被不正當運用的事實。可以說，有「枉」才有「冤」，因為執法者枉法就容易導致冤案，即所謂法律被枉，致被告蒙冤。

「冪」，ㄇㄧˋ，會意兼形聲字，篆文從巾從冥會意，冥也兼表聲，本義是覆蓋東西的巾布，引申為覆蓋。又當塗抹講，如左思〈魏都賦〉：「葺牆冪室。」（葺ㄑㄧˋ：修葺。）用作數學名詞，今指乘方形式，即表示一個數自乘若干次的形式。

| 看圖說故事 |

段玉裁注：「絲者，蠶所吐也……細絲曰糸。」這個「糸」字，①甲骨文就像是一把絲擰在一起的樣子，綁緊了才不會亂掉啊！②金文和③小篆也大致和甲骨文的形體相似。楷書寫成了「糸」。

「糸」，ㄇㄧˋ，六劃，象形字，作為部首的稱呼是糸部與糸字旁。

書寫「糸」字時要注意的是，一、作左偏旁時，下三筆改為三點，如：絲、紙[210]。二、作上偏旁或內偏旁時，中豎不鉤，如：彝、繭。

---

209. 墳丘：〝墳丘〞二字，原本都不指〝埋葬屍體的墳墓〞之意。墳，形聲兼會意字，從土賁聲，賁也兼表高起盛大之意，本義為高大的土堆。丘，象形字，甲骨文作，象地面上並立的兩個小土峰，本義為小土山。《禮記》記載，孔子合葬他的父母後說：「吾聞之，古也墓而不墳。」這說明了春秋時代墓葬上的墳堆（高起地表的土堆）已經開始出現，在以前（吾聞之）確是〝墓而不墳〞，崔寔在《政論》記載著：「文（周文王）、武（周武王）之兆（墓地的界域）與平地齊。」等到喪葬習俗開始在墓上堆起土堆（墳、丘），漸漸就發展出埋葬屍體的墓與高起地面的墳、丘這種喪葬〝定式〞。〝墳、丘、墓〞爾後便相伴出現，墳墓、墳丘都指〝墓〞，也就是說，原來封土成丘者為墳，與地平者為墓，後來不分統稱〝墳墓〞〝墳丘〞。

210. 最初的紙：紙，形聲字，篆文從系氏（ㄓ）聲，古代用破布、漁網、樹皮等造紙，故從系。本義為紙張，供寫字、繪畫、印刷、包裝等用的片狀物。這是今義。古人心目中的〝紙〞，近於人們在〝漂絮〞中偶然得之的副產品。段玉裁《說文解字注》：「按造紙昉於漂絮。其初絲絮為之。以笘薦而成之。今用竹質木皮為紙。亦有緻密竹簾薦之是也。」根據這個描述，我們可以想像，上古時代人們以蠶絲製作絲棉，在漂絮工序中，篾席上會遺留一些殘絮，殘絮積多了便形成一層薄片，曬乾剝離後可用於書寫，這便是最初的〝紙〞。

部首要說話

「糸」，甲骨文象一把束絲形。《說文解字》：「細絲也，象束絲之形。」本義就是細絲。宋朝有一位研究《說文解字》的學者叫做徐鍇的人說：「一蠶所吐為『忽』，十忽為『絲』；『糸』，五忽也。」可見這種絲是極細的。〈管子・輕重丁〉：「君以織籍籍於系，未為系籍，系撫織再十倍其賈。」大意是，君上要掌握絲織品，就先從細絲著手，然後再抓緊紡織環節，可以盈利二十倍。

今人唐漢從生殖的觀點認為，「糸」是嬰兒臍帶之形，本義就是臍帶，由此義茲乳而生的「系」即源出結紮臍帶，本義為綑縛，如〈淮南子・精神訓〉：「系絆其足。」大意是，綑縛其足。但是，一般還是將「糸」當細絲解。「糸」當臍帶義在此僅作參考。

「糸」從本義引申為微小。因為十忽為「絲」；「糸」，五忽，所以「糸」作為量詞，就是指絲的二分之一。另外，《集韻》以為「糸」是「絲」的省寫，因此也讀作ㄒㄧˋ。

不論如何，「糸」，現在只做部首字，不單用。但是由部首「糸」所組成的字大都與「絲」及「織」的行為等義有關。

語文點心 《淮南子》

《淮南子》，書名。西漢淮南王劉安所撰，21卷，漢代高誘、許慎等都曾為之作注，現今所傳的只有高誘的注本。其書原分內外篇，今僅存內篇，內容多歸道家思想，亦雜糅先秦各家的學說。

這部書的思想內容接近於道家，同時夾雜著先秦各家的學說，所以〈漢書・藝文志〉將它列為雜家類，胡適說：「道家集古代思想的大成，而淮南書又集道家的大成。」（《淮南王書》）於是在公元1932年2月28日，胡適曾送《淮南子》給蔣介石，正是看中了此書宣揚「無為主義」。

注意部首字詞

「系」，ㄒㄧˋ，本義連接，引申為繼承。後指帶子，這個意義就寫成了「繫」。最後，「系」也作辭賦末尾的總括之詞，如同「亂」、「訊」。〈張衡．思玄賦〉：「系曰：天長地久歲不留……。」在古籍中，「系」、「係」、「繫」三字古多通用，但在「世系」的意義上只寫作「系」，不寫做「係」、「繫」。

「紅」，ㄏㄨㄥˊ，形聲字，篆文從糸工聲，表示粉紅色的帛，引申泛指粉紅色，後作淺紅色或朱紅色的意義，但〈李白．贈孟浩然〉有這樣的詩句：「紅顏棄軒冕，白首臥松雲。」（軒冕：官吏的車和冠。）詩句大意是，年輕時就已經放棄去過追逐富貴與名利的生活，直到晚年都過著高臥林泉、寄情山水的清幽生活。這個「紅」是青年的意思，「紅顏」就是年輕的時候。後來引申為美女。「紅」，讀作ㄍㄨㄥ時，⑴通「工」，特指女子縫紉、刺繡等工作。⑵通「功」，這是古代喪服名。〈史記．文帝本紀〉：「已下，服大紅十五日，服小紅十四日，纖七日，釋服。」大意是，下葬以後，按喪服制度應服喪九個月的大功只服十五日，應服喪五個月的小功只服十四日，應服喪三個月的緦麻只服七日，期滿就脫去喪服。

「純」，ㄔㄨㄣˊ，會意兼形聲字，甲骨文借屯（）表示，篆文從糸從屯（表初始），會生蠶絲之義，本義是純絲，引申為純真、美善。「純」與「粹」二字原來本義是不相同的，「粹」指的是精米。由於「純」、「粹」都有「不雜」義與引申的「精純」義，於是兩字形成同義，並連詞為「純粹」。

「綠」，ㄌㄩˋ，形聲字，篆文從糸彔聲，顏色多用絲帛來表示，故從糸，本義就是綠色，也是一種草名，可染出綠色，〈詩經・小雅，采綠〉：「終朝采綠，不盈一匊。」（匊ㄐㄩˊ：「掬」的本字，捧。）詩句的意思是，整個早上採菉草，可是還不滿一捧。「綠」，又讀作ㄌㄨˋ，「綠圖」，是指帝王受命的符籙。「綠耳」，是駿馬名，〈淮南子・主術〉：「華騮綠耳，一日而至千里。」（華騮：駿馬名。）大意是，華騮、綠耳這兩匹駿馬，一天可跑上千里遠。

「綠」與「碧」、「青」、「蒼」、「藍」現在都當顏色講，而且顏色大都相近。仔細地看，「青」是藍色，「蒼」是深藍，「碧」是淺藍，這三字有時並不嚴格區分，所以青天又叫蒼天，也叫碧空。綠色與青色距離較遠，較少混用。而「藍」在上古並不表示顏色，「藍」是指可作染料的植物，到後世才有藍色義。

「維」，ㄨㄟˊ，形聲字，篆文從糸佳聲，⑴本義是繫物的大繩，引申為繫、連結的意思。⑵在詞句的使用上，「維」從本義就用作連詞，當「由於、因為」使用，〈詩經・鄭風・狡童〉：「維子之故，使我不能餐兮。」詩大意是，只因為你的緣故，害我吃不下飯啊！⑶用在句首、句中的語氣詞。⑷通「惟」時，當思考講。〈史記・秦楚之際月表序〉：「維萬世之安。」這是說，圖謀萬代的安定。

「維」、「唯」、「惟」三字在本義上是不同的，「維」是大繩，「唯」是應答，「惟」是思考。三字讀音相同，在「由於、因為」與用作語氣詞（只、只有）時，它們是可以通用的。

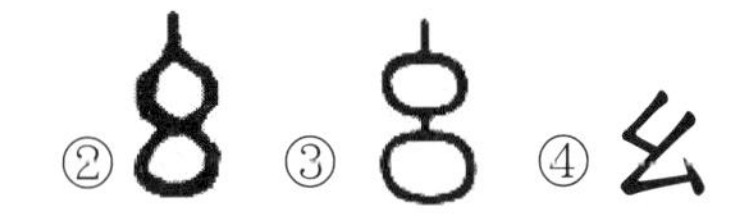

| 看圖説故事 |

陸機《文賦》：「猶弦幺而徽急。」（徽：繫琴弦的繩。）這是說，琴弦細小而弦繩綳緊。這個「幺」字是少見的用字，②是周朝早期金文的形體，它就像是一小束絲的樣子。③小篆也大致與金文相似。④楷書寫成「幺」，這和絲的形象就完全不同了。

「幺」，一幺，三劃，象形字，作為部首的稱呼是幺字部。

「幺」與「糸」是有親屬關係的，「糸」是細絲，「幺」是比細絲更細小的絲。

| 語文點心 | **陸機**

陸機（公元261年－303年），字士衡，吳郡吳縣華亭（今上海市松江）人，西晉文學家，書法家，與其弟陸雲合稱「二陸」，後死於「八王之亂」，被夷三族。曾歷任平原內史、祭酒[211]、著作郎等職，世稱「陸平原」。他「少有奇才，文章冠世」（〈晉書・陸機傳〉），與弟陸雲俱為我國西晉時期著名文學家，其實陸機還是一位傑出的書法家，他的〈平復帖〉是我國古代存世最早的名人法書真跡。

傳世〈平復帖〉為現存書家墨蹟最早者。墨蹟紙本，冷金箋，草書。無款為初期章草。凡9行，約87字，僅存84字。縱23.8釐米，橫20.5釐米。

211. 祭酒：祭酒一詞，出指古代祭祀或宴會時，年高望重者舉酒祭神一事。到後代，逐漸引申為學官的主持人。國子監是古代的最高學府，國子監祭酒就是古代主持國子監或太學的學官（教育行政長官），大致相當於今日教育部長。

此帖書法古厚淳雅，介於章草與今草之間，與西晉竹木簡草書相類。此帖以禿筆倉促書成，用筆率意、灑脫，風格與漢晉簡牘墨蹟中的草書十分相似，反映了由隸變草的過程。觀之雖字與字之間很少牽連，但通篇氣脈相貫，首尾一致，歷代所稱道。董其昌在此帖後跋：「右軍以前，元常以後，唯此數行，為希代寶。」

陸機被譽為「太康之英」。流傳下來的詩，共104首，大多為樂府詩和擬古詩。代表作有〈君子行〉、〈長安有狹邪行〉、〈赴洛道中作〉等。劉勰〈文心雕龍．才略篇〉評其詩雲：「陸機才欲窺深，辭務索廣，故思能入巧，而不制繁。」賦今存27篇。散文中，除了著名的〈辨亡論〉，代表作還有〈吊魏武帝文〉。其文音律諧美，講求對偶，典故很多，開創了駢文的先河。明朝張溥贊之：「北海以後，一人而已」。

部首要說話

「幺」，甲骨文象一把細絲形，既然是比細絲更小的絲線，所以它的本義就是「細小」。《說文解字》解釋說：「幺，小也。象子初生之形。」大意是，幺，就是小的意思，像嬰兒剛剛出生的樣子。但是這個說法有許多人不同意，徐灝說：「丝（ㄧㄡ）從絲省，而幺從丝省。」這意思是說，幺就是將絲再分出兩次的字。所以「幺」就是小的意思。朱駿聲通訓定聲也認為：「此字當從半糸。糸者，絲之半，細小幽隱之誼。」絲是個細小的東西，不但細小，而且通常也是極長，所以「幺」從本義引申為幽遠的意思。

古「幺」、「玄」同字。所以李孝定釋「幺」字時說：「實為『系』之初文，後孳衍為兩個意思：一是『絲』，這個『絲』是兩縷併合而成，如果只是一縷就是『幺』，是極言其微小的意思，『幺』的俗體字寫作『麼』；二是『絲』長，所以有『幽遠』的意思。」

古籍裡的《爾雅》，就把最後出生的小豬稱為「ㄠ豚」。宋朝大詩人蘇軾有首詩寫著：「家有五畝園，ㄠ鳳集桐華。」這個「ㄠ鳳」就是指傳說中體型較小的鳳鳥。到今天，我們對最小的孩子還會說：「這是我的ㄠ兒。」

「ㄠ」，也是數詞「一」的俗稱。〈聊齋誌異·田子成〉：「乃擲得ㄠ二三，唱曰：『三加ㄠ二點相同』。」

「ㄠ」，也寫作「么」，而「ㄠ」只作為部首字，已經不單獨使用了。在漢字中，凡從ㄠ取義的字，多有「小」、「微」等義。

注意部首字詞

由部首「ㄠ」所組成的字不多，一般僅收「幻」、「幼」、「幽」、「幾」。

「幻」，ㄏㄨㄢˋ，象形兼會意字，金文 [illegible] 象予（梭子）的倒形，會梭子來回投織變幻不定之意，〈說文解字·予部〉釋為：「幻，相詐惑也。」段玉裁注曰：「倒予字也，使彼予我，是為幻化。」本義為梭子來回投織變化不定，引申泛指⑴惑亂，〈六韜·文韜〉：「不祥之言，幻惑良民。」這是說，以巫蠱左道，符咒妖言，迷惑欺騙善良民眾。⑵虛幻，〈列子·周穆王〉：「有生之氣，有形之狀，盡幻也。」大意是，有生命的氣質，有形狀的生物，都是虛幻的。⑶引申為變化，〈列子·周穆王〉：「因形移易者，謂之化，謂之幻。」這是說，能依生物之形而改變的，就叫化，就叫幻。變化的「幻」用作名詞，是指變化的法術。

「幼」，ㄧㄡˋ，會意字，甲骨文 [illegible] 從ㄠ（細小）從力會力量弱小之意，段玉裁《說文解字注》：「少也。釋言曰。幼鞠稚也。又曰。冥，幼也。斯干毛傳亦云。冥，幼也。幼同幽。一作窈。從么力。」故本義為力量弱小，引申指⑴本義是指年少的意思，〈論語·微子〉：「長幼之節，不可廢也。」這是說，長幼之間的禮節是不可廢棄的。從本義引申指小孩，〈呂氏春秋·

仲春〉：「養幼少。」⑵作為動詞來使用就是愛護的意思，〈孟子．梁惠王上〉：「幼吾幼，以及人之幼。」（第一個「幼」字當動詞，愛護、疼愛。）大意是，疼愛自己的子女，進而擴大到疼愛別人的子女。

「幼」，在古籍上有讀作一ㄠˋ者，「幼眇」，這是指幽微、微妙，也當美好講。

「幽」，一ㄡ，會意字，甲骨文作，下部其實是個「火」，上部是兩縷細絲，即以微火燒細絲，會意為昏暗，〈詩經．小雅．伐木〉：「出自幽谷，遷於喬木。」這是說，從幽深的山谷飛出，飛遷上高大的樹木。從本義引申為深沉的意思。「幽」，深而沉之的狀態，也就是「囚禁」，司馬遷〈報任安書〉：「幽於圜牆之中。」（圜牆：指監獄。）就是說，被囚禁在監獄裡。「幽」，又引申作幽靜，唐代王維〈竹里館〉：「獨坐幽篁裡，彈琴復長嘯。」大意是，獨自坐在幽靜的竹林裡，手中彈著琴，口中吟唱著。「幽」，也指陰間。

「幽」，通「黝」時古籍中讀作一ㄡˇ，黑色的意思，〈詩經．小雅．隰桑〉：「隰桑有阿，其葉有幽。」（隰ㄒ一ˊ桑：低田之桑。）詩的意思是，低田裡的桑樹，它的葉子多麼黝黑。

「幾」，是個多音多義字。一般多讀作ㄐ一ˇ，用於詢問數目，多少的意思。讀作ㄐ一，則有多義。⑴隱微，又指事物的徵兆，〈周易．繫辭下第五章〉：「君子見幾而作。」意思是君子查見細微的徵兆就採取行動。⑵時間、時機，〈左傳．定西元年〉：「子家子不見叔孫，易幾而哭。」這是說，子家子不肯會見叔孫，改變了原定的哭喪時間。⑶危險。〈尚書．顧命〉：「疾大漸，惟幾。」大意是，我的病很厲害，有危險。⑷將近、接近的意思，又指幾乎、差一點，〈呂氏春秋．驕恣〉：「宣王微春居，幾為天下笑矣。」（微：無。）大意是，齊宣王如果沒有春居那樣的賢臣，幾乎就要被天下人所恥笑。⑸查問的意思。

「幾」與「几」是兩的不同的字，意義也不相同，今中國大陸將「幾」簡化為「几」，閱讀時應細察。

① ② ③ ④ 黹

看圖說故事

①甲骨文是上古時代縫衣的形象，左右兩邊的短豎就像是針線縫合的針腳痕跡，上下是「巾」（衣料），中間是個絲繩的形狀。②金文就更為形象化了，上下兩片布或是獸皮的距離稍微增加，針腳也疏些，更加準確地表達這是縫紉的工作。③小篆將字形寫的更加工整，但大體上還是能夠表現縫紉的韻味。④楷書寫成「黹」。

「黹」，ㄓˇ，十二劃，象形字，作為部首的稱呼是黹字部。

部首要說話

「黹」，〈說文解字・黹部〉釋為：「黹，針縷所紩。」（紩ㄓˋ：縫製。）本義就是「縫綴衣服」，也就是用針線縫衣，是今日所說的縫紉、刺繡。「針黹」，俗稱線腳，即「針縫過的痕跡」，象形字。王國維以為是「黻」的初文。

古代就是用「針黹」一詞來表示縫紉，後來成為女性在出嫁前必須學會的技藝，所以就引申為刺繡等針線活兒。縫紉、刺繡是女性的專門技藝，古時就稱「女紅ㄍㄨㄥ」。

王實甫的《西廂記》就有這一段話：「針黹女紅，詩詞書算，無不能者。」這是說，（鶯鶯）知書識字，手巧心慧，針織女工樣樣通曉，詩詞書畫無所不能。「針黹」就是縫紉這一類的針線活兒。

從部首「黹」所組成的字並不多，但多有針線縫紉、花紋刺繡的意思。「黹」部僅收有黹、黺、黻、黼等字。

｜語文點心｜王實甫

王實甫，名德信，大都人，生卒年與生平事蹟俱不詳。《錄鬼簿》把他列入「前輩已死名公才人」而位於關漢卿之後，可以推知他與關同時而略晚，在元成宗元貞、大德年間（公元1295—1307）尚在世。賈仲明在追悼他的〈淩波仙〉詞中，約略提到有關他的情況：「風月營密匝匝列旌旗，鶯花寨明颩颩排劍戟。翠紅鄉雄赳赳施謀智。作詞章，風韻美，士林中等輩伏低。」所謂「風月營」、「鶯花寨」，是藝人官妓聚居的場所。王實甫混跡其間，可見與市民大眾十分接近。

《西廂記》可謂是家喻戶曉的一部劇作，在元代就被譽為：「新雜劇，舊傳奇，《西廂記》天下奪魁。」她誕生七百年來，被全國多個劇種演唱至今，久演不衰。可是關於《西廂記》作者王實甫的生平史料卻極為少見。元末鍾嗣成所編纂的元雜劇作家傳《錄鬼簿》，也只說他「名德言，大都人」，列「前輩已死名公才人」等，寥寥數語。也難怪，元雜劇作家大多是混跡於倡優之間，縱情風月的市井文人，無權無勢無地位，誰會為他們樹碑212立傳哪！

王實甫一生共創作了14部雜劇。他的代表作《西廂記》，在戲劇結構、矛盾衝突、人物塑造等方面，都取得了很高的藝術成就，無論是思想性，還是藝術性，都達到了元雜劇的一個高峰，成為最具舞臺生命力的一部佳作。《西廂記》所表達的「願普天下有情人都成眷屬」的思想，在中國文學史上還是第一次。《西廂記》突破了元雜劇一本四折的格式，長達五本21折，不因篇幅限制而造成劇情簡單化和模式化的缺點。這一形式上的大膽革新，對後來的戲劇創作起了引領作用。

注意部首字詞

從部首「黹」所組成的字並不多，但多有針線的意思。「黹」部收有黹、黺、黻、黼等字。

「黺」，ㄈㄣˇ，會意字，從黹從粉省，〈說文解字・黹部〉：「黺，袞衣山龍華蟲。黺，畫粉也。從黹，從粉省。」這是古時繪畫所用的白色顏料。

「黻」，ㄈㄨˊ，形聲字，篆文從黹（刺繡）犮聲，表示進一步進行了刺繡美化。〈說文解字・黹部〉：「黻，黑與青相次文。從黹犮聲。」⑴本義是古代禮服上繡的黑色與青色相間的花紋，〈詩經・秦風・終南〉：「君子至止，黻衣繡裳。」這句詩的大意是，君王來到了這裡，上穿黻衣，下圍繡裳。⑵引申作祭祀時戴的蔽膝，一般用熟皮或繒帛製成。〈論語・泰伯〉：「惡衣服，而致美乎黻冕。」這是說，（大禹）平日穿著簡陋，而祭祀時穿著華美莊重。⑶「黻」通「紱」時，是指繫印或佩玉的絲帶。

「黼」，ㄈㄨˇ，形聲字，篆文從黹甫聲，〈說文解字・黹部〉：「黼，白與黑相次文。從黹甫聲。」本義是古代禮服上繡的黑白相間的花紋，〈禮記・玉藻〉：「唯君有黼裘以誓省。」這是說，唯有國軍能穿著羔與狐白交雜的皮衣，去參加社田誓眾的儀式。

「黻黻」一詞，除了是指古代禮服上的花紋，也泛指花紋或文采，〈文心雕龍・情采》：「五色雜而成黼黻。」大意是，五色交錯，才能夠形成刺繡的花紋。

212. 碑：據《儀禮》、《禮記》、《說文解字》及其注疏，春秋戰國時期就已經有了碑。當時的碑有三種：一種豎在宮廷院內，用以測量日影計時；一種豎立在宗廟裡，用來拴繫作為祭祀用品的牲口；一種豎在墓穴四角，碑上有穿孔，用來安裝轆轤，牽引繩索將棺材放入墓穴中。

三、住者有其屋

〈易・繫辭〉曰：「上古穴居而野處。」大自然造化之功奇偉壯麗，雕鑿出無數晶瑩璀璨、奇異深幽的洞穴，展示了神祕的地下世界，也為人類在長期生存期間提供了最原始的家。在生產力水準低下的狀況下，天然洞穴顯然首先成為最宜居住的「家」。從早期人類的北京周口店、山頂洞穴居遺址開始，原始人居住的天然岩洞在遼寧、貴州、廣州、湖北、江西、江蘇、浙江等地都有發展，可見穴居是當時的主要居住方式，它滿足了原始人對生存的最低要求。

隨著人類營建經驗的不斷積累和技術提高，穴居從豎穴逐步發展到半穴居，最後才被地面建築所代替。〈詩經・豳風・七月〉：「七月在野，八月在宇，九月在戶，十月蟋蟀入我床。」這時，不但有了戶，更有了舒適安穩的床，這已經就是「人所託居」的「宅」了。「宅」或是屬於個人隱私的居所，文明的發展有賴於眾人竭盡心力的創造與貢獻，由是才得以「登堂」以「入室」。這個從「穴」到「室」的文字脈絡，正是刻鑄著中國的建築文化。

｜看圖說故事｜

《說文解字》：「宀，交覆深屋也。」就是說，「宀」是屋子，古代的一種房屋，屋室很深。①甲骨文就像是房子的側視圖，有屋頂、有牆柱。②金文也是房子的模樣，明顯地可以看出屋簷。③小篆大致是依照房子的形象，但更像是草原上的蒙古包。④楷書寫成「宀」。

「宀」，ㄇㄧㄢˊ，三劃，象形字[213]，作為部首稱作寶蓋頭。一般不單獨成字。

「宀」、「冖」、「穴」三字相似，「冖」比「宀」少一點；「穴」比「宀」多了八。三字要分清楚。

部首要說話

「宀」，甲骨文象茅草覆頂的半地下棚屋形。根據半坡遺址的復原，先在圓形基礎上築牆，牆上覆以圓錐型屋頂，頂上開窗，下有門，半在地下。這就是「宀」的遺址復原。「宀」，就像是茅草覆頂的半地下蓬屋的形象，本義就是古代一種簡易的房屋，是有堂有室的深屋。段玉裁注：「鼓者屋四注，東西與南北，皆交覆也。有堂有室，是為深屋。」遼代張輪翼〈羅漢院八大靈塔記〉：「宀遇班輸，磨砌神工。」（班輸：春秋魯國的巧匠公輸班。）

「宀」，從本義引申為覆蓋，〈元包經・太陽〉：「乾，顛宀勹盈。」

古代的學者也認為「宀」是一個可以容納許多物品的地方，一般叫做房屋。可以容納豕（豬）的叫「家」，可以容納女的叫做「安」，可以容納牛的叫「牢」。

在卜辭中，「宀」與「宅」互見，但用法有別。「宀」是名詞，指宅舍；「宅」是動詞，與「居（居住）」意同。後來「宅」通行而「宀」後來只作偏

213. 字：會意兼形聲字，金文作 ，從子從宀（房子），子也表聲字，會屋裡有子會生養孩子之意，本義為生育（孩子），引申為撫養。用作名詞，引申指由文滋生出來的合體字。古代把依照實物形象所造的獨體象形字叫〝文〞，秦以後才合起來泛稱〝文字〞，即漢字，是漢語言的書寫符號或書面形式。

旁使用。

今「宀」已不單用，只作偏旁使用。凡從部首「宀」取義的字，大都與房屋、洞穴和覆蓋等義有關。

注意部首字詞

「完」，ㄨㄢˊ，形聲字，篆文從宀（房屋）元聲，〈說文解字．宀部〉：「完，全也。從宀元聲。」本義為房屋整齊完好無缺，引申泛指完整、完好的意思，蘇洵〈六國論〉：「蓋失強援，不能獨完。」這是說，原因是不賄賂秦國的國家失掉了強而有力的外援，於是不能獨自保持完好。今有成語「完璧歸趙」。從本義引申為堅固，如〈孟子．離婁上〉：「城郭不完。」這是說，城池的防禦不堅固。「完」，又有修葺義，〈孟子．萬章上〉：「父母使舜完廩。」（廩ㄌㄧㄣˇ：倉房。）這是說，舜的父母命他去修繕糧倉。另外，古代有一種比較輕的刑罰叫作「完」，漢以前指剪去犯人的鬚髮；漢以後罰作勞役。因其不傷肢體，故曰「完」。如〈漢書．刑法志〉：「完者使守積。」

「完」與「備」都有「全」的意義，但兩字側重重點不同。「備」著重在數量、種類的齊全，有「應有盡有」的意思，「萬物備矣」就不能替換成「萬物完矣」。「完」著重在完整無缺、完好，所以「完卵」、「完璧」都不能替換成「備卵」、「備璧」。

「官」，ㄍㄨㄢ，會意字，從宀弓形，屋內掛弓，是表示威權所在，⑴本義即官府，引申為房舍、館舍。⑵又當官職講，〈左傳．成公二年〉：「敢告不敏，攝官承乏。」大意是，謹向君王報告我的無能，但由於人手缺乏，只好承當這個官職。⑶泛稱官吏。⑷當職業、行業講，如〈呂氏春秋．上農〉：「凡民自七尺以上屬諸三官。」這是說，凡庶民成年後，都得分別歸屬農、工、商三業。⑸公有。⑹也指器官，指耳目口鼻心。

「官」與「吏」，在上古時，「官」主要指官舍及官職，而不是指官吏。官吏的意義是由「吏」來承擔。秦漢之後，「官」與「吏」都指官吏，差別在於吏多指小吏，官多指大官。

「客」，ㄎㄜˋ，會意字，金文作 ，上部是房屋，屋內左邊有一大腳，右邊是面朝左的人，表示外人到了，⑴本義即外來人，又指寄居他鄉之人，如杜甫〈去蜀〉：「五載客蜀郡。」⑵門客、食客也叫作「客」。⑶又指專門從事某種活動的人，如〈後漢書・馬援傳〉：「吳王好劍客。」

「客」與「賓」不都是指客人嗎？據《說文解字》，「賓」的本義是貴客，如同今日「貴賓」所稱，而「客」是寄居外鄉之人。二者現在雖然都可以指客人，但「客」的涵義更廣泛，它可以指門客、食客、客卿等。

「宮」，ㄍㄨㄥ，會意字，甲骨文作 ，表示房屋的內部還有幾個房間，本義是房屋，後特指帝王的宮殿。引申為宗廟[214]，〈詩經・大雅・雲漢〉：「自郊徂宮。」是說，從郊外直到宗廟。古時五音為「宮、商、角、徵、羽」，「宮」為五音之一。另外，古時有一種殘酷的閹割刑罰，稱作「宮刑」。

「宮鄰金虎」，出自〈文選・漢・張衡・東京賦〉：「周姬之末，不能厥政，政用多僻，始於宮鄰，卒於金虎。」這是指周幽、厲二王多邪僻之政，這是從幽王近於宮室惑於褒姒開始，直到後來聽信小人如虎的讒言而滅亡。後世因以為奸佞之臣接近皇帝。

「容」，ㄖㄨㄥˊ，從宀從谷，本義即容納，〈詩經・衛風・河廣〉：「誰謂河廣？曾不容刀。」（曾：竟。刀：小船。）詩的意思是，是誰說黃河寬廣啊？竟然容不下一條小船。從本義引申為寬容，容忍。〈左傳・昭西元年〉：「五降之後，不容彈矣。」這個「容」當允許、許可的意思，這句話的

---

214. 宗與廟："宗廟"二字連用等於一個單詞。分用時，"宗"指供奉神主的地方，而"廟"則規模較大。後代於"宗廟"的意義單用時，稱"廟"不稱"宗"。

大意是，五聲下降後，就不允許再彈了。「容」，又作或許、大概，至於「容貌」的意義，是後來才有的。

「容」與「貌」二字今已連用作為「容貌」，兩字在儀容相貌的意義上是同義詞，但是要注意它們還是有所區別，「貌」側重指外貌，所以可以引申出外表、表面的意義；「容」側重指儀容，是內在的氣質。正如段玉裁說：「凡容言其內，皃言其外。」（皃ㄇㄠˋ：古「貌」字。）

「寧」，ㄋㄧㄥˊ，心在家中，本義是安定，引申為探望、省視父母，如〈詩經・周南・葛覃〉：「歸寧父母。」是說，我要回去探望父母。〈漢書・哀帝紀〉：「博士215弟子父母死，予寧三年。」這個「寧」指的是，為父母守喪。「寧」，又讀ㄋㄧㄥˋ，當寧可、寧願講，〈論語・八佾〉：「禮，與其奢也，寧儉。」大意是，一般的禮儀，與其奢侈，不如節儉些。也當豈、難道講，〈史記・陳涉世家〉：「王侯將相寧有種乎？」大意是，王侯將相難道都是祖傳的嗎？

「寧」、「宁」、「甯」三字，古音義均不同。「宁」，ㄓㄨˋ，是指門與屏風之間的地方。今日中國大陸將「宁」簡化為「㝉」，「寧」簡化為「宁」。而「甯」是「寧」的異體字。

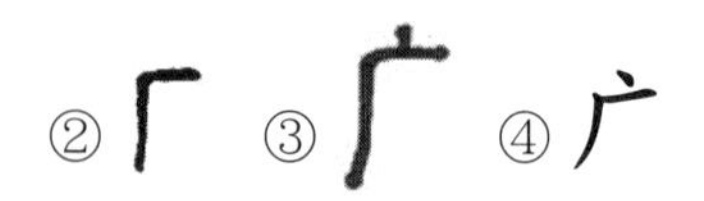

看圖說故事

「開廊架崖广」，這個「广」字在②金文是臨摹靠近山崖而做成的房子的形象，上部的一横可以看作是房子的頂部，左邊是靠著山壁的牆面。③小篆在頂部上多加了一點，點出這是屋頂。④楷書寫成「广」。

「广」，ㄧㄢˇ，三劃，象形字。作為部首的稱呼是广字頭或广部。

「广」比「厂」多了上部的一點，「厂」是山石的巖洞，可以住人的地方。例如：草「原」、古「厝」。

「疒」又比「广」多了上下兩點，「疒」是病的意思，由部首「疒」所組成的字大都與疾病、病情、病態有關。例如：瘡、瘋、疲。

「广」，一點一橫一撇，一點要輕觸一橫，點橫不分離，書寫的時候要特別注意。

部首要說話

「广」，甲骨文象厂（山崖）下有屋形（广字可以認為是從宀字變過來的），就是借助山崖建造的、沒有前牆的敞屋，這就像是古時拴養牲口的牲口棚，後來就發展成為廊廡、披間、廳[216]堂。本義就是靠近山崖而做成的房子。這種依山勢建造的、沒有前牆的房子，一般都是簡易搭建，所以引申為簡陋的草房。

古代詩人韓愈寫過一首詩，〈陪杜侍御遊湘西兩寺〉中寫道：「剖竹走泉

---

215. 博士："博士"一詞非舶來品，中國早稱博士者，歷史悠久。博士，最早稱"五經博士"，是學官名，源於戰國。秦及漢初，博士的職務主要是掌管圖書，通古今以備顧問。在學問高深這一點上，古今的博士並無二致。漢武帝設五經博士，教授弟子，從此博士成為專門傳授儒家經學的學官。到東漢光武帝，博士已經擴充為五經十四博士。古代還把專門精通某一種職業的人稱之為"博士"，如精於禮儀的人稱"太常博士"。直到近代，博士和學位掛鉤了之後，官職之意已經消失殆盡。

216. 廳：本作聽，广形是後來所加。聽，即聆聽的意思。《集韻》：「古者治官處，謂之聽。事後語省，直曰聽，故加广。」《增韻》：「聽事，言受事察訟於是。漢晉皆作聽，六朝以來，乃始加广。」也就是說，古時人們把官府辦公的場所叫作"聽事"，"聽事"又簡稱"聽"。官府辦公場所的"聽"到了六朝以後才被加上"广"，以與其屋室建築的性質統一。尋常人家的居所本來也有個處理家庭"公事"的房間就叫作"堂"，由於它也類似官府的"聽"，後來就構成了新詞"廳堂"，到了今日現代社會，家居的"廳"凌越了"堂"，如今都叫作"客廳"，"堂"已經在現代語彙中失去了地位。

源，開廊架崖广。」這裡的「广」就是靠山崖所架蓋的房子。

袁桷ㄐㄩㄝˊ〈次韻瑾子過梁山濼ㄌㄨㄛˋ〉：「土屋危可緣，草广突如峙。」這裡的「广」是泛指小屋的意思，草广就是草屋。

「广」與「廣」在古代是兩個不同的字，廣是寬闊、廣大的意思。現在大陸地區將「廣」簡化為「广」。

「广」後來作為偏旁使用之後，草屋的引申義就另加聲符「奄」寫作「庵」來表示。

如今「广」字不單用（中國大陸將广作為「廣」的簡化字），只作偏旁來使用。凡從「广」取義的字，大都與房屋或場所等義有關。

注意部首字詞

「庇」，ㄅㄧˋ，形聲兼會意字，篆文從广比聲，比也兼表相並之意，〈說文解字・广部〉：「庇，蔭也。從廣比聲。」本義是遮蔽。杜甫〈茅屋為秋風所破歌〉有名句：「安得廣廈千萬間，大庇天下寒士俱歡顏。」詩的大義是，如何能得到寬廣大廈千萬間，多多庇護普天下受凍之人讓他們喜歡。「庇」從本義引申為保護的意思，如李公佐〈南柯太守傳〉：「吾數蒙庇護。」

「庇」、「蔽」、「蔭」三字經常互作連詞使用。在遮蔽、庇護的意義上，「庇」與「蔭」是同義字，只是「庇」多指房屋遮護，「蔭」則是指樹木遮蓋。「蔽」的意義則要寬廣的多，它可以表示從上下左右遮住，所以能引申出蒙蔽、藏匿等意義。

「序」，ㄒㄩˋ，形聲字，篆文從广（敞屋）予聲，〈說文解字・广部〉：「序，東西牆也。從广予聲。」本義為隔開正室與兩旁夾室的牆，後引申出多義詞。⑴堂屋的東西牆。⑵從本義引申為地方學校，〈孟子・梁惠王上〉：「謹庠序之教。」大意是，鄭重地興辦好學校教育。⑶從學校義引申為秩序。⑷又可作時序講，王勃〈滕王閣序〉：「時維九月，序屬三秋。」這是說，時令是九月，季節屬暮秋。⑸敘述、說明。⑹後來也用作書籍序言的意義後，與「敘」字就開始相混了。

「序」與「敘」本義原不相同，引申義在次序、敘述、序言上是可以通用的，但作為序牆、學校的意義上，不能用「敘」字。

「廣」，ㄍㄨㄤˇ，形聲字，篆文從广黃聲，〈說文解字．广部〉：「廣，殿之大屋也。從广黃聲。」本義是四周無壁的大屋，引申泛指寬闊、廣大，作為動詞引申為擴大，〈史記．樂毅列傳〉：「破宋，廣地千餘里。」這是說，打敗了宋國，開闊了一千方里的土地。人心的廣大也可以用「廣」，就是使心意開闊、寬慰的意思。「廣」，也作寬義，指東西邊的距離，後來引申為面積。在古代，東西曰「廣」，南北曰「袤」，「廣袤」一詞，就是指土地的面積，也是廣闊的意思。

「廣」與「广」本是兩個不同音義的字，今中國大陸將「廣」簡化為「广」，要辨認清楚。

「廟」，ㄇㄧㄠˋ，形聲字，金文從广朝聲，古文從广苗聲，〈說文解字．广部〉：「廟，尊先祖皃也。從广朝聲。庿，古文。」本義是祭祀祖先的地方，後來也指稱作為供奉佛的處所。這與「觀」、「寺」有什麼分別呢？其實「廟」是祖廟，「觀」是臺榭，「寺」是官署，但是到了兩漢以後，它們的意義有了演變：「廟」是供奉神的一般廟宇，「觀」是供奉仙的道教建築，「寺」是供奉佛的佛教建築。

由部首「广」所組成的字，有許多是常見的古字，要注意用法。

「庋」，ㄐㄧˇ，會意兼形聲字，楷書從广從支會意，支也兼表聲，《玉篇》：「庋，閣也。」《集韻》：「庋閣藏食物。」本義是存放東西的架子，引申為收藏的意思。〈禮記．內則〉：「大夫七十而有閣。」鄭玄注：「閣，以板為之，庋食物也。」後來引申為放器物的架子，〈世說新語．賢媛〉：「王家見二謝，傾筐倒庋。」這是說，王家見謝家兄弟來，恨不得把所有東西都翻出來款待人家。

「庖」，ㄆㄠˊ，這就是成語「庖丁解牛」的「庖」字，形聲字，篆文從广（簡易房）包聲，〈說文解字．广部〉：「庖，廚也。從广包聲。」本義是廚房，後指廚師，所以〈莊子．養生主〉寫著：「良庖遂更刀，割也。」是說好的廚師每年會更新刀子，用來好切菜割肉。

「庠」，ㄒㄧㄤˊ，這是指古代地方學校。〈孟子．滕文公上〉：「夏曰校、殷曰序、周曰庠，學則三代共之。」這表示「校」、「序」、「庠」都是地方學校的指稱。

「廊」，ㄌㄤˊ，是殿堂周圍的房舍，「廄」，ㄐㄧㄡˋ，是馬棚、牲口棚。兩字相近，本義不同。

｜看圖說故事｜

〈詩經．大雅．公劉〉：「俾筵俾几。」這是說，公劉叫人鋪上竹席，靠著小桌子。這個「几」字，③小篆的形體，就像是短而小的桌形，上部為桌面，下部為桌腳，可以坐、臥、靠或放置東西，是個實用的器具。④楷書寫成「几」。

「几」，ㄐㄧ，二劃，作為部首的稱呼是几部。

「几」與「儿」、「冂」、「冖」相似，書寫的時候要注意。「儿」兩筆不相連接。「冂」末筆是豎鉤。「冖」末筆是一橫撇。

「几」作左偏旁時，橫斜鉤改作橫豎挑，如：殼。

部首要說話

「几」，篆文象古人席地而坐時供老年人倚靠的器具，〈說文解字．几部〉：「几，踞几也。」所以「几」的本義是坐的時候憑靠的器具。〈詩經．大雅．公劉〉：「俾筵俾几。」（俾：使，使人。筵、几：用如動詞，指鋪席、設几。）在〈周禮．春官〉中記載著「五几」為玉几、雕几、彤几、漆几、素几。可見這種器具發展出有很多種樣式，不論如何，這種桌子應該不高，因為古人常伏在這種桌子上睡覺。直到今天，中國北方仍有炕几、桌几等用具。

蘇軾〈雨中過舒教授〉：「几硯寒生霧。」這個「几」就是指放置物件的小桌。那麼大桌呢？大桌是「案」。

另外，「几」在古籍中有讀作ㄐㄧˇ，「几几」是裝飾美盛的樣子，這個詞出自中國最古老的詩歌集〈詩經．豳風．狼跋〉：「公孫碩膚，赤舄几几。」（舄ㄒㄧˋ：鞋。）大意是，公子王孫體態碩美，紅鞋的裝飾華麗。

「几」和「幾」原本是不同的兩個字，「几」為細微、庶几等義，多作疑問詞，用來詢問數目，如〈孟子．離婁〉：「子來几日矣？」現在，中國大陸將「几」作「幾」的簡化字。

如今「几」可單用，也作偏旁使用。凡從「几」取義的字，大都與憑靠、器具等義有關。

注意部首字詞

在古代典籍中，常見到「几杖」一詞，這是指几案和手杖，以供老年人平時靠身和走路時扶持之用，古以賜幾杖為敬老之禮。〈史記．孝文本紀十七年〉：「吳王詐病不朝，就賜几杖。」這是說，吳王劉濞謊稱有病不來朝見，文帝就趁此機會賜給他木几和手杖，以表示關懷他年紀大，可以免去進京朝覲之禮。

「凭」，ㄆㄧㄥˊ，這是「憑」的本字，會意字，篆文從任從几，會倚几之意，本義是身體靠在物體上、倚著。李群玉〈湖寺清明夜遣懷〉：「獨凭危檻思悽然。」

「凳」，ㄉㄥˋ，形聲兼會意字，楷書從幾登聲，登也兼表登踏之意，《字林》：「牀屬，或作橙。」本義是登床時供人踏腳的家具，後作坐具、凳子，也作「櫈」。

「几」，是個部首字，在漢字中，有些字的結構中含有「几」的部分而又難以歸部的，於是就歸入「几」部，這些字其實與「几」的本義「小桌」無關，一般字典收有「凰」、「凱」。

「凰」，ㄏㄨㄤˊ，形聲字，楷書本用「皇」來表示，後受到「鳳」的影響，取鳳之輪廓作意符寫作凰，表示雌鳳。〈爾雅．釋鳥〉：「鶠鳳，其雌皇。」本義為雌鳳，古代傳說中的瑞鳥，雄的叫鳳，雌的叫凰，統稱鳳凰。〈呂氏春秋．應同〉：「夫覆巢毀卵，則鳳凰不至。」大意是，打翻鳥巢，搗毀鳥卵，那麼祥瑞的鳳凰就不會來到。

「凱」，ㄎㄞˇ，會意兼形聲字，古文和篆文本作「豈」，由於豈借用作虛詞，遂另加意符寫作凱，成了從几（盛的樣子）從豈會意，豈也兼表聲，本義是軍隊得勝後所奏的樂曲，〈後漢書．蔡邕傳〉：「城濮捷而晉凱入。」晉在城濮打敗了楚國，奏著凱樂歸來。「凱」，當和樂、溫和、和善義時通「愷」，有「凱弟」一詞出自〈呂氏春秋．知分〉：「凱弟君子，求福不回。」這是說，和悅近人的君子啊，求福不為祖訓。另外，俗語當「斬殺」講，〈京本通俗小說．下．碾玉觀音〉：「叵耐這兩個畜生逃生，今日捉得來，我惱了，為何不凱？」

看圖說故事

〈木蘭詩〉有句「唧唧復唧唧，木蘭當戶織。」詩的意思是，歎息聲一聲接連著一聲，木蘭姑娘當門在織布。這個「戶」字，在①甲骨文和②金文恰似一副單扇門的形狀，這種門在中國大陸上還看得見。③小篆為了書寫的方便和美觀，具象的單扇門演變為符號化，漸漸的看不出是單扇門的樣子，也失去了門扇的象形韻味。④楷書寫成「戶」。

「戶」，ㄏㄨˋ，四劃，作為部首稱做戶部。

「戶」比「尸」多了上面的一撇，「尸」的本義是祭祀時代替死者神靈受祭的人，後來也指屍體。

「戶」字在書寫的時候，上部的一撇不可寫成一點或一橫。

部首要說話

「戶」，甲骨文象單扇門形，本義指門扇，即「單扇之門」。〈詩經·豳風·七月〉：「穹窒熏鼠，塞向墐戶。」（向：朝北的窗。墐：塗泥。）詩的大意是，堵進洞穴熏老鼠，塞住北窗、泥住柴門。今有成語「戶樞不蠹」。

「戶」，是一扇門的形象，所以「小戶人家」（表示清貧之家）與「高門大宅」（富貴人家）相對。

古時候一戶當做一家，所以「戶」就指住戶、人家的意思。「戶長」就是指一家的主持人。〈史記·呂不韋列傳〉：「封為文信侯，食河南雒陽十萬戶。」大意是，（莊襄王元年）封呂不韋為文信侯，食邑擁有河南雒陽十萬戶人家。

清貧與富貴可以用「戶」來表示，所以引申出門第的意義，這指的是家族的社會地位。

〈呂氏春秋・仲春〉：「蟄蟲咸動，開戶始出。」（蟄蟲：冬眠的動物。咸：都。）這裡的「戶」指的是蟲類的門戶，也就是洞穴的意思。這句話的大意是，蟄伏的蛇蟲開始甦醒，從洞穴中鑽出來活動。

房屋的門是用來出入的，所以「戶」就有出入口的意思，例如：足不出戶。由出入口之義就引申出「阻止」的意思，〈左傳・宣公十二年〉：「屈蕩戶之，曰：『君以此始，亦必以終。』」（屈蕩：人名。）這是說，屈蕩阻止他，說：「君王乘坐戰車開始作戰，也一定要乘坐它結束戰爭。」

讀唐詩白居易〈久不見韓侍郎〉：「戶大嫌甜酒，才高笑小詩。」這個「戶」不是指住家的意思，這是指酒量，整句詩是說：酒量大的人是不喜歡喝甜酒，因為不過癮，就像才氣高的人讀到淺薄的詩是會覺得好笑。

今「戶」可單用，也作偏旁使用。凡從部首「戶」取義的字，大都與「門」、「窗」等義有關。

注意部首字詞

〈晉書・謝安傳〉：「過戶限，心甚喜。」這個「戶限」是什麼意思呢？「限」是阻止，「戶」是門，什麼東西可以限制門？這自然就是「門檻」囉！所以「過戶限」就是過門檻的意思。

「房」，ㄈㄤˊ，形聲兼會意字，篆文從戶方聲，方也兼表旁邊之意，〈說文解字・戶部〉：「室在旁也。從戶方聲。」本義是正室兩邊的房間（東西屋），後來泛指住室。「房」，單字解易懂，但是加上了「室」、「屋」，這三字就容易搞混了。「房」與「室」217意義較相近，「室」是指內室，此二字都指的是房間、住室。但是「房」的引申義是指整個房舍，這是「室」所沒有的。「屋」與「房」、「室」差別較大，「屋」的本義是屋頂，段玉裁說：

「屋者，室之覆也。」現在，「房屋」連用則泛指房子。

成語「房謀杜斷」，是說唐太宗時宰相房玄齡與杜如晦共掌朝政，房善謀、杜善斷，兩人深交相知，能同心濟謀，以佐佑帝。

「戾」，ㄌㄧˋ，這個字看來簡單，實為多義，古籍中常出現，要特別注意用法。會意字，篆文從犬從戶，會犬曲身戶下之意，〈說文解字・戶部〉：「戾，曲也。從犬出戶下。戾者，身曲戾也。」本義為彎曲。⑴彎曲。〈呂氏春秋・盡數〉：「飲必小咽，端直無戾。」這是說，飲食一定要小口小口的吞嚥。坐姿要端正不彎曲。⑵當違背講。⑶引申為暴虐、凶暴。〈莊子・天道〉：「齏萬物而不為戾。」（齏ㄐㄧ：粉碎。）這是說，它（道）毀滅了萬物不是因為暴戾。⑷當安定講。〈左傳・襄公二十九年〉：「天禍鄭久矣，其必使子產息之，乃猶可以戾，不然將亡矣。」大意是，上天降禍於鄭國很久了，一定要讓子產平息它，國家才可以安定。不這樣，就將會滅亡了。⑸罪過的意思，〈左傳・文公四年〉：「其敢干大禮以自取戾？」這句話是說，哪裡敢觸犯大禮來自取罪過？⑹「戾」，有風乾的用法，〈禮記・祭義〉：「風戾以食之。」大意是，把桑葉上的露水晾乾，就用以飼蠶。

「戽」與「扈」同音，又為「戶」部字，但本義相左。「戽」是一種汲水器具，又稱戽斗。「扈」在古時多作地名、國名，又當隨從、養馬的僕役講，「戽」、「扈」二字要分清楚。

「戺」，ㄕˋ，此為罕見的字，段玉裁《說文解字注》：「古文戺。從戶。按此古文從戶，疑當作從屍。凡人體字多從屍。不當從戶也。顧命。夾兩階戺。某氏雲。堂廉曰戺。廣雅雲。戺，切也。此因堂邊圻堮象人下頷之廣

---

217. 房與室：〝房〞與〝室〞，雖然都有〝室內〞的意思，但它們在文化規範上是有差別的。房，從戶方聲，方也兼表旁邊之意，本義是正室兩旁的東西屋，即東西廂。古代建築，主要屋室設雙扇的門，次要屋室設單扇的門，而〝房〞字從單扇門（戶），表徵了〝房〞是次要的居室。室，本義是廳堂正後的房間，也就是高堂（父母）居住的地方，是主要的房室。所以〝室〞比〝房〞的地位高，嫡妻就叫作〝正室〞，是住在〝室〞裡，而妾就住在〝房〞裡，也就是稱呼〝二房〞〝三房〞的原因了。

闔。故藉以為名。」也就是說，一指門的樞軸，又作台階旁砌的斜石，如張衡〈西京賦〉：「金戺玉階，彤庭輝輝。」

「扃」，ㄐㄩㄥ，形聲兼會意字，篆文從戶冋（ㄐㄩㄥ）聲，冋也兼表外面之意，〈說文解字・戶部〉：「扃，外閉之關也。從戶冋聲。」本義為外面關門用的門閂，即今日講的門戶，「扃牖」就是指門窗。劉伶〈酒德頌〉：「日月為扃牖。」把日月當門窗，瀟灑至極。

① ④ 爿

|看圖說故事|

茅盾在〈秋收〉一文有這樣一段文句：「阿四隨手拾起一塊碎瓦爿來趕走那烏鴉。」句中的「爿」字，①甲骨文就只收這個形體，看起來就是將一棵完整的樹木從中間剖半的樣子，這一半是左半邊。④楷書寫成「爿」。

「爿」，ㄑㄧㄤˊ，四劃，作為部首的稱呼是爿字部。

「爿」與「片」正好是「木」這個形體的左右兩半，寫的時候要分清楚。

|語文點心|茅盾

茅盾（公元1896—1981）本名沈德鴻，字雁冰，現代著名作家、文化活動家和社會活動家，五四新文化運動先驅者之一，中國革命文藝奠基人之一。1896年7月4日生於浙江桐鄉縣烏鎮。這個太湖南部的魚米之鄉，是近代以來中國農業最為發達之區，它緊鄰著現代化的上海，又是人文薈萃的地方，這造成了茅盾勇於面向世界的開放的文化心態，以及精緻入微的筆風。

茅盾一生創作了大量的文學作品，具有很高的藝術成就。主要作品有：長篇小說〈蝕〉、《虹》、〈子夜〉、〈第一階段的故事〉、〈腐蝕〉、〈霜葉紅似二月花〉；中篇小說〈路〉、〈三人行〉；短篇小說〈春蠶〉、〈秋收〉、〈殘冬〉、〈林家鋪子〉等。其代表作〈子夜〉，是中國現代現實主義文學發展的里程碑，顯示了現代文學在長篇小說創作方面的實績。此外，還有大量文學評論、神話研究、散文、雜文、歷史故事等。文學論文集《鼓吹集》、《鼓吹續集》、《夜讀偶記》、《關於歷史和歷史劇》、《雜談短篇小說》、《反映社會主義時代，推動社會主義時代的躍進》。還翻譯了幾十種外國文學著作。文化大革命後寫成的回憶錄《我走過的道路》，具有珍貴的史料價值。

《子夜》是茅盾創作的長篇小說，初版印行之時於1933年即引起強烈反響。瞿秋白曾撰文評論說：「這是中國第一部寫實主義的成功的長篇小說。1933年在將來的文學史上，沒有疑問的要記錄《子夜》的出版。」《〈子夜〉和國貨年》歷史的發展證實了瞿秋白的預言。半個多世紀以來，《子夜》不僅在中國擁有廣泛的讀者，且被譯成英、德、俄、日等十幾種文字，產生了廣泛的國際影響。日本著名文學研究家筱田一士在推薦10部20世紀世界文學巨著時，便選擇了《子夜》，認為這是一部可以與《追憶逝水年華》（普魯斯特）、《百年孤獨》（賈西亞．馬奎斯）媲美的傑作。其作品歌頌人民、歌頌革命，鞭撻舊中國黑暗勢力，表現了中國民主革命的艱苦歷程，繪製了規模宏大的現實主義歷史畫卷，在中國現代文學史上占有重要地位。

部首要說話

「爿」，甲骨文象從一頭觀看的古代版築土牆時所用的版和立柱的橫斷面形，一長豎是擋版用的立柱，二短豎是看到的上下排列的版頭；二短橫是拴緊對立版和立柱間的拉繩，牆壁不好表現，故用一套築版用的設備來體現。所以「爿」就是「墻」的初文。

「爿」字並不見於《說文解字》，後代學者孫海波說：「象床形，《說文解字》有片無爿，《六書故》云：『康本有爿部。』段玉裁補爿字於片之末，注云：『反片為爿；讀若牆。』案古文一字可以反正互寫，片爿當是一字。」整句話最主要的意思是，孫海波認為「爿」與「片」本來就是同一個字，就是木之半形。也就是說，整塊木頭劈開之後，左半的這一塊叫做「爿」，右半的一塊就叫做「片」。這個解釋當是「爿」失其本義之後的引申義。

因為「爿」後來作了偏旁使用，墻的意義便另加聲符「嗇」寫作「牆」來表示，又為了表明其材質，俗又將義符「爿」改為「土」寫作了「墻」。

雖然如此，後世還是給了「爿」不同於「片」的意義。

古時候有一種竹製的兵器就叫做「爿」，也就是後來的「殳」。

「爿」，又讀作ㄅㄢˋ，當量詞使用：⑴計算店鋪的單位。相當於「家」、「間」等。如：「一爿店」。⑵計算田地的單位。相當於「塊」、「片」等。如：「父親留下的就只剩那一爿田了。」

如今「爿」不單用，只作偏旁使用。凡從爿取義的字，都與墻、床、壯實等義有關。

注意部首字詞

從部首「爿」所組成的字收錄的很少，僅「牀」、「牁」、「牂」、「牄」、「牆」等字。

「牀」，ㄔㄨㄤˊ，同「床」，是「床」的古字。本義就是坐臥之具，也作安放器物的架子使用，另外，可以當底部來講，如：河牀、礦牀。

「牀上施牀」，與出北齊顏之推〈顏氏家訓．序政〉：「魏晉以來，所著諸子，理眾事複，遞相模學，由屋下架屋，牀上施牀耳。」今有成語「疊牀架屋」，比喻重疊、重覆。

「牁」，ㄍㄜ，形聲字，楷書從爿可聲，《廣韻》：「所以繫舟。又牂牁，郡名。亦江名。」本義是繫船的木樁。又指水名，也作古地名。

「牂」，ㄗㄤ，形聲字，篆文從羊爿生，段玉裁《說文解字注》：「牝羊也。各本作牡羊。誤。今正。釋嘼，毛傳，內則注皆曰。牂，牝羊。角部觟下云。牂羊生角者也。羖羊無無角者。故詩以童羖為難。牂羊多無角。故殊之。從羊。爿聲。」本義是母羊，〈韓非子．五蠹〉：「千仞之山，跛牂易牧者，夷也。」大意是，千丈高的大山，就是瘸腿的母羊也可以被趕上去放牧，因為坡度平緩。有「牂牂」一詞，語出〈詩經．陳風．東門之楊〉：「東門之楊，其葉牂牂。」詩的大意是，東門外的白楊樹，它的葉子開得多麼茂盛啊！「牂牂」是茂盛的樣子。

「牄」，ㄑㄧㄤ，形聲字，篆文從爿倉聲，〈說文解字．爿部〉：「牄，鳥獸來食聲也。從倉爿聲。」本義為鳥獸吃東西的聲音，如：牄牄。

「牆」，ㄑㄧㄤˊ，會意兼形聲字，甲骨文 從嗇（表示收藏穀物）從爿（表示築牆），會築起外為屏障來收藏穀物糧食之意，爿也兼表聲，〈說文解字．爿部〉：「牆，垣蔽也。從嗇爿聲。」本義就是指磚石或土等築成的屏障或外圍，〈韓非子．說難〉：「宋有富人，天雨牆壞。」大意是說，宋國有個富人，下雨把牆淋塌了。另外，「牆」又特指古代出殯時柩車飾棺的帷幔，如〈禮記．檀弓上〉：「飾棺、牆置翣設披，周也。」（翣ㄕㄚˋ：出殯時的棺飾。）大意是，裝飾棺木的方式，是在帷外設置了翣和披風，是周人的方式。

①𠁣 ③片 ④片

｜看圖說故事｜

〈南史・齊武陵昭王曄傳〉：「少時又無棋局，乃破荻為片，縱橫以為棋局。」這是個「片」字，①甲骨文將它橫著看，不就是一張床的形象，左邊的直豎就是床板，右邊就是床腳。③小篆將這張床的線條柔美化了，床就不顯得是硬梆梆了。④楷書寫成「片」。

「片」，ㄆㄧㄢ丶，四劃，象形字，作為部首的稱呼是片字部。

書寫「片」字時，要注意上橫不出頭，下橫折不鉤，橫折一筆不可作兩筆。

｜部首要說話｜

「片」與「爿」本為同一字，在甲骨文裡，字的正反向是不固定的。本義同「爿」，本是築土牆用的夾板。篆文分化成兩字之後，「爿」專用來作「墻」、「床」的意符；而「片」則專用來表示築牆用的版。由於「爿」用來作為「床」的意符，於是後世解「爿」、「片」字形時，以為是由床（牀）和夾板的形象獲得形義。

不論如何，「片」，是由夾板和床的形象獲得形義，所以「片」是用來指平而薄的東西，如紙片、明信片等物品。〈世說新語・捷悟〉：「餘有數十斛竹片，咸長數寸。」這是說，剩下幾十斛竹片，都是幾寸長的。

如果是連成片的東西，表現出廣闊景象的，這可以說是「片」的引申義，如：一片大水、一片歡騰、一片冰心在玉壺。

有人認為「片」也是從一塊木頭剖半而成，所以也表示一半的意思，如

〈莊子・則陽〉：「雌雄片合，於是庸有。」大意是說，雌雄各半相互交配，於是常有。

從「半」義又引申為單、隻，如左思〈吳都賦〉：「雙則比目，片則王餘。」（王餘：王餘魚，其身半也。俗云：越王鱠魚未盡，因而以其半棄於水中為魚，遂無其一面，故曰王餘也。）

「片」是一半，比一小，意思就是用來形容少，就如我們現在還會使用「片刻」，表示時間短暫。

因為「片」是指平而薄的東西，所以也可以當作量詞，用來計算扁平的物件，如：一片葉子，餅乾三片。

由於「片」為引申義所專用，所以築版之義另加聲符「反」寫作「版」來表示，後又改換義符「木」寫作「板」。

今「片」可單用，也作偏旁使用。凡是取義於「片」的字，都與片狀物、一半等義有關。

注意部首字詞

從部首「片」所組成的字也不多，但多出現於古籍，大多是多義詞，要注意用法。

「版」，ㄅㄢˇ，形聲字，篆文從片（築版用的夾板）反聲，本義為築版用的夾板。這是個多義詞。⑴本義是築土牆用的夾板，〈孟子・告子下〉：「舜發於畎畝之中，傅說舉於版築之間。」（築：搗土用的杵。）大意是，舜興起於農田之中，傅說被舉用於夯土築牆之中。⑵「版」，也是古代書寫用的木簡，〈管子・宙合〉：「修業不息版。」⑶引申為名冊、戶籍。今有「版圖」一詞。⑷古代官吏上朝時使用的手杖叫做「朝笏ㄏㄨˋ」，也稱作「版」。⑸「版」也作量詞使用，作為古代成牆計量單位，一版長一丈（或八尺、六尺）、高二尺。

「版齒」，語出〈晉書・慕容皝載記〉：「龍顏版齒，身長七尺八寸。」這個「版齒」指的是闊大的牙齒。

「牉」，ㄆㄢˋ，形聲字，從片半聲，《玉篇》：「半也，分也。」本義就是半，屈原〈九章・惜誦〉：「背膺牉以交痛兮。」大意是，我的背部和胸口，簡直就像遭到割裂似地疼痛難耐。「牉」從本義引申為區分，〈遼史・曆象志中〉：「盈虛相懸，歲月乃牉。」

「牒」，ㄉㄧㄝˊ，形聲兼會意字，篆文從片枼聲，枼也兼表薄葉之意，段玉裁《說文解字注》：「箚也。木部云。箚，牒也。左傳曰。右師不敢對。受牒而退。司馬貞曰。牒，小木箚也。按厚者為牘。」本義是古代可供書寫的木片、竹片、簡箚。〈左傳・昭公二十五年〉：「右師不敢對，受牒而退。」大意是，樂大心（宋國右師）不敢回答，接受了簡箚退出去。後來引申為簿冊、書籍。有了簿冊義之後，「牒」也作為受職的文書，官府往來的書信，〈漢書・匡衡傳〉：「但以無階朝廷，故隨牒在遠方。」也引申為憑證。另外，「牒」，通「疊」時當重疊與折疊講。

「牏」，ㄊㄡˊ，形聲字，從片俞聲，《說文解字注》：「牏，築牆短版也。從片俞聲。」本義是築牆時用於兩端的短板。古有「厠牏」一詞，指的是貼身的內衣，〈史記・萬石張叔列傳〉：「取親中帬厠牏，身自浣滌，復與侍者，不敢令萬石君知，以為常。」這是說，（萬石的孩子）拿走他的內衣去門外水溝親自洗滌，再交給侍者，不敢讓父親知道，而且經常如此。

「牖」，ㄧㄡˇ，會意兼形聲字，篆文從片從戶會意，甫聲，〈說文解字・片部〉：「牖，穿壁以木為交窻也。從片、戶、甫。譚長以為：甫上日也，非戶也。牖，所以見日。」本義為在牆上穿洞用木條交叉做的窗，即窗戶，漢樂府〈病婦行〉：「閉門塞牖，捨孤兒到市。」詩的意思是，關上大門堵上了窗，拋下孤兒到市邊。

「牘」，ㄉㄨˊ，形聲字，篆文從片賣聲，〈說文解字・片部〉：「牘，書版也。從片賣聲。」本義是古代書寫用的木片，也稱木簡，其後引申為書信、公文、書籍。劉禹錫〈陋室銘〉：「無絲竹之亂耳，無案牘之勞形。」大意是，沒有管弦的聲音來擾亂我的清聽，也沒有公文書牘來勞累我的形體。「牘」，也是古樂器名，竹製，手持舂地以發聲。

「牘」與「簡」，這都是用於書寫的用具，但「牘」是木片，「簡」是竹片。

看圖說故事

〈北齊書・元景安傳〉：「大丈夫寧可玉碎，不能瓦全。」這是比喻寧可保全氣節，為正義之事而死，而不願忍辱屈從、苟且偷生。這是個「瓦」字，甲骨文和金文沒收這個字，③小篆的字形像什麼呢？我們可以將它看成上下兩部份，是兩兩相扣的樣子，以前古人造屋時，用來遮蓋屋頂的瓦片不就是相扣緊的嗎？④楷書寫成「瓦」。

「瓦」，五劃，象形字，作為部首的稱呼是瓦部。

書寫「瓦」字時，第二、三筆為一豎一挑，不可將二、三筆連成一豎挑。

部首要說話

「瓦」，小篆象房上屋瓦相扣之形，表示瓦片，一說象紡錘形。「瓦」，就像以前的房子，屋瓦相扣的形狀，俗稱「秦磚漢瓦」，所以甲骨文、金文不見「瓦」字，可見這是建築後期才出現的器物。到了東漢時期，才有「土器已燒」表示「瓦」的總稱，所以本義是屋瓦，也就是燒製完成的陶土。《說文解字》：「瓦，土器已燒之總名。」段玉裁解釋說：「凡土器未燒之素皆謂之坏，已燒皆謂之瓦。」意思是，還沒燒的陶土只能叫做「坏」，已經燒好完成的陶土就叫做「瓦」。因此，「瓦」的本義就是燒製完成的陶土。〈墨子．備城門〉：「民室杵木瓦石可以蓋城之備者，盡上之。」這意思是說，民家的木材瓦石，凡可用來增加城池守備的，全部上繳。

燒好的陶土，古時造屋也有用來作為覆蓋屋頂的，這就是瓦片。

「瓦」，多以陶土燒製而成，所以也泛指陶器，〈荀子．性惡〉：「夫陶人埏埴而生瓦。」（埏埴ㄕㄢ ㄓˊ：把陶土放入模型中製成器具。）這句話是說，陶工摶和黏土放入模型，而成為陶器。

古時候作為紡織用的工具，用來撚線的陶製紡錘，這也叫做「瓦」，紡織一般是女性的工作，所以有句成語「弄瓦之喜」，就表示是慶賀生下了女孩。而慶賀生下男孩叫做「弄璋之喜」。〈詩經．小雅．斯干〉：「載衣之裳，載弄之瓦。」（載：則。弄：把玩。）詩的大意是，就讓她穿衣裳，就讓他玩玉璋。

古籍中有將名詞的「瓦」作為動詞使用，就是蓋瓦、鋪瓦，古音讀作ㄨㄚˋ，〈酉陽雜俎．草篇〉：「祖父時嘗瓦此殿矣。」這是說，我的祖父還在的時候，就已經將含元殿鋪上瓦片了。

為了紀念英國發明家詹姆斯．瓦特，就用「瓦」作計量單位中的功率單位，符號是W，表示每秒鐘做一焦耳的功，功率即為一瓦。

今「瓦」可單用，也作偏旁使用。凡從「瓦」取義的字，大都與土燒的瓦器、陶器等義有關。

注意部首字詞

凡由「瓦」字所組成的字大都與陶器有關。

「瓴」，ㄌㄧㄥˊ，形聲字，篆文從瓦令聲，〈說文解字．瓦部〉：「瓴，甕，似瓶也。從瓦令聲。」本義是古代一種盛水的陶瓶，〈史記．高祖本紀〉：「地勢便利，其以下兵於諸侯，譬猶居高屋之上建瓴水也。」這意思是，秦地地勢這樣有利，如果對諸侯用兵，就好像從高屋簷角的滴水器往下流水一樣，居高臨下，勢不可擋。今有成語「高屋建瓴」，比喻居高臨下，形勢無法阻擋。

「甄」，ㄓㄣ，會意兼形聲字，金文從宀（房屋）從土從攴（手持工具）從缶，會手持工具在房屋內製作陶器之意，本義為製作陶器。這是個常用到的字，但它是個多義詞，引申為⑴製作陶器的轉輪。〈鹽鐵論・力耕〉：「使治家養生必於農，則舜不甄陶而伊尹不為庖。」這句話是說，如果為了一家人的生活必須從事農業，那麼舜就不應該去製作陶器，伊尹也不應當去當廚師。後引申為化育、造就，如鮑照〈謝永安令解禁止啟〉：「重甄再造。」⑵從本義引申為鑑別、選拔的意思。⑶當彰明、表彰講，潘安〈西征賦〉：「甄大義以明責。」⑷免除的意思，〈北史・孝行傳・王續生〉：「甄其徭役。」就是免除徭役的刑罰。⑸古代田獵或作戰陣行的左右兩翼就叫做「甄」。⑹「甄」通「震」時當震動講，〈周禮・春宮・典同〉：「薄聲甄。」

「甍」，ㄇㄥˊ，形聲字，篆文從瓦夢省聲，〈說文解字・瓦部〉：「甍，屋棟也。從瓦，夢省聲。」本義是指屋脊，〈左傳・襄公二十八年〉：「猶援廟桷，動於甍，以俎壺投，殺人而後死。」（桷ㄐㄩㄝˊ：方形的椽ㄔㄨㄢˊ子。）慶舍還能攀著廟宇的椽子，震動了屋脊，把俎和壺向人扔去，殺死了人才死去。「甍」，從本義又指屋簷。

「甍」、「薨」、「瞢」三字形似，「薨」是指古代諸侯或大官死亡。「瞢」是眼睛看不清楚的樣子。

「甕」，ㄨㄥˋ，形聲字，本字是「瓮」，隸變後寫作從瓦雍聲，本義是一種盛水、酒等的陶器，〈周易・井〉：「甕敝漏。」這是說，汲水的甕瓶也已破舊漏水。

今有「甕城」一詞，是指城門外的月城，用以加強防禦。〈武經總要・守城〉：「城外甕城，或圓或方，視地形為之，高厚與城等。」

① [ancient form] ② [ancient form] ③ [ancient form] ④ 門

看圖說故事

〈詩經・小雅・何人斯〉：「胡逝我梁，不入我門。」（梁：魚梁。）這句詩是說，為什麼去了我的魚梁，卻不入我的家門呢？這個「門」字是象形字，多像兩扇門形。①甲骨文的上部是一條門楣，左右兩邊是可以閉合的門扇，是個很具體的形象。②金文把門上的橫木去掉了，但仍然保持兩扇門的樣子。③小篆依照金文的寫法。楷書寫成「門」。

「門」，ㄇㄣˊ，八劃，象形字，作為部首的稱呼有門部、門字框。

「門」，在書寫的時候，左邊作一豎，右邊作一橫折鉤，不可寫作右邊一豎。

部首要說話

「門」，甲骨文象簡易的雙扉柴門形，整個字形就如雙扉門，是設在房舍或垣牆等建築物的出入口，可以開關用以控制進出的裝置，本義就是双扉門。古時候的「門」其實有兩種，一種是只有一扇的叫做「扇」，有兩扇的叫做「門」。後來，只要是像門的東西也泛指「門」，如：爐門、閘門。這可以說明中國古代建築發展，從「囷」到「戶」，又由單扇門到雙扇門的發展脈絡。

「門」由名詞的「門扇」義作為動詞就是攻城門，〈左傳・僖公二十八年〉：「晉侯圍曹，門焉，多死。」這是說，城門被攻破了，死了不少人。「門」的詞義擴大了之後，只要是像門的東西也泛指「門」，如：爐門、閘門。

〈徐霞客遊記・楚遊日記〉：「洞門甚隘。」這是說洞門出口很狹窄的意思。「門」引申為出入口、途徑。

一門之內唯一家，所以「門」又有了家或家族的意義，〈左傳・文公十六年〉：「無日不數於六卿之門。」（數ㄕㄨㄛˋ：頻繁拜見。）大意是，沒有一天不進出六卿的大門。

從「家族」義又引申為門第。〈北史・劉昶[218]傳〉：「為能是寄，不必拘門。」

中國古代為私家講學授徒，所以「門」也指與老師有關的人和事。〈論語・泰伯〉：「曾子有疾，召門弟子曰。」這裡的「門」就是指師門[219]。從「師門」義就引申為門類、類別，如〈舊唐書・杜佑傳〉：「書凡九門，計二百卷。」就是說這部書分為九個門類，一共有二百卷。後來又引申為量詞，如兩門功課、一門心思。

今「門」可單用，也作偏旁使用。大凡由「門」字所組成的字大都與門戶及其動作有關。

注意部首字詞

「門牙」，一般指門齒，古籍中長出現的「門牙」其實與牙齒無關，宋代朱熹〈朱文公集・與江西張帥箚子〉：「咫尺門牙，無緣進謁。」這個「門牙」是古時將帥於帳前植立的牙旗，即指將帥之門。

「門當戶對[220]」是個常用的成語，表示門第相等。「門戶人家」卻不是指門第，此句語出明朝薛近兗〈繡襦記傳奇・生拆鴛鴦〉：「娘，雖則我門戶人

218. 昶：以義會意字，從日從永，義為白天時間長。
219. 門：當“門”的義意引申至門派、門戶的社會文化之後，“門”自然就發展出漢語中表示人稱複數的“們”，換句話說，“們”的前身是“門”。宋代以後的文獻，就常看到以“門”代稱“們”，如《三國志平話》卷下：「曹公曰：『咱門急之。』」“咱們”寫成“咱門”、“我們”寫成“我門”等等，加上單人旁的“們”是晚近才出現的。

家，也要顧些仁義，惜些廉恥，何故這般狠毒，天不容地不載呵！」這「門戶人家」指的可是妓院哩！

「閑」，ㄒㄧㄢˊ，會意字，「門」「木」組合而成，會用木材製作的，具有門一樣禁衛作用的東西之意。「閒」，ㄒㄧㄢˊ，也是會意字，金文作，會門中透進月光，表示有縫隙，後來引申為空閒、清閒。在「空閒」的意義上，「閑」有時可作「閒」的通假字。至於「間」字，是上古所沒有的字，後代才寫作「間」的，上古都寫作「閒」。後世把讀作ㄐㄧㄢ和ㄐㄧㄢˋ的寫作「間」，把讀ㄒㄧㄢˊ的寫作「閒」，以示區別。

「閤」與「閣」兩字常混用，「閤」，ㄍㄜˊ，本義是大門旁的小門；「閣」，ㄍㄜˊ，本義是門打開後插在兩旁以固定門扇的長木樁（「所以止扉也」），「閤」又讀ㄏㄜˊ，是全、全部的意思，除了「閤」讀ㄏㄜˊ之外，「閤」的其他意義都可寫作「閣」。

「閣」與「亭」、「臺」、「樓」、「榭」都是建築物的一種，仔細的區分，「亭」是上古專指瞭望用的及旅宿[221]用的建築。「臺」指用土築成的高臺。「樓」為重屋，上下都可居住。「榭」是指臺上建的房子。而「閣」是種架空的樓。

「闇」，ㄢˋ，這是個多義詞。形聲字，從門音聲，本義為不明亮，光線不足，會沒有光線。引申泛指⑴昏暗，後用於比喻政治黑暗，〈莊子・讓王〉：「今天下闇，周德衰。」大意是，現在，天下昏暗，殷德衰敗。又引申出黃昏、黑夜與隱暗之處。⑵愚昧、昏昧的意思，〈荀子・君道〉：「主闇於上，臣詐於下，滅亡無日矣。」這是說，這種人本來沒有才能，而主上使用他，這便是主上的昏暗；臣下本來沒有才能，而自己妄充有才能，這便是臣下的欺詐。主上昏暗在上層，臣下欺詐在下層，不久就要趨於滅亡。⑶通「黯」時，是指心情沮喪而面色黯淡無光的樣子。⑷通「奄ㄧㄢˇ」時，忽然的意思。⑸通「瘖ㄧㄣ」時，指緘默不語。

「闇」，又讀ㄢ，有「諒闇」一詞，語出〈呂氏春秋．重言〉：「高宗，天子也，即位，諒闇三年不言。」這是說，殷高宗是天子，即位後，在守喪期間，三年不說話。所以「諒闇」是指帝王居喪。

「闇」與「暗」都有昏暗的意義，它們在昏暗、愚昧的意義上是通用的，而「闇」的其他意義是，則不能寫作「暗」。

從部首「門」組成的字裡，有些要特別注意讀音。

「閈」，ㄏㄢˋ，形聲字，從門干聲，〈說文解字．門部〉：「閈，門也。從門干聲。汝南平輿里門曰閈。」本義是指里巷的門。

「閛」，ㄆㄥ，形聲字，從門平聲，這是指關門的聲音。

「閘」，ㄓㄚˊ，形聲兼會意字，篆文從門甲聲，甲也兼表門開關時門軸軋軋如甲開裂聲之意，本義為開閉門，後指水閘。每年秋天，台灣就會引進中國大陸的「大閘蟹」來解饞，一般來說，大閘蟹特指長江的中華絨螯蟹，又以上海附近的「陽澄湖」為正宗大閘蟹產地。

「閫」，ㄎㄨㄣˇ，形聲字，篆文從木困聲，《廣韻》：「門限也。」本義就是門檻，也通「壼」，是指宮中的道路，代指內宮。

「閼」，ㄜˋ，形聲字，篆文從門於聲，〈說文解字．門部〉：「閼，遮壅也。」《廣韻》：「止也，塞也。」本義為阻塞、阻止，引申指擋水的堤壩。漢代匈奴族王后的稱號為「閼氏」，讀作ㄧㄢ。

「閾」，ㄩˋ，形聲字，篆文從門或聲，〈說文解字．門部〉：「閾，門榍也。從門或聲。」本義為門檻，引申為界限。

---

220. 門與戶：上古建築，單扇的稱〝戶〞，堂內的室和房各設有〝戶〞，與堂相通。雙扇的稱〝門〞，在院落、里巷等區域設有〝門〞。

221. 宿：ㄙㄨˋ，會意字，甲骨文作，從宀（房屋）、從人、從丙（席），會人在簟席子上或坐或臥，本義為夜晚睡覺，引申指住宿的地方。由夜宿，引申為一夜，讀作ㄒㄧㄡˇ。由住宿引申指古代天文學上某些星的集合體，如，星宿，此義讀作ㄒㄧㄡˋ。

「闃」，ㄑㄩˋ，形聲字，篆文從門狊（ㄐㄩˋ）聲，段玉裁《說文解字注》：「靜也。從門狊聲。苦狊切〔注〕臣鉉等案：《易》：「窺其戶，闃其無人。」本義為寂靜、空虛。

②里（金文） ③里（小篆） ④ 里

｜看圖說故事｜

〈左傳・襄公十六年〉：「子罕寘諸其里。」這是說，子罕把美玉放在自己的鄉里。這就是有「田」有「土」的「里」字。②金文上部是田、下部是土，人民有田有土才能生活啊！③小篆也是田上土下的字形，這表示把土地劃分為「田」字形後，其中的一塊，也表示是有土壤的田塊。④楷書寫成「里」。

「里」，ㄌㄧˇ，七劃，會意字，作為部首的稱呼是里字部。

｜部首要說話｜

「里」，金文從田從土，用有田有土會人所聚居之的之意。這個字在〈詩經・小雅・信南山〉有個很好的詩句：「我疆我里。」大意是，我劃定疆界，我治理田地。可見「疆」是在城邑之外的土地，「里」是城邑之內的土地。所以朱熹註解說：「里者，定其溝塗也。」也就是說，「里」的本義是，「劃分為一定面積的田塊」。里，是古時在自家田地內部劃界，「定其溝塗」以便分片種植或灌溉。因此，「里」又是田界內部裡邊的意思。再說，有田有土，人們就會聚居在這個地方，所以也有學者將「里」中的「田」解釋為「分界劃分」的意思，地方劃分好了，百姓才能安居。

「里」既然是劃分為一定面積的田塊，因此也用來當作面積單位，「以廣三百步、長三百步」為一里，古人即以長三百步為一里的距離，表示「定其溝塗」的長度單位。

「里」，也是古時居民聚居的所在，〈詩經．鄭風．將仲子〉：「將仲子兮，无逾我里。」（將：願、請。）詩的意思是，請仲子啊，不要翻越我家的里門。

《韓詩外傳[222]》記載：「五家為鄰，五鄰為里。」意思是說，居住在同一個地方的二十五家稱為「里」。現在的里弄，也都有整體劃分為一種居民組織的意思。在這樣的居地裡生活，意味著可以隨心所欲地安排自我的天地，於是居處的內部空間就稱為「里」，與「外」相對，不過，「里」的「內部」、「裡面」的意義已經由後造的「裡」字所取代了。

「里」，在古籍中也通「悝ㄎㄨㄟ」，〈詩經．小雅．十月之交〉：「悠悠我里，亦孔亦痗。」（痗ㄇㄟˋ：病。）詩的意思是，我深深地憂慮，心中很是痛苦。詩句中的「里」是憂傷、憂思的意思。

「里」，可單用成字，也可做偏旁，從「里」取義的字，大都與鄉里等義有關。

---

222. 外傳、內傳、大傳：有〝外傳〞自當有〝內傳〞。在中國傳統文化中，很多名詞有其固定意義。一般說來，〝內傳〞指的是解釋經文的文字，如《韓詩內傳》，有時，人物傳記也可稱內傳。〝外傳〞的意思就相當於外編，如《國語》一直就被當成〝外傳〞，因為它是作為《春秋》的外傳，用以補《左傳》之不足。另外，為史書所不記載的人物立傳，或於正史之外另為一個人物作傳，以記其遺聞趣事者，也可稱為〝外傳〞，如《武漢帝外傳》。今坊間有名人傳記開始稱〝大傳〞，如《吳三桂大傳》、《宋美齡大傳》等。〝大傳〞指的是《禮記》第十六篇的篇名，孔穎達對〝大傳〞的解釋為：「名曰『大傳者』，以其記祖宗人親之大義。」可見〝大傳〞與〝偉大的傳記〞是風馬牛，其義也模糊令人不解。

注意部首字詞

從部首「里」所組成的字很少，一般僅收「重」、「野」、「量」、「釐」四字。

「重」，會意字，是個多音多義字。金文作，從人從東（大口袋型的橐囊），表示揹的東西極重，音讀ㄓㄨㄥˋ，⑴本義是重量大，與「輕」相對，如〈孟子・梁惠王上〉：「權，然後知輕重；度，然後知長短。」這是說，秤了才知道輕重，量了才知道長短。又當重量講，〈墨子・雜守〉：「重五斤已上。」引申為程度深、重要與貴重，如賈誼〈過秦論〉：「不愛珍器重寶肥饒之地。」這是說，不愛惜珍奇的器物、貴重的財寶和肥美的土地。⑵從本義引申為重視、看重的意思，〈論語・堯曰〉：「所重：民、食、喪、祭。」⑶不論是重量或是重視義，都可以是為該物「增加」，所以〈荀子・富國〉有：「重田野之稅以奪之食。」意思是，加重土地的賦稅，來剝奪百姓的衣食。⑷當莊重講，我們常用到〈論語・學而〉的一句話：「君子不重則不威。」意思是，君子不穩重就不會有威嚴。⑸古時載軍用物品的車輛就叫做「輜ㄗ重」。

「重」，音讀作ㄔㄨㄥˊ時，⑴重疊、重複的意思，〈水經注・山水〉：「重岩疊嶂，隱天蔽日。」從重複義，就隱身為計量山勢的量詞，就是層的意思，如〈莊子・列禦寇〉：「夫千金之珠，必在九重之淵。」大意是，這值千金的珍珠，一定是在層層深淵黑龍的下巴底下。⑵從重複義就引申為再次、重新的意思，〈左傳・僖公二十二年〉：「君子不重傷。」⑶一件事重複多次，就有勞累、痛苦的意義。〈詩經・小雅・無將大車〉：「無思百憂，只自重兮。」詩的意思是，別去想這千萬煩惱，這只會帶給自己痛苦。

「野」，ㄧㄝˇ，會意兼形聲字，甲骨文從林從土表示長滿草木的土地，這種地方自然就是郊野了，篆文另造從里（里落）予聲的「野」，⑴本義即郊外，泛指境域，後引申為民間，與「朝」相對，〈莊子・在宥〉：「故餘將去女，入無窮之門，以遊無極之野。」這是說，所以我要離開你，進入至道之入口，逍遙於至道之無限中。今有「朝野」一詞，指政府與民間兩造。⑵在郊野在民間，就引申出野生的、非人工馴養或培植的。⑶野生的（人、物），表示缺乏文采、粗野，〈論語・雍也〉：「質勝文則野，文勝質則史。」這是說，一個人如果他的品質勝過文采就會粗野，文采勝過品質就會浮華。

「量」，也是多音多義字。讀作ㄌㄧㄤˋ，會意字，甲骨文從東（箱簍一類的容器），上有口表示可以向裡面裝東西。金文口中加一點，下邊置於地上，明確強調其中可盛東西。⑴本義是古代用來測定容積的量器，引申為能容納的限度，如：海量、酒量。又引申為規定、準則的意思。⑵當衡量、估計講，如〈墨子・尚賢〉：「量功而分祿。」⑶是數量的意思。⑷一個人的心裡可容納的限度，就是指人的「氣度」、「抱負」。

「量」，音讀作ㄌㄧㄤˊ，是講用量器計算東西的多少，後來也指量方圓長短等。

「釐」，ㄌㄧˊ，會意兼形聲字，甲骨文從攴，是一人持麥（來）、一手拿棍擊打脫粒形，金文另加意符「里」，表示家田的收穫，「里」也兼表聲。本義是打麥脫粒，引申指治理。〈詩經・周頌・臣公〉：「王釐爾成。」這是說，周王賜給你們成功的經驗。這裡的「釐」當賜予講。「釐」，也作長度單位，十毫為一釐，十釐為一分。「釐」，通「嫠」，就是寡婦的意思。另外，〈漢書・楚元王傳附劉向〉有句：「飴我釐麰。」（飴ㄧˊ：贈。麰ㄇㄡˊ：大麥。）這裡的「釐」通「來」，「來」是古時的麥子，所以這句話是說，贈我大麥小麥。

「釐」，另讀作ㄒㄧ，本義是祭祀用過的肉，引申為福的意義，〈史記・孝文本紀〉：「今文吾祀官祝釐，皆歸福朕躬，不為百姓，朕甚愧之。」（躬：自身。）如今我聽說掌管祭祀的祠官祈禱時，全都是為我一個人，而不為百姓祝福，我為此而感到非常慚愧。今有「恭賀新釐」，是新春的祝詞，「釐」即「福」的意思。

看圖說故事

《商子》：「弱民囗強，囗強民弱，有道之國，務在弱民。」這個「囗」就是古「國」字。①甲骨文像是四方圍成的城牆。②金文換成了圓形的城牆。③小篆為了書寫的美觀以及配合方塊字，成了略帶長方的形狀。④楷書寫成了「囗」字。

「囗」，ㄨㄟˊ，三劃，象形字，做為部首的稱呼有囗字部、囗部、大口框、方框兒等。

「囗」字寫小就成了「口」字，「口」是嘴巴的意思，不要相混了。

部首要說話

「囗」，小篆象環圍形，造字的來源就是一圈圍牆的形狀，不論從左到右或是從右到左，都可以回到原地，這種圍牆可以讓人循環的繞行，所以本義就是「環繞」。〈說文解字．囗部〉：「囗，回也。」

後來，古人又造了「圍」字來假借「囗」的意義，而「囗」就只做為部首字來使用，一般都不單獨成字。

《春秋傳》：「晉侯伐秦，囗邧。」這是說，晉襄公攻打秦國，包圍邧地。

「囗」，從環繞的意思引申為「四周」，如：周圍、圍爐夜話。

「囗」可以繞走，後來也做為計量的量詞，如：腰圍。

「囗」的造字四周密不通風，所以從部首「囗」所造的字大都有界限、捆縛的意思，如：「困」223難、「囚」犯、花「園」、「國」家、苗「圃」、包

「圍」等。

由於「囗」作了偏旁，圍繞之義便用「圍」來表示。

「囗」字現在不單用，只作偏旁，凡從囗取義的字，大都與圍繞、環形、界限、約束等義有關。

注意部首字詞

「囹」，ㄌㄧㄥˊ，形聲字，篆文從囗另聲，〈說文解字・囗部〉：「囹，獄也。從囗令聲。」本義為牢獄。有「囹圄」一詞，是指監獄，〈韓非子・三守〉：「至於守司囹圄，禁制刑罰，人臣擅之，此為刑劫。」這段話的意思是，至於職司監獄掌管刑罰，如果出現了臣下獨攬專斷的情況，就成為專擅刑罰來篡權的了。

「囹圄」與「牢」、「獄」雖然都有監禁的意思，但意義有所差異。「牢」本義是關養牲畜的欄圈；「獄」為訴訟；監禁罪犯的地方，周代稱為「囹圄」。漢代開始，「牢」、「獄」才有了「監獄」的意義。

「囿」，ㄧㄡˋ，本義是指古代畜養禽獸的園林，又指果園或菜園，〈大戴禮記・夏小正〉：「囿見有韭。」是說，菜園裡見有韭菜。「囿」，又當事物匯聚之處，蕭統〈文選・序〉：「歷觀文囿。」這是說，遍讀群籍各種文章。「囿」，又作拘泥、侷限的意義，〈莊子・徐無鬼〉：「察士無淩誶之事則不樂，皆囿於物者。」大意是，善於苛求的人沒有淩辱責罵之辭就不高興，這些人都是為外物所局限的人。

「囿」與「苑」二字，在畜養禽獸園林的意義上是同義詞，但還是有

223. 困：會意字，甲骨文從囗從木，《說文解字》：「故廬也。從木在囗中。」廬，指的是古代井田制度規定的一個普通農夫所負責耕種的百畝田中劃出的二畝半居所，〝故〞廬，則表示周圍桑梓等喬木的生長對廬形成了制約（因廬是不會擴展的），表達了尋常生活實景的〝艱困〞、〝窘迫〞狀。

細微的差異。在運用的時間上，戰國末期（以《呂氏春秋》為限）以前是只用「囿」而沒有「苑」，以後則「囿」、「苑」並用。另外，有圍牆的叫作「囿」，沒有圍牆的叫作「苑」。

「國」，ㄍㄨㄛˊ，會意字，國與或同源，甲骨文從囗（城）從戈，會以戈守衛城池之意。金文 多了兩條標誌範圍的界線，表意更加明確，因為古代的邦國指的就是一座城池及周圍的地域，本義為邦國，後引申為⑴國家，〈詩經・小雅・節南山〉：「國既卒斬，何不用監。」（斬：中斷。）這是說，國家命運已經中斷，你為什麼還不睜眼察看。後來也指戰國時公卿及漢以後王侯的封邑。⑵一國之都。〈左傳・隱西元年〉：「大都，不過參國之一。」大意是，大都城的城牆，不超過國都的三分之一。⑶指處所、地域。如王維〈相思〉：「紅豆生南國，春來發幾枝？」這是說，生長在南方的紅豆樹，不知道今年的春天又發了多少新枝？⑷當本國的、本朝的意義講，又指與帝王有關的，如〈晉書・恭帝紀〉：「馬者，國姓。」

「國」與「邦」今多作連詞「邦國」使用，意指國家。兩字其實在「諸國的封侯」、「國家」的意義上是同義詞。但是較早的文獻多用「邦」而少用「國」。另外，「國」的意義更寬廣些，它可以指食邑、諸侯王的封地，也可以指國都、城邑，這些意義是「邦」所沒有的。

從部首「囗」所組成的字，有些是罕見與少用的字，要注意用法。

「囟」，ㄒㄧㄣˋ，象形字，〈說文解字・囟部〉：「囟，頭會，𡿺蓋也。」本義即囟門，是指頭頂正中部位，而嬰兒頭頂骨尚未合攏之處。

「囧」，ㄐㄩㄥˇ，象形字，甲骨文作 ，象古代原始的窗戶形，〈說文解字・囧部〉：「囧，窻牖麗廔闓明。象形。」窗可採光，所以表示明亮。

「囮」，ㄜˊ，形聲字，從囗化聲，〈說文解字・囗部〉：「囮，譯也。從囗化。率鳥者繫生鳥以來之，名曰囮，讀若譌。又音由。」本義是鳥媒，就是捕鳥時用來誘鳥的鳥。又作化育解。

「园」，ㄨㄢˊ，同「刓」，形聲字，從囗元聲，即削去稜角，使物變圓。

「囷」，ㄐㄩㄣ，會意字，篆文從囗從禾，會圓形穀倉之意，本義就是圓形的穀倉，方形的穀倉就叫做「倉」。

「圂」，ㄏㄨㄣˋ，會意字，從囗從豕，會將豕（豬）關在圍欄之意，這就是豬圈ㄐㄩㄢˋ。

「圉」，ㄩˇ，也是會意字，從囗從幸（像械手的刑具），用來表示拘繫罪犯之處，本義即監獄。又作養馬、養馬的人，如〈左傳・昭公七年〉：「馬有圉，牛有牧。」這是說，養馬有圉人，放牛有牧人。「圉」也作邊境義。「圉」通「禦」時當防禦講。

「圜」，ㄏㄨㄢˊ，形聲兼會意字，從囗睘聲，睘也兼表圓轉之意，環繞的意思。又讀作ㄩㄢˊ，同「圓」，圓形，引申為監獄。圓形的東西，又能引申為飽滿。「圜」也指錢幣。

今有「轉圜」一詞，表示挽回、調解的意思，不可寫作「轉寰」，「寰」是大地、宇內的意思。

｜看圖說故事｜

〈周禮・地官・里宰〉：「里宰掌比其邑之眾寡。」這是說，里宰（里長）是來掌管居住地的戶口多寡。這個「邑」字，①甲骨文的上部是一個代表圍牆、壕溝或是柵欄的方框，下部是面朝左跪著的一個人，這就代表了上古人所居住之地。②金文和③小篆的人形訛化成 ㄹ，上部訛化成口。④楷書寫成「邑」。

「邑」，ㄧˋ，七劃，會意字，作為部首的稱呼有右耳、右耳旁、邑部。

「邑」作為偏旁時是稱為右耳旁，如：那、邦、邪、郵224等。

「阜」作為偏旁時稱為左耳旁，如：阿、陽、陳等。

「邑」與「阜」作為偏旁時不要弄混了。

部首要說話

「邑」，甲骨文從囗（區域範圍）從卪（卩，跪坐之人），會人居住的地方之意。本義是指人們聚居的地方，如〈論語．公冶長〉：「十室之邑，必有忠信如丘者焉。」這是說，每十家必定有和我一樣講忠信的人，只是不如我好學而已。從本義引申為城邑，〈呂氏春秋．貴因〉：「舜一徙成邑，再徙成都，三徙成國。」大意是，舜第一次遷徙形成城邑，第二次遷徙便成都城，第三次遷徙更形成了國家。其後又引申為縣，〈聊齋誌異．促織〉：「邑有成名者。」這是說，縣裡有個名叫成名的人。

聚居的人多了就成為市鎮，後來引申為「國都」的意思，到了後世，一般的城市也叫做「邑」。〈詩經．大雅．文王有聲〉：「既伐于崇，作邑於豐。」詩的意思是，既討伐了邘ㄩˊ國和崇國，又在豐建造了城國。「邑」從國都義就引申出國家的意義，〈左傳．僖公四年〉：「君惠徼福於敝邑之社稷，辱收寡君，寡君之願也。」（徼ㄐㄧㄠˋ：求。）君王（指齊桓公）惠臨敝國求福，承蒙君王安撫我君（蔡國國軍），這正是我君的願望。

古時君王封地於人，就叫做「采邑」。〈史記．絳侯周伯世家〉：「於是使人持節赦絳侯，復爵邑。」大意是，於是派使者帶著符節赦免絳侯，恢復他的爵位和食邑。

不論是國都或是城鎮，對於一個國家來說都是非常重要的，能不能保衛的好總是成為念頭，所以「邑」有「心中不安」之義，由不安又引申為「愁悶不樂」的意思。〈荀子．解蔽〉：「不慕往，不閔來，無邑憐之心。」這是說，不羨慕過去，不憂慮將來，不存一點抑鬱、吝惜的雜念。

後世於是在「邑」字左邊加上豎心旁，原來是為了做更好的表意225，於是產生了一個左形右聲的新行聲字——悒，但「邑」本來就有「愁悶不樂」的意思，這新字可以說是多餘的。

「邑（阝）」今可單用，也作偏旁使用。凡從「邑（阝）」取義的字，大都與城鎮、地名、地域等義有關。

注意部首字詞

「邛」，ㄑㄩㄥˊ，形聲字，從邑工聲，〈說文解字・邑部〉：「邛，邛地。在濟陰縣。從邑工聲。」本義地名，後借作土丘之意，〈詩經・陳風・防有鵲巢〉：「防有鵲巢，邛有旨苕。」（旨：美味。苕ㄊㄧㄠˊ：植物名。）詩的大意是，堤岸上怎麼會有鵲巢？土丘上怎麼會有美味的苕草？「邛」，另一義為病，〈詩經・小雅・小旻〉：「我視謀猶，亦孔亦邛。」（謀：謀略。）大意是，我看現在的計謀，弊病是很嚴重。

「那」，會意兼形聲字，篆文從邑從冄（冉，在這裡表鬍鬚），本義為西夷國名，由於這一地區的人鬍鬚毛髮多而眾。是個多音多義字，讀音ㄋㄨㄛˊ，故又引申指⑴多，〈詩經・小雅・桑扈〉：「受福不那？」大意是，受福怎能說不多？⑵安、舒適，〈詩經・小雅・魚藻〉：「王在在鎬，有那其居。」這是說，大王在鎬京，宮室如此安閒。⑶「奈何」的合音，〈左傳・宣公二

224. 郵：會意兼形聲字，從邑從垂，會古代供給傳遞文書的人食宿、換馬車的驛站之意，這種驛站是官方的、官府設置的，用來確保文書（政令）的通達，郵字從邑（表國家、國都之意），表明了是以服務朝廷官府為職志；郵字從垂（邊境），也說明了驛站的設置地點。可見，〝郵〞的設計是作為國家統治的政治機構。等到〝郵〞民間化了（郵局、郵件、郵差），國家（特別是極權國家）就會以〝審查〞的方式進行管控。不過科技的發展到了電子訊息的E-Mail、iPhone……，〝郵〞件的傳遞愈加民主化，也就愈脫離〝郵〞字的本義了。

225. 表意：漢字是表意體系的文字。表意文字，不直接表示詞的讀音，而是用各種特定的表意符號表現語意，記錄詞或語素的文字。

年〉：「棄甲則那？」這就是說，丟了皮甲又有什麼了不起？⑷當於、對於講。⑸當移動義，後來寫作「挪」。

「那」，ㄋㄚˋ，與「這」相對。辛棄疾〈醜奴兒近，博山道中效李易安體〉：「山那畔別有人家。」

「那」，ㄋㄚˇ，哪，後來寫作「哪」。

「邪」，形聲字，從邑牙聲，本義為古代大襟斜掩。「邪」也是多音多義詞。讀音作ㄒㄧㄝˊ，從本義引申為歪226斜，這個意義後來寫作「斜」。從本義引申為不正直，〈孟子・梁惠王上〉：「苟無恒心，放辟邪侈，無不為己。」這就是說，一旦沒有恒心，就會放蕩胡來，無所不為。

「邪」，讀音作ㄧㄝˊ，一般都作語氣詞，有用在句末表示疑問或反問，相當於口語的「嗎」、「呢」；用在句末表示判斷，相當於口語的「也」；用在句末表示感嘆，相當於口語的「啊」。

「邸」，ㄉㄧˇ，形聲兼會意字，從邑氐聲，氐也兼表到、至之意，本義是古代官員或侯王為朝見而在京都設置的所在，後引申為旅舍。這兩個意義是較常見的。第三的意義當屏風，〈周禮・天官・掌次〉：「設皇邸。」另外，「邸」通「抵」時，是至、道的意思，〈史記・河渠書〉：「令鑿涇水，自中山西邸瓠口為渠。」這是說，於是命水利工匠鑿穿涇水，從中山（今陝西涇陽縣北）以西到瓠口，修一條水渠。「邸」通「柢」時，就是根柢的意思。

「邕」，ㄩㄥ，會意字，金文從巛從邑，會環城積水城成池之意，本義是四方被水環繞的都邑。通「雍」時當和睦講，〈漢書・兒寬傳〉：「肅邕永享。」這是說，既敬且和，永享於天。「邕」，通「壅」時當堵塞講，〈漢書・王莽傳中〉：「長平館西岸崩，邕涇水不流。」

從部首「邑（阝）」所組成的字，另有與城鎮、地名有關的。

「邗」，ㄏㄢˊ，春秋時地名，今江蘇揚州東北。

「邘」，ㄩˊ，古諸侯國名，春秋時為鄭邑。

「邠」，ㄅㄧㄣ，同「豳」，周族的先祖公劉從邰遷居於邠。

「邡」，ㄈㄤ，縣名，「什邡」，今四川省。

「邢」，ㄒㄧㄥˊ，周代諸侯國。

「鄖」，ㄩㄣˊ，周代諸侯國，春秋時為楚所滅。

「邶」，ㄅㄟˋ，周武王封商殷王之子武庚於邶。

「邯」，ㄏㄢˊ，「邯鄲」，戰國時趙國的都城。

「郈」，ㄏㄡˋ，春秋時魯國地名，今山東東平西南。

①　②　③　④韋

看圖說故事

〈史記・孔子世家〉：「讀《易》，韋編三絕227。」這是說，孔子讀《周易》刻苦勤奮，以致把編穿書簡的牛皮繩子也弄斷了多次。①甲骨文中間的「口」形表示村落或鎮邑，上下有表示腳的腳趾在走來走去。②金文也是按照甲骨文的形體，其實這是省略了左右的腳形，也就是說，在「口」周圍是布滿了腳印，表示將這個地方給包圍起來了。③小篆是為了方塊字的形狀而寫成如此方正美觀。④楷書寫成「韋」。

「韋」，ㄨㄟˊ，九劃，會意字，作為部首的稱呼是韋字部。

書寫「韋」字時，下部為一橫、一撇橫（不可析為兩筆）、一豎，如：

---

226. 歪：以義會意字，從不正，義為歪斜。〝孬〞〝甭〞構義相同。

227. 韋編三絕：〝韋〞，用於編連竹、木簡的熟牛皮繩子。〝韋編〞在先秦時期是書籍的代名詞。〝三〞是約數，表示多次。竹、木簡編連起來的書，每片僅能寫下不多的字，一本《易》這樣的書，可就需要厚重繁疊的竹簡依次編連閱讀。〝絕〞是斷裂的意思，孔子讀《易》〝三絕〞韋編，可見治書之勤奮、治學之刻苦，後人即用〝韋編三絕〞，來比喻一個人讀書勤奮，刻苦治學。

韓、諱、圍、偉等。

部首要說話

甲骨文中，「韋」字的上下是腳印，中間的「口」是城邑，原來「韋」字最初的字形，是一個四周都有腳印的「方城」，由於在竹簡上要記寫「四周都有腳印的方城」，竹簡的寬度太小，不得不削去左右兩方的腳印，只留下上下方的兩隻腳印，於是成為了上下各一隻腳的「韋」字。所以「韋」的本義是表示包圍的意思，這個意義的「韋」後來加上了「口」字，成了一個新的形聲字——圍，也就是說，「韋」是「圍」的初字。古時候，「韋」、「圍」、「衛」是同一字。「韋」的字形，有的會加上「行」，表是在路上巡邏保衛，這就是後來的「衛」。

「韋」是「圍」的初字，所以「韋」在古籍中也通「圍」，表示兩臂合攏起來的長度。〈漢書・成帝紀〉：「是日大風，拔甘泉畤中大木十韋以上。」（畤ㄓˋ：祭祀天地的地方。）大意是，當天起了大風，將甘泉畤的十圍大樹連根拔起。

從四周都有腳包圍之義也可以說是「匡衛」城邑，於是另造「衛」字表示「匡衛」；包圍的「韋」又被「口」（古「圍」字）所使用，於是「韋」被借來表示皮革之義，如〈左傳・僖公三十三年〉：「及滑，鄭商人弦高將市于周，遇之，以乘韋先，牛十二犒師。」這句話的大意是，秦軍到達滑國，鄭國的商人弦高準備到成周做買賣，碰到秦軍，先送秦軍四張熟牛皮作引禮，再送十二頭牛犒勞軍隊。

這皮革用來作什麼呢？是木工的一種矯直工藝方式，把兩條彎曲的木條烤熱後相背地綁起來，也就是皮帶、皮繩，〈韓非子・觀行〉：「西門豹之性急，故佩韋以自緩。」這就是說，西門豹性情急躁，所以佩帶柔韌的皮帶來提醒自己從容。

「韋」，是木工的一種矯直工藝方式，把兩條彎曲的木條烤熱後相背地綁起來，所以又引申為背離的意思。這個背離意義的「韋」後來就寫作「違」，〈漢書・禮樂志〉：「五音六律，依韋饗昭。」（依韋：偏指「依」，諧和。饗：通「響」。昭：明。）這是說，所有的律管樂器諧和而不乖離，聲音明亮，清晰地吹奏著。

今「韋」可單用，也作偏旁使用。凡從「韋」取義的字，都與環繞、皮革等義有關。

注意部首字詞

從部首「韋」組成的字與皮革有關的字，一般都見於古籍，容易誤讀誤用，要加以注意。

「韎」，ㄇㄟˋ，形聲字，是「韤」的異體字，說明最初的襪子是皮革所製，從韋末聲，本義是用皮子、布帛所製作的、穿在腳上起保護作用的物品，後引申為赤黃色，也是祭服上的赤黃色蔽膝，〈詩經・小雅・瞻彼洛矣〉：「韎韐有奭，以做六詩。」（韐ㄍㄜˊ：蔽膝。奭：赤色。）詩的大意是，皮做的護膝紅彤彤，他來指揮六軍。

「韍」，ㄈㄨˊ，象形兼形聲字，金文市象蔽膝（護膝的圍裙）形，隸變後寫作「韍」，從韋犮聲，本義是以熟皮製成的祭服蔽膝，後作為繫官印的帶子。

「韔」，ㄔㄤˋ，形聲字，從韋長聲，〈說文解字・韋部〉：「韔，弓衣也。從韋長聲。」本義是指裝弓的袋子。

「韘」，ㄕㄜˋ，形聲字，篆文從韋枼聲，〈說文解字・韋部〉：「韘，射決也。所以拘弦，以象骨，韋系，著右巨指。從韋枼聲。」本義是古代射箭時，戴在右手拇指上用來鉤弦的骨製器具。

「韛」，ㄅㄟˋ，鼓風吹火的皮囊。

「韜」，ㄊㄠ，形聲兼會意字，篆文從韋舀聲，舀也兼表盛納之義。〈說文解字・韋部〉：「韜，劍衣也。從韋舀聲。」本義是盛弓的袋子，後引申為包容、容納，〈莊子・天地〉：「君子明於此十者，則韜乎其事心之大也。」這意思是，君子明白上述十個方面，就是包容萬事心量廣大之人。弓入袋中，就有隱藏、掩藏的意義。兩相會意，就是指用兵的謀略，李裕德〈寒食三殿伺宴奉進〉：「不勞孫子法，自得太公韜。」（太公韜：古兵書《六韜》舊題，為呂望所撰。）後即以「韜略」指用兵的謀略。

「韝」，ㄍㄡ，形聲兼會意字，篆文從韋冓聲，冓也兼表籠住之意，〈說文解字・韋部〉：「韝，射臂決也。從韋冓聲。」本義是皮革製成的臂套。

「韠」，ㄅㄧˋ，形聲字，篆文從韋畢聲，〈說文解字・韋部〉：「韠，韍也。所以蔽前，以韋。下廣二尺，上廣一尺，其頸五寸。一命縕韠，再命赤韠。從韋畢聲。」蔽膝，古代官服上的裝飾。

「韣」，ㄉㄨˊ，形聲字，篆文從韋蜀聲，〈說文解字・韋部〉：「韣，弓衣也。從韋蜀聲。」本義是盛弓的套。

另有部首「韋」所組成引申出來的字。

「韌」，ㄖㄣˋ，形聲字，篆文從韋（皮革）刃聲，〈說文解字・韋部〉：「韌，柔而固也。從韋刃聲。」本義是柔軟而堅固。

「韓」，ㄏㄢˊ，形聲兼會意字，古文借用倝（旗杆）來表示，篆文從韋（表示圍繞）倝聲，倝也兼表圍繞的木棍之意，本義是圍繞水井口的圍欄，後借用作周代分封的諸侯國名，韓國，後為晉所滅。

「韙」，ㄨㄟˇ，形聲字，篆文從是韋聲，〈說文解字・是部〉：「韙，是也。從是韋聲。」本義是是、對的意思，〈左傳・隱公十一年〉：「犯五不韙，而以伐人，其喪師也，不亦宜乎。」大意是，認為「不衡量德行，不考慮力量，不親近親鄰，不分辨是非，不查察有罪」，息國犯了這五種錯誤，而還去討伐別人，他的喪失軍隊，不也是活該嗎！「韙」，從本義引申為善、美。

「韗」，ㄩㄣˋ，形聲字，篆文從韋軍聲，〈說文解字・韋部〉：「本作鞾。」〈周禮・冬官考工記〉：「攻皮之工，函鮑韗韋裘。」本義是古代製鼓的工匠。「韗人」是指製鼓的工匠。

「韟」，ㄍㄠ，「韟章」是古代一種軍旗。

「韞」，ㄩㄣˋ，形聲字，楷書從韋昷聲，《玉篇》：「裹也。」本義是藏、包藏，〈論語・子罕〉：「有美玉於斯，韞櫝而藏諸，求善賈而沽諸？」這是說，假如這有塊美玉，是用櫃子藏起來呢？還是賣給識貨的人呢？

「韡」，ㄨㄟˇ，形聲字，從雩韋聲，隸變後從華韋聲，《說文解字》：「韡，本作䨾，盛也。從雩，韋聲。」「韡韡」，鮮明茂盛的樣子。

｜語文點心｜《考工記》

《考工記》是中國現存最早的關於手工業技術的國家規範，反映了當時中國所達到的科技及工藝水準。成書於春秋末、戰國初。根據郭沫若考證，《考工記》作者是齊國人，因為書中用的是齊國度量衡、齊國地名和齊國方言。

《考工記》最早收錄入《周禮》作為《冬官》篇，原不屬《周禮》，東漢經學家鄭玄註解《周禮》，最早註解《考工記》。在漢代《周禮》原來的《冬官》篇遺失不存，把《考工記》補入作為《冬官》篇。全書共七千一百多字，記述了木工、金工、皮革、染色、刮磨、陶瓷等六大類三十個工種（缺二種）技術規則的內容。此外《考工記》還有數學、地理學、力學、聲學、建築學等多方面的知識和經驗總結。《考工記》將商周以來積累的冶金知識歸納為「金有六齊」，這是已知世界上最早的青銅合金配置法則，它揭示了青銅機械性能隨錫含量變化的規律。

《考工記》指出匠人職責有三：一是「建國」，即給都城選擇位置，測量方位，確定高程；二是「營國」，即規劃都城，設計王宮、明堂、宗廟、道路；三是「為溝洫」即規劃井田，設計水利工程、倉庫及有關附屬建築。從書中關於王城的規劃思想和各種等級制度，以及井田規劃制度來看，是井田制盛行時期的狀況，反映了當時社會的技術水準。

書中較有名的一段文字「方九裡，旁三門。國中九經九緯，經塗（塗，道路）九軌。左祖右社，面朝後市。市朝一夫。」意思是王城每面邊長九裡，有三個城門。城內縱橫各有九條道路，每條道路寬度為「九軌」（一軌為八尺）。王宮居中，左側是宗廟，右側是社壇（或社廟），前面是朝會處，後面是市場。朝會處和市場的面積各為一夫（據考證一夫為100步×100步）。《考工記》，後收入清《四庫全書》、清《十三經注疏》。

看圖說故事

〈國語．楚語上〉：「地有高下，天有晦明。」這是說，我們所處的土地是有高有低的地勢，每一天的天日有黑夜有白晝。句中的「高」字，一般都作高低的「高」解。①甲骨文的上部箭頭狀是男性生殖器的直觀描摹，下部的ㄇ型是男性的兩條腿，ㄇ內的口行表示是女性的生殖器。②金文大致仿甲骨文的形象。③小篆美化並隱藏了男性象徵，將它意會為「亠」形，卻讓後來者視為屋頂之形。④楷書寫成「高」。

「高」，ㄍㄠ，十劃，會意字，作為部首的稱呼是高部。

書寫「高」字時，如作上偏旁，六、七筆要改為橫鉤，如：「膏」。

部首要說話

「高」，甲骨文象臺觀樓閣上下重屋形，表示崇高。這種形象是遠古穴居（高處下挖一坑，周圍起矮牆，上覆茅草頂）的發展，表現了離地面很遠。也就是說，利用高物來表示高低的「高」義，「高」就是相對於「低」。

今人唐漢新解「高」字，認為在一個儒學興起，以聖人道德為社會價值，壓抑了性的環境裡，人類欲望的「高」字漸失其人欲享樂的本義，《說文解字》也是隱晦的釋為：「高，崇也。」這個「崇」的形象不就是男性生殖器遇到異性後勃起挺立的具體形象，這個本義被有意無意的忽略之後，卻引申為一般事物的高大，如〈詩經・大雅・卷阿〉：「鳳凰鳴矣，於彼高岡。」（卷ㄑㄩㄢˊ：曲折。阿ㄜ：大山。）詩的大意是，鳳凰鳴叫著，在那高高的山崗。後來也以「高」當高度講，〈列子・湯問〉：「太行、王屋二山，方七百里，高萬仞。」

利用高物來表示高低的「高」義，相對於「低」。由於高的事物一般來說都是屬於大的，所以引申為大的意思，如，高齡，意思是年歲很大。

具體的「高」引申為抽象的「高」就是指高超、高尚。〈韓非子・五蠹〉：「輕辭天子，非高也，勢薄也。」大意是，古人輕易辭掉天子的職位，並不是什麼風格高尚，而是因為權勢很小。用作意動認為高尚，崇敬、崇尚，如〈呂氏春秋・離俗〉：「雖死，天下愈高之。」這是說，即使死了，天下的人更加尊崇他們。

另外，「高」也作姓氏，如高先生。

「高」與「京」二字，其實是頭同足異的兩個字形，頭象屋宇的形狀，「京」底下的三豎代表屋宇的基礎，表示基礎堆得絕高；而「高」的基礎從「冂」（遙遠），也就是指基礎遠大，這樣才能堆得高啊！

高，可單用，也作偏旁使用。從高取義的字，都與高大等義有關。

注意部首字詞

「高」，是個孤單的部首字，除了「高」字之外，就沒有其他的部首字，可說是高處不勝寒。

「高足」，今稱高才弟子，這其實是引申義，「高足」原出《古詩十九首》之四：「何不策高足，先據要路津。」（策：鞭打。高足：良馬。）大意是，何不鞭打著你的快馬，儘早占要道、謀高位。「策高足」猶言捷足先登。

「高蹈」，是個多義詞，⑴猶遠行，〈左傳．哀公二十一年〉：「魯人之皋，數年不覺，使我高蹈。」大意是，魯人的罪過，幾年還沒有自己察覺，卻使我們遠行他處。⑵舉足頓地，表示喜怒之情。⑶遠避，隱居的意思。〈文選．晉張景陽．七命之一〉：「嘉遯龍盤，翫世高蹈。」（嘉遁：舊時謂合乎正道的退隱，合乎時宜的隱遁。）⑷表示登上更高的境界，唐．韓昌黎〈薦士詩〉：「國朝盛文章，子昂始高蹈。」

「高牙大纛」，大將的牙旗，泛指高居上位者的儀仗。「纛」，ㄉㄠˋ，軍中大旗。

「高屋建瓴」，語出〈史記．高祖本紀〉：「秦，形勝之國……地勢便利，其以下兵于諸侯，譬猶居高屋之上建瓴水也。」這是說，秦地是形勢險要之地……如果對諸侯用兵，就好像從高屋簷角的滴水器往下流水一樣，居高臨下，勢不可擋。後以「高屋建瓴」比喻居高臨下，勢不可阻。

四、大道之行

〈詩經・小雅・大東〉：「行彼周行，既往既來。」這是說，走在那大道上，人們來來往往。前一個「行」是走，後一個「行」是道路，後一句對人們的行走作出活潑而動態的描述。俗語也說，路是人走出來的，道路是古往今來的交通指稱，人因何而走出一條條道路？這其實就是遷徙的具體寫照，或許是為了擴張版圖，或許是為了逃避部族的鬥爭，這是人類欲望的縮影。從自己的所在通往另一處世界，更可以表現人類的群居性，是「交而通之」的人性讓大道得以暢行。於是，南船北馬也好，搭橋鋪路也罷，登高以望遠，乃至行遠必自邇，都是人為了尋找樂土的慾望。

我很喜歡「受」這個字的甲骨文，，上下是各一隻手，中間是隻船舟，表示一個人把「舟」交給另一個人。歡喜接受，接受某個世界的贈與，也許是風俗、習慣，甚至是文化，透過舟車之利的交通便給，我們有了某種程度的理解與同情，人生的大道或許因而坦蕩蕩。

｜看圖說故事｜

甲骨文與金文並未收這個字，因為這是後起的字。③小篆的樣子就是「行」（行）的左半邊「彳」的延伸。④楷書寫成「廴」。

「廴」，ㄧㄣˇ，三劃，象形字，作為部首的稱呼是廴部。

「廴」與「辵」的偏旁「辶」義近形似。從「廴」的字有：建、廷、延等。從「辶」的字有：過、近、進等。要分辨清楚。

部首要說話

「廴」，小篆從彳（道路），將其下拉長，表示行路漫漫。「彳」的意思是「小步」，而「彳」是「行」的省體，「行」的本義是四通八達的道路。《說文解字》解釋時寫著：「廴，長行。」這是什麼意思呢？「長行」就是長道，也就是說，將「彳」（道路）的末一筆拉長就成了「廴」，表示漫漫長路，因此「廴」的本義就是「道路」。

「廴」是道路，走在道路上就有方向，後來這個意思就借給了後起字「引」，「廴」就只作為部首字，成為構字組件來使用。

如今，「廴」字不單用，只作偏旁來使用，但是從「廴」取義的字大都與進行的意思有關。

注意部首字詞

從部首「廴」所組成的字很少，大都有長、引的意思。

「廷」，ㄊㄧㄥˊ，會意字，金文作[金文字形]，左邊的曲線是庭院，院中有土，右邊是個人，在書寫的時候，右邊作土不作士，不可寫成了「壬」。「廷」本義就是庭院，也就是說，「廷」就是「庭」的初文。〈詩經．大雅．抑〉：「夙興夜寐，洒埽廷內。」（埽：同「掃」。）這句詩是說，應當早起晚睡，灑掃庭院內室。「廷」從人所住的庭院本就引申為朝廷，也就是帝王接受朝見和處理政務的地方，〈呂氏春秋．貴直〉：「亡國之器陳于廷，所以為戒。」這是說，亡國的重器被陳列於勝利之國的朝廷，這樣作是用來警戒後人的。從朝廷義又指官吏辦公的地方。

「延」，ㄧㄢˊ，會意兼形聲字，從彳（半條街）從止（腳），會走長路之意，本義為走長路，引申為⑴長、久。⑵作為動詞就是伸長、延長，〈韓非子．十過〉：「延頸而鳴，舒翼而舞。」大意是，鶴伸長脖子鳴叫，張開翅膀起舞。後引申為蔓延，〈史記．汲鄭列傳〉：「河內失火，延燒千餘家。」這是說，河內郡發生了火災，綿延燒及一千餘戶人家。⑶引導，〈呂氏春秋．重言〉：「乃令賓客延之而上。」這是說，於是吩咐禮賓官引導他上臺階。從引導義引申為邀請。⑷通「綖」，是指覆在冕上邊的布。

「延頸舉踵」，語出〈莊子．胠篋〉：「今遂致使民延頸舉踵。」大意是，當今之世，竟然要讓民眾伸長脖子、踮起腳跟企盼。後用以形容殷切盼望。

「建」，ㄐㄧㄢˋ，象形兼會意字，甲骨文象人立於船頭持篙撐船形，金文 [illegible] 將人持篙訛化為聿，船訛化為匕，篆文近一步將船訛為廴，成了從聿從廴會意，本義當為豎篙撐船，引申泛指⑴建立、設置。⑵引申為建議，司馬光〈乞罷條例司常平使疏〉：「建畫之臣，不能仰副聖意。」（畫：謀畫。副：合。）⑶當建造、建築講。⑷傾倒的意思，見〈史記．高祖本紀〉：「譬猶居高屋之上建瓴水也。」⑸北斗柄所指為建。斗柄所指十二辰稱十二月建。

｜語文點心｜司馬光

司馬光（公元1019－1086），北宋時期著名政治家，史學家，散文家。北宋陝州夏縣涑水鄉[228]（今山西運城安邑鎮東北）人，出生於河南省光山縣，字君實，號迂叟，世稱涑水先生。司馬光自幼嗜學，尤喜《春秋左氏傳》。

---

228. 鄉：會意字，與“卿”同源，甲骨文作 [illegible] ，從二人張口相對，從皀（盛滿食物的食器），會二人相向對食，是“饗”的本字，本義為二人相向對食。遠古時候能夠對食的當然是共同生活的氏族部落，故引申指基層行政區劃單位。

司馬光的主要成就反映在學術上。其中最大的貢獻，莫過於主持編寫《資治通鑑》。《資治通鑑》是中國最大的一部編年史，全書共294卷，通貫古今，上起戰國初期韓、趙、魏三家分晉（公元前403年），下迄五代（後梁、後唐、後晉、後漢、後周）末年趙匡胤（宋太祖）滅後周以前（公元959年），凡1362年。作者把這1362年的史實，依時代先後，以年月為經，以史實為緯，順序記寫；對於重大的歷史事件的前因後果，與各方面的關聯都交代得清清楚楚，使讀者對史實的發展能夠一目了然。

司馬光一生大部分精力都奉敕編撰《資治通鑑》，共費時19年，自英宗治平三年（公元1066），至神宗元豐七年（公元1084）。他在《進資治通鑑表》中說：「日力不足，繼之以夜」，「精力盡於此書」。

看圖說故事

漢．張衡〈舞賦〉：「蹇兮宕往，彳兮中輒。」這就是個「彳」字，①甲骨文和②金文都是「行」（𠓷）的左半形狀，「行」就是四通八達的道路。③小篆寫的較彎曲，反而看不太出來是「行」的左半形狀。④楷書寫成了「彳」。

「彳」，ㄔˋ，三劃，象形字，作為部首的稱呼是彳部、彳字旁。

｜部首要說話｜

「彳」，一般是將其視為「行」（𠁩）的左半獨立成的一字，「行」就像是四通八達的道路的形狀，也像現代社會的十字交通大道，引申為人走的大道。而「彳」字一般都不單獨使用，卻經常與「亍」字連在一起組成一個詞「彳亍」，用來表示「小步」或「走走停停」的意思，如晉・潘岳〈文選・射雉賦〉：「彳亍中輟，馥焉中鏑。」（馥ㄅㄧˋ：中鏑聲。）這是說，小步著走而又停下來，忽而一聲中箭的「畢—」音。

「彳」，從甲骨文和金文 𠁩（行，十字路）的偏旁來看，小篆彳當是由半條街道訛變來的，所以「彳」的本義應該是「街道」。

正因為「彳」的本義是「街道」，所以從部首「彳」所組成的字，幾乎都與道路和行有關係，如：「徑」是步道、「復」[229]是往來、「彶」是急行、「微」是隱行、「徐」是緩行、「徬」是附行。

事實上，「彳」字曾在漢代賦體中單獨使用，以後就未再單獨成字使用，現在都作為部首字，成為構字組件。凡從彳取義的字，都與道路、行動等義有關。

｜注意部首字詞｜

「往」，ㄨㄤˇ，會意兼形聲字，甲骨文 𡉚 從之（前往）王聲，金文另加意符彳，成了從彳從 㞷 會意，⑴本義是去，到……去。〈戰國策・齊策四〉：「梁使三反，孟嘗君固辭不往也。」這是說，魏國使者接連跑了三趟，可孟

229. 復、覆、複：在古代漢語中，這三字是不能相通的。雖然有〝反復〞又有〝反覆〞，但是一般並不通用。〝反復〞指來回，〝反覆〞指翻來覆去。例如，〝反覆無常〞不能換成〝反復無常〞。至於〝複〞字，只用於〝重複〞的義意，跟〝復〞〝覆〞就更不相同了。

嘗君堅決推辭不去。引申為送去某些東西。⑵過去，從前的意思，〈論語・微子〉：「往者不可諫，來者猶可追。」大意是，過去的不可挽回，未來的還可以趕上。後借指死或死者，如〈左傳・僖公九年〉：「送往事居，耦俱無猜。貞也。」大意是，送走了死去的人，奉事活著的人，兩方面都互不猜疑，這就是貞。⑶往後，〈呂氏春秋・察微〉：「自今以往，魯人不贖人矣。」大意是，從今以後，魯國不會再有人去贖回在別的諸侯國淪為奴僕的本國人了。

「往」與「去」，都是常用字，其實在上古時，「去」是「離開」的意思，「往」是「走向目的地」，二者意義大不同。中古之後，「去」才有了「到……去」的意義。

「待」，ㄉㄞˋ，形聲兼會意字，篆文從彳（街道）寺聲，寺也兼表侍立之意，本義即等後，這也是最常使用的意義。⑴等待，〈左傳・隱西元年〉：「多行不義，必自斃，子姑待之。」這句話是說，不合情理的事做得多了，必然自己垮臺。您暫且等著吧！⑵當防備、準備講，〈呂氏春秋・季冬〉：「天子乃與卿大夫飭國典，論時令，以待來歲之宜。」大意是，天子要與卿大夫共同來整飭國家的各項典章制度，論定按季節月份頒布的各項政令，以未來年作好準備。⑶依靠的意思。⑷對待，〈戰國策・趙策四〉：「子將何以待吾君？」這是說，你將要如何來對待我的國君呢？

「待」、「等」、「俟ㄙˋ」三字都是「等待」的意義嗎？先秦時，「等」並沒有等待的意義，它的意義為等同，等級，「等待」的意義是後起的。先秦時等待的意義多用「俟」、「待」。以上的差異要能注意到。

「律」，ㄌㄩˋ，會意字，㣺律與建當同源，本義是持篙形船，後借以用作古代用以定音的竹管，又指用律管所定出的音，古有所謂十二律。其後才引申為法令、規則義，〈韓非子・飾邪〉：「當趙之方明《國律》，從大軍之時，人眾兵強。」這是說，當趙國正在彰明國律、從事軍隊建設的時候，就會人多兵強。「律」，從法令義就引申出遵循的意義，如《中庸》：「上律天時，下襲水土。」這是說，上遵循天時，下符合地理。遵循規則也就是約束自己行為的意思。最後，「律」，也當作梳理頭髮講，這個意義要注意，如〈荀子・禮論〉：「不沐則濡櫛[230]三律而止。」（沐：洗頭。濡：沾濕。櫛：密梳子。）這是說，如果不洗髮，就只沾濕了木梳，梳三下頭髮就停止。

「律」與「法」是我們常連用的詞，這兩字的本義其實是不同的。「法」所指的範圍大，多側重於法令、制度。而「律」所指的範圍小，多著重在具體的條文。所以「尊先王之法」不能說成「尊先王之律」，「變法」也不能說是「變律」。另外要注意的是兩字用作動詞時，「法」是效法、仿效，如「法先王」、「法天地」；「律」是按一定的準則來要求，如「嚴以律己」。

「徐」，ㄒㄩˊ，本義是慢，緩慢，〈孟子・告子下〉：「徐行後長者，謂之弟。」（弟ㄊㄧˋ：尊敬兄長。）這句話的意思是，緩慢地走在長者之後叫做悌。「徐」，也是古國名，徐國，也是姓氏之一。

「徐」與「緩」、「慢」都是「慢」的意義嗎？仔細的辨認下，「徐」與「緩」都有緩慢的意義，但「徐」指的是不疾速，是相對於速度的「疾」；「緩」是不急迫、從容，是相對於狀態的「急」。至於「慢」字的遲緩義，是中古以後才出現的。

「徙」，ㄒㄧˇ，會意字，甲骨文 從彳（半邊街）從步，會在街上行走之意，本義是遷移、移動，如〈呂氏春秋・察今〉：「時已徙矣，而法不徙，以此為治，豈不難哉？」整句的大意是，時間已經移動了，而法制卻不隨著變化，用這樣的辦法想要治理好國家，難道不是太困難了嗎？「徙」，從本義引申為調職，〈史記・汲鄭列傳〉：「請徙黯為右內史。」

「徙」與「遷」二字，在遷移的意義上是同義詞，所以可作「遷徙」。但是在調動官職的意義上，「遷」多指升官，而「徙」卻是指調職或降職。

---

230. 櫛：形聲字，從木節聲，本義為梳子和篦子的總稱，其質地多樣，有木、角、古、玉等，古代男女蓄髮，髮式各異，女子髮式，更要加飾物，如櫛、笄、釵等，插在髮上，增其美觀，並不固髮，純為首飾。今有〝櫛比鱗次〞成語，用以比喻建築物排列密集，就是取義於〝櫛〞（梳子）的梳齒排列細密、整齊。

另外，從部首「彳」所組成的字，有些字的音義要注意辨認。

「彴」，ㄓㄨㄛˊ，形聲字，從彳勺聲，《廣雅》：「獨梁也。」《廣韻》：「橫木渡水也。」本義是獨木橋。

「彸」，ㄓㄨㄥ，形聲字，從彳公聲，《廣韻》：「征彸，行貌。」《韻會》：「行遽也。」本義是驚恐的樣子。「征彸」是指驚慌失措的樣子。

「徂」，ㄘㄨˊ，形聲字，篆文從辵且聲，隸變後異體從彳且聲，本義是往、去。引申為死亡、凋謝，如〈孟子・萬章上〉：「二十有八載，放勳乃徂落，百姓如喪考妣。」（放勳：帝堯的稱號。考妣：死去了父母。）這句話是說，過了二十八年，堯才去世，諸侯們如同死去了父母一樣。

「徂」、「殂」、「俎」三字形似，常有誤用的情形。「殂」，ㄘㄨˊ，本義即死亡，今有「崩殂」表是帝王之死。「俎」，ㄗㄨˇ，象形字，金文作[illegible]，象將肉放在器具上，本義是古代禮器，在祭祀或宴飲時用來放置牲體或食物。又作切肉用的砧板，〈史記・項羽本紀〉：「如今人方為刀俎，我為魚肉。」這是說，如今人家好比是刀子砧板，而我們好比是魚是肉。今有「人為刀俎，我為魚肉」表示任人宰割的意思。

「徼」，ㄐㄧㄠˋ，形聲字，篆文從彳敫聲，〈說文解字・彳部〉：「徼，循也。從彳敫聲。」本義是巡行，又作邊塞講。讀作ㄐㄧㄠˇ，有「徼幸」一詞同「僥倖」。讀作ㄧㄠ，是要求的意思。

「徾」，ㄇㄟˊ，「徾徾」是指相互跟隨的樣子。

① ② ③ ④

看圖說故事

①甲骨文左邊是「彳」，是「街道」的意思，右邊是「止」，引申為「行走」的意思。②金文也是延續甲骨文的寫法，「止」字腳趾的形象已經文字化了。③小篆將「彳」寫作三撇，下部還是個「止」字。④楷書寫成「辵」。

「辵」，ㄔㄨㄛˋ，七劃，會意字，作為部首的稱呼是辵部、辵字旁。

「辵」字作為偏旁時寫作「辶」，這與「廴」（ㄧㄣˇ）部非常相像，要注意辨認。從「廴」的字有：建、廷、延……等。從「辶」的字有：過、近、進……等。

部首要說話

「辵」，是由「彳」字（「街道」）與「止」字（「行走」）所構成。這就是所謂的「乍行乍止」，也就是走走停停的意思，因此本義是「喻人在某種特殊情況下，在階前閃躲，忽躍忽停」的意思。

因為「辵」有「忽躍忽停」的動作，所以古時有句「辵階而行」，這意思是跨過階梯而走。「辵」，也當越級跨過台階的意思。

在舊的《辭源》以及《康熙字典》[231]等老的字辭典的部首裡，只收有「辵」字部，並沒有「辶」字部。

231.《康熙字典》：《康熙字典》是清代張玉書、陳廷敬等三十多名學者奉康熙皇帝聖指編撰的第一本以"字典"命名的工具書。《康熙字典》的部首分類沿用的是《字匯》（第一部將部首歸併為214部、首創"以字畫多寡"排列部首的字書）、《正字通》的做法，分為214部，部首先後順序是根據筆畫多少排列，正文共收47035字，單字超過49000個字。

現在，「辵」部單用，指當偏旁使用。由部首「辵」所組成的字大都與走路、行動的意義有關，如：逐、追、過、進等。

注意部首字詞

凡從辵的字都和行走的意義有關。少數是名詞（如：迹、道等），絕大多數是動詞（如：巡、過、進、退、逝、逾、迎、遇232、逃、追等）。

「追」，ㄓㄨㄟ，會意兼形聲字，甲骨文 從止（腳）從弓，會持弓追擊敵人之意，金文又加上半條街，表示道路，遂成為從辵從𠂤聲會意，𠂤也兼表聲，更加明確追擊之意。本義是驅兵追逐敵人，其後成為多義詞，引申為⑴追逐、追趕，引申為趕得上、來的及的意思，〈論語．微子〉：「往者不可諫，來者猶可追。」又引申為追隨、跟從的意思，屈原〈離騷〉：「背繩墨以追曲兮。」大意是，任意背棄事物的法則與規律，爭相走邪門歪道。⑵追求。⑶在時間上的追求，就是指追溯、追念。⑷以前古代樂器鐘上的鈕眼稱為「追」。⑸通「雕」，雕刻的意思，〈詩經．大雅．棫樸〉：「追琢其章。」這是說，他們的儀容就像經過雕琢一樣的華美。⑹通「堆」，指土堆。

「追」跟「逐」，在追趕的意義上是相同的，不過，兩字還是有所差異。「逐」，其時多用於追趕獸（也有用於人），而「追」則多用於追趕人，極少用於追趕獸。另外，「逐」的競爭義、驅趕義是「追」所沒有的；反過來看，「追」的來得及、追溯義是「逐」所不具備的。

「途」，ㄊㄨˊ，本義就是道路、道途，引申為途徑、方法，如〈荀子．成相〉：「邪枉辟回失道途。」這是說，奸邪、曲枉，迷失了途徑。

「通」，ㄊㄨㄥ，這是個常見字，卻是個意義廣泛的字詞，要注意使用的意義。會意兼形聲字，甲骨文從彳（半條街）從用會意，用也兼表聲，金文 從甬（表示桶狀物），會通達之意，甬也兼表聲，篆文另加意符止（腳），以強調走到了之意，本義為達，到達，引申指⑴通往、通向。〈列子．湯問〉：

「吾與汝畢力平險，指通豫南。」大意是，我和你們用畢生精力削平險峻，使道路直通豫州之南。引申作通行、通過。⑵當通暢、沒有阻礙的意思，後用於比喻得志、顯達，如〈莊子・天地〉：「不榮通，不醜窮。」這是說，不因通達而覺得光榮，不因窮困而覺得恥辱。⑶通曉，了解的意思，〈呂氏春秋・謹聽〉：「通乎己之不足，則不與物爭矣。」（物：指人和事。）大意是，要彌補自己的不足，就能虛懷若谷，接受所言的人和事，而不與之相爭。從通曉義就引申出知識淵博的意思。⑷通報、傳達的意思。〈莊子・盜蹠〉：「謁者入通。」⑸交好、交往，〈左傳・桓公七年〉：「衛孫桓子來盟，始通。」這就是說，衛國的孫桓子情求結盟，兩國才開始交好。後又特指通姦[233]，〈左傳・成公十六年〉：「宣伯通於穆姜。」這是說，宣伯和穆姜私通。⑹當變通講。⑺共同的、通常的，又引申為整個，全部的意思，如〈孟子・告子上〉：「弈秋，通國之善弈者也。」大意是，弈秋，是全國最擅長弈棋的人。⑻作田地面積單位，地方一里為一井，十井為一通。⑼當量詞使用，計算打鼓的次數，以擊鼓一遍為一通，如曹操〈步戰令〉：「嚴鼓一通，步騎士悉裝。」（裝：裝束。）詩賦文書一卷或一份也叫做一通。衣服一套為一通。

「通」與「達」，在通暢、通曉、通行的意義上是同義詞，它們細微的差異是，「通」多指通向、通到；「達」多指到達。另外，「通」的意義也比「達」廣泛得多。

「進」，ㄐㄧㄣˋ，會意兼形聲字，甲骨文從止（足）從隹，會鳥飛升

---

232. 遭、遇、逢：在遭遇的意義上，〝遭〞〝遇〞〝逢〞都是同義詞。但〝逢迎〞的義意不能用〝遭〞〝遇〞，〝待遇〞的義意不能用〝遭〞〝逢〞。〝遭〞字較多用於不幸的事，如鄒陽〈獄中上吳王書〉：「恐遭此患也。」但這並不是絕對的。

233. 奸與姦：〝通姦〞，今也作〝通奸〞，惟〝奸〞字通〝姦〞是後起的事，而且只限於〝姦邪〞義。在古代，〝姦〞、〝奸〞二字不同音，意義也不一樣。姦是〝邪惡〞的意思，奸是〝干犯〞的意思。〈左傳・襄公十四年〉：「君制其國，臣敢奸之。」〈史記・龜策列傳〉：「寒氣不和，賊氣相奸。」這些〝奸〞都有〝干犯、牴觸〞的意思，這都不能換成〝邪惡〞義的〝姦〞。

之意，金文 改為從辵，本義為向上或向前移動，引申泛指前進，又引申為到朝廷作官，或作獻上，〈荀子．臣道〉：「有能進言於君，用則可，不用則死，謂之爭。」這是說，能夠向國君建議，被採納就認可，不被採納就殉職，就叫做力爭。另外，收人錢財也叫做「進」。古籍中亦見「進」通「盡」，是竭盡的意思。

值得注意的是，「進」與「入」在古代是不同的意義，「進」的反面是「退」，「入」的反面是「出」。現在所謂「進來」、「進去」的意義，在古代指說「入」不說「進」。從「入之愈深，其進愈難」中，可看出兩字的區別。

從部首「辵」所組成的字，有些字的音義要注意。

「迆」，ㄧˇ，形聲字，從辵也聲，〈說文解字．辵部〉：「迆，衺行也。從辵也聲。」同「迤」，斜行，曲折延伸的意思。

「迒」，ㄏㄤˊ，會意兼形聲字，篆文從辵從亢（腿腳）會意，亢也兼表聲，〈說文解字．辵部〉：「迒，獸跡也。從辵亢聲。踁，迒或從足從更。」本義是鳥獸所留下來的痕跡。

「迍」，ㄓㄨㄣ，「迍邅」一詞，表示路難行的樣子。

「迓」，ㄧㄚˋ，形聲字，篆文從辵牙聲，是「訝」的異體字，訝為引申義所專用，迎接之義便由義體字迓來表示，本義即迎接。

「迋」，ㄨㄤˋ，形聲字，從辵王聲〈說文解字．辵部〉：「迋，往也。從辵王聲。」本義是往的意思。另通「誑ㄎㄨㄤˊ」，當欺騙的意思，〈詩經．鄭風．揚之水〉：「無信人之言，人實迋之。」這是說，不要輕信別人的話，別人是在欺騙你啊！「迋」通「恇ㄎㄨㄤ」，恐嚇的意思，〈左傳．定公十年〉：「子無我迋。」就是說，你不要恐嚇我。

「迭」，ㄉㄧㄝˊ，形聲字，篆文從辵失聲，〈說文解字．辵部〉：「迭，更迭也。從辵失聲。」本義即輪流、交替的意思。「迭」通「軼ㄧˋ」時，侵襲的意思，〈左傳．成公十三年〉：「迭我殽地。」這是說，侵襲我的殺地。在交替的意義上，「迭」與「遞」沒有分別，但「迭」字不能用於傳遞的意義，「迢遞」不能說成「迢迭」。

「迮」，ㄗㄜˊ，形聲兼會意字，篆文從辵乍聲，乍也兼表起始之意，〈說文解字．辵部〉：「迮，迮迮，起也。從辵作省聲。」本義是倉促、突起的意思。

「逄」，ㄆㄤˊ，形聲兼會意字，楷書「逄」，是「逢」的訛體俗字，從辵夆聲，（是夅的訛誤），夅也兼表遇到之意，本義是遇到。「逄逄」，象聲詞，鼓聲。

「逋」，ㄅㄨ，形聲字，金文從辵甫聲，〈說文解字．辵部〉：「逋，亾（亡）也。從辵甫聲。」本義是逃亡。

「逡」，ㄑㄩㄣ，會意兼形聲字，篆文從辵從夋（大猩猩），〈說文解字．辵部〉：「逡，復也。從辵夋聲。」本義是徘徊、猶豫，引申指退讓。今有「逡巡」一詞，一作有顧慮而遲疑不決或退卻的樣子。又作形容時間短暫。

「逌」，ㄧㄡˊ，《玉篇》：「氣行貌。」又《正韻》：「逌爾，笑貌。」本義是舒適自得的樣子。「逌」同「由」，表示原由。

「逵」，ㄎㄨㄟˊ，會意字，篆文從九從首（首所向），會九達的道路之意，異體作「逵」，從辵從坴（高臺上樓房），會樓台前大路之意，本義是四通八達的道路，〈詩經．周南．兔罝〉：「肅肅兔罝，施於中逵。」這是說，排列整齊的兔網，佈設在交叉路口。

「遒」，ㄑㄧㄡˊ，形聲字，篆文從辵酉聲，〈說文解字．辵部〉：「遒，迫也。從辵酉聲。」本義是迫進的意思。引申作強勁、有力。

「遰」，ㄉㄧˋ，形聲字，從辵帶聲。〈說文解字．辵部〉：「遰，去也。從辵帶聲。」本義是去、往的意思。讀作ㄕˋ，當刀鞘講。

①[甲骨文] ②[金文] ③[小篆] ④行

|看圖說故事|

〈詩經・豳風・七月〉：「女執懿筐，遵彼微行。」這是說，姑娘們手提深筐，沿著那鄉間小路。這個「行」字，①甲骨文像是一條南北向的道路接上東西向大路，這些道路都可以自由地交通。②金文的形體相當接近現代交通的十字大路，整齊又美觀。③小篆卻以弧形線條美化了道路，反而看不出這裡是十字大路。④楷書依小篆的形體寫成了「行」字。

「行」，ㄒㄧㄥˊ，六劃，象形字，作為部首的稱呼是行字部。

|部首要說話|

「行」，甲骨文呈十字路口形，本義指的就是來往通行的十字路，後引申泛指道路。〈左傳・宣公十二年〉：「聞二先君之出入此行也，將鄭是訓定，豈敢求罪於晉。」意思就是說，聽到兩位先君來往在這條道路上，就是打算教導和安定鄭國，豈敢得罪晉國？

因為道路是用來行走的，所以引申為「行走」，成語「行色匆匆」，就是形容人在外奔波，行色匆忙的樣子。〈論語・述而〉：「三人行，必有我師焉。」大意是，三人走路，必有人可作為我的老師。

行走就是從原來的地方到他處，所以「行」就是運行，〈荀子・天論〉：「天行有常，不為堯存，不為桀亡。」這是說，天道的運行是持久不變的。它並不因為帝堯而存在，並不因為夏桀而消失。「行」，從運行義又引申為離開的意義，那麼女子從家中離開，意思就是女子出嫁，〈詩經・邶風・泉水〉：「女子有行，遠父母兄弟。」（遠ㄩㄢˋ：遠離。）詩的意思是，女兒出嫁他鄉，要遠離父母兄弟。

「行」，又引申為施行、做的意思，〈左傳．隱公元年〉：「多行不義，必自斃。」這就是說，做了許多不義的事情，最後一定會滅亡。

依個人走路的樣子就可以觀察到此人的行為是急是緩，所以「行」又可以表示「舉止」的意義。

「行」也作副詞使用，表示行動將要發生，相當於「將要」，例如「行將就木」，這是比喻年紀已大，壽命將盡。

「行」還可以當連詞使用，多用作「行……行……」的格式，相當於「且……且……」。

「行」，是個多音多義字，讀作ㄒㄧㄥˋ時，是用來表示道德品質，如德行、品行。屈原〈九章．橘頌〉：「行比伯夷。」這是說，你的志行就好比積仁潔行的伯夷。

當巡視的意義時，也讀作ㄒㄧㄥˋ，〈管子．立政〉：「行鄉里，視宮室。」

「行」，讀作ㄏㄤˊ時，可以用來指直排，如行列。以前古時軍隊兵制以二十五人為一行，這也是「行」的用法。「行」是一排一排有順序的，可以引申為人際關係的「輩分」，〈漢書．李廣蘇建傳附蘇武〉：「漢天子，我丈人行也。」（丈人行：指父輩。）

人際之間有輩分，那在社會上就是指職業，如三百六十行。

器物質量粗劣不牢固，也稱作「行ㄏㄤˊ」，〈潛夫論．浮侈〉：「以完為破，以牢為行。」

最後，「行」可當作量詞，用來計算直排成行的人或物的單位，如：兩行樹木。

「行」，讀作ㄏㄤˋ時，一般出現在古籍，是形容剛強的樣子。例如：子路，行行如也。

要注意的是，古代的「行」相當於現在的「走」，古代的「走」相當於現在的「跑」。

「行」，如今可單用，也作偏旁使用。凡從行取義的字，都與道路、行動等義有關。

注意部首字詞

「術」，ㄕㄨˋ，書寫「術」字時，中作「朮」（ㄓㄨˊ），不作「木」。這是個多義詞，⑴本義是城邑中的道路，泛指道路，通「遂」，〈呂氏春秋．孟春〉：「審端徑術。」大意是，察看和整修田間的溝路。⑵引申作思想、學說，〈孟子．梁惠王上〉：「是乃仁術也。」後指君主控制和使用臣下的策略、手段。⑶當技藝講，如陶潛〈詠荊軻〉：「惜哉劍術疏，奇功遂不成。」又指術數、方術。⑷當學習講，〈禮記．學記〉：「娥子時術之。」這是說，螞蟻時時學習銜泥，然後能成大垤ㄉㄧㄝˊ。⑸通「疏」時，是記述、闡述的意思，〈墨子．非命下〉：「命者，暴王所作，窮人所術，非仁者之言也。」這句話是說，命，是暴君所揑造，窮人所傳播，這不是仁人的話。⑹通「殺ㄕㄞˋ」時，是指等級，〈墨子．非儒下〉：「儒者曰：『親親有術，尊賢有等』言親疏尊卑之異也。」大意是，儒家中的人說：「愛親人應有差別，尊敬賢人也有差別。」這是說親疏、尊卑是有區別的。

「術」與「朮」原本是兩個音義都不同的字，現在中國大陸將「術」簡化為「朮」。「朮」，是一種草本植物，有白朮、蒼朮等多種。

「衝」，形聲字，篆文從形童聲，本義是交通要道，〈左傳．昭西元年〉：「及衝，擊之以戈。」這是說，到達交叉路口，用戈敲擊他。「衝」，從本義就引申為衝擊、碰撞，〈呂氏春秋．貴卒〉：「所衝無不陷。」大意是，衝向哪裡，哪裡就被衝垮。「衝」，又指「衝車」，是古代用來攻城的戰車。「衝」，是向前衝擊，所以也指向前突出，〈莊子．天道〉：「而目沖然。」這是說，眼睛專注直視往前突出。

今有成語「首當其衝」，有些人會不經意地將這句成語用為「首先」義，其實重點應在「衝」字，這句成語是比喻最先受到攻擊或首先遭遇災難、損害。

「衝」與「沖」（冲是沖的俗字），本是兩個不同意義的字，一般均不通用，「沖」，本義是快速直上的意思。今中國大陸將「衝」簡化為「沖」，兩義要辨認清楚。

從部首「行」所組成的字，有些是罕見的難字。

「衎」，ㄎㄢˋ，形聲字，篆文從形幹聲，〈說文解字・行部〉：「衎，行喜皃。從行幹聲。」本義是和樂、愉快，〈詩經・小雅・南有嘉魚〉：「君子有酒，嘉賓式燕以衎。」這是說，君子有酒，嘉賓飲酒取樂盡興啊！

「衒」，ㄒㄩㄢˋ，會意兼形聲字，篆文從形言聲，會行且叫賣之意，異體改作從行玄聲，〈師古註〉：「衒，行賣也。」本義是沿街叫賣，泛指賣、出售。「衒」，又作炫耀義，如柳宗元〈答韋中立論師道書〉：「而誰敢衒怪於群目，以召鬧取怒乎？」大意是，誰敢在這般人的眼前炫耀現眼，來取鬧找氣受呢？「衒」，從炫耀義引申為迷惑、惑亂。

「衕」，ㄊㄨㄥˋ，會意兼形聲字，篆文從行從同會意，同也兼表聲，〈說文解字・行部〉：「通街也。從行同聲。」本義為通道、巷道。

「衖」，ㄌㄨㄥˋ，會意兼形聲字，楷書從行從共會意，共也兼表聲，〈說文解字・行部〉：「衖，里中道也。」〈爾雅・釋宮〉：「衖門謂之閎。」本義即胡同、巷。

「衢」，ㄑㄩˊ，形聲字，篆文從形瞿聲，〈說文解字・行部〉：「衢，四達謂之衢。從行瞿聲。」本義指四通八達的道路。

① ② ③ ④舟

｜看圖說故事｜

〈詩經．小雅．菁菁者莪〉：「泛泛楊舟，載浮載沉。」詩的大意是，飄盪的楊木船，忽沉忽浮。這個「舟」字，①甲骨文就是以一條小船的樣子來造形，船身彎彎的。②金文也和甲骨文相似，可以看出這個小木船是平底、方頭、方尾，頭尾略為上翹。③小篆將字形美化，顯示出筆劃圓潤、形體美觀。楷書寫成「舟」。

「舟」，六劃，象形字，作為部首的稱呼是舟字部、舟字旁。

書寫「舟」字時，有個地方要注意，當「舟」作為偏旁使用時，末筆長橫要改為橫筆斜挑，如：船、航、舢等。

｜部首要說話｜

「舟」，甲骨文象小船形，本義就是「船」。〈易經．繫辭〉：「刳木為舟。」這意思就是，把一根很粗的木頭從中間一剖兩半，從剖開的平面上把中間的木頭刳掉，就像半個瓢似的能夠在水面上漂浮，這就是最早的「舟」。

古代「舟」是在渡口為江河兩岸橫渡而用，以就是許慎說的「以濟不通」。「船」則是沿江河湖海航行的工具。兩字後來才通用的。

〈尚書．盤庚中〉：「今予將試以汝遷，安定厥邦……若乘舟，汝弗濟，臭厥載。」大意是，現在我打算率領你們遷移，使國家安定。……譬如坐在船上，你們不渡過去，這將會把事情搞壞。以這種比喻來動員民族大遷移，可見商代的舟船運輸已經十分發達。

「舟」可以被水托起來，所以古人也把擱茶碗的小托盤叫做「茶舟」，這是不是很有意思呢？其實，古代早有將祭祀用的器具稱作「舟」，如〈周禮·春官·司尊彝〉：「裸用雞彝、鳥彝，皆有舟。」（裸：露出身體。）

「舟」作為「船」的意思是名詞，當作動詞的時候就是指掌船、乘船。〈呂氏春秋·孝行〉：「舟而不游。」這是說，渡水時要乘舟船而不應游涉。

另外，「舟」也是姓氏之一，如，舟先生。

「舟」，可單用，也作偏旁使用。凡從「舟」取義的字，都與船的意義有關。

注意部首字詞

「般」，是個多音多義字，會意字，ㄅㄢ，甲骨文作 ，從舟從殳，表示撐船搬運，所以本義是搬運，引申為授與、賜與的意思，〈墨子·尚賢中〉：「般爵以貴之，裂地以封之。」這是說，頒賜爵位使他顯貴，分割土地作他封邑。「般」，通「班」時，是還、回的意思。「般」，通「斑」時，是指斑紋，也作雜亂的意思，賈誼〈弔屈原賦〉：「般紛紛其離此郵兮，亦夫子之故也。」這是說，在那亂糟糟的世上遭受這樣的不幸，這也是由於屈原先生您本身志行高潔的緣故啊！另外，「般」也當量詞使用，種、樣。如王維〈聽百舌鳥〉：「入春解作千般語。」

「般」，讀作ㄆㄢˊ，當旋轉講，〈禮記·投壺〉：「賓再拜，受，主人般還曰，辟。」大意是，賓客就西階再拜，主人轉身背著拜者說：「避。」「般」，又當快樂的意思，通「磐」時，是指山石。

凡由「舟」字所組成的字大都與船直接有關。

「舡」，ㄒㄧㄤ，形聲字，從舟工聲，《玉篇》：「船也。」本義是船。

「舫」，ㄈㄤˇ，形聲兼會意字，篆文從舟方聲，方也兼表並連之意，本義是相並連的兩船，〈戰國策·楚策一〉：「船舫載卒，一舫載五十人。」

「航」，ㄏㄤˊ，形聲字，篆文從方（方舟）亢聲，本義是指兩船相並，

〈淮南子・氾論〉：「古者大川名谷衝絕道路，不通往來也，乃為窬木方版以為舟航。」（窬ㄩˊ木：中空的木頭，指刳木為舟。）引申為船相連為橋，後由此義引申為「渡」，這也成為日後最常用的「航」義。

「舶」，ㄅㄛˊ，形聲字，楷書從舟白聲，《廣韻》：「海中大船。」《集韻》：「蠻夷汎海舟曰舶。」本義是指大船。

「舲」，ㄌㄧㄥˊ，形聲字，楷書從舟令聲，《玉篇》：「同艫。小船屋也。」本義是帶有窗戶的小船。

「舷」，ㄒㄧㄢˊ，形聲字，楷書從舟玄聲，《廣韻》：「船舷。」《正韻》：「船邊。」本義是指船的邊緣。

「舳」，ㄓㄨˊ，形聲字，篆文從舟由聲，〈說文解字・舟部〉：「舳，艫也。從舟由聲。漢律名船方長為舳艫。一曰舟尾。」本義是船尾。

「艑」，ㄅㄧㄢˋ，形聲字，楷書從舟扁聲，這是大船。

「艓」，ㄉㄧㄝˊ，形聲字，楷書從舟枼聲，是一種輕便小船。

「艖」，ㄔㄚ，形聲字，楷書從舟差聲，《韻會》：「初加切，<u>𠅤</u>音叉。同艖。小舟也」。是指小船。

「艫」，ㄌㄨˊ，形聲字，篆文從舟盧聲，〈說文解字・舟部〉：「舳艫也。一曰船頭。從舟盧聲。」本義是指船頭。

至於從部首「舟」字所組成的字，與船僅有間接關係或由之引申的字有以下幾字。

「艐」，ㄐㄧㄝˋ，形聲字，篆文從舟盧聲，〈說文解字・舟部〉：「船著不行也。從舟㚇聲，讀若莘。」本義是停滯不前，〈史記・司馬相如列傳〉：「糾蓼叫奡蹋以艐路兮，蔑蒙踴躍騰而狂趡。」（奡ㄠˋ：矯健的樣子。）這是說，或纏繞喧囂踏到路上，或飛揚跳躍，奔騰狂進。

「艤」，ㄧˇ，形聲字，篆文從木義聲，隸變後異體改從舟義聲，《韻會》：「從語綺切，音蟻。與檥同。整舟向岸。」本義是停船靠岸的意思。

｜語文點心｜王維

王維，字摩詰，太原祈人（今七西縣人），父深廉，由祈遷蒲（今山西永濟縣），依據清趙殿成的「右丞年譜」，王維生於武后長安元年（公元701年），卒於上元二年（公元761年），享年61歲。他仍官宦世家，高祖、曾祖、父親，均作過司馬。

王維的一生，經歷過期開元的太平盛世，也遭受天寶安史之亂的顛沛流離，甚至身受拘囚，朝不保夕；以科名仕宦而言，早年得志，擔任過清望所歸的諫官，也擔任過接近權力中心的給事中，可是受過李林甫的排擠，有過退隱的生活，又因被逼出任安祿山的偽職，以此獲罪，身陷囹圄；以思想信仰而言，早期應是歸心儒家，有用世之心，豪俠之情，可是由於母親等人的歸心禪宗，中晚年以後，他更是禪宗南派的信徒，而且捨宅為寺，不但「日飯十數名僧，以元（玄）談為樂」，而「退朝之後，焚香獨坐，以禪誦為事。」把這種造道有得的體會，寓之詩中。加上他本身多才多藝，既能書善畫，又妙解音律，他工草隸，尤其是水墨畫，受吳道子行筆縱放的影響，利用水墨渲染，不用鉤斫，以濃淡墨色畫出的山水，沒有富麗堂皇的色彩，近乎後世的寫意畫，使當時的人耳目一新。畫風秀麗清淡，寥寥數筆，疏疏朗朗，而呈現出天機獨到的特色，開我國南宗畫派的先聲！難怪一代才子蘇東坡激賞他說：「味摩詰之詩，詩中有畫；觀摩詰之畫，畫中有詩。」他自己更有深諳其中三昧的話：「凡畫山水，意在筆先。」這與他退隱後消極淡泊的心理息息相關，因此不論是詩或畫，都長於寫景，對自然的體悟極其深刻，令人玩味不盡！以畫的造詣而論，王維成為南派之祖，文人畫的開宗人物，這些特殊的修養，也直接影響了他的詩的造詣和境界。

① ② ③ ④ 車

｜看圖說故事｜

〈戰國策・齊策四〉：「出無車。」這是說，想要出門卻沒有車子。這就是相當寫實的「車」字，①甲骨文就是描繪出一輛馬車的樣子，中間的一條豎線是車轅，車轅的上端就是「衡」（駕馬的地方，相當於駕駛座。）左右兩個圓輪就是車輪。②金文與③小篆看來是由上往下看的俯視圖，保留了車的外觀。④楷書寫成「車」。

「車」，ㄔㄜ，七劃，象形字，作為部首的稱呼有車字旁、車部。

｜部首要說話｜

「車」，甲骨文象車廂、車輪、轅軛俱全的車形。本義即為車子，在上古時代原本專指「戰車」（用於爭戰的馬車），後來就指一般的車子。〈左傳・隱西元年〉：「命子封帥車二百乘以伐京。」這是說，命令子封率領二百輛戰車進攻京城。

傳說中夏朝的掌車大夫奚仲發明了車子，事實上，中國車子的起源及其發展途徑尚不清楚，有可能與其他的文化交融有關，不過，考古發現最早的車子是在安陽發現的商代獨轅車。

車子是名詞，「車」當動詞使用就是「乘車」的意思。〈呂氏春秋・慎大〉：「士過者趨，車過者下。」大意是，行人經過時要加快腳步，乘車的要下車步行。

古時車子的車轅上安置平板，人可以在其上，所以這種平板的裝置，也用「車」來表示，如：車床。在古籍中也會看到用「車」來表示牙床的詞，有句成語到現在還都流傳下來，「輔車相依，脣亡齒寒。」這個「車」就是牙床的意思，「輔車相依」，是說「頰骨和牙床是相互依連的」。

車，也是中國的姓。例如：漢代有人名叫車順。

「車」，又讀作ㄐㄩ，ㄔㄜ、ㄐㄩ為語、讀音之分，意義上沒有區別，只是在某些文言詞上今日仍習慣使用讀音，如「車馬炮」、「學富五車」，讀作ㄐㄩ。

今「車」可單用，也作偏旁使用。凡由「車」字所組成的字大都與車和車的動作有關。

注意部首字詞

「車」、「輦」、「輿」，都是指車子的意思，不過，「車」是馬拉的車子，「輦」是人推挽的車子，秦漢以後專指帝王后妃乘坐的車子；而「輿」是車廂，代指車子，也指轎子。

從部首「車」字所組成的字，與車沒有直接關係或由其引申的字有以下幾字。

「軋」，ㄧㄚˋ，形聲字，篆文從車乙聲，〈說文解字・車部〉：「軋，輾也。從車乙聲。」本義是碾壓，又特指古代一種壓碎人骨節的酷刑，如〈史記・匈奴列傳〉：「有罪，小者軋，大者死。」這是說，犯罪輕者判壓碎骨節的刑罰，重者處死。「軋」從本義又引申為傾軋，〈莊子・人間世〉：「名也者，相軋也。」大意是，名是相互傾軋的原因。「軋軋」，是作象聲詞。

「軍」，ㄐㄩㄣ，會意兼形聲字，金文𠦄從車從勻（環臂有所包），會以車環繞義，勻也兼表聲，篆文變為從包省，〈說文解字・車部〉：「軍，圜圍也。四千人為軍。從車，從包省。軍（車），兵車也。」古者車戰，止則以車自圍紮營，本義是自圍紮營，即駐紮，後引申為古代軍隊的編制單位，泛指軍隊，如今之「三軍」。作為動詞就是駐紮軍隊的意思，〈左傳・宣公十二年〉：「及昏，楚師軍於邲。晉之餘師不能軍。」這句話的大意是，到黃昏時，楚軍駐紮在邲地，晉國剩餘的士兵已經潰不成軍。「軍」，後來也作宋代行政區劃的一種，隸屬於路。

「軟」，ㄖㄨㄢˇ，會意兼形聲字，篆文從車從而（鬚），會柔軟之意，而也兼表聲。本指用蒲草裹住車輪令行車時不顛簸的喪車。隸變後俗簡寫作軟，改為從欠（張口出氣），以突出溫和、柔和之意。本義為古代用蒲草裹住車輪令行車時柔軟不顛簸，後引申為柔軟，溫和、柔和的意思，如杜甫〈贈蜀僧閭丘師兄〉：「夜闌接軟語。」（夜闌：夜將盡。）「軟」，又當軟弱講，〈戰國策・楚策四〉：「李園軟弱人也。」

「軷」，ㄅㄚˊ，形聲字，篆文從車犮聲〈說文解字・車部〉：「軷，出，將有事於道，必先告其神，立壇四通，樹茅以依神，為軷。既祭軷，轢於牲而行，為範軷。《詩》曰：『取羝以軷。』從車犮聲。」本義是出行前祭祀路神，〈詩經・大雅・生民〉：「取羝以軷。」（羝ㄉㄧ：公羊。）這是說，捉來公羊祭祀路神。

「軵」，ㄈㄨˇ，形聲字，從車從付。〈說文解字・車部〉：「軵，反推車，令有所付也。從車從付。」本義是推的意思，〈呂氏春秋・精通〉：「樹相近而靡，或軵之也。」（靡ㄇㄛˊ：通「摩」，摩擦。）大意是，樹木彼此靠得很近就會互相摩擦，也有一種力在背後推動它。

「軱」，ㄍㄨ，形聲字，從車瓜聲，《廣韻》：「大骨也。又盤骨也。」這指的是大骨，與車無關。〈莊子・養生主〉：「技經肯綮之未嘗，而況乎大軱乎？」（肯：緊附在骨上的肉。綮ㄑㄧㄥˋ：筋肉聚結的地方。）這句話是說，不曾碰到經脈筋骨相連的地方，更何況大塊的骨頭呢？

「軼」，ㄧˋ，會意兼形聲字，篆文從車從失會意，失也兼表聲，〈說文解字・車部〉：「軼，車相出也。從車失聲。」本義是後車超過前車，引申泛指超越，又引申為超凡。〈左傳・隱西元年〉：「彼徒我車，懼其侵軼我也。」這裡的「軼」是侵犯的意思，整句話是說，他們是步兵，我們用戰車，我很擔心他們從後邊突然繞到我軍之前襲擊我們。「軼」，又當水滿外溢，後引申為散失，〈史記・管晏列傳〉：「至其書，是多有之，是以不論，論其軼事。」這是說，至於那些書籍，世上並不缺少，因此不在記述它，這裡指談他們散失的故事。「軼」，通「轍」時，指的是車轍。「軼」，通「迭」時，是更迭、交替的意思。

「輕」，ㄑㄧㄥ，形聲字，篆文從車巠聲，〈說文解字・車部〉：「輕，輕車也。從車巠聲。」本義是簡便靈活的小車，引申為分量小，與「重」相對。引申為容易、輕易，又作輕視講，〈戰國策・魏策下〉：「今吾以十倍之地請廣於君，而君逆寡人者，輕寡人與？」（逆：不順從。）這是說，如今我拿十倍的土地希望同安陵君交換，他卻違抗我，不是看不起我嗎？「輕」，從輕視義又引申為輕佻，〈左傳・隱公九年〉：「戎輕而不整，貪而無親。」大意是，戎人輕率而不整肅，貪婪而不團結。

「輓」，ㄨㄢˇ，形聲字，篆文從車免聲，〈說文解字・車部〉：「輓，引之也。從車免聲。」本義是牽引，拉，後引申為哀悼死者。

「輩」，ㄅㄟˋ，會意兼形聲字，篆文從車從非（兩翅背分），會戰車以百輛分列之意，非也兼表聲，本義是成行成列的百輛戰車，引申泛指人物的等第、類別，後引申為輩分，尊卑長幼的次序。

「輟」，ㄔㄨㄛˋ，形聲兼會意字，篆文從車叕聲，叕也兼表連綴之意，〈說文解字・車部〉：「輟，車小缺復合者。從車叕聲。」本義是車隊行列中斷又連接起來，此義如今已不使用，後引申為中止、停止的意思。

五、工善其事，先利其器

〈荀子・王制〉：「論百工，審時事，辨功苦，尚完利，便備用，使雕琢文采不敢專造於家，工師之事也。」這是說，考核百工，審察時事，分辨精粗，崇尚堅利，方便器用，使雕琢文采不敢在私家造作，這便是工師的職務。事實上，有工師的設置，乃源於私家造作已經發展到了一定的水平，這個「百工」形成的時期或許早在龍山文化（距今約4500年）及展露了工事的技藝，特別是殷商時期夯築工藝已經發達，「工」的甲骨文字即擬聲工事勞動的音響——空空，這個手工勞動的生產技藝所發出的聲響，也宣告手工業正式從漁獵與農業分離而獨立，隨著「工欲善其事，必先利其器」的意識覺醒，手工生產的所創造發明的各種器物，不但豐富了人類的生活品質，也不斷鑄造一塊塊腔圓字正的新文字，就像「鑿」的甲骨文字 ，有人持木錘敲擊鑿具，這個暗喻著錘鍊、持續、勞動與思索的苦工，也正是挖掘文字隱藏細膩文化的「工事」。

看圖說故事

《考工記》一卷，因書中用語如茭、終古等類，鄭注皆以為齊人語，因此推論為戰國時齊人所撰，這是記錄秦以前百工之事。這個「工」字到底是什麼呢？①甲骨文是仿造古時築牆所用的「杵」形，下部的方框就像是碓（ㄉㄨㄟˋ）臼的杵頭，豎筆是杵身，上部的短橫就像杵柄。這個形象像極了古時「夯」（ㄏㄤ）的造型。②金文更是形象化了，下部的杵頭具備了圓弧的形狀。③小篆將它簡化成工整的字形，方便書寫。楷書寫成「工」字。

「工」，ㄍㄨㄥ，三劃，象形字，作為部首稱為工字部、工字旁。

從部首「工」所造的字中，「巨」保留了「工」字的筆義，「巨」字的上下橫筆突出豎筆，不可寫成「𠀍」，以下有「巨」的字要保有「工」字的筆義，如：「拒」、「鉅」、「距」、「苣」……等。

｜語文點心｜《考工記》的特點

中國春秋時期記述官營手工業各工種規範和製造工藝的文獻。西漢初期因〈周禮・冬官〉散失，遂以《考工記》作補，從而保存在《周禮》中傳世。《考工記》全書共七千一百多字，記述了木工、金工、皮革、染色、刮磨、陶瓷等六大類三十個工種的內容。此外《考工記》還有數學、地理學、力學、聲學、建築學等多方面的知識和經驗總結。

《考工記》有以下特點：

一、重視發展社會生產力：《考工記》十分重視生產工具的製造和改進，體現了它重視發展生產力的思想。

二、重視生產經營和經濟效益：《考工記》將製作精工產品規定為手工業生產的目標，而將天時、地氣、材美和工巧以及四者的結合，看作必備的條件和重要的生產方法。

三、在生產經營上，為了使製成品合乎規格，保證良好的效益，需設工師專管：《考工記》對此也作了記述，「凡試梓飲器，鄉衡而實不盡，梓師罪之」，這是說工師檢驗梓人所制的飲器，如平爵向口，爵中還留有餘瀝，便不合標準，梓人就要受到處罰。

四、為了提高效益，必須精於算計：《考工記》以修築溝防為例，提出「凡溝防，必一日先深之以為式，里為式，然後可以傅眾力。」就是說，在溝防修築中，應以勞工一天完成的進度作標準，以完成一里地的勞力和日數來計算整個工程所需的人力。

五、言官府工業而不非議民間工業：《考工記》開宗明義就說，「國有六職，百工與居一焉。」這一方面是說「百工」的重要性，另一方面也說明「百工」是屬於官府手工業。

部首要說話

「工」，甲骨文、金文象古人築牆用的石杵形，上邊是木質橫把，下邊為石質杵頭，本義就是建築用的築杵，它的發音也源自杵築時的「空、空」之聲。「杵」就是用以「夯築」，中國的夯築技術出現於龍山文化時期，距今大約有4500年，在殷商時期，版築牆和版築房屋已經十分盛行，特別是中國北方的黃土性質，其與土坯、房屋、城牆結合成為中國華夏建築的特徵。後來引申為手工勞動的工具，那麼，使用這工具的人就叫做「工人」。孔子曾經說過一句話：「工欲善其事，必先利其器。」這意思是說，工匠想要把工作做好，一定要先使工具精良。這個「工」，就是指工人、工匠。

以手工勞動者就是工匠，由工匠所製作的器物就是工藝品，所以「工」又引申為手藝、工藝。擅長工藝製作的人，作出的成品大都精巧可觀，所以就引申為精巧、精緻的意思，〈呂氏春秋．知度〉：「若此則工拙愚智勇懼可得以故易官。」（故：事。易官：更換官職。）這意思是，這樣便可以依據個人是靈巧還是笨拙、愚蠢還是聰明、是勇敢還是怯懦，來調整他們的職位。今有成語「巧奪天工」、「鬼斧神工」，都有精巧的意思。

「工」從「精巧」義引申為擅長，〈韓非子．五蠹〉：「工文學者非所用，用之則亂法。」這句話原是批評「文以儒亂法」，「工」就是擅長的意思，「工文學者」有舞文弄墨、違法犯紀的貶義詞。

另外，「工」在古籍有時通「功」，是功效的意思，如〈韓非子．五蠹〉：「此言多資之易為工也。」大意是，這就是說，物質條件愈好愈容易取得功效。

今「工」可單用，也作偏旁使用。凡由「工」字所組成的字大都與工具、技能、搗擊、法規有關。

｜注意部首字詞｜

凡由「工」字所組成的字大都與「工具」或「技能」有關。

「巨」，ㄐㄩˋ，甲骨文作 [illegible]，表示右邊有個人手拿量角度或量方形的工具，所以本義就是畫直角或方形的工具，也就是「矩」，可見「巨」是「矩」的古字，讀作ㄐㄩˇ。後來這個意義給了「矩」，於是假借為「巨大」的「巨」，讀作ㄐㄩˋ。〈孟子．梁惠王下〉：「為巨室，則必使工師求大木。」這意思是，要建造大房屋，那一定要派工官去尋求大木料。「巨」，通「詎」時，是當豈講，表示反問，〈漢書．高帝紀上〉：「沛公不先破關中兵，公巨能入乎？」大意是說，沛公如不先打垮關中的秦軍，你豈能領兵進入關中？

「巨擘」，本義是大拇指，後用以比喻傑出人物，〈孟子．滕文公下〉：「于齊國之士，吾必以仲子為巨擘焉。」這是說，在齊國的人士中，我是必定把仲子看作最突出的。

「巫」，ㄨ，本為象形字，甲骨文作巫，很像古代度量的工具。這個橫豎交叉的兩個穿通符號「Ｉ」與「工」極為相似，這是由工具來引申為職業的名稱，《說文解字》釋曰：「巫，巫祝也，女能事無形以舞降神者也，象人兩褎舞形，與工同義。古者，巫咸初作巫。」這是說，「巫」是祭祀時口中領頭念禱文的人，是祭祀時以舞蹈讓神靈下凡的女人。但是儒家後來摒斥怪力亂神之說，所以〈後漢書・襄楷傳〉有：「巫覡之言。」（覡ㄒㄧˊ：男巫。）這是說，大都是巫婆和男巫的胡說八道。

「差」，這是個多音多義詞，要特別注意它的用法。

「差」，ㄘㄨㄛ，會意字，金文從來（小麥）從左（表示兩手相搓），會兩手搓麥粒之意，引申為搓磨、淘洗。

「差」，ㄔㄚ，本義是差別，引申為差錯，〈呂氏春秋・季夏〉：「必以法故，無或差忒。」（或：有。忒：差錯。）這句話的意思是，一定要按照過去的規章來辦理，不能出一點差錯。又當稍微講，今有成語「差強人意」，意指大體上尚能令人勉強滿意。

「差」，ㄔㄞ，本義是選擇，引申為派遣，如〈三國志・吳書・陸遜傳〉：「前乞精兵三萬，未肯差赴。」

「差」，ㄘ，「差池」，表示不齊的樣子，〈詩經・邶風・燕燕〉：「燕燕于飛，差池其羽。」這是說，燕子燕子飛啊飛，舒展牠參差不齊的尾翼。

「差」，ㄔㄞˋ，指病癒，後來這個意義寫作「瘥」。

看圖說故事

〈詩經・小雅・鶴鳴〉：「他山之石，可以攻玉。」這是說，別座山上的石頭，可以用來刻玉。這就是「玉」字，①甲骨文像是把三塊玉用條絲線串在一起的樣子，因為要把貴重的東西串起來。②金文和③小篆都像是國王的

「王」字，這其實是不同的，所以為了區分方便，④楷書就寫成了「玉」，加上一點表示與「王」字區分。

「玉」，ㄩˋ，四劃，象形字，作為部首的稱呼是玉部，不可念成王字部。

「玉」，可以單用，作為偏旁時，沒有一點，而且末橫筆要改為橫斜挑，如：玻、玲、玩。

｜部首要說話｜

「玉」，甲骨文象一串璧玉形，上邊是繩線。〈說文解字・玉部〉：「玉，石之美者。象三玉之連。｜，其貫也。」這是說，玉，美好的石頭。像三塊玉聯接之形。中間的一豎是那穿玉的繩索。所以本義「玉」就是一種質細堅硬而有光澤的美石。

中國人對玉器製作和喜愛的歷史非常悠久，大概從石器時代燧石器的打琢就已經開始了。對先民來講，「玉」本來就是稀有的物品，所以玉也集合了藝術和財富的象徵，極具鑑賞和收藏的價值。後世就以「玉」泛指各種玉器及玉製品，〈左傳・莊公十年〉：「犧牲玉帛，弗敢加也，必以信。」（犧牲[234]：祭祀用的牛羊豬。加：增加、虛報。）這大意是，祭祀用的牛羊玉帛，不敢擅自增加，祝史的禱告一定反映真實情況。

因為「玉」是溫潤而有光澤的美石，所以古代往往把美好的、珍貴的東西加上「玉」當作修飾詞，如玉顏、玉音、玉色、玉女、玉體等，唐代杜甫〈月

---

234. 犧牲：犧、牲二字皆從牛，字義皆由宗廟祭牲出，在古代，〝國之大事，唯祀與戎〞，可見宗廟祭祀的重要性。〈禮記・曲禮上〉：「使太宰以祝，史帥貍姓，奉犧牲、粢盛、玉帛往獻焉，無有祈也。」由於用於祭祀的禽畜必須要用純色，而且必須是完整的，這樣才夠得上〝犧牲〞，這些祭品是在捨去了自己的生命來為大家祈福，〝犧牲〞一詞，後來也就逐漸有了自我犧牲的意義了。

夜〉有詩句：「清輝玉臂寒。」

如果要幫助別人把某件事辦好，我們也會說：一定玉成其事。

使用「玉」字，是個好字，後引申為敬詞，多用來尊稱對方的身體或言行，〈左傳・僖公二十六年〉：「寡君聞君親舉玉趾，將辱於敝邑。」這句話是說，我的君主聽說君王將親自伸出玉腳，將要來光臨敝邑。

《說文解字》在釋「玉」時，指出了玉石的五德：「潤則以溫，人之方也。角思理自外，可以知中，義之方也。其聲舒揚專以遠聞，智之方也。不撓而折，勇之方也。銳廉而不忮，絜之方也。」（鰓，ㄙㄞ，角之外骨。理，紋理。中，內部，指中庸之道。義，宜也。絜，通「潔」）這表示玉的五德為仁、義、智、勇、潔。「玉」古人除了作為祭祀重器之外，還以玉作為「德佩」，即代表佩戴者的道德水準或身分。天子執玉版，諸侯執圭，用玉璽[235]，死後口含玉，死後用玉衣。凡此種種，都說明了「玉」在古代的重要性。

今「玉」可單用，也作偏旁使用。凡從部首「玉」取義的字，都與玉器或玉器的加工，玉石的形、色、音、質等義有關。

注意部首字詞

玉部的字可以分成三類：

玉的名稱：瓊、玖、球等。

玉製物品的名稱：環、玦、珩、璜等。

冶玉手工業的動作：琱（彫）、琢等。

「王」，這是個玉器嗎？非也。甲骨文作 ，這是照一把斧子所創造出來的字，早在商代就有這種儀式性玉斧，用來處死人作為祭祀，作為王的權力和權威的象徵。本義即是帝王。秦漢以後，「王」是最高的封爵。從本義也引申出大的意義，〈周禮・天官〉：「春獻王鮪。」這是說獻上大鮪魚。「王」，通「往」時，就是去的意思。

名詞的「王」作動詞使用，就是稱王、成就王業的意思，讀作ㄨㄤˋ，引申作朝見天子，〈詩經・商頌・殷武〉：「莫敢不來享，莫敢不來王。」詩的大意是，沒有誰敢不來進貢，沒有誰敢不來朝見。

「理」，ㄌㄧˇ，這看來是個尋常[236]的字，卻是個多義詞。形聲字，篆文從玉裡聲，〈說文解字・玉部〉：「理，治玉也。從玉裡聲。」本義為玉石加工，即順著紋理把玉從石中剖分而出。⑴本義是加工玉石，雕琢，引申為整治、治理，〈詩經・小雅・信南山〉：「我疆我理，南東其畝。」這是說，我畫定界線，我治理田地，壟溝向南向東縱橫交錯。⑵雕琢玉石必依紋理，所以「理」有了紋理義，引申作條理，〈荀子・儒效〉：「井井兮其有理。」這是說，整整齊齊的，凡事都有條有理。今有成語「井井有條」。⑶當規律、道理、事理講。如：天理循環。⑷處理人事規律的，就引申出法官義，〈左傳・昭公十四年〉：「叔魚攝理。」⑸當申辯、辯白講，〈莊子・盜蹠〉：「申子不自理，廉之害也。」這是說，申徒狄不作辯白就投河自殺，這是清廉的禍患。⑹「理」通「賚ㄌㄞˋ」時，是賜予的意思。

「理」與「治」是經常被連用的詞，表示治理得當的意思。「治」本是「治水」，「理」為「理玉」。治國家可以叫作「治」，也可以叫作「理」，「治亂」可以說成「理亂」，但是在這個意義上，在先秦時代，多用「治」而少用「理」。唐代有為了要避高宗李治的諱，於是常把該用「治」的地方換成了「理」用以避諱[237]。另外，「治」的意義是要比「理」廣泛得多。

從部首「玉」所組成的字裡，有些字是由「玉」引申出的意義，與玉器並無直接關係。

---

235. 玉璽：早在春秋時期就出現了，而出土最多的古璽多屬戰國時期。古璽分官、私兩類，璽文分朱文（文字凸起，亦稱陽文）和白文（文字凹入，亦稱陰文）兩種。玉璽，即現代印章的始祖。

236. 尋、常：尋，會意字，初文從手從寸，會伸張兩臂量尺寸之意，即今之一庹，後加上工（丈量）、加口（探求）、加上聲符彡，隸變後省作〝尋〞。常，形聲字，篆文從巾尚聲，本義為下身穿的裙子，引申作長度單位。尋、常，作為長度度量單位，是最為常見與常用的，故兩字連詞成〝尋常〞，用為平常、普通的意思。

「玩」，ㄨㄢˊ，形聲字，篆文從玉元聲，表示把玩觀賞玉，本義是持玉反復觀賞，引申泛指玩弄、戲弄238，又引申為觀賞、欣賞，屈原〈九章．思美人〉：「吾誰與玩此芳草？」大意是，如今有誰能同我一起玩賞這些芬芳的香草呢？「玩」從欣賞義又可引申出玩味、研討的意義，曾鞏〈洪州謝到任表〉：「玩思詩書，無出倫之異見。」這是說，研究詩書，卻沒有出人意表的見解。〈國語．周語上〉：「玩則無震。」這個「玩」指的是輕慢，這句話是說，一個人輕慢就沒有威嚴。

「珤」，ㄅㄠˇ，同「寶」，即寶物，〈後漢書．光武帝紀上〉：「今若破敵，珍珤萬倍。」

「玼」，ㄘˇ，形聲字，篆文從玉此聲，〈說文解字．玉部〉：「玼，玉色鮮也。從玉此聲。」本義是鮮明的樣子。讀作ㄘ，是指玉上的斑點。

「現」，ㄒㄧㄢˋ，形聲字，楷書從玉見聲，《集韻》：「玉光。」又《正韻》：「顯也，露也。」一般都作時間上的現在、此刻講，其實「現」的本義是現出玉光，引申泛指顯露、出現的意思。

「琭」，ㄌㄨˋ，作形容詞，「琭琭」是稀少的樣子，《老子》第三十九章：「不欲琭琭如玉，珞珞如石。」（珞珞：多的樣子。）

「瑟」，ㄙㄜˋ，象形兼形聲字，古文像琴形，篆文從珡（琴）必聲，〈說文解字．玉部〉：「瑟，庖犧所作弦樂也。從珡必聲。㻭，古文瑟。」本義是一種弦樂器。在〈詩經．大雅．旱麓〉有：「瑟彼作棫，民所燎矣。」這裡的「瑟」當眾多的樣子解，整句詩的大意是，那柞樹棫樹是多麼聖潔，百姓燃燒它用以祭神。「瑟」，又作潔淨鮮明的樣子、莊重的樣子。

「璚」，ㄐㄩㄝˊ，這個字與玉無關，語出〈晉書．天文志中〉：「璚者如帶，璚在日四方。」這裡指的是圍繞在太陽旁的帶狀雲氣。

① ② ③ ④ 金

| 看圖說故事 |

〈史記・平準書〉：「金有三等：黃金為上，白金為中，赤金為下。」這是個人人喜愛的「金」字，①甲骨文的上部是一支箭頭的樣子，下部是斧頭，表示這是用來冶煉的性質。②金文的下部換成了「火」形，上部依然是箭頭的樣子，這就表明正在冶煉金屬。③小篆的上部訛化為「今」作為聲符，底下是「土」形，這就成了形聲字。④楷書寫成「金」。

「金」，ㄐㄧㄣ，八劃，象形兼會意兼形聲字，作為部首的稱呼是金部或金字部。

書寫「金」字時，上作「人」，不作「全」字的「入」。作為左偏旁時，捺筆改為斜挑，如：欽、銜、銀等字。

| 部首要說話 |

「金」，〈說文解字・金部〉：「金，五色金也。黃為之長。久埋不生衣，百鍊不輕，從革不違。西方之形，生於土，從土；左右注，象金在土中形；今聲。」大意是，金，五色金屬（金、銀、銅、鐵、鉛）的總稱。黃金作

237. 戲、弄：在〝戲耍〞這個意義上，二者是同義詞。在古籍中，〝戲〞一般可以用於形體動作方面，也可以用於言語方面，如：〝戲謔〞。〝弄〞字從廾（雙手），所以偏重於手的動作。

238. 避諱：避諱是中國特有的一種習俗。所謂避諱，就是對君主和尊長的名字不在書面上直接寫出，口頭上也不直呼。這種制度始於周代。〈左傳・桓公六年〉：「周人以諱事神，名，終將諱之。」〈禮記・曲禮上》也說：人死之後，埋葬既畢，舉行祭禮，〝卒哭乃諱〞。因為人死成為神，〝卒哭〞是表示事生之禮已畢，從此以後當神來對待了，所以要避稱其名。往後發展下來，連活著的君主、尊長的名也避起來了。

它們的代表。久埋地下，不會產生朽敗的外層，千錘百鍊，不耗損變輕，不違背本性，是西方的一種物質。產生在土裡面，所以從土；土字左右兩筆，像金屬塊狀物在土中的樣子；今表聲。所以「金」的本義是銅，「金」在古代原是銅的專名，後來才作為金屬的統稱。古代有所謂「五色金」239，這是指五種不同顏色的金屬，即銀為白金、鉛與錫為青金、銅為赤金、鐵為黑金、金為黃金240。〈呂氏春秋・當務〉：「故死而操金椎以葬。」（椎ㄔㄨㄟˊ：槌。）大意是，在他死後，要讓他手持金槌下葬。

「金」泛稱金屬之後，由金屬所製造的樂器和兵器也都叫做「金」，如，古代戰爭時會「鳴金擊鼓」，這個「金」就是銅鑼。古代樂器有所謂「八音」，「金」是其中一類的樂器，指的是鐘、鈴等金屬樂器。

黃金是後來才稱作為「金」，因為黃金很貴重，所以後世在比喻貴重、堅固時也用「金」字，如「金玉良言」，這是比喻珍貴的勸告或教誨。「固若金湯」，是形容城池或防禦工事堅固不易被攻破。

在古代，不論是銅或黃金都曾經作為貨幣來使用，所以「金」又指貨幣，如，現金、獎金。「金」可買賣又有重量，於是也作為量詞來使用，先秦是以一鎰為一金，漢代以一斤為一金，現在，金、銀一兩叫做一金。

另外，「金」也是五行之一，五行為金、木、水、火、土。〈尚書・洪範〉：「五形：一曰水，二曰火，三曰木，四曰金，五曰土。」

現在，在各種競技比賽中奪第一名給的金質獎牌（通常都不是用純金製作的），也用「金」來表示。例如：摘金掛銀、金牌獎。

「金」，可單用，也作偏旁來使用。凡從部首「金」取義的字，大都與金屬等義有關。

注意部首字詞

金部的字可分成五類：

一、金屬的名稱：銅、銀、鐵、錫等。

二、金屬工具的名稱：釜、鑊、鋤等。

三、冶金手工業的動作：鑄、鍛[241]、鍊等。

四、利用金屬工具的動作：鏤（本義是鋼鐵）、鉤等。

五、金屬品的性質：銳、鈍、銛（ㄒㄧㄢ）等

「金針度人」，語出金代元好問《元遺山集》：「鴛鴦繡了從教看，莫把金針度與人。」大意是說，繡好的鴛鴦任憑欣賞，就是不要把針黹的手藝教授予別人。後稱授人某種技術的訣竅為金針度人。

「釵」，ㄔㄞ，會意兼形聲字，從金從叉，會古代插在婦女頭上的首飾之意，叉也兼表聲。這是古代婦女的一種首飾，由兩股合成。司馬相如〈美人賦〉：「玉釵挂臣冠，羅袖拂臣衣。」這是說，她把玉釵掛在我的帽子上，雙手牽著我的衣裳。

「釵」、「笄ㄐㄧ」、「簪ㄗㄢ」，三字同義嗎？事實上，「笄」與「簪」才是同義詞，都指古人用以固定髮髻或冠的首飾，只不過先秦多用「笄」字，戰國末期始用「簪」字。而「釵」是簪子類的首飾，由兩股合成，只用於婦女。

「鉆」，ㄑㄧㄢˊ，形聲字，同「鉗」字，是古代一種刑具，束頸的鐵圈。也作楔子，〈戰國策．趙策一〉：「吾所苦夫鐵鉆然，自入而出夫人者。」（夫：指示代詞，那。）這句話是說，我所擔憂的是像楔子般出入無間

---

239. 五色金：古代〝五色金〞與後世的〝五金〞（金、銀、銅、鐵、錫）不盡相同。

240. 金：「金」字從漢代開始專指黃金，但不是說漢代以前沒有黃金。根據《史記》記載，戰國時期，燕昭王為了招納天下賢士，特地築起高臺，在臺上放置黃金千兩，以廣招賢才。

241. 鍛煉：〝鍛〞常與〝煉〞連用，在現代是比較頻繁出現的詞語，用來指從艱苦中養成任勞耐苦的習慣，或練習敏銳的知覺及正確的觀念。〝鍛〞，會意兼形聲字，從金從段會意，段也兼表聲，本義是將金屬加熱後錘擊成器。〝煉〞，形聲兼會意字，從火柬聲，柬也兼表揀選之意，異體作鍊，從金，煉必有火有金，本義為熔冶金石等物質，也就是反覆在爐內加熱的過程。〝鍛煉〞原指金屬的冶鍊加工，引申為現代意義的〝鍛鍊〞多指人的社會活動，即通過體育運動使身體強壯或通過生產勞動使能力提高。

的那人啊！

「鈷」與「鑽」原本是兩個不同的字，音義都不相同，現在中國大陸將「鑽」簡化為「鈷」。

「鍾」，ㄓㄨㄥ，形聲字，本義是古代的酒器，也作量詞，六斛四斗為一鍾。從酒器義引申為聚積，如〈世說新語．傷逝〉：「情之所鍾，正在我輩。」今有成語「一見鍾情」。「鍾」，通「鐘」時是指樂器。

「鍾」與「鐘」二字，「鍾」金文作，是古代一種用青銅製成的酒器，不過，鍾除了裝酒外，還裝糧食。「鐘」金文作，是古代用青銅製成的樂器，在這兩個意義（酒器、樂器）上，二者在古代通用、互相假借。在「積聚」的意義上也可通用，其他的意義上，則是有嚴格區分的。

古代的鐘有圓形和扁形兩種，帝王視朝、官吏出署，必敲圓鐘以助威。扁鐘多用於樂器演奏，按照大小成組懸掛的叫編鐘。1977年，在湖北隨縣戰國墓中發掘的曾侯乙墓編鐘，共64件，編鐘上都有錯金篆體銘文，其內容是有關音樂方面的記載，是中國古代獨有的樂器珍品。

｜語文點心｜元好問

元好問，字裕之，號遺山，世稱遺山先生。太原秀容（今山西省忻州市）韓岩村人。生於金章宗明昌元年（公元1190年）七月初八，卒於元憲宗蒙哥七年（1257年）九月初四日，其墓位於忻州市城南五公里韓岩村西北。他是中國金末元初最有成就的作家和歷史學家、文壇盟主，是宋金對峙時期北方文學的主要代表，又是金元之際在文學上承前啟後的橋梁。其詩、文、詞、曲，各體皆工。詩作成就最高，「喪亂詩」尤為有名；其詞為金代一朝之冠，可與兩宋名家媲美；其散曲雖傳世不多，但當時影響很大，有宣導之功。著有《元遺山先生全集》，詞集為《遺山樂府》。

元好問的作品，最主要的特點就是內容實在，感情真摯，語言優美而不尚浮華。他的同時代人和後世都對他的詩文有極高的評價。他的朋友徐世隆說他：「作為詩文，皆有法度可觀，文體粹然為之一變。大較遺山詩祖李、杜，律切精深，而有豪放邁往之氣；文宗韓、歐，正大明達，而無奇纖晦澀之語；樂府則清新頓挫，閑宛瀏亮，體制最備。又能用俗為雅，變故作新，得前輩不傳之妙，東坡、稼軒而下不論也。」他的另一位朋友李冶更譽其為「二李（李白、李邕）後身」。《四庫全書總目．遺山集》評元好問稱：「好問才雄學贍，金元之際屹然為文章大宗，所撰《中州集》，意在以詩存史，去取尚不盡精。至所自作，則興象深邃，風格遒上，無宋南渡宋江湖諸人之習，亦無江西派生拗粗獷之失，至古文，繩尺嚴密，眾體悉備，而碑版志銘諸作尤為具有法度。」

元好問多才多藝，除了長於詩文、從政之外，還深於曆算、醫藥、書畫鑒賞、書法、佛道哲理等學問，他的朋友遍及當時的三教九流，既有名公巨卿、藩王權臣，也有一般的畫師、隱士、醫師、僧道、士人、農民等，據有人考證，其有文字可據者達500餘人，例如李杲（東垣）、張從正（子和），被尊為金元四大醫學家中的兩位（另兩人為金代劉完素，元代朱震亨），所以他也可以被看作是一位社會活動家。

看圖說故事

《說文解字》：「匚，受物之器。」這是說，匚這種東西，是用來裝物件的器具，這個「匚」字，①甲骨文是個口朝左的筐子，顯然是可以裝許多東西。②金文將筐口轉向右邊，兩個短橫就像是固定筐物的繩索。③小篆簡化了框的形狀，用線條表示形象。④楷書寫成「匚」。

「匚」，ㄈㄤ，二劃，象形字，作為部首的稱呼是匚部。

「匚」字在書寫時，作一橫、一豎折，折筆處為方筆，如：叵、匠。要注意折筆處如果是圓筆就成了「匸」（ㄒㄧˋ），「匸」是遮蓋、掩蓋的意思，從「匸」部的字如：匹、甚。

「匚」與「匸」在書寫上僅有細微的差異，要特別注意。

部首要說話

「匚」，甲骨文就像是側放的方型受器物，可以放置神主牌位或東西，本義是方形的受器物，當是「筐」的初文。高鴻縉《中國字例》：「匚為竹器，其形長方，周淺……匚，古亦假為方，又為報祭之報。」可見本義是方形竹器，也引申為各種方形的東西。這個「匚」字就是「方」的本字，後來由「方」字假借為「方圓」的「方」義。

「匚」，是竹編的方器，所以引申為可以放（藏）置器物的器具。

由於「匚」只做為偏旁使用，於是加上聲符㞷，成了「匡」來表示，「匡」後來又為引申義所專用，於是再加上義符「竹」寫成了「筐」，「筐」字就用來表示「匚」的意義。

由部首「匚」組成的字，在古代往往與「筐」及能盛東西的器具有關。

注意部首字詞

「匜」，一ˊ，象形兼形聲字，金文借「也」來表示，大概象匜之形，或另加意符金或皿，表示質地或用途，〈說文解字・匚部〉：「匜，似羹魁，柄中有道，可以注水。從匚也聲。」本義是古代盥洗時用以注水的器具及盥水器，古代形似羹勺的液體容器，形如瓢，前有流，後有把。

「帀」，ㄗㄚ，會意字，甲骨文從倒之，之表示前行，倒之則是回來，會往復環繞之意。本義是環繞。⑴環繞 週叫一帀，同「帀」。〈莊子・秋水〉：「孔子游於匡，宋人圍之數帀。」大意是，孔子師徒游經匡邑，衛國軍人把他們層層包圍起來。⑵從本義引申為環繞，⑶又引申為遍、滿，如韓愈〈詠雪贈張籍〉：「悠悠帀九垓。」（九垓ㄍㄞ：指中央和八方之內。）⑷用於抽象意義，表示完滿，〈世說新語・品藻〉：「論者評之，以為喬雖高韻，而檢不帀。」後來有人評論，認為楊喬雖然高雅有氣質，但操守不是很完美。

「匡」，ㄎㄨㄤ，形聲字，金文從匚（方形竹筐）㞷聲，《說文解字・匚部》：「匡，飲器，筥也。從匚㞷聲。筐，匡或從竹。」本義是古代盛飯的方形竹筐。這是個多義詞。⑴本義是盛飯食的方形器具，後來這個意義寫作「筐」。⑵由本義引申為方正、端正，能端正國事者，就是輔助之器，〈後漢書・王堂傳〉：「匡政理務，拾遺補闕[242]。」（補闕：彌補過失。）這個「匡」就是輔助的意思。⑶虧損的意思，〈國語・晉語上〉：「月盈而匡。」這是說，月亮盈滿之後就要開始虧蝕。⑷當眼眶講，這個意義後來寫作「眶」。⑸「匡」在古籍也做惶恐義，這個意義後來則寫作「恇」。〈禮記・禮器〉：「年雖大殺，眾不匡懼。」（殺ㄕㄞˋ：指饑荒。）這句話的大意是，所以遇到十分凶損的壞年成，群眾也並不擔憂。⑹「匡」也有通「尪」，這是指脛骨彎曲的殘疾人，如〈荀子・正論〉：「譬之，是猶傴巫跛匡，大自然以為有知也。」大意是，打個譬喻，就如同佝僂腰的巫婆和瘸腿的廢人，都自以為有知識一樣。

「匠」，ㄐㄧㄤˋ，會意字，小篆作匠，從匚從斤，就是以斧斤製匚（筐）之人，後作技工的通稱。引申為做、創作，李格非〈洛陽名園記・富鄭公園〉：「亭台花木，皆出其目迎心匠。」今成語有「匠心獨具」，表示運用

242. 闕、缺：〝闕〞的本義是宮闕，〝缺〞的本義是器（瓦）破，原是不同的兩個字。因為宮闕左右各一，中間有道如空缺，所以引申出〝缺口〞、〝空缺〞義。在這個意義上，〝闕〞可寫作〝缺〞，但習慣上不寫〝缺〞，以〝缺〞代〝闕〞是後世的事。

精巧高妙的創作構想與心思。「匠」，又作治理講。

「匠氣」，是指創作缺乏藝術巧思，而流於低俗雕琢技術層面的工匠氣。「匠心」則指精心巧構。

「匪」，ㄈㄟˇ，本義是竹器，後來這個意義由「篚」假借，「匪」失本義就假借為「非、不」之義，〈詩經・邶風・柏舟〉：「我心匪石，不可轉也。」大意是，我心不像石頭一塊，哪能任人去轉移。「匪」，不是的意思。「匪」從非、不之義又引申為行為不正的人。另外，在〈詩經・衛風・淇奧〉：「有匪君子，如切如磋243。」這裡的「匪」不能當行為不正來講，這是指有文采的樣子，整個大意是說，高雅有文采的君子，學問切磋更精湛。

「匣」，ㄒㄧㄚˊ，是裝東西的器具。裝大東西的器具叫作「箱」，裝大東西的叫作「匣」。

「匭」，ㄍㄨㄟˇ，也是匣子，要注意的是，「匭」是「簋」的古字，這是指盛食物的器具，〈史記・李斯列傳〉：「飯土匭，啜土鉶。」（鉶ㄒㄧㄥˊ：盛羹的器皿。）這是說，用土罐吃飯，用土缽喝水。

「匱」，ㄎㄨㄟˋ，本義是窮盡的意思，〈詩經・大雅・既醉〉：「孝子不匱，永錫爾類。」（錫：賜與。）這句詩的大意是，孝子不會窮盡，上天永遠賜給你好福氣。「匱」，在古籍中也有通「簣」，是指盛土的竹筐。另外，「匱」又讀作ㄍㄨㄟˋ，當櫃子講，這個意義後來寫作「櫃」，〈尚書・金縢〉：「公歸，乃納冊於金縢之匱中。」大意是，周公回去，把冊書放進金屬束著的匣子中。

看圖說故事

〈詩經・鄭風・女曰雞鳴〉有句詩寫著：「將翱將翔，弋鳧與雁。」（鳧：野鴨子。）大意是，我將出去翱遊，射幾隻野鴨大雁來嘗嘗。詩中的「弋」字，是個象形字，①甲骨文是上端有個倒鉤244的木杈，可以用來鉤住東西。②金文加上一横，表示物品放置的位置。③小篆特別美化這個字體，反而不太能看出是什麼東西！④楷書寫成「弋」。

「弋」，一ㄧˋ，三劃，是個象形字。作為部首的稱呼是弋部。

「弋」字多加上一小撇就成為了「戈」字，「戈」是一種帶刀刃的武器。兩字形近，不要認錯了。

部首要說話

「弋」，甲骨文象插入地中的尖木橛形，用以拴繫牲畜等，本義是木樁。《說文解字》：「弋，橜也。象析木銳斜著形。」就是說，它的形狀就像是將木樁削尖然後斜釘在牆上或是別的地方，這樣就可以掛上衣物或用來綁東西（如：拴牲口）而不會脫落。如〈爾雅・釋宮〉：「雞棲於弋為桀。」（桀：同榤。）弋、桀都是小木樁，是雞棲息的木架。

---

243. 切磋：切，會意兼形聲字，從刀從七（截斷一棍形），會用刀砍斷之意，七也兼表聲，本義是用刀把東西切開，在古代，也把骨頭加工成器物為〝切〞。磋，形聲兼會意字，從石差聲，差也兼表搓磨之意，本義是將象牙加工成器。〝切〞〝磋〞二字都指磨礪的方法，另有〝琢〞〝磨〞二字也指磨礪的方法，不論是哪一種加工方法，都要經過細緻的研究、磨練過程方能成器，後來就將〝切磋〞〝琢磨〞喻為互相研究討論，以求精進。

244. 鉤：會意兼形聲字，從金從句，會形狀彎曲的金屬鉤子，句亦聲。本義為鉤子。

「弋」可以用來綁東西，所以將細繩栓在箭上也叫作「弋」。「弋鳧與雁。」就是用繫繩的箭射鳧鳥與雁子。用這種箭射中鳥獸之後就可以拉回，所以「弋」就有了「獵取」、「獲取」的意思。〈尚書・多士〉：「非我小國敢弋殷命。」大意是，不是我們小小的周國敢於取代殷命。

弋射出去可以一次又一次的取回再射出，這種一而再、再而三的動作的意義後來就寫成了「代」，所以「弋」就是「代」的初文。

〈漢書・文帝紀〉：「身衣弋綈。」（綈ㄊㄧˊ：一種粗而厚的絲織品。）這個「弋」是黑色的意思。

由於「弋」後來做了偏旁，木橛之義便又另加義符「木」寫作「杙」來表示；繳射之翼則另加義符「隹」寫作「隿」來表示，或用「繳」來表示。

今「弋」可單用，也作偏旁使用。凡從弋取義的字，都與木橛、弋射等義有關。要注意的是，「弋」是到了明朝才由梅膺新增加為部首字，有些漢字的本義與「弋」無關，卻因為字裡有「弋」，於是只好歸入「弋」部，如：式、弒、貳、忒。

注意部首字詞

「弋陽腔」，是戲劇曲調名，源於元末明初江西省弋陽縣，演時以金鼓鐃鈸等打擊樂器隨腔按拍，唱詞的尾段或尾句由後場幫腔，又稱為高腔，簡稱弋腔。由於「弋」與「戈」形似，後世有誤以為「戈陽」、「戈陽腔」者。

「弋人何篡」什麼意思呢？此句語出漢代揚雄〈法言・問明〉：「治者亂，亂者隱。鴻飛冥冥，弋人何篡焉？」（弋人：射手。）「弋人何篡」是指射手對高飛的鳥束手無策，比喻隱逸的賢者不自罹禍亂，統治者也無可如何。

「式」，ㄕˋ，形聲字，篆文 從工（築版杵）弋聲，表示建築有法度、規矩。〈說文解字・工部〉：「式，法也。從工弋聲。」⑴本義是法度，準則，〈詩經・大雅・下武〉：「成王之孚，下土之式。」（孚：信譽。）這是說，成就君王的威信，他是在立下百姓的榜樣。⑵當用、做講，〈左傳・成公二年〉：「蠻夷戎狄不式王命。」大意是，蠻夷戎狄，不遵奉天子的命令。⑶古代有俯身用手扶車前橫木表示敬意，這就叫做「式」，後來這個意義寫作「軾」，如〈尚書・武成〉：「釋箕子囚，封比干墓，式商容閭。」（箕子、比干、商容：商紂時賢臣。閭：里巷的門。）整句的大意是，解除箕子的囚禁，修治比干的墳墓，致敬於商容的里門。這個「軾」，後來也作車前橫木。⑷在古籍中，「式」也常作為句首語氣詞，如：式微（衰弱，式當發語詞，無義。）〈詩經・小雅・節南山〉：「式夷式已，無小人殆。」詩的意思是，不合理的事必須消除停止，不能讓小人危及國家命運。

「弒」，ㄕˋ，形聲字，篆文從殺省式聲，〈說文解字・殺部〉：「弒，臣殺君也。《易》曰：『臣弒其君。』從殺省，式聲。」本義為臣下殺死君主，子女殺死父母。古代稱臣殺君或子殺父為弒，即下殺上之謂，〈左傳・隱公四年〉：「夫州吁弒其君而虐用其民。」這是說，州吁殺了他的國君，又暴虐地使用百姓。後來，「弒」泛指殺。

弒、殺、誅，三字都有殺死的意義，但感情色彩是有別的。「殺」是一般的殺死，是中性詞；「弒」是下殺上，如臣殺君、子殺父、下屬殺上司，是個貶義詞；「誅」是殺死不義者或有罪者，是個褒義詞。

看圖說故事

③小篆的形象就是油燈點燃後的火柱形狀，上尖下圓，就像是油燈燈火的樣子。④楷書寫成了「丶」。

「丶」，ㄓㄨˇ，一劃，象形字，做為部首的稱呼是丶部。

由部首「丶」組成的字，如作上偏旁時，一點改作一短橫，如：風、鳳。

部首要說話

「丶」，小篆象燈頭火焰形，其實就是「主」的初文，《說文解字》在解釋字的時候就說：「主，鐙中之火。」而「主」的甲骨文作「主」，中間的火柱就是「丶」的小篆寫法。

後人孔廣居在《正偽》中寫著：「丶即主字，象火主形，小篆作主，上從丶，下象燒鐙器。」

〈說文解字・丶部〉也寫著：「丶，有所絕止，而識之也。」這說明古人用丶來作為閱讀中停頓的地方用以做為記號。所以朱駿聲《通訓定聲》：「今誦書點其句讀，亦其一耑也。」也就是說，丶也是作為閱讀時句讀的記號。

「丶」，本義就是燈中的火柱，也作閱讀時句讀的記號，但「丶」後來只作為部首字，本身已經沒有固定的含意，所以「丶」部的字並沒有意義上的共同點245。由「丶」組成的字今有：凡、丸、丹、主、丼。

注意部首字詞

「凡」，ㄈㄢˊ，象形字，但這是個在很久以前就失去了本義的象形字，甲骨文作 Ħ，這其實是一個人肛門的白描，在此表示從肛門所發出的氣，所以本義是放屁，所有的人不論尊卑性別年齡都得放屁，於是引申出凡是的意義，表示總括，〈詩經・邶風・谷風〉：「凡民有喪，匍匐救之。」這是說，凡是別人有災難，我都要爬著去相救。「凡」從凡是義就引申出共、總共的意義，〈左傳・襄公十一年〉：「凡兵車百乘。」「凡」，又當大旨、綱要義。每個人都會放屁，無足怪哉，所以也引申出平凡、平庸義，〈韓非子・五蠹〉：

「是求人主之必及仲尼，而以世之凡民皆如列徒。」這句話的大意是，這就是要求君主一定能像孔子那樣，要求天下民眾都像孔子門徒。

「丸」，ㄨㄢˊ，會意字，小篆做 㐾，是「仄」字的反轉，表示這種東西怎麼反轉都不會改變形狀，本義即指小而圓的東西，〈莊子・達生〉：「五六月累丸二而不墜。」大意是，技藝練到五六個月時間，在竿頭上累二個小丸，可以持竿而不使墜地。後特指彈丸，丸是個圓狀物，所以又泛指卵、藥丸。另外，「丸」可作量詞，用於計算小而圓的東西，如《搜神記》卷二：「持一百錢，一雙筆，一丸墨。」

「丹」，ㄉㄢ，這是個指事字，甲骨文作 日，在礦井裡加上一橫，指示那裡有丹砂，本義就是丹砂、朱砂，引申為紅、紅色，〈呂氏春秋・離俗〉：「白縞之冠，丹績之袧。」大意是，頭戴白絹製的帽子，紅麻線的冠帶。後指道家用丹砂等煉製的藥物。

「丹心」，不是指字面上紅色的心，文天祥〈過零丁洋〉有名句：「人生自古誰無死，留取丹心照汗青[246]。」這「丹心」是指赤誠的心；「汗青」指的是史冊、史書。這名句的大意是說，人生而從古至今，誰人能免除一死呢？我已經準備好了，就留下這顆赤紅的心照耀史冊吧！

「丹」、「赤」、「絳」、「朱」、「紅」都有紅色的意思，但顏色的程度有所差異。在古代，「絳」是深紅，「朱」是大紅，「赤」是紅，「丹」是丹砂的顏色，「紅」只是淺紅。到了後世，「赤」與「紅」才沒有區別。如果

---

245. 丶：現今雖然只作部首字使用，但在漢字的字形筆畫中具有重要的影響力，也是〝永字八法〞基本筆法的一種。〝永字八法〞八種筆畫各具姿態，各有用筆的講究，古代書法家就曾借用自然的物象意態來比擬八法（筆法）審美的取向：丶（點），如高峰墜石，磕磕然實如崩也。一（橫），如千里陣雲，隱隱然其實有形。丿（撇），陸斷犀象。㇏（挑），百鈞弩發。丨（豎），萬歲枯藤。㇏（捺），崩浪雷奔。𠃌（鉤），勁弩筋節。

246. 汗青：〝汗青〞本來的意義指的是竹簡、木牘。在還沒有紙出現（發明）的時候，人們通常用竹木片寫字，寫字前要將竹片放在火上烤，火烤之間，青綠色的竹片會流出水來，就像出汗一樣，因此竹簡便被叫做〝汗青〞。

按顏色深淺排列，應該是「絳」、「朱」、「赤」、「紅」、「丹」。

「主」，ㄓㄨˇ，象形字，甲骨文作 ㄓ，是油燈上點燃的火型，本義是燈心，卻被假借作為主人的主，作為燈心的主被假借之後，只好又在主字右邊加上火，成為「炷」字。

「主」，假借作主人義之後，就引申出國君、君主義，〈荀子·主霸〉：「大國之主也，而好見小利，是傷國。」這是說，大國的君主，而喜好重視小利，便會危害國家。「主」，從假借義也引申出根本、首要的意思來，〈莊子·漁父〉：「忠貞以功為主，飲酒以樂為主。」（止：只。）另外，古人為死者立的牌位也稱作「主」，即木主。〈墨子·備高臨〉：「十人主此車。」這是甚麼意思呢？這句話是說，（象這樣的連弩車）十人掌管使用一輛。這裡的「主」是掌管的意思。最後，「主」又有預示義。

｜語文點心｜《搜神記》

《搜神記》原本已散失。今本係後人綴輯增益而成。20卷。共有大小故事454個。所記多為神靈怪異之事，也有一部分屬於民間傳說。其中〈干將莫邪〉、〈李寄〉、〈韓憑夫婦〉、〈吳王小女〉、〈董永〉等，暴露統治階級的殘酷，歌頌反抗者的鬥爭，常為後人稱引。

《搜神記》故事大多篇幅短小，情節簡單，設想奇幻，極富於浪漫主義色彩。後有託名陶潛的《搜神後記》10卷和宋代章炳文的《搜神秘覽》上下卷，都是《搜神記》的仿製品。《搜神記》對後世影響深遠，如唐代傳奇故事，蒲松齡的《聊齋志異》，神話戲《天仙配》及後世的許多小說、戲曲，都和它有著密切的聯繫。

大家都知道《搜神記》是中國小說界裡一部名著。不過，誤認是文人編造的「神怪小說」，其實，這是一部古代的民間傳說，是一部古代的神話。

搜神記的作者，是晉朝時候的干寶。不過，現在流傳的20卷本搜神記，並非干寶的原書，有後人增改的地方。這是民間傳說常有的事。他的原文，也有許多，不是自己寫出來的，是抄錄他人的作品。這也是民間傳說的通例。

〈晉書．干寶傳〉說他有感於生死之事，「遂撰集古今神祇靈異人物變化，名為《搜神記》。」

這是一部記錄古代民間傳說中神奇怪異故事的小說集，大部分故事帶有迷信成分，但在一定程度上反映了古代人民的思想感情。

④ 亅

看圖說故事

《說文解字》在解釋亅字時說：「鉤逆者，謂之亅，象形。」這個形狀就是個鉤子，是倒著豎立的鉤子，彎曲而上揚的鉤尖看來是有些恐怖。楷書寫成「亅」。

「亅」，ㄐㄩㄝˊ，象形字，作為部首的稱呼有倒鬚鉤、豎鉤。

「亅」字少了鉤就成了「丨」，ㄍㄨㄣˇ，是上下相通的意思，從「丨」的字有丩、丰等。「亅」字下端作撇形就成了「丿」，ㄆㄧㄝˇ，是永字八法的一種，從「丿」的字有乃、乂等。

「亅」、「丨」、「丿」三字形似，要小心分辨。

部首要說話

「亅」，小篆象鉤子形。本義就是鉤子，但「亅」後來只作部首字，後世則不用亅的本義了。

「亅」的反字為「𠄌」，音ㄐㄩㄝˊ，兩字其實為同一字。古時讀書、批閱文件，讀到某處暫時中止，會用「𠄌」作標誌，這個標誌也當作「乙」字。

從部首「亅」組成的字原僅一個「𠄌」字，今字辭典收有「了」、「予」、「事」三字。

注意部首字詞

「了」，ㄌㄧㄠˇ，小篆作 ㄗ，從子，無臂。小篆字象嬰兒束其兩臂形。初生的嬰兒，往往束其兩臂而裹之。本義是束嬰兒兩臂。從本義引申為手彎曲。後人以包束嬰兒之形引申為完畢、結束的意思，如王褒《僮約》：「晨起早掃，食了洗滌。」「了」，又當明白，了解講，〈世說新語・雅量〉：「雖神氣不變，而心了其故。」這是說，（聽到兒子的死訊後）雖然神情不變，但是心中已經明瞭事情的原因。「了」，如果用在否定詞「無」、「不」前，含有「絲毫」、「一點兒」的意思，如〈世說新語・雅量〉：「了無恐色。」這是說，一點都不懼怕。

「了」又讀作ㄌㄜ˙，用在動詞後面或用在句末，表示過程已經完畢了。

「了了」，一出〈世說新語・言語〉：「小時了了，大未必佳。」大意是，小時候聰明，長大之後未必也一樣聰明。這裡的「了了」是指聰明伶俐，明白事理。一出〈李白・秋浦歌之十七〉：「桃波一席地，了了語聲聞。」這裡的「了了」是指清楚的意思。

「了不得」，一般作超乎尋常講，在〈老殘遊記247・第八回〉：「可了不得，我們走岔了路，走到死路上了。」這是說，事態嚴重，到了無可收拾的地步。

「予」，ㄩˇ，會意字，篆文象上下兩個織布梭子尖端交錯之狀，其中一隻還有線引出，用以會梭子推來往去織布之意。故本義梭子推來往去織布，用作動詞，引申表示授、給。唯在「給與」的意義上通「與」，〈荀子．修身〉：「怒不過奪，喜不過予。」大意是，憤怒時，不會過分懲罰，喜悅時，不過分給予獎賞。「予」，也當讚賞講，〈荀子．大略〉：「言音者予師曠。」（師曠：春秋時著名樂師。）大意是，要說真懂得音樂的人，就只能讚賞師曠這樂師。「予」，又讀ㄩˊ，作第一人稱代名詞，我、我的。

「事」，甲骨文作，下邊是一隻手，上面是一張捕捉禽獸的長柄網，這表示手執捕獵的工具，在作田獵的工作，因此，「事」的本義是捕獵，後來引申不管作什麼事情都叫作「事」，如〈論語．子路〉：「言不順則事不成。」這是說，話說得不順，事情就辦不成。從「事情」就引申出從事、職位的意思。〈左傳．隱公元年〉有：「欲與大叔，臣請事之。」這句話是說，如果打算把鄭國送給太叔，就請您允許我事奉他。所以這裡的「事」是動詞，侍奉的意思。從侍義又引申為實行、使用的意思，如〈論語．顏淵〉：「回雖不敏，請事斯語矣。」（回：顏淵自稱其名。斯：此。）這是說，我雖然愚笨，也一定要按照你的話去做。

247.《老殘遊記》：《老殘遊記》作者劉鶚，字鐵雲，號洪都百鍊生。劉鶚喜歡收藏古董（璽印、古陶、封泥、古錢等），其中最有價值的是收藏的甲骨。劉鶚至少在1901年即已開始蒐求甲骨，他通過古董商之手和派其子前往河南收購，或甲骨四千餘片，加上王懿榮舊藏數百片，前後共五千餘片。1903年，他從藏品中選拓出1058片，編輯成《鐵雲藏龜》一書，成為第一部著錄甲骨文的著作，也是首批公布於衆的甲骨文資料。

｜語文點心｜《世說新語》

《世說新語》，是中國魏晉南北朝時期「志人小說」的代表作，由南朝．宋．劉義慶編撰。通行本為6卷，36篇。分德行、語言、政事、文學、方正、雅量、識鑑、賞譽、品藻、規箴等36門。內容主要是記載東漢後期到晉宋間一些名士的言行與軼事。書中所載均屬歷史上實有的人物，但他們的言論或故事則有一部分出於傳聞，不盡符合史實。此書相當多的篇幅係雜採眾書而成。如〈規箴〉、〈賢媛〉等篇所載個別西漢人物的故事，採自《史記》和《漢書》。其他部分也多採自前人的記載。一些晉宋間人物的故事，如〈言語篇〉記謝靈運和孔淳之的對話等，則因這些人物與劉義慶同時而稍早，可能採自當時的傳聞。

《世說新語》主要記述士人的生活和思想，及統治階級的情況，反映了魏晉時期文人的思想言行，和上層社會的生活面貌，記載頗為豐富真實，這樣的描寫有助讀者瞭解當時士人所處的時代狀況及政治社會環境，更讓我們清楚地看到了所謂「魏晉清談」的風貌。

《世說新語》的文字，一般都是很質樸的散文，有時幾如口語，而意味雋永，在晉宋人文章中也頗具特色，因此歷來為人們所喜讀，其中有不少故事，成了詩詞中常用的典故。

《世說新語》有梁劉孝標注本。劉注的特點是收集許多其他古籍材料，與原文參證，這些材料多已亡佚。現存最早的刊本是宋刊本。國內影印的日本《金澤文庫》藏宋刊本，附有日本所發現的唐寫本殘卷。通行本有《四部叢刊》影印明嘉靖嘉趣堂刊本等。近人余嘉錫《世說新語箋疏》是本書最好的箋釋，有中華書局排印本。

② ③ ④皮

看圖說故事

〈詩經．大雅．韓奕〉：「獻其貔皮，赤豹黃羆。」（貔ㄆㄧˊ：獸名。）大意是，進貢給天子豼皮，還有赤豹皮和黃熊皮。這是個「皮」字，甲骨文未收，表示這可能是比較晚出現的字。②金文的下部是一隻手，上部是隻野獸形，突出了牠的頭部和腹部，表示剝獸皮時是從頭部開始，然後才是軀腹。③小篆的字形發生了訛變，保留了底下的手形，至於獸皮的頭腹形狀已看不出來了，只留下剝過的一層皮的樣子。④楷書寫成了「皮」。

「皮」，ㄆㄧˊ，五劃，會意字，作為部首的稱呼是皮字部。

書寫「皮」字時，如作左偏旁或從「石」偏旁時，捺筆改為長頓，如：皰、皶、碆。

部首要說話

「皮」，甲骨文從刀卜聲，金文從手持平頭皮鏟，會剝取獸皮之意。本義就是剝取獸皮。〈左傳．僖公十四年〉：「皮之不存，毛將安傅？」（傅：附著。）這意思是，皮已經不存在，毛又能依附在哪裡？

甲骨文突出頭部，是因為剝皮當從頭部開始，而腹部是獸皮的有用之處。《說文解字》也有一段話解釋說：「皮，剝取獸革者謂之皮。」意思是，「皮」這個字就是剝除野獸的皮毛。如：剝皮、剝一層皮。後來也泛指人的皮膚或其他物體的表層，如〈漢書．高帝紀上〉：「高祖為亭長，乃以竹皮為冠。」這是說，漢高祖劉邦還在當亭長的時候，喜歡戴用竹皮編成的帽子。

其實在上古時代，皮革是最早的服飾材料，因為野獸的皮毛是很好的禦寒之物，捕獲的野獸，獸肉可以充飢，獸皮可以護體。如：皮衣。

「皮」除了當獸皮講之外，又可以引申為物體的表面，如，表皮、皮相。〈史記・酈食其傳〉：「以目皮相，恐失天下之能士。」（酈食其：人名，讀作ㄌㄧˋ ㄧˋ ㄐㄧ）這就是說，只從表面看，恐怕全天下的能人都會失去。

名詞的「皮」當動詞時，就是剝除皮的意思，如〈戰國策・韓策二〉：「因自皮面抉眼，自屠出腸，遂以死。」（抉：挖出。）大意是，因此以刀割其面皮、挖出眼睛，開腸破肚（欲令人不識）。

要注意的是，「革」、「皮」、「膚」三字在古代的字義是不同的。皮與革，都是指獸皮，但去毛的才叫革，帶毛的叫皮；膚，則專指人的皮膚。

由於「皮」為引申義所專用，剝取獸皮之義便另加義符「手」寫作「披」來表示。「披」後來也為引申義所專用，就用「剝」來表示剝取獸皮之義。

皮，今可單用，也可作偏旁。凡從皮取義的字皆與表皮、像皮膚的東西等義有關。

注意部首字詞

「皮室」，耶律阿保機（遼太祖）以行營為宮，選各部豪健置腹心部，號皮室軍。至耶律德光（遼太宗）擴充至三十萬軍，分南北左右及黃皮室等名號，為御衛親軍。「皮室」，就是指保衛國君的御林部隊。

「皮之不存，毛將安傅？」，語出〈左傳・僖公十四年〉，「皮」以喻事之大者，「毛」以喻事之次者，後轉喻事物失其根本，處於無所著落之境。

從部首「皮」所組成的字，有些是奇字，要注意讀音與用法。

「皯」，ㄍㄢˇ，形聲字，篆文從皮幹聲，〈列子・黃帝〉：「皯，面黑氣也。從皮幹聲。」本義是指一個人面色枯槁焦黑，〈列子・黃帝〉：「燋然肌色皯黴，昏然五情爽惑。」（燋：同「焦」。黴ㄇㄟˊ：黑。）這是說，弄得肌膚枯焦，面色黴黑，頭腦昏亂，心緒恍惚。

「皵」，ㄑㄩㄝˋ，形聲字，楷書從皮昔聲，《韻會》：「七約切，丛音鵲。皮皴也。又木皮甲錯也。」本義為表皮粗糙皴裂。

「皻」，ㄓㄚ，形聲字，楷書從皮䖕聲，《正字通》：「紅暈似瘡，浮起。著面鼻者，曰酒皻。」本義即鼻間及兩側生的紅色疱點，俗稱酒糟鼻。

「皽」，ㄓㄢˇ，形聲字，楷書從皮亶聲，《廣韻》：「皮寬也。又皮肉之上魄膜也。」本義是指皮肉上的薄膜。〈禮記・內則〉：「濯手以摩之，去其皽。」大意是，用手將泥土剝下，乘熱搓去肉上的皮膜。

「皴ㄘㄨㄣ」與「皸ㄐㄩㄣ」都有皮膚受凍而皺裂的意義，但「皴」另有毛糙的意思，此外，「皴」也是國畫繪法之一，稱作「皴法」。至於「皺」，是指物體因壓縮而顯出的褶紋，不作凍裂的意義。

「皺」，ㄓㄡˋ，形聲字，楷書從皮芻聲，《玉篇》：「面皺也。」本義是皮膚因鬆弛而出現的褶紋，李賀有詩〈嘲少年〉：「髮白面皺專相待。」今有「皺」、「縐」二字音同義不同，「縐」是指物（紡織品）的表面有皺紋，如：縐布、縐紙、湖縐等。而「皺」是面縐、眉攢，如：皺眉。

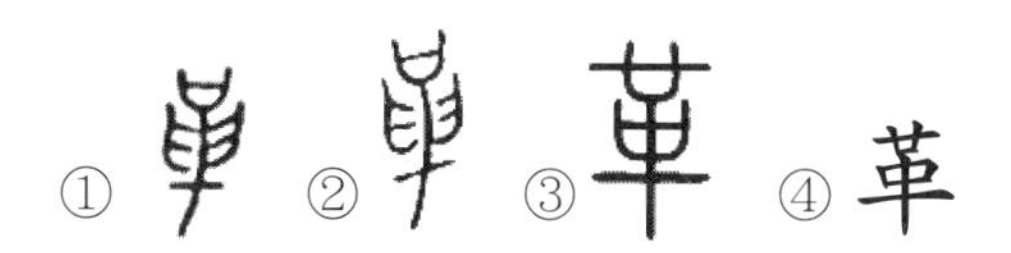

看圖說故事

〈詩經・召南・羔羊〉：「羔羊之革。」這就是個「革」字，①甲骨文的上部是一把直刃的平頭刀鏟，左右各有一隻手正在拉著什麼，兩手拉扯的正是中間那條帶有彎度的簡化的獸身，這隻野獸還留有尾巴呢！②金文和甲骨文非常相似。③小篆將字的空缺補成了實線，就看不出兩手的樣子了。④楷書寫成「革」字。

「革」，ㄍㄜˊ，九劃，象形字，作為部首的稱呼是革字部。

由部首「革」所組成的字大都與皮革有關。

部首要說話

「革」，金文象用皮鏟（刮皮子的鏟子）刮去獸皮上毛鬣形。〈說文解字・革部〉：「革，獸皮治去其毛，革更之。」意思是，革，獸皮除去它的毛，改變它的樣子。所以「革」的本義就是去毛的獸皮，也就是獸皮。〈詩經・召南・羔羊〉：「羔羊之革，素絲五緎。」（緎ㄩˋ：縫界。）這是說，用羔羊的皮毛作成袍，白色絲線把縫繞。古時候的人，將有毛的叫做「皮」，無毛的叫做「革」。

古時候的武士，大多用革製作的甲冑來護身，所以由革所製作的甲、冑、盾也叫做「革」，如〈孟子・公孫丑下〉：「城非不高也，池非不深也，兵革非不堅利也。」（兵：兵器。）大意是，城牆不是不高，護城河不是不深，武器不是不好。因此，後來也用「兵革」來代表軍隊，〈戰國策・秦策一〉：「兵革強大，諸侯畏懼。」而「兵革」也引申為戰爭，如杜甫〈羌村之三〉：「兵革既未息，兒童盡東征。」這是指戰爭沒有停息，使得兒童都從軍東征去了。

將去毛的獸皮製作不同的東西，也就改變了獸的用途，所以「革」由本義引申為改變、變革。現在我們還用到這句成語「洗心革面」，這是說，除去邪思雜念，改變舊日面目，用來比喻徹底悔悟，改過自新。

「革」，在中國古時候也作為一種樂器，就是鼓之類的革製樂器，所以「革」是古代八音之一。

在〈禮記・檀弓上〉：「夫子之疾革矣。」這個「革」可不是皮革或改變的意思，這是說夫子的病情非常嚴重，「革」當急、重講，讀作ㄐㄧˊ。

「革」，今可單用，也作偏旁使用。凡從革取義的字，都與皮革等義有關。

｜語文點心｜詩經

書名。這是中國最早的詩歌總集。《詩經》這本書採集了從周初至春秋中葉五百年間的歌謠作品和宗廟樂章，總共305篇，分為風、雅、頌三大類，為中國文學總集之祖，代表當時北方文學。

由於這是採集得來的作品，所以作者並非一時一地一人所作。

｜注意部首字詞｜

「洗心革面」，是說，除去邪思雜念，改變舊日面目，用來比喻徹底悔悟，改過自新。但是「革面」一詞，出字〈易・革〉：「君子豹變，小人革面。」這是說，小人樂成，變面以順上，表示不能感化其心，只求改變容貌顏色而已。後來才以「革面」當改變講。

「靶」，ㄅㄚˇ，形聲兼會意字，篆文從革巴聲，〈易・革〉：「靶，轡革也。從革巴聲。」本義為韁繩的首端繫在勒的銅環上而下垂的短頭，這叫作轡首頭，引申泛指韁繩，如今借用以表示開弓時手所把握的弓身正中處，用以表示射擊的目標，如箭靶。「靶」，又讀作ㄅㄚˋ，〈漢書・王褒傳〉：「王良執靶。」這個「靶」是韁繩的意思。

「靺鞨」，ㄇㄛˋ ㄏㄜˊ，是中國古代民族名。「韃靼」，ㄉㄚˊ ㄉㄚˊ，是中國對蒙古族的別稱，也就是契丹的西北族，沙陀的別種，散居在中國西北、蒙古、中亞、獨立國協東部等地。元亡後，其宗族走漠北，於清時歸附。

「鞋」，本作「鞵」。唐代劉珣〈嶺表錄異下〉有所謂「鞋底魚」，鞋底怎麼會有魚呢？這其實是南方人在江淮所見的拖沙魚，也就是今日的比目魚。

「鞋」、「屨」、「履」三字都有「鞋子」的意義，但是在戰國中期以前，「屨」是鞋、「履」是踩踏。到了戰國末期，「履」產生了「鞋」義，漢代以後逐漸取代了「屨」字。而「鞋」是後起字，本指皮鞋或皮底鞋，而「屨」、「履」是指以草或葛製成的鞋子。

「鞘」，ㄑㄧㄠˋ，即刀劍的套子。古時人們刳木使空，內貯銀寶以便轉運的木筒，也稱作「鞘」。另外，讀作ㄕㄠ時，指的是鞭梢。

「鞠」，ㄐㄩˊ，形聲兼會意字，篆文從革匊聲，匊也兼表摶曲之意，〈說文解字・革部〉：「鞠，蹋鞠也。從革匊聲。」⑴本義是古代一種用革製成的皮球，類似於今日的足球。〈北史・突厥傳〉：「男子好摴蒱，女子踏鞠。」（摴蒱ㄕㄨ ㄆㄨˊ：古代一種博戲。）大意是，男人喜歡玩賭博的遊戲，女子喜歡踢皮球。⑵這種皮球一經足踢，球體會彎曲變形，故「鞠」也當彎曲講，而人體彎曲就叫做「鞠躬」，表示恭敬謙遜，後來引申為小心謹慎，如諸葛亮〈後出師表〉：「臣鞠躬盡瘁，死而後已。」⑶〈詩經・小雅・蓼莪〉：「父兮生我，母兮鞠我。」大意是，父親呀生我，母親呀養育我！這裡的「鞠」當養育講。⑷幼小。⑸告誡。〈詩經・小雅・采芑ㄑㄧˇ〉：「鉦人伐鼓，陳師鞠旅。」（鉦ㄓㄥ：樂器名。）這句詩是說，鉦人敲鉦，鼓人伐鼓，陳列隊伍聽令訓誡。⑹通「鞫」時，就是審問的意思。⑺「鞠」也通「菊」。可見「鞠」是個多義詞。

六、耕者有其田

大約在2200年前，中國農學已經達到相當高的水準。〈呂氏春秋・辯土〉篇中，對於莊稼的播種，已作了比較深刻的研究。〈管子・地員〉則詳細辨別土壤種類，《禹貢》記載不同土壤在全國的分佈概況，都能大體符合事實。到了漢朝，距今約2000年前的《氾勝之書》保存一部分的原文，被後人廣泛引用，其中農業技術中，最突出的正是區田法。這也是人類由野生採集發展為穀類作物的人工種植，許多古代文明的國度，無不建立在農作的基礎上發展文明。以農立國正是「定耕文化」發展的軌道，唯有定耕，才生出安土重遷的鄉里文明，以至於形塑著「家鄉」、「原鄉」的土地情感。

「里」字是由田和土的組合，有田有土，家才有了安身立命的落點，也才能發展出「五家為鄰，五鄰為里」的鄉里，而「疆」字甲骨文是由兩個田組構而成，也說明了農田與圍獵的範圍均以生產為基礎。「耕者有其田」，即是中國農業文明的縮影。

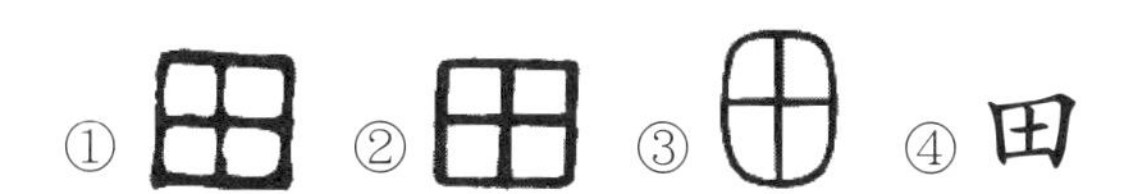

看圖說故事

〈孟子・梁惠王上〉：「百畝之田，勿奪其時，數口之家可以無饑矣。」這是說，百畝農田不誤了它的耕作時節，數口之家就能沒有饑荒了。這就是可以養家活口的「田」字，①甲骨文是一塊一塊縱橫交錯的田地，縱橫的直線是田埂或是田間小路。②金文和③小篆簡化了甲骨文的形體。④楷書寫成

「田」。

「田」，ㄊㄧㄢˊ，五劃，象形字，作為部首稱為田部。

部首要說話

「田」，甲骨文象分割整齊的田塊形。〈說文・田部〉：「田，陳也。樹谷曰田。象四囗；十，阡陌之制也。」這是說，田，陳列的整整齊齊。種植稻穀的地方叫田。囗像田四周的界線，十，表示田間縱橫的分界。這與甲骨文的「田」字十分相像。其實，古人在進行狩獵的時候，會以包圍與分片驅趕的方法獲得獵物，這就是「田」字的本義，也就是古時的圍獵，後來這個意義就給了「畋」字使用。〈左傳・宣公三年〉：「宣子田於首山，舍於翳桑。」大意是，趙盾在首陽山打獵，住在翳桑。

「田」失去了圍獵的意義之後當什麼用呢？在周代的時候曾推行「井田制度」，就是將土地畫作井字形，周圍的八家為一井，各占據邊上一塊田地用來從事農耕種植，中間的一塊地則當成公田。所以「田」就當「農田」講，像稻田、麥田，都是田。〈韓非子・五蠹〉：「宋有人耕田者，田中有株。」這就是說，有個宋人在田裡耕作，田中有一棵樹樁。後來就由農田引申為耕種，〈詩經・齊風・甫田〉：「無田甫田，維莠桀桀。」詩的意思是說，不要去耕種大田，因為莠草長得太高。

田地可以生長植物，所以「田」也用來比喻那些有所滋長的事物或是可供開採的資源地帶，如：心田、油田。

古代君王賜給親屬臣僕的封地，也稱作「田」。

在中醫裡有個醫學名詞是用「田」來表示的，指人體部位小腹以下、會陰穴以上，即俗稱的「丹田」。

另外，田也是姓氏之一，戰國時代魏國有人名叫田子方。

〈詩經・周頌・有瞽〉有句詩寫著：「應田縣鼓。」（應：小鼓。縣ㄒㄧㄢˊ：

懸。）這句詩是甚麼意思？其實這裡的「田」通「䡘」，即小鼓，所以這句詩是講，小鼓大鼓和懸鼓。這個「田」字的通義要注意。

「田」既可單用，也作偏旁使用。凡從田取義的字，都與田地等義有關。

注意部首字詞

「申」，ㄕㄣ，象形字，甲骨文作 ，象曲折的閃電形，即「電」的本字。甲骨文的地支字多與生產、生活等有關，申（看見了閃電可能就要下雨）成為地支的第九位。約中古以後，用申時指下午3點到5點。約周代末又作為「伸」的本字，指伸展、舒展。後引申為陳述、說明。從雨作「電」是後來的事。

「畏」，ㄨㄟˋ，會意字，甲骨文作 ，左邊是棍棒，右邊是一隻鬼，表示這個鬼持著棍棒，以致令人心生駭怕。小篆將鬼的頭部訛化為「田」而失去了原形。因此，「畏」的本義是⑴恐懼、害怕，作為使動就是使……害怕，〈韓非子．忠孝〉：「又且畏之以罰，然後不敢退。」大意是，又要用刑罰的辦法加以恫嚇，然後才能使他們不敢後退。又作險惡、可怕講。⑵從本義引申為敬服，〈論語．子罕〉：「後生可畏，焉知來者之不如今也？」這是說，年輕人值得敬佩，怎知後代不如今人？⑶當圍困講，如〈論語．子罕〉：「子畏於匡。」這就是說，孔子在匡地時被人圍困。從圍困義就引申出遭禍而死。⑷另外，「畏」通「隗」時，是指弓的彎曲處。⑸「畏」通「威」時，是指威嚴的意思，〈尚書．皋陶謨〉：「天明畏，自我民明畏。」（天：上天。）大意是，上天的威嚴視聽依從臣民的視聽。上天的賞罰依從臣民的賞罰。

「畏」、「恐」、「懼」三字的意義相同嗎？「恐」與「懼」的本義是相同的，所以能構成雙音詞「恐懼」。仔細分別，則「恐」的程度輕一些，所以引申出「擔心」的意義；在「害怕」的意義上，三字是同義的，只不過「畏」常帶有賓語，而「恐」與「懼」帶賓語時，多作使動用法。

「畜」，ㄔㄨˋ，象形字，甲骨文作 ，上部是臍帶，下部是一團被胞衣包裹的幼仔，本義即為人工繁育的動物，如家畜，〈左傳．宣公四年〉：「畜老，猶憚殺之，而況君乎？」大意是，牲口老了，尚且怕殺，何況國君？

「畜」，又讀作ㄒㄩˋ，⑴當動詞用就是畜養、飼養，如〈左傳．宣公四年〉：「是乃狼也，其可畜乎？」這是說，（這孩子）是一條狼，難道能夠養著嗎？「畜」從飼養義引申為養育、養活。⑵要養育的動物必是喜歡的，於是引申出喜愛的意義，如〈呂氏春秋．適威〉：「民，善之則畜也，不善者讎也。」這句話的意思是，百姓，善待他們，他們就和君主和好；不善待，他們就視君主為仇敵。⑶積聚、儲存，後來這個意義寫作「蓄」。

「畜」與「蓄」，在積蓄的意義上是同義詞，所以可以用作雙音詞「畜積」又作「蓄積」，此外，「畜」的其他意義不同「蓄」。

「畜」與「養」，養指養人，畜指養禽獸，雖然也有通用的時候，如〈孟子．梁惠王上〉：「仰不足以事父母，俯不足以畜妻子。」這句話的意思是說，上不足以贍養父母，下不足以撫養妻子兒女。但這「畜」字是就低賤的人而言，在多數情況下還是有分別的。

今有「儲蓄」一詞連用，「蓄」原作「畜」，最初指飼養動物，後來擴大到儲存植物以及動物以外事物的意義。「儲」，形聲字，從人諸聲，本義是積蓄，以儲藏財物為主，後來又擴大到儲藏非生活用品或生物，這就具有了「畜」的特點。於是「儲蓄」連用，指積存財物、生物等實物，錢幣出現以後，轉為儲備金銀錢幣義，如今的「儲蓄」，多指把錢存到銀行等金融機構。

「畢」，ㄅㄧˋ，象形字，甲骨文作 ，下部是個樹杈枝條，上部是張網，這就是古時狩獵用的長柄網，本義即捕捉禽獸（小動物）用的有長柄的網，用「畢」捕著小動物便是獲得，因此引申完畢、結束，又作用盡、竭盡的意思，如〈列子．湯問〉：「吾與汝畢力平險。」這意思是，我和你們用畢生精力削平險峻。另外，「畢」也作星宿名，二十八宿之一。

「畢」、「羅」、「網」、「罾」、「罟」五字，都是用來捕動物的網，不過捕的性質有差異。「畢」是打獵用的長柄網，「羅」是捕鳥的網，「網」主要是用來捕魚的，「罾」是捕魚的扳網，「罟」是網的總稱。

從部首「田」組成的字大多與田獵、耕作有關，但有些字是例外，要小心辨認。

「甸」，ㄉㄧㄢˋ，會意兼形聲字，金文從田從人，表示人耕治之田，田也兼表聲，篆文分化出一個從勹從田的甸字，表示圍繞都城五百里內的天子之田，〈說文解字・田部〉：「甸，天子五百里地。從田，包省。」本義是古代都城郊外五百里內的天子之田，引申為治理的意思，〈詩經・大雅・韓奕〉：「奕奕梁山，維禹甸之。」這是說，高峻的梁山，是大禹把它整治好。在古籍中，可讀作ㄊㄧㄢˊ，是打獵的意思。又讀作ㄕㄥˋ，是古代徵賦劃分田地、區域的單位，每甸出兵車一乘。後面兩個讀音只見古籍，今讀作ㄉㄧㄢˋ。

「畀」，ㄅㄧˋ，會意兼形聲字，畀由甲骨文一形變而來，本象帶鏃的矢，表示賜矢，金文一形下邊訛化為大，篆文進一步訛化丌，成了放在几作上給人的一筐東西，〈說文解字・田部〉：「畀，相付與之。約在閣上也。從丌由聲。」本義為賜予、給予的意思，〈左傳・隱公三年〉：「周人將畀虢公政。」這是說，周王室的人想把政權交給虢公。

「畋」，ㄊㄧㄢˊ，會意兼形聲字，甲骨文從攴從田會意，田也兼表聲，〈說文解字・攴部〉：「畋，平田也。從攴、田。」平田即耕種田地，本義是耕種，也作打獵的意思，〈呂氏春秋・直諫〉：「今王得茹黃之狗，苑路之矰，以畋於雲夢，三月不反。」（茹黃：獵犬名。苑路：竹名，可作箭杆。矰：帶絲繩的箭。）這句話的大意是，（楚文王）得到茹黃的獵犬，苑路的矰箭，就帶著它們到雲夢打獵，三個月不回來。

「畟」，ㄘㄜˋ，會意字，篆文從田從儿（人）從夊（邁動的腳），會人賣力在田裡深耕之意。〈說文解字・夊部〉：「畟，治稼畟畟進也。從田人，從夊。」本義為努力深耕快進的樣子。有「畟畟」一詞出自〈詩經・周頌・良耜〉：「畟畟良耜。」意思是，好犁鋒利犁得很深。「畟畟」是鋒利的樣子。

「畤」，ㄓˋ，形聲字，篆文從田寺聲，〈說文解字・田部〉：「天地五帝所基址，祭地。從田寺聲。右扶風有五畤。好畤、鄜畤，皆黃帝時祭。或曰秦文公立也。」本義是古代帝王祭祀天地五帝的地方。

「暘」，ㄔㄤˋ，形聲字，篆文從田昜聲，〈說文解字・田部〉：「不生也。從田昜聲。」本義是除草。通「暢」時是暢通的意思。

「疃」，ㄊㄨㄢˇ，形聲字，篆文從田童聲，〈說文解字・田部〉：「疃，禽獸所踐處也。《詩》曰：『町疃鹿場。』從田童聲。」本義是禽獸踐踏的地方。引申作村莊、屯。

「副」，ㄆㄧˋ，會意兼形聲字，籀文從刀分二畐（盛滿酒的酒樽），會剖分之意，畐也兼表聲。本義是分割、剖分的意思。

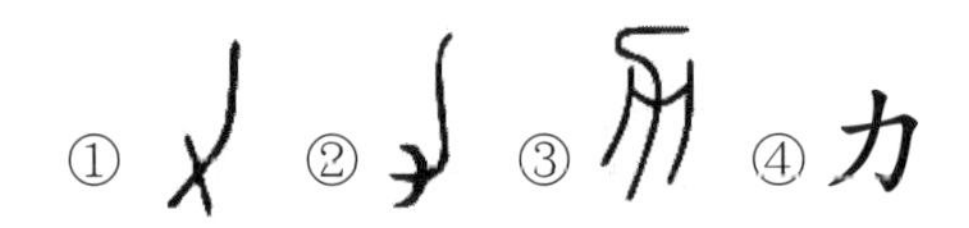

｜看圖說故事｜

韓愈〈雜說四〉：「食不飽，力不足。」大意是，吃不飽當然就沒甚麼力氣，這個「力」字，①甲骨文的上部彎曲的部分是木製的犁把，下部就是耕田用的鐵製犁具。②金文的形體也像甲骨文一樣。③小篆把犁頭放大，反而看不出犁的樣子了。④楷書寫成「力」。

「力」，ㄌㄧˋ，二劃，作為部首的稱呼叫力字旁或是力部。

「刀」和「力」長得很像，但刀字不出頭，要分辨清楚。

部首要說話

「力」，甲骨文象犁地的耒形，今文更顯示出起土之狀。原本就是「犁」的象形字，古代稱為「耒耜」，也就是耕田的一種工具。〈說文解字．力部〉：「力，筋也。象人筋骨之形。治功曰力，能御大災。」這是說，力，筋骨張縮的功用。像人筋骨突起的樣子。能使天下大治的功勞叫力，力能夠抵禦大的災難。這個釋義是「力」的引申義，本義當是耒，耕地的農具。

耕田是要用力的，所以「力」後來就作為「力量」的「力」了。〈孟子．梁惠王上〉：「吾力足以舉百鈞。」（鈞：三十斤為一鈞。）這就是說，我的力氣足能舉起三千斤。

從本義「力量」就可以引申當作「能力」來講。〈史記．魏公子列傳〉：「出入王臥內，力能竊之。」這是說，如姬（魏王寵愛的姬子）可以自由出入魏王的臥室，她有能力偷到兵符。

「力」，從能力又引申為勉力、盡力，〈左傳．僖公三十三年〉：「武夫力而拘諸原。」大意是，武人花力氣在戰場上逮住他們。

對一件事物出力，就會出現不同的結果，所以「力」又引申出事物效能的意義，例如：風力、水力、火力。

古時候，測量弓的強度單位，最早是以「石」為單位，到了明朝之後，弓的強度就以「力」來計算，一「力」相當於9斤14兩。

在物理學上，使物體產生形變，或改變其運動狀態的作用，就叫作「力」，單位是「牛頓」。

「力」，也是中國的姓。例如：宋代有人名叫力起。

「力」，今既可單用，也作偏旁使用。凡從力取義的字，都與力量、功效等義有關。

注意部首字詞

從部首「力」所組成的字，大多與力量或行動有關。

「勞」，ㄌㄠˋ，本義是一種無齒的耙，這個意義後來寫作「耮」。用作動詞就是用耮耙地。這種工作是很辛苦的，於是假借為費力、勞苦的「勞」，讀作ㄌㄠˊ，〈孟子・告子下〉：「故天將降大任於斯人也，必先苦其心志，勞其筋骨。」大意是，因此，上天將把重任降臨給這些人，必定先磨礪他們的心志，勞累他們的筋骨。勞動者必有功業，所以引申為功勞、功績。另外，「勞」也作慰勞講，〈詩經・魏風・碩鼠〉：「三歲貫女，莫我肯勞。」詩的大意是，侍奉你三年，卻不肯給我一點慰勞。

「勞」與「勤」在勞苦的意義上是同義詞，但引申義各不相同。

「勝」，是個多音多義字，形聲字，從力形朕聲，ㄕㄥ，⑴本義是能夠承擔、禁得起，柳宗元〈三戒・黔之驢〉：「驢不勝怒，蹄之。」今有成語「勝任愉快」。⑵盡，〈史記・項羽本紀〉：「刑人如恐不勝，天下皆叛之。」這是說，給人加刑，好像唯恐用不盡，天下人都叛離了他。今有成語「不可勝數」。

「勝」，ㄕㄥˋ，⑴勝利，與「負」相對。⑵勝者就是能夠「克制、制服」別人，當制服講。⑶引申為超過、勝過，〈論語・雍也〉：「質勝文則野，文勝質則史。」大意是一個人如果他的品質勝過文采就會粗野，文采勝過品質就會浮華。⑷優美的、美好的。⑸古時婦女的一種首飾叫「勝」。

「勝」與「胜」在古代是兩個不同的字，「胜」本義是「腥」的意思。今中國大陸將「勝」簡化為「胜」。

「勠」，ㄌㄨˋ，形聲字，從力翏聲，〈說文解字・力部〉：「勠，並力也。從力翏聲。」本義是合力。「勠力」一詞是表示勉力、合力的意思，〈尚書・湯誥〉：「聿求元聖，與之勠力。」大意是，就邀請了大聖伊尹與我共同努力。

「勠」與「戮」二字本義不同，「戮」是殺戮，「勠」是合力。惟因音同，合力的意義有時也用「戮力」，但是殺戮的意義則不能寫作「殺勠」。

「劬」，ㄑㄩˊ，形聲兼會意字，篆文從力句聲，句也兼表勾取之意，本義是勞苦，又作慰問的意思，〈禮記．內則〉：「食子者，三年而出，見于公宮則劬。」大意是，替國君乳養世子的士妻或大夫之妾，三年以後可以回家，國君嘉勉她們的辛勞，在公宮接見，並且有賞賜。

「勍」，ㄑㄧㄥˊ，形聲兼會意字，篆文從力京聲，京也兼表大之意，本義為強勁、有力的意思，〈左傳．僖公二十二年〉：「勍敵之人，隘而不列，天贊我也。」大意是，強大的敵人，由於地形狹隘而沒有擺開陣勢，這是上天在幫助我。

「勖」與「勛」二字形似，本義不同，要注意辨認。「勖」，ㄒㄩˋ，勉勵的意思。「勛」，ㄒㄩㄣ，是指功勛，特殊功勞。

「勩」，ㄧˋ，形聲字，篆文從力貰聲，〈說文解字．力部〉：「勩，勞也。《詩》曰：『莫知我勩。』從力貰聲。」本義為勞苦、辛勞。語出〈詩經．小雅．雨無正〉：「莫知我勩。」詩的意思是，沒有人知道我有多勞苦。

「勯」，ㄉㄢ，形聲字，從力亶聲，《集韻》：「多寒切，音丹。力竭也。」本義是竭盡的意思，〈呂氏春秋．重己〉：「使烏獲疾引牛尾，尾絕力勯，而牛不可行，逆也。」（烏獲：古代大力士。）大意是說，如果讓古代的大力士烏獲用力去牽引牛的尾巴，即使牛尾拉斷，氣力用盡了，牛還是不動，這是因為違反了牛的習性的緣故啊！

| 看圖說故事 |

〈孫子・謀攻〉：「知彼知己，百戰百勝。」這是說，瞭解敵人又瞭解自己，百戰都不會有危險。這是個「己」字，①甲骨文是以繩索彎曲的形象劃出來的。②金文也和甲骨文一般。③小篆倒是將繩索寫得更有動感。④楷書寫成了「己」。

「己」，ㄐㄧˇ，三劃，假借字，作為部首的稱呼是己字部或己字旁。

書寫「己」字時，如作左偏旁，末筆豎曲鉤要改為豎挑，如：改、邔。

「己」、「已ㄧˇ」、「巳ㄙˋ」三字從「己」，字形相近，容易寫錯，口訣為「開口為己、半開為已、不開為巳」。

| 部首要說話 |

「己」，甲骨文象來回交錯穿插，把絲縷分別編結在一起以防其散亂所用的絲繩形，用以表示編結、繫聯、約束、識別之義。上古先民，很早就懂得使用樹皮、藤皮、獸皮來作為綑綁的工具，在一次次的嘗試與摸索下，繩索有了綑綁、編織、機陷等等實用功能，進一步為人們帶來生活上的便利。這個「己」字，羅振玉與郭沫若都認為是，相繫在箭上用以射飛鳥的絲繩之形。是以，「己」的本義是「繩索」，繩索是用來捆紮物品的，繩之以索之物，不論型態如何，表示已有了歸屬，因此引申為自己。古人說：「己所不欲，勿施於人。」這是說，自己所不喜歡的事物，不要加在別人身上。

其實，「己」這種繩子在古時原來是繫在射飛鳥的箭梢，所以有人認為「己」就是「弋」的本字，後來「己」與「弋」的讀音相近，「己」的絲繩的意義就給了「弋」，而「己」就假借為自己的「己」了。

不論如何，「己」現在大都當「自己」講，如，「身在江湖，身不由己」、「求人不如求己」。

另外，「己」是天干的第六位，即：甲、乙、丙、丁、戊、己、庚、辛、壬、癸。

由於「己」為借義所專用，所以編結、記憶之義便另加義符「糸」寫作「紀」來表示。

「己」既可單用，也作偏旁使用。凡從己取義的字，都與約束、識別等義有關。

注意部首字詞

從部首「己」所組成的字並不多，但音義易弄混，要小心使用。

「已」，ㄧˇ，象形字，這個看似簡單的字，意義卻繁複非常。已本作巳，後為了區別，遂留下缺口作已，故已、巳、以三字同源，甲骨文是巳的倒形 ，即頭朝下的胎兒形，表示胎兒已經成形，將要誕生，懷胎截止。本義為懷孕截止，引申泛指⑴停止的意思，〈詩經．鄭風．風雨〉：「風雨如晦，雞鳴不已。」詩的意思是，風吹雨打天昏如夜，雞鳴聲聲啼不住。⑵從本義引申為完畢的意思。⑶疾止、病除，也可用「已」。〈呂氏春秋．至忠〉：「王叱而起，疾乃遂已。」⑷當撤除、罷免講。⑸已經的意思，〈史記．秦始皇本紀〉：「荊王獻青陽以西，已而畔約。」（畔：通「叛」，違背。）這是說，楚王獻出青陽以西的地盤，不久也背棄誓約。⑹太、過分，〈左傳．僖西元年〉：「君子以齊人之殺哀姜也為已甚矣。」大意是，君子認為齊國人殺死哀姜是太過分了。⑺同「矣」時，當語氣詞，一般在句末。《老子》第二章：「天下皆知美之為美，斯惡已。」（斯惡已：就顯出醜惡了。）⑻同「以」時，表示時間、方位等的界線。〈孫子．作戰〉：「得車十乘已上，賞其先得者。」

「已」與「既」的分辨：「已」字有停止的意義，「既」字有盡的意義，停止和盡是不相同的意思。固然說，「言未既」也可以說成「言未已」，因為「話沒說完」和「話沒停止」都是講得通的（當然意思仍略有不同）；但是「死而後已」就不能說成「死而後既」，「有時而既」也不能換成「有時而已」，因為「死而後已」指的是停止工作，沒有盡的意思，「有時而既」指的是送終的期限已盡，沒有停止的意思。

「巴」，ㄅㄚ，象形字，小篆作 ，《說文解字》：「巴，或曰食象蛇。」本義就是大蛇，〈山海經・海內南經〉：「巴蛇食象，三歲而出其骨。」這是說，巴蛇會吞吃大象，三年後才吐出大象的骨頭。「巴」，後來也作古國名，在今中國四川東部。〈墨子・兼愛〉：「又有君大夫遠使于巴、越、齊、荊。」

「卺」，ㄐㄧㄣˇ，會意字，篆文從卩（跪坐之人）從丞，會恭敬地承受之意。古有「合卺」，是古代婚禮中的一種儀式，剖 瓠為兩瓢，新婚夫婦各執一瓢飲酒。〈禮記・昏義〉：「共牢而食，合卺而酳。」（共牢：共食一牲。酳ㄧㄣˋ：食畢以酒漱口。）這句話的意思是，吃飯時，夫婦共用一種食物，合飲一個酒杯。後以「合卺」代指成婚。

「巷」，ㄒㄧㄤˋ，會意字，古文從 𨛜 從共，會共有的街道之意，篆文省去一邑，本義是狹窄的街道，就是里248中的道路、胡同，後泛指街巷。

「巽」，ㄒㄩㄣˋ，會意字，甲骨文象二人跪伏地上以備差遣之狀，會形跡卑順之義，後用作《周易》八卦之一卦名，〈周易・說〉：「巽為木，為風。」這是說，巽卦象徵樹木，象徵風。後引申作謙遜、恭順，〈周易・蒙〉：「童蒙之吉，順以巽也。」大意是，六五爻辭言「幼童順利的接受啟蒙，吉祥」，是說他具有順從而謙虛的美德。

| 看圖説故事 |

〈周易・繫辭下〉：「斫木為耜，揉木為耒。」這是說，（神農氏）砍削樹木製成犁頭，用火烘彎樹木而製成犁柄。這個「耒」字是非常具象的字，甲骨文沒有收這個字，在②金文左上方是一隻手（又），這隻手握著一個像杈形的農具，表示手握著農具。③小篆的下部訛變為「木」，上部還是有手（手也訛變為三撇）伸過這個農具的形狀。④楷書寫成「耒」。

「耒」，ㄌㄟˇ，六劃，象形字，作為部首稱為耒部。

「耒」，上部是三撇，不可寫成三橫。

「來」與「耒」相像，「來」是人部，本義是小麥，後來作為「來去」的「來」。

| 部首要說話 |

「耒」，甲骨文像犁形。〈說文解字・耒部〉：「耒，手耕曲木也。從木推丰。古者垂作耒耜，以振民也。」也就是說，「耒」是一種農耕用的曲木，這是中國農業文明的一種特有農具，用作掘土鬆土，形狀似杈，分叉處綁有橫木，腳掌可以踏在上面施力。

---

248. 里：會意字，從田從土，用有田有土會人所聚居之地之義，即鄉里。古代里居有定制，由此引申用作長度單位。事實上，〝里〞的構字來自於周代井田制。所謂井田，就是將九百畝田以〝井〞字形劃分為九個區，中間百畝屬於統治者的〝公田〞，周圍八百畝為八家農戶的〝私田〞。這九百畝的土地單位就叫作〝井〞，也叫作〝里〞，里，從田從土會意，表現了〝里〞的概念是建立在井田制度上的。

在古時候的農業社會，挖窖穴、開溝渠，掘土工具不可少，從出土的青銅來看，耒頭有二齒，可知遠古時代以樹杈為耒，後來才用青銅澆灌。五千年前大汶口文化（考古）發現雙齒木耒及鹿角制的鋤、蚌鋤、石鋤等耘田器，可見考古證明了耒的發展。

「耒」，從本義又引申為一種像犁的農具，稱為「耒耜」，它的木製把手稱為「耒」，前部的犁頭就叫做「耜」，這是中國最原始的翻土工具，後世也曾把各種耕地用的農具都稱為「耒耜」。

今「耒」可單用，也作偏旁使用。由部首「耒」組成的字大都與農具及農業勞動有關。

注意部首字詞

「耔」，ㄗˇ，形聲字，楷書從耒子聲，《玉篇》：「耔，壅苗本也。」本義是給苗根部培土，〈詩經．小雅．甫田〉：「今適南畝，或耘或耔。」這意思是，今年我去田頭視察，看到有人在除草，有人在培土。

「耕」，ㄍㄥ，會意字，甲骨文作，右邊有個人手持「耒」在用力翻土，本義就是犁田，翻土播種，〈論語．微子〉：「長沮、桀溺耦而耕。」（耦：兩人並耕。）大意是，長沮、桀溺，兩人一起耕田。從本義引申為從是某種操作、勞動的意思。

「耕當問奴」，語出〈宋書．沈慶之傳〉：「慶之曰：『治國如治家，耕當問奴，織當訪婢。陛下今欲伐國，而與白面書生謀之，事何由濟？』」這是說，事各有司，辦事當謀之於行家。

「耗」，ㄏㄠˋ，形聲字，篆文從禾毛聲，隸變後改為從耒，〈說文解字．禾部〉：「本作秏。稻屬也從禾，毛聲。」本義為一種稻類植物，後用於莊稼歉收，引申為虧損、消耗，引申作音信、消息，李商隱〈即日〉：「赤嶺久無耗。」「耗」，在古籍中有通「眊ㄇㄠˋ」者，是不明、昏亂的意思，這個意義要注意，如〈漢書・景帝紀〉：「不事官職耗亂者，丞相以聞，請其罪。」

「耘」，ㄩㄣˊ，形聲字，篆文從耒員聲，隸變後改為雲聲，〈說文解字・耒部〉：「除田閒穢也。本作䢵。今文作耘。」本義是除去田裡的雜草。

「耤」，ㄐㄧㄝˋ，會意兼形聲字，甲骨文 從耒（犁），是一人執耒耕作形，金文另加聲符昔，成了形聲字，〈說文解字・耒部〉：「耤，帝耤千畝也。古者使民如借，故謂之耤。從耒昔聲。」本義為古代天子示範親耕之田，這種田在天子示範親耕之後，則借民力耕種，故引申為借助的意思，〈漢書・郭解傳〉：「以軀耤友報仇。」這就是「藉」的古字。「耤」，又讀ㄐㄧˊ，是古代天子親耕之田。

「耨」，ㄋㄡˋ，會意兼形聲字，篆文從木從辱，會除草之意，辱也兼表聲，隸變後改為從耒，〈說文解字・木部〉：「耨，薅器也。從木從辱。本作槈，今文作耨。」《廣韻》：「同鎒。纂文曰：耨如鏟，柄長三尺，刃廣二寸，以刺地除草。」本義為除草的農具，似鋤，又引申為鋤草，劉禹錫〈畬ㄕㄜ田〉：「巴人拱手吟，耕耨不關心。」這是說，巴人下種之後，閒時拱手唱竹枝，無需操心鋤草之事。

｜語文點心｜劉禹錫

劉禹錫（公元772－842），字夢得，晚年自號廬山人，彭城（今江蘇徐州）人，是漢中山靖王後裔。唐代中晚期詩人、哲學家。他的家庭是一個世代以儒學相傳的書香門第。政治上主張革新，是王叔文派政治革新活動的中心人物之一。

劉禹錫天資聰穎，敏而好學，從小就才學過人，氣度非凡。他十九歲遊學長安，上書朝廷。21歲，與柳宗元同榜考中進士。同年又考中了博學宏詞科。後來永貞革新失敗被貶為朗州司馬。一度奉詔還京後，劉禹錫又因詩句

「玄都觀裡桃千樹，盡是劉郎去後栽」觸怒新貴被貶為連州刺史。後被任命為江州刺史，在那裡創作了大量的〈竹枝詞〉。名句很多，廣為傳誦。

公元824年夏，他寫了著名的〈西塞山懷古〉：「王濬樓船下益州，金陵王氣黯然收。千尋鐵鎖沉江底，一片降幡出石頭。人世幾回傷往事，山形依舊枕寒流。今逢四海為家日，故壘蕭蕭蘆荻秋。」這首詩為後世的文學評論家所激賞，認為是含蘊無窮的唐詩傑作。

另有〈烏衣巷〉詩云：「朱雀橋邊野草花，烏衣巷口夕陽斜；舊時王謝堂前燕，飛入尋常百姓家。」這首詩，是劉禹錫組詩〈金陵五題〉之一，其以即小見大的手法描寫貴族的盛衰變化，而後兩句，千載傳誦，膾炙人口。

其詩現存800餘首。其學習民歌，反映民眾生活和風土人情的詩，題材廣闊，風格上汲取巴蜀民歌含蓄宛轉、樸素優美的特色，清新自然，健康活潑，充滿生活情趣。其諷刺詩往往以寓言托物手法，抨擊鎮壓永貞革新的權貴，涉及較廣的社會現象。晚年所作，風格漸趨含蓄，諷刺而不露痕跡。清代翁方剛評說劉禹錫：「以〈竹枝〉歌謠之調，而造老杜詩史之地位。」這顯示出他詩作的傑出與地位之崇高。

①　②　③　④用

| 看圖說故事 |

〈孟子．梁惠王上〉：「然則一羽之不舉，為不用力焉。」這句話是說，舉不起一根羽毛是因為沒有化費力氣。這就是「用」字，①甲骨文的外部是個「凡」（凡），這是肛門的後視圖，中間的一豎表示草根、樹枝之類的東西，其上一點乃是大便之後用草根、樹枝擦屁股留下的糞便。②金文和③小篆保留

了凡，糞便的痕跡也美化成為一小橫。④楷書寫成「用」。

「用」，ㄩㄥˋ，五劃，會意字，作為部首的稱呼是用字部。

書寫「用」字的時候，裡面的二短橫要連上外部兩邊。

部首要說話

「用」，上古先民取象於生活創造了這個字，本義是「有用的東西——糞便」，為何有用呢？因為這可以用於施肥，使莊稼成長茁壯。因此，「用」一方面表示物的「有用」，如功用、作用、用品等；另一方面是作為動詞，表示施行、使用的意義，如大才小用，運用得當。〈左傳．宣公十三年〉：「其佐先縠剛愎不仁，未肯用命。」（先縠ㄏㄨˊ：人名。）大意是，他的副手先縠剛愎不仁，不肯聽從命令。

「用」，從使用義引申為需要，〈呂氏春秋．求人〉：「歸已君乎！惡用天下？」（惡ㄨ：何。）這是說，請您回去吧！我哪裡需要天下呢？

用過的東西就有消耗的意思，所以「用」也引申為花費，如：家用。〈墨子．七患〉：「用不可不節也。」大意是，財用不可不節約使用。

另外，「用」字虛化之後又能當副詞來使用，當「因為」、「由於」來講。可見「用」這個字是多麼有用啊！

其實，近人左民安認為「用」這個字是「木桶」，這是先民常用之物，引申為使用的意思。但是這個解釋不如「用」是「有用的東西——糞便」來得更常民化與生活化，更有實用意義的是，糞肥之於農事是非常重要的。

凡是取義於「用」的字，大都與施行等義有關。不過，有些字形裡的「用」是由其他形狀變來的，例如：甬、備。

「用九」，這是周易的用詞。《易》經〈干〉卦特有之爻題。謂六爻皆九。〈易‧干〉：「用九見群龍無首吉。」王弼注：「九天之德也。」孔穎達疏：「言六爻俱九乃共成天德非是一爻之九則為天德也。」高亨注：「依古筮法筮遇《干》卦六爻皆七則以卦辭斷事，六爻皆九則以用九爻辭斷事。」「用九猶通九謂六爻皆九也。見亦讀為現。」爻辭言：「群龍出現於天空其頭被雲遮住。」此比喻眾人俱得志而飛騰自為吉。因以「用九」指奮發有為的意思。

從部首「用」所組成的字不多，但一般都少認識「用」是個部首，於是對「用」部的字常誤認為其他部首。

「甪」，ㄌㄨˋ，象形字，楷書用「角」的後起分化字，甲骨文金文皆象帶紋路的獸角形，本義為獸角挺起，後用作複姓「甪里」，是漢初隱士，商山四皓之一，世稱「甪里先生」，亦作「角ㄌㄨˋ里先生」。「甪里」也做複姓，東漢有甪里若叔。

「甫」，ㄈㄨˇ，象形字，甲骨文象田中長有菜苗形，是「圃」的本字，篆文訛化從用從父，就看不出原意了，本義為苗圃，即種菜的地方，由幼苗引申指開始、剛剛，〈漢書‧匈奴傳〉：「傷痍者甫起。」，後借指古代成年男子名字下加的美稱，〈詩經‧大雅‧烝民〉：「袞職有闕，維仲山甫補之。」（袞：天子之服，此指天子。闕：缺。仲山甫：周宣王的大臣。）詩的意思是，天子做事有缺失，只有仲山甫能夠補救他。「甫」是成年才加上的美稱，於是引申為開始男子成年也表示是大人了，所以「甫」也引申出大、廣大的意義，〈詩經‧小雅‧甫田〉：「倬彼甫田，歲取十千。」（倬ㄓㄨㄛ：光明的樣子。）這句詩的意思是，那廣闊的大田，每年收穫萬千。

「甫竁ㄘㄨㄟˋ」，語出〈周禮‧春官‧小宗伯〉：「卜葬兆，甫竁，亦如之。」這「甫竁」就是指，開始挖墓穴。

「甬」，ㄩㄥˇ，象形字，甲骨文作，下部為桶底，上部為把手，所以本義就是桶，桶可裝水，也就可以當作量器，〈呂氏春秋．仲秋〉：「正鈞石，齊斗甬。」這是說，使鈞石斗桶這類量器都能整齊劃一。「甬」，有把手可以提之，後也作為稱鐘柄，〈周禮．考工記．鳧氏〉：「舞上謂之甬。」（舞：鐘的頂部。）另外，「甬」也作「通」的通假字，《紅樓夢》：「那媳婦……剛走到甬道。」這「甬道」就是「通道」。

「甭」，ㄅㄥˊ，就是「不用」二字的合音與合義。

「㒲」，ㄈㄥˋ，就是「勿用」二字的合音與合義。

「甯」，ㄋㄧㄥˊ，同「寧」，願意的意思。作為姓氏[249]，讀作ㄋㄧㄥˋ，甯先生。

| 看圖說故事 |

〈孟子．梁惠王上〉：「斧斤以時入山林，林木不可勝用也。」這是說，斧子、砍刀按季節進入山林，木材就用不完。這就是「斤」字，①甲骨文上部

249. 姓與氏：〝姓〞，最初產生於母系氏族社會，每一個氏族或部落都有自己的姓，同姓的人有共同的女性祖先，故古老的姓大都從女字旁，如：姬、姜、姚、嬀等，同姓不得通婚。〝氏〞乃〝姓〞的分支，一姓之人為數過多，於是不能不分出支系，故同一姓可以有不同的氏，用來區別子孫的所由出生。最初的氏是男性部落首領的稱號，其後是根據這個血緣群體（統治者）獲得的封國、封邑和官位而得名，這些，常是以建立某種功業而獲得（賜封邑、賜姓）。〈左傳．昭公二十九年〉記載著：天子立有德之人為諸侯，是〝因生以賜姓，祚之土而命之氏〞。這表明了，〝姓〞是天子賜給諸侯，依據其出生之地，而〝氏〞依據的是封地。

的箭頭狀是刀刃向左的形狀，下部是帶點彎曲的握柄，是手可以握住的部分。②金文的右下部仍然是斧子的樣子，但是增加了右上部的符號𠂆，這表示揮舞動作的符號。③小篆為了使字形美觀，改直為彎，字形雖然很有流動性，看已經看不出原來的樣子了。④楷書寫成「斤」。

「斤」，ㄐㄧㄣ，四劃，象形字，作為部首的稱呼為斤部。

「斤」字在下部的一豎上加一點就成為另一個字──「斥」，這個字是排除的意思。「斤」、「斥」同形字似，小心不要認錯了。

部首要說話

「斤」，甲骨文象橫刃錛斧形，本義就是斧頭。「斤」，是支砍木用的短斧，怎麼知道的呢？公元1954年從湖南寧鄉出土的商代原任青銅小斧就稱為「斤」，可見「斤」的本義就是一種砍木短斧。斤（斧頭）是人類史前社會很重要的工具，從舊石器的石斧到夏商時期的木柄銅斤，然後是鐵製斧子，都是農用與建築上重要的工具。〈莊子．徐無鬼〉：「匠石運斤成風，盡堊而鼻不傷，郢人立不失容。」大意是，匠石運斧如成風，聲聲作響地砍它，砍盡了白土子而沒傷鼻子，郢人站立面不改色。

名詞的「斤」用作動詞，就是砍削的意思。用在修改文章上，指的就是刪改文字，例如，要請有名望的人修改自己的文章，就會謙虛地說：「望大人略加斤正。」

在中國古代社會，人們在分配交易的物品時有的須要以斧頭分割，順便用斧斤當秤鉈，於是「斤」就被借用為重量單位──斤兩。〈戰國策．齊策四〉：「遣使者黃金千斤，車百乘，往聘孟嘗君。」這句話是說，派遣使者，用黃金一千斤、車子一百輛，前去聘請孟嘗君。

「斤斤」一詞有兩種用法，一是明察的樣子，如〈詩經．周頌．執競〉：「自彼成康，奄有四方，斤斤其明。」詩的意思是，自從那成王康王開始，就擁有了天下四方，他們的德行是多麼光明。今有成語「斤斤計較」，是形容明察，引申為瑣碎細小，表示只對無關緊要的事過分計較。另外在〈後漢書・吳漢傳〉：「及在朝廷，斤斤謹質，形於體貌。」這是說，他在朝廷上，表現出拘謹小心的樣子，都表露在身體外貌上。這裡的「斤斤」是指拘謹的樣子。

由於「斤」為借義所專用，斧子之義便另造了形聲字「斧」和「錛」來表示。

今「斤」可單用，也作偏旁使用。凡由「斤」字組成的字往往與斧頭或斧頭的動作等義有關。

注意部首字詞

「斥」，ㄔㄟ，這個筆畫簡單的字卻擁有多義，象斧斤旁加上一點，表示殘屑，所以⑴本義是排除、貶斥的意思，〈史記・秦始皇本紀〉：「西北斥逐匈奴。」⑵開拓的意思，〈鹽鐵論・非鞅〉：「斥地千里。」這是講開拓了千里寬的土地。⑶當偵查、候望，今有「斥候」即偵查、偵查的人。⑷有指明的意思，〈詩經・周頌・雝〉：「假哉皇考。」鄭玄箋：「皇考，斥文王也。」這是說指明文王的對錯。⑸「斥」從殘屑引申為鹽鹼地，即瘠地，〈尚書・禹貢〉：「厥土白墳，海濱廣斥。」大意是，這裡的土又白又肥，海邊卻是一片廣大的鹽鹼地。⑹當多、滿講，〈左傳・襄公三十一年〉：「盜寇[250]充斥。」

「斥鴳ㄧㄢˋ」，這是指一種小雀，語出〈莊子・逍遙遊〉：「斥鴳笑之曰。」

斥、貶、謫，在貶斥的意義上，這三個字是同義詞。由於辭源的不同，意義也有細微的分別。「貶」字著重在降職，「謫」字著重在譴責，「斥」字著重在摒棄。因此，有時可以「貶」而不「謫」，如諸葛亮的「自貶三等」。有

250. 寇：會意字，金文作 ，從攴（人持棍）從宀（房子）從突出了頭的人，會進入室內手持棍棒擊人，本義為行凶劫掠，用作名詞，指入侵者、盜賊。

時候，「謫」字表面上表示譴責，實際上表示貶斥，如柳宗元〈答韋中立論師道書〉：「僕自謫過以來，益少志慮。」大意是，我自從貶謫以來，很少有什麼志向和打算。

「斧」，ㄈㄨˇ，會意兼形聲字，甲骨文從斤（斧子）從父（手持斧），會手持斧砍斫之意，覆也兼表聲，本義為用斧子砍，用作名詞，引申為斧頭，後引申為斫與兵器。

「斨」，ㄑㄧㄤ，這是方孔的斧，見〈詩經・豳風・七月〉：「取彼斧斨，以伐遠揚。」詩的大意是，手握圓孔的斧、方孔的斨，砍伐那高聳的老枝。

「斫」，ㄓㄨㄛˊ，會意兼形聲字，甲骨文從斤（斧）從石會意，石也兼表聲，本義為用刀斧砍削，這個意義來自「斤」（斧斤），所以不作「石」部。

「斬」，ㄓㄢˇ，會意字，從車（車裂）從斤（斧），會意為殺戮，本義即砍、殺。從本義引申為斷絕，〈孟子・離婁下〉：「君子之澤，五世而斬，小人之澤五世而斬。」這是甚麼意思呢？大意是，君子的影響五個世代才止歇，小人的影響也要五個世代才止歇。

「新」，ㄒㄧㄣ，會意字，甲骨文作 ，正是一具斧頭劈砍樹木的形象，兩相會意就是砍柴，本義即砍伐樹木，後來這個意義寫作「薪」，「新」的砍伐樹木給了「薪」之後，就假借為新舊的「新」，這也是「新」字最常被使用的意義。〈論語・陽貨〉：「舊穀既沒，新穀既升。」大意是，舊的穀子吃完，新穀又長。「新」從新舊的新義引申為剛剛、剛才，〈荀子・不苟〉：「新浴者振其衣，新沐者彈其冠。」這句話是說，新洗了身體的人，總要抖抖自己的衣服；新洗了頭髮的人，總要彈彈自己的帽子。另外，「新」也做朝代名，西漢末年，王莽廢漢，建國號為「新」。

「斲」，ㄓㄨㄛˊ，會意兼形聲字，甲骨文從斤（斧）從石會意，石也兼表聲，隸變後異體寫作「斲」，實「斫」為正體，本義為用刀斧等砍削，後引申為木匠用以砍削的工具。〈禮記・檀弓上〉：「木不成斲。」這是說，木器沒有好好雕飾。

① ② ③ ④ 厶私

看圖說故事

《藝文類聚》：「爵有五等，公者，無厶也。」這是說，公就是無私，可見「厶」就是「私」的初文。①甲骨文是個繩索般的圈套，也就是先民狩獵活動時，捕獵禽獸[251]所用繩套的白描圖形。②金文將它左右顛倒，但還是個繩套。③小篆寫成了左邊增添個「禾」字的「私」。④楷書寫成「厶」、「私」。

「厶」，讀音ㄙ，二劃，指事字，做為部首的稱呼為厶部。

部首要說話

「厶」，構字來自於獵捕禽獸的繩套，獵人將繩套設置完成後便會離開，當繩套套住獵物之後，其所有權自然就屬於布置繩套的氏族或是個人，其他人必須認同這種領屬權利，由此也發展出領地的概念，台灣原住民族也有土地先

251. 禽、獸：禽，象形兼形聲字，甲骨文象長柄捕鳥網形，表示捕捉，金文加上今聲，本義為捕捉鳥，為〝擒〞的本字，後來本義給了〝擒〞之後，禽就引申為獵物，後專指飛禽。獸，會意字，甲骨文從單（獵叉）從犬，會帶著獵叉和獵犬狩獵之意，本義為狩獵，後引申為四足獸物。飛禽為兩足獸物，獸為四足獸物，兩字連詞成〝禽獸〞，用以泛指各種飛禽走獸，又比喻為沒有人性的人（因禽獸非人也）。

佔權的類似概念。這就是「ㄙ」字的本義——「我的」、「私有」的意思。〈韓非子・五蠹〉：「古者倉頡作書也，自環者為之ㄙ，背ㄙ謂之公。」大意是，古時候，倉頡創造文字，把自己（的東西）環繞成圈的叫做「私」，與「私」相背的叫做「公」。

中國先民開始步入農業社會之後，人們會在繩套的旁邊增添表示莊稼的「禾」，用來明確表明這些莊稼的歸屬，於是在小篆裡就將「ㄙ」字在其左邊加上「禾」，成了「私」字，而「私」也取代了「ㄙ」的本義。換句話說，「ㄙ」正是「私」的本字。段玉裁注《說文解字》釋ㄙ時寫道：「公私字本應如此，今字私行而ㄙ廢矣。ㄙ者，禾名也。」可見，ㄙ作為莊稼的屬名之後，就成了「私」，爾後私行ㄙ廢。

「私」，其實就是個體生命的自我保存，甚至是一種下意識行為。在古代漢語中，「私」有兩重意義，一是指個人的、自己的，是與「公」相對。另一是表示暗地的、不公開的，如：隱私、私下、切切私語。

也有人認為「ㄙ」就是「巳」（胎兒）的倒形，即頭朝下的胎兒形，表示胎兒已經長成，將要降生的意思。所以將「ㄙ」「以」作為同源字。

「ㄙ」由「私」假借了之後，只做為部首字來使用，一般不單獨成字。

注意部首字詞

從部首「ㄙ」組成的字很少，但有些是罕見字，要注意辨認。

「厹」，ㄑㄧㄡˊ，作「厹矛」一詞，指的是三稜矛，〈詩經・秦風・小戎〉：「厹矛鋈錞。」（鋈錞ㄨㄛˋ ㄉㄨㄣ：矛戟柄下端的白銅平底套。）詩的大意是，三稜長矛鑲著白色柄套。另有「厹由」一詞，這是春秋時國名，在今山西陽泉市，〈戰國策・西周策〉：「昔智伯欲伐厹由。」

「去」，ㄑㄩˋ，是個常見的字，也是多義詞。會意字，甲骨文 [甲骨文] 從大（人）從口（地穴出口），會人從地穴口走出離開之意，〈說文解字・去部〉：「去，人相違也。從大 厶 聲。」⑴本義即離開，〈詩經・魏風・碩鼠〉：「逝將去[252]女，適彼樂土。」（逝：通「誓」。）大意是，我發誓要離開你，到那幸福的樂土。從本義引申為「死」的婉辭，如：去世。⑵除去，捨棄的意思，〈左傳・隱宮六年〉：「見惡，如農夫之務去草焉。」引申為失去的意思。⑶當距離講，〈呂氏春秋・高義〉：「其與秦之野人相去亦遠矣。」這是說，他與那些秦國的郊野村民比較起來，兩者差距實在太遠了。⑷去就是往的意思，到……去。古詩〈為焦仲卿妻作〉：「卿可去成婚。」

「去」，古時有音讀ㄐㄩˇ，是收藏的意思，〈史記・周本紀〉：「龍亡而漦在，櫝而去之。」（漦ㄌㄧˊ：涎沫。櫝ㄉㄨˊ：放在木匣中。）這是說，二條龍不見了，留下了唾液。夏王讓人拿來木匣子把龍的唾液收藏起來。後來這個意義寫作「弆」。

「厺」，ㄌㄧㄣˋ，同「吝」，吝嗇，〈管子・牧民〉：「厺 於財者失所親。」

「參」，這是個多音多義詞。ㄕㄣ，會意字，甲骨文從人從頭上有三星，會參宿三星之意。金文 另加意符，表示星光閃爍，本義是參宿星三星，後指星宿名，「參商」[253]二星宿名，參宿在西，商宿在東，此出彼沒，永不相見。後世用以比喻親友隔絕，不能相見。也可以用以比喻兄弟不和睦。

「參」，ㄘㄢ，⑴本義為羅列，並列，〈尚書・西伯戡黎〉：「乃罪多，在參上，乃能責命於天？」這意思是，您的過失很多，又懶惰懈怠，早已排列在上天，難道還能向上天祈求福命嗎？從並列義引申為齊，等同。⑵參加。⑶檢驗，驗證，如〈呂氏春秋・淫辭〉：「言心相離，而上無以參之，則下多所

---

252. 去與往：上古時代“去”與“往”的意義大不相同。“來”的反面不是“去”，而是“往”。“往”不能帶賓語，“去”經常帶賓語。“去”是離開的意思，“往”是走向目的地。

253. 參商：參宿，就是獵戶座，由奎、胃、昴、畢、觜、參、婁七宿組成的西方白虎星宿之一。心宿又稱為商宿，是天蠍座，由角、亢、氐、房、心、尾、箕七宿組成的東方蒼龍星宿之一。由於兩個星宿不可能同時出現在夜晚的天空，故在人們的視覺中是永不相見的。後來用以比喻親友隔離不得相見或彼此對立不和睦。

言非所行也。」這是說，如果語言和心意相互背離，在上位的人又不能加以參驗考核，那麼在下位的人就會出現很多所說與所做不相符的事了。⑷當雜、間雜講。⑸按一定的禮節進見地位或輩分高的人，今有「參拜」一詞。

「參」，ㄙㄢ，數詞，三。

「參」，ㄘㄣ，「參差」一詞，表示不整齊的樣子，又作差不多、幾乎。

「參」與「三」，都可以當數詞講，但「三」是一般的數詞；「參」用作數詞卻是要受到限制的，它一般只表示並列的三個、三種或三份。「參」的意義可以用「三」表示，但「三」表示多數的意義卻不能寫作「參」。

| 看圖說故事 |

〈尚書．盤庚上〉：「若網在綱，有條而不紊。」這句話是說，就好像把網結在綱（提網的大繩）上，才能有條理而不紊亂。這個「網」字，古字作「网」。①甲骨文左右兩邊是插在地面上的兩根木棍，中間交叉的線條是一面張開的網，這表示上古先民不僅用網捕魚，還張掛在陸地上捕獸。②金文簡化成網形狀。③小篆就像一張綱舉目張的魚網了。④楷書寫成「网」。

「网」，ㄨㄤˇ，六劃，象形字，作為部首的稱呼是网部。

「网」字在書寫時，有三種變形體，作「㓁」，如：「罕」。作「罒」，如：「罷」、「罰」、「詈」。作「⺳」，如：「罔」。

「网」，甲骨文象一張網形，《說文解字》寫著：「网，庖羲氏所結繩[254]以田以漁也。」這是說，「网」是用來畋獵、捕魚的工具。「网」的本義是用繩、線編結成的捕魚、捉鳥獸的工具。「网」，本來是「捕鳥的網」，「网」字到了楷書變成中間加「亡」表聲成了形聲字，後來再在左邊加上糸的偏旁，表示「网」是用「絲」結成的，愈變愈繁，也就是說，「网」就是「網」的本字。

捕鳥捕魚的網，用作動詞就是用網捕捉，〈呂氏春秋・異用〉：「湯去其三面，置其一面，以網四十國，非徒網鳥也。」這是說，商湯去掉三面，只在一面設網，卻得到四十多個國家的歸順，其中的道理，非但對網鳥也是如此啊！[255]

像網的東西，也可以稱作「網」，如：蜘蛛結網。

具體的網用作抽象的網，於是引申指縱橫交錯的組織或法律，《老子》第七十三章：「天網恢恢，疏而不失。」這就是說，上天的法則大到包羅萬象，好像不嚴密、不精確，卻沒有誰可以擺脫它的控制。今有成語「法網恢恢，疏而不漏。」

「網羅」，有兩種用法。一是指捕鳥獸等的網，如〈淮南子・氾論〉：「伯于之初作衣也……其成猶網羅。」另一是指收集、蒐羅的意思，〈漢書・

254. 結繩記事：上古之結繩，不僅只是〝以田以漁〞，更是結繩用以〝記事〞。所謂結繩記事，就是通過繩子打結的辦法來幫助記憶。這正是出現文字的前沿，《周易》鄭玄注：「結繩為約，事大，大結其繩；事小，小結其繩。」唐・李鼎祚《周易集解》說得更具體：「古者無文字，其有約誓之事，事大大其繩，事小小其繩，結之多少，隨物衆寡，各執以相考，亦足以治矣。」

255. 網開三面：今有成語〝網開一面〞，也用來比喻寬大仁厚，對犯錯的人從寬處置。比較商湯〝網開三面〞的故事，〝網開一面〞就顯得不是那麼的寬大仁厚，當為後世的訛用。

王莽傳上〉：「網羅天下異能之士。」集合蒐羅了天下有專長的人才。

「网」，今已不單用，只作偏旁使用。凡是由部首「网」所組成的字大都與網和網的作用有關。

注意部首字詞

「罰」，ㄈㄚˊ，是三個字符組成的會意字，金文作 ，右邊為刀形，表示用刑；左邊上方是個「网」，就是捕捉的意思；右邊下部是個「言」，表示判決。三形會意，即為懲處、處罰，〈左傳．襄公十六年〉：「賞罰無章。」被懲處者是因為犯有過錯，引申為小罪、過錯，如〈尚書．盤庚〉：「邦之不臧，惟餘一人有迭罰。」（臧：善。迭：失。）這句話是說，國家治理得不好，是我有過失有罪過。「罰」，後來也作出錢贖罪。

「罰」與「刑」，一般作連詞使用，其實「罰」是小過，「刑」是刑罰、施刑，本來兩字並不同義。只不過「罰」的懲罰義程度較輕，「刑」的懲罰義程度較重。

從部首「网」所組成的字，大多是古籍中的用字，一般較為少見。

「罕」，ㄏㄢˇ，形聲字，從网形干聲，本義是捕鳥的用的長柄小網。這樣的網能捕到的鳥並不多，於是引申出少、稀少義，〈詩經．鄭風．大叔于田〉：「叔馬慢忌，叔發罕忌。」（忌：語氣詞。）這句詩的意思是，他駕的馬放慢了腳步，他發的箭逐漸減少了。「罕」這種長柄小網後來也發展成為一種旌旗，〈史記．周本紀〉：「百方荷罕旗以先驅。」這是說，一百名壯漢扛著有幾條飄帶的雲罕旗在前面開道。

「罘」，ㄈㄨˊ，形聲字，骨文從网不聲，篆文從网否聲，〈說文解字．网部〉：「罘，兔罟也。從网否聲。」本指捕兔的網，後泛指漁獵用的網。有「罘罳ㄙ」一詞，是指設在門外或城角上的網狀屏風，又指屋簷或窗上防鳥雀的網子。

「罡」，ㄍㄤ，會意兼形聲字，篆文從山從网會意，山有脊猶网有綱，故用以會山脊之意，网也兼表聲，本義為山脊，後主要用作星名，即北斗七星的斗柄。

「罟」，ㄍㄨˇ，形聲字，古文和金文皆從網古聲，〈說文解字・網部〉：「罟，網也。從網古聲。」本義是網的總稱，後比喻為法網，〈詩經・小雅・小明〉：「豈不懷歸？畏此罪罟。」這是說，難道不想回家？但就怕觸犯法網啊！

「罝」，ㄐㄩ，會意兼形聲字，甲骨文從网從兔，會捕兔網之意，篆文另加意符糸及聲符且，異體省去糸，本義圍捕兔的網，泛指捕鳥獸的網。

「罣」，ㄍㄨㄚˋ，形聲字，楷書從网圭聲，《正韻》：「古畫切，從音卦。絓或作罣。掛也。」本義是懸掛，引申為牽掛、牽連。

「罫」，ㄍㄨㄞˇ，形聲字，楷書從网卦聲，《集韻》：「古買切，音枴。罣或作罫。博局方目。」本義是指棋盤上的方格，因為這些方格看來似網狀，所以從「网」部。

「羅」，ㄌㄨㄛˊ，會意字，以网捕鳥（隹），本義是捕鳥的網，作為動詞就是以網捕鳥，〈詩經・小雅・鴛鴦〉：「鴛鴦於飛，畢之羅之。」（畢：捕鳥的長柄網。）引申為招致、收羅。「羅」，應當分布、排列講，〈漢書・天文志〉：「其西有句曲九星，三處羅列。」今有成語「星羅棋布」。

｜語文點心｜字符

字符是指文字所使用的符號，包括意符、音符和記號。

意符是指跟文字所代表的詞在意義上有關連的字符。意符又可分成兩類，一類為形符，是通過自己的形象起表意作用的，如古文字中的「涉」（會意字，甲骨文 從水，將步的兩腳跨在水兩邊，會趟水而過之意）、「射」（會意字，甲骨文是張弓射箭形，金文 要加射出的一隻手，會開弓放箭之意）等字所使用的字符。一類為意符，是依靠本身的字義來起表意作用的，如「歪」（不正即歪）、「楞」（四方木，有棱有角）等字使用的字符。

音符是指跟文字所代表的詞有關連的字符，如「花」字的聲旁「化」、「江」字的聲旁「工」。

記號是指跟文字所代表的詞在語音和意義上都沒有連繫的字符，如古文字中的「六」、「七」、「八」等。

漢字使用字符特點的形成，與中國傳統思維方式的影響有關。中國傳統思維方式具有象徵性特徵，這種思維是把具體形象與抽象意義結合起來的思維，是通過具體形象表現抽象意義的思維。

看圖說故事

〈左傳．僖公三十二年〉：「冬，晉文公卒。庚辰，將殯於曲沃。」（殯：埋葬。）這句話的大意是，魯僖公三十二年的冬天，晉文公去世了。十二月初十日，要把棺材送到曲沃停放待葬。句中的「庚辰」是紀年月的十二月初十日。「辰」字，①甲骨文像某種生物被打開了，露出裡面的身體與觸角。②金文裡的形體看出了蚌殼的樣子，觸角伸得更長了，原來上部的「厂」是岸邊，表示這種蚌殼生長的環境。④楷書寫成「辰」。

「辰」，ㄔㄣˊ，七劃，象形字，作為部首的稱呼是辰部。

書寫「辰」字時，末筆作一捺。如作為左偏旁或從「寸」偏旁時，捺筆要改為長頓，如：䢅、辱。

部首要說話

「辰」，從甲骨文字形來看，應像用手挖出藏在地下、軀體蜷曲、有環節襞紋的某種農田害蟲，上邊短橫象徵地表，也就是驚蟄到來，蟄蟲甦醒蠢蠢欲動的樣子。因此，本義應是驚蟄到來，甦醒的農田害蟲蠢動的樣子。農事起於驚蟄，萬物復甦，農耕開始，所以從本義引申出震動的意義。

「辰」的本義一直迷惑著後代學者，一說是蚌殼，其實在上古時代，人們以大蚌殼當作農具，所以「農」也從「辰」部。

最近另有學者指出，「辰」應該是個會意字，構字來源於上古先民用刀割斷臍帶這樣的生活事實，本義應該是割斷臍帶，而且這個動作是生育過程的第五個階段，後來就假借為地支的第五位，即「子丑寅卯辰巳午未申酉戌亥」中的第五位，與天干相配用來紀年。而「辰」的割斷臍帶的本義假借為地支第五位後漸漸不用，以致於失去了本義。

「辰」從假借義，引申為代表時間的名稱，古人以十二個時辰當做一天，「辰」就是指上午七點到九點。所以「時辰」就是時間的意思。〈禮儀．士冠禮〉就有：「吉月令辰。」（令：善，好。）猶如成語「良辰吉日」。

「辰」，與日、月、星並詞就作為天上星群的統稱，如〈莊子．天運〉：「日月星辰行其紀。」（紀：指軌道。）這是說，日月星辰按軌道運行。後來又特指二十八星宿中的心宿，所以「辰」也是星名。

「辰」通「晨」時當早晨講，〈詩經．齊風．東方未明〉：「不能辰夜，不夙則莫。」（能：指能分辨。莫ㄇㄨˋ：古「暮」字。）大意是，司夜不能守好夜，報時不是早就是晚。

由於「辰」為引申義所專用，農田害蟲這本義便廢而不用，另造「蠐螬」來表示。

今「辰」可單用，亦作偏旁使用。凡從「辰」取義的字，皆與農事、時日、起動、震動等義有關。

｜語文點心｜天干地支

天干地支簡稱干支，是夏曆中用來編排年號和日期用的。

天干是：甲、乙、丙、丁、戊、己、庚、辛、壬、癸，也叫十天干。

地支是：子、丑、寅、卯、辰、巳、午、未、申、酉、戌、亥，也稱十二地支。

干支還有陽陰之分：甲、丙、戊、庚、辛、壬為陽干，乙、丁、己、辛、癸為陰干。子、寅、辰、午、申、戌為陽支，丑、卯、巳、未、酉、亥為陰支。

以一個干和一個地支相配，排列起來，天干在前，地支在後，天干由甲起，地支由子起，陽干配陽支，陰干配陰支（陽干不配陰支，陰干不配陽支），共有六十個，稱為「六十甲子」。中國歷代過去就是以六十甲子循環來紀年、紀月、紀日、紀時的。

｜注意部首字詞｜

「辱」，ㄖㄨˋ，會意字，從辰從寸，會羞恥之意。辰，標誌著農時，不違農時是古代社會賴以生存與發展的依據，《說文解字》釋為：「失耕時，於封疆上戮之也。」就是說，如果失去農時，就是這些官員的失職和恥辱，他們就要被殺頭。⑴本義是恥辱、可恥。〈詩經．鄘風．牆有茨〉：「所可讀也，言之辱也。」（讀：指公開地說出來。）這句詩的大義是，如果可以張揚啊，說起它來太丟人啊！⑵作為動詞就是侮辱、受辱講，如〈史記．陳涉世家〉：「廣故數言欲亡，忿恚尉，令辱之，以激怒其眾。」（忿恚ㄏㄨㄟˋ尉：使尉憤怒。）大意是，吳廣故意多次說想要逃跑，使將尉惱怒，讓將尉責辱他，來激怒士卒。⑶用作謙詞，意思是使對方蒙受了屈辱，猶言辜負、辱沒。司馬遷

〈報任安書〉：「曩者辱賜書。」（曩者：從前。書：書信。）這是說，從前辜負了你寫信給我。

「恥」、「辱」、「羞」三字都有恥辱的意思，「羞」是羞慚、羞愧的意思，詞意要比「恥」、「辱」輕。「恥」與「辱」雖是同義詞，當它們活用作動詞時，差別卻很大：「恥」常用作意動，意思為「對……感到恥辱」；「辱」則表示受辱或侮辱。另外，「辱」用作謙詞的「辱沒」義是「恥」所沒有的。

「農」，會意字，甲骨文作 ，上部是草木、下部是辰，古代森林遍野，如要進行農耕，必先伐木開荒，故從「林」；古代以蜃蛤的殼為農具進行耕耨，故從「辰」。兩相會意，本義就是除草、收割。因為收割是農業種植的最後一環，引申初泛指農耕、農作、農業之義，如〈商君書・墾令〉：「民不賤農，則國安不殆。」這是說，百姓不輕視農業，那麼國家就安寧，不會有危險。要注意的是，〈左傳・襄公十三年〉：「小人農力以事其上。」〈管子・大匡〉：「耕者用力不農，有罪無赦。」這裡的「農」不是指農耕或農業，是當努力、勤勉講，「用力不農」就是說，使用勞力但不勤勉。

「農末」，這個「末」是逐末利，也就是商業的行徑，所以「農末」就是農業和商業。

七、止戈為武

〈利簋〉出土於西安附近的臨潼，這尊青銅器記載著武王出征商銘文，其上記載著：「武王伐商。為甲子朝，歲鼎，克，聞夙又商。」（武王伐商：甲子這天早上，在敲碎石鼎之後，武王統帥的軍隊發起了攻擊，晚上有人前來告之商已滅。）這一則銘文雖未見任何武器，唯戰爭前夕武王的意志卻以「歲鼎」貫徹，一個簡明的「克」字，早已將戰場上激烈昂揚的爭奪搏鬥安定成史書上溫馴的文字記載。

「我」，正是這樣的一個字。甲骨文作 𢦏，是個刃部呈鋸齒狀的兵器，雖然形狀奇特形象駭人，卻因為製工複雜且少實用，後來從戰場上退位成為統帥儀仗用以標誌權力與主將徽幟，等到天下太平，「我」更被假借為第一人稱的「我們」、「我」來使用，甲骨「我」字的威武揚威在千年之後早成了尋常人間的應對詞語—您好，我是某某某。「我」字的歷史，恰好為我們展示了止戈為武的契機，於是人我見面，不必怒目相對、干戈以對。於是，我可以對各位[256]說：您好，「我」是瓦歷斯・諾幹，台灣原住民泰雅人。

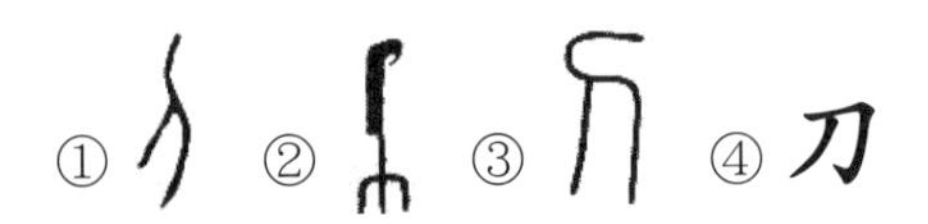

｜看圖説故事｜

〈韓非子・安危〉有句：「聞古扁鵲之治其病也，以刀刺骨。」大意是，聽說古代名醫扁鵲療治疾病時，以刀子插入刺骨。這個「刀」字，是個象形字，①甲骨文的上部是可以手握的刀柄，下部是刀頭，帶著「刃」的刀頭。②

金文形象化為一把刀的樣子，上部是帶彎的刀頭，下部是刀柄。③小篆回到甲骨文的形狀，刀柄更加彎曲，還看得出刀形。④楷書寫成「刀」。

「刀」，ㄉㄠ，二劃，象形字。作為部首的稱呼有刀部、立刀旁或側刀旁。當「刀」位於字的左半部時寫成「刂」，就是立刀旁或側刀旁，如：刺、制、刑。

「刀」寫在字的上面除了「召」字外，都寫成「⺈」，如：急、負、煞。

「刁」是刀部的變形，在刁部裡只有「刁」字。

「刀」字出頭就成了「力」字，「力」是體力、力量的意思。

部首要說話

「刀」，甲骨文象砍削用的武器刀兵形。〈說文解字．刀部〉直指：「刀，兵也。象形。」這是說，刀，是一種兵器。像刀之形。所以「刀」的本義就是刀槍的刀。刀是一種用於劈砍的單面側刃兵器，在距今五千年前的馬家窯遺址，已有史前時期青銅刀的出土。

〈管子．國蓄〉：「以黃金為中幣，以刀布為下幣。」這個「刀」指的是錢幣，因為古代有種錢幣形狀像刀而得名。〈史記．平準書〉就有：「虞夏之

---

256. 位：作為〝方位〞〝地位〞〝名位〞的詞以外，也是個基本的稱謂敬詞。位，從人從立，〝立〞來自於上古時代，君臣在朝廷上都是站立在規定的位置上，也表明了不同的身分地位有各自的〝位置〞（定尊卑），如果〝失位〞，小則遭恥笑，大者甚至要亡國。也就是說，〝不守其位而能久者鮮矣〞（子思）。人的職位於是充分顯示了一個人的社會地位，於是乎〝諸位〞〝列位〞〝各位〞表敬意的人稱量詞就出現了。明白〝位〞的文化意涵，就不會鬧出〝一位殺人犯〞〝二位高明的竊盜〞諸如此類的笑話了！

幣……或錢，或布，或刀，或龜貝。」錢，布，刀，龜貝都是虞夏時代使用的錢幣。

〈詩經・衛風・河廣〉有句詩寫著：「誰謂河廣，曾不容刀。」這意思是，誰說這河面寬廣呢？就連一條小船也容納不下啊！這個「刀」是小船的意思。後來這個小船義的刀就寫成了「舠」。

現在，像刀之形的東西也用「刀」來表示，例如：冰刀、瓦刀。

在印刷業裡，按規定尺寸裁切的一百張紙，就稱作「一刀」，在這裡，「刀」當計算紙張張數的量詞。

今「刀」可單用，也作偏旁使用。凡從刀取義的字，都與刀具等義有關。

注意部首字詞

「刀筆」不是刀而是筆，是一種古代的書寫工具。古時記事，書寫於竹簡之上，有誤則257用刀削去重寫。所以掌管文書的小官也叫做「刀筆（吏）」，〈戰國策・秦策五〉：「臣少為秦刀筆，以官長而守小官，未嘗為兵首，請為大王悉趙兵以遇。」大意是，臣雖然出身於秦國刀筆小吏，累官而積，仍是尚書小官，從來沒有率兵打過仗，我請求帶領趙國的全軍去抗擊秦國。

「刃」，ㄖㄣˋ，指事字，在刀上加上一點，指示刀鋒所在。「刃」，後世也泛指刀，當作動詞的時候，就是「用刀刃殺」的意思，〈左傳・襄公二十五年〉：「請自刃於廟。」這是說，請求在太廟自殺。

「刑」，ㄒㄧㄥˊ，會意字，甲骨文是囚籠中拘囚一人形，金文將人移到囚籠外並訛化近刀，成為從刀從井（囚籠）會意，成了以法制罪之意，本義為處罰治罪，引申為殺。「刑」就是刑罰或施刑罰的意思，「罰」，本義是小罪，引申為處罰，此義與「刑」為同義詞，但是仍有輕重之別，「罰」的程度輕，「刑」的程度重。

「前」，金文作前 肯，本字為「歬」，會意字，從止在舟上，就是不行而進的意思，後「歬」由「前」代替。而「前」本來是古「剪」字，截斷之意。「前」代「歬」之後，又借「翦」字為截斷之「前」。「前」，現在當前進講，又作為「後」的相對詞。

「划」，ㄏㄨㄚˊ，形聲兼會意字，從刀從戈會意，戈也兼表聲，本義是以槳撥水使船前進。「劃」，是割開、劃分的意思，在這個意義上不能寫為「划」，今中國大陸將「劃」簡化為「划」，兩字本義不同，要分辨清楚。

從部首「刀」的字大多有切割的意思，古時有許多殘忍的刑罰多以刀割，如：刖，ㄩㄝˋ，砍掉腳的酷刑。ㄑㄧㄚˋ，剝去面皮的刑罰。刵，ㄦˋ，割去耳朵的刑罰。剕，ㄈㄟˋ，斷足之刑。剠，ㄑㄧㄥˊ，同「黥」，在臉上刺字並塗上墨的刑罰。劓，ㄧˋ，割掉鼻子的刑罰。

「副」，古籍多讀作ㄆㄧˋ，會意兼形聲字，籀文從刀分二畐（盛滿酒的酒樽），會剖分之意，畐也兼表聲，本義是剖分，引申為裂，〈詩經．大雅．生民〉：「不坼不副，無菑無害。」（坼ㄔㄜˋ：裂開。菑ㄗㄞ：同「災」。）詩的意思是，生產的產門不傷裂，沒有任何災難。「副」，今讀作ㄈㄨˋ，作次要、第二講，引申為輔佐、幫助。也作相稱、符合，如〈後漢書．黃瓊傳〉：「盛名之下，其實難副。」這是說，大凡出名之後，難免言過其實、名不副實。今有成語「名副其實」。古代貴族婦女有以假髻作頭飾的，這個就稱作「副」。另外，「副」也作量詞使用，當雙、套講，如：一副手套。

「貳」，ㄦˋ，會意兼形聲字，金文從鼎從弍，會二鼎相匹配之意，弍也兼表聲，本義是相匹配，引申指副的，與「正」相對。在非正式的、居第

257. 則：今用作〝法則〞〝規則〞，從刀從貝怎麼會意出〝法則、規則〞義，其實在金文裡，〝則〞寫作從刀從鼎，鼎原本是古人煮飯燒菜的炊具，但在古代社會中引申為政權、王位的象徵。〝問鼎〞一詞即表示覬覦帝王之位。〈左傳．召公六年〉：「鄭人鑄刑書。」鄭玄注：「鑄刑書於鼎，以為鄭國之常法。」刑書，指的就是刑律法典。將刑書以〝刀〞刻範，鑄於鼎上，作為遵行的規範，這就是〝則〞。

二位的意義上，「副」與「貳」同義，但在先秦多用「貳」，漢代之後多用「副」。

「剪」，ㄐㄧㄢˇ，會意兼形聲字，本義是剪斷，作為動詞就是剪除、滅掉的意思，元稹《論教本書》：「至於武后臨朝，剪棄王族。」

「翦」，也讀作ㄐㄧㄢˇ，形聲兼會意字，從羽前省聲，常與「剪」字相混。其實「翦」的本義是羽毛初生整齊的樣子，有如剪刀整齊劃一的剪下來。「前」，本義是剪斷，因「前」多作前後的「前」義，所以即由「翦」來承擔剪斷的意義，而「剪」是後起的分別字。

看圖說故事

〈荀子・正名〉：「甘苦鹹淡辛酸其味以口異。」這是說，甜、苦、鹹、淡、辣、酸以及一切怪味，要用嘴來辨別。這個「辛」字，①甲骨文就是一把平頭的刀子，上部是刀頭，下部是支長刀把。②金文看得更清楚，是把長刀。③小篆在下部增添一横，當作刀把的「擋手」。④楷書寫成「辛」。

「辛」，ㄒㄧㄣ，七劃，象形字，作為部首稱作辛部。

「幸」與「辛」相似，但「幸」比「辛」在上部多了一横，「幸」當幸運、幸福，兩字不要弄錯了。

部首要說話

「辛」，甲骨文象鑿齒一類工具形。郭沫若認為這是「剞劂」（雕刻用的曲刀）之形，因為古時作戰虜獲的俘虜會對他們進行黥刑，就是用「辛」這種刀器行黥面，所以本義是黥面的刑具。對俘虜行黥刑時，是將俘虜視為罪犯，所以從本義就引申出罪愆、辛酸的意義。

「辛」，這種雕刻用的曲刀，也可以用來鑿齒，所以「辛」也作鑿齒之類的工具。

類似這種曲刀，後來也在農耕種作時使用，於是也將「辛」泛指為在田間勞動時所用的刀。

〈說文解字·辛部〉：「辛，秋時萬物成而熟。金剛味辛，辛痛即泣出。從一從辛。辛，罪也」。這裡的萬物成熟、味辛、罪（犯）等義，皆為引申義。

古人用刀勞動，本身就是一件辛苦的事，所以「辛苦」就成了一個詞。李白〈陳情贈友人〉：「英豪未豹變，自古多艱辛。」（豹變：像豹紋那樣顯著的變化，比喻地位由低向高轉變。）這是慨歎英雄[258]人物遭受人生的各種艱辛。

由「辛苦」義，就引申出悲痛的意思，如：悲辛。曹植〈贈白馬王彪〉：「倉卒骨肉情，能不懷苦辛。」（倉卒骨肉情：這是指曹丕迫害他們兄弟的罪行。）

「辛」從辛苦義引申作味覺的辣義，也指辣味的蔬菜，〈宋史·孝義傳·顧忻〉：「以母病，葷辛不入口者十載。」這是說，因為母親生病的關係，不吃辛辣的蔬菜有十年了。

「辛」，後來也假借當作天干第八位。

---

258. 英雄：英、雄二字最初並不是指代人的意思。英，形聲字，從草央聲，指的是一種只開花兒不結果的花，後有〝落英〞就是指落花。因為開花的時刻是最燦爛美麗的，所以古人用〝英〞比喻事物的精華，引申為人中之精華、傑出的人物。雄，形聲字，從隹厷（ㄍㄨㄥ）聲，本義是公鳥，雄鳥要通過美麗的外表和有力的搏擊贏得雌鳥的青睞，所以引申為傑出的、強而有力的意思。〝英〞〝雄〞連用就成了褒義詞〝英雄〞，指非凡出衆的人物，前者側重表示智慧、才能出衆；後者側重表現剛健有力，壓倒一切。

「辛」，也是姓氏之一，如：辛先生。

今「辛」可單用，也作偏旁使用。凡從部首「辛」取義的字，都與刀鑿、刑罪、辛辣、背痛等義有關。

｜語文點心｜「辛」

「辛」，《說文解字》：「秋時萬物成而孰；金剛，味辛，辛痛即泣出。從一從辛。辛，辠也。辛承庚，象人股。凡辛之屬皆從辛。」這就是一般當「辛」字本義為辛辣的解釋。但是郭沫若在《甲骨文字研究》中說明：「辛、辛實本一字……字乃象形，由其形象以判之，當係古之剞劂。」「剞劂」就是曲刀。

近人唐漢認為，「辛」為上古時代為押解俘虜而使用的一種刑具。

今採「曲刀」的本義，由此引申出曲刀勞動的辛苦義，作為味覺的辛苦，即引申出辛辣的口感。

｜注意部首字詞｜

「辠」，ㄗㄨㄟˋ，會意兼形聲字，金文從辛（刑刀）從自（鼻子），會割鼻酷刑之意，〈說文解字．辛部〉：「辠，犯法也。從辛從自，言辠人蹙鼻苦辛之憂。秦以辠似皇字，改為罪。」所以本義是犯法、罪過。〈呂氏春秋．聽言〉：「攻無辠之國以索地。」大意是，為了掠奪土地，就去公打無罪的國家。

「辠」與「罪」原本是兩個不同的字，古書中多以「罪」為「辠」。

「辨」，ㄅㄧㄢˋ，金文作 𨐨，像把兩把刀分開的樣子，會意為辨別、區辨，〈左傳．成公十八年〉：「不能辨菽、麥。」「辨」，通「辯」，指的是辯論、爭辯，引申為言詞動聽，〈呂氏春秋・蕩兵〉：「故說雖彊，談雖辨，文學雖博，猶不見聽。」（文學：文獻經典。）這句話是說，雖然他們的遊說很有力，言談很雄辯，引用的文獻典籍也很廣博，但是仍然看不到有人真正聽從和採納。「辨」，通「遍」時，是普遍的意思。另外，在古籍中也將「辨」讀作ㄅㄢˋ，後來這個意義寫作「辦」。

「辨」與「辯」二字因讀音相同，古籍中常互有通假，到了後世才有了明確的區別，今「辨」指辨別，「辯」用於辯論。

「辭」，ㄘˊ，多義字，會意字，金文一形從𤔔（理絲），從司（表掌管），用辦理刑獄會訟詞之議；二形或另加意符言與辛（表刑罪），以突出辨析刑獄之意；三形或省為從辛台聲。隸變後分別寫成𤔲、辝、辭、辤，《說文解字・辛部》：「辭，訟也。從𤔔，𤔔猶理辜也。𤔔，理也。𤔲，籒文辭從司。」⑴本義是訟辭、口供，〈尚書・呂刑〉：「兩造具備，師聽五辭。」這是說，原告和被告都來齊了，法官就審查五刑的訟辭。從本義引申為申辯、辯解。⑵訟辭主言說，所以當言詞、話講，〈左傳・隱公三年〉：「其將何辭以對？」又引申出言之成文的、文辭或作理由、藉口，〈左傳・宣公十三年〉：「使反者得辭，而害來者，以懼諸侯，將焉用之？」（反者：逃回的人。）這句話是說，讓回去的人有了逃走的理由，而傷害前來的人，以使諸侯害怕，這有什麼用呢？⑶推辭，不接受的意思。⑷「辭」，就是告別、離開，白居易〈琵琶行〉有詩句：「我從去年辭帝京。」⑸「辭」，也是文體的一種。

「辭」與「詞」，可通用嗎？其實在「言詞」、「文辭」的意義上，兩字是同義詞。先秦時一般只說「辭」，漢代以後逐漸以「詞」代「辭」。但是，「辭」的推辭、告辭義，是不能用「詞」取代。「詩詞」的「詞」也不能作「辭」。

① ② ③ ④ 戈

看圖說故事

〈荀子．議兵〉：「古之兵：戈，矛，弓，矢而已矣。」就是說，古代的兵器，也不過就是戈，矛，弓，箭罷了。這個「戈」字是象形字，①甲骨文是一支立著的器具圖形，這是一種叫做戈的白描圖像，桿上有尖頭的一長橫是戈頭，短劃為柲帽，下端為鐏，可以插立在地上。②金文又比甲骨文美觀逼真，上部有鋒利的刃，下部是長柄，甚至在戈頭後面補上了纓穗。③小篆簡化了戈形，④楷書寫作「戈」。

「戈」，ㄍㄜ，四劃，象形字，作為部首的稱呼有戈部。

「弋」，一ˋ，比戈字少了下面的一撇。弋，是射箭，打獵的意思。「弋」、「戈」字形相近，要小心辨認。

部首要說話

「戈」，甲骨文象古代一種兵器形，長柄、橫刃，上有飾物。〈說文解字．戈部〉：「戈，平頭戟也。象形。」這是說，戈，是種平頭的戟。象形。所以「戈」的本義是古代一種叫做戈的兵器，戈是一種以勾啄方式殺人的兵器。在中國商周時期，戈就是重要的格鬥兵器，多數以青銅澆鑄後再磨製打削而成。戈有長柲和短柲兩種，短柲戈長約1米，適合步兵作短距離格鬥；長柲戈約有2-3米，適合車戰勾擊。〈左傳．僖公二十三年〉：「以戈逐子犯。」這是說，拿起長戈追逐子犯。

「戈」是兵器，戈的意義擴大之後，戈也泛指各種兵器。「干戈」連用時，通常用來比喻戰爭、戰亂，如：大動干戈。〈後漢書．公孫述傳〉：「偃武息戈，卑辭事漢。」這是指停止戰爭。

「戈」，也作古時的長度單位，一戈指一丈二尺五寸。

「戈」，中國漢朝時代的人有一稱呼曰「雞鳴」，這是因為「戈」的形狀像公雞鳴叫時昂著頭的樣子。

另外，「戈」也是姓氏之一。例如：宋代有人名叫戈彥，明代有戈尚友。

今「戈」可單用，也作偏旁使用。凡從戈取義的字，都與兵器、殺傷等義有關。

注意部首字詞

從部首「戈」所組成的字，大多與武器或格鬥有關。

「戊ㄨˋ」、「戉ㄩㄝˋ」、「戌ㄒㄩ」、「戍ㄕㄨˋ」、「戎ㄖㄨㄥˊ」等字，因字形相似，一般人常混淆不清。「戊」，是作為天干的第五位。「戉」，甲骨文（ㄑ）作大斧形，為古兵器名，即大斧。「戌」，為十二地支之一，與天干配合以紀日、紀年。「戍」，甲骨文（ㄔ）從人持戈，會意字，表示守衛的意思。「戎」，甲骨文（ㄔ）像盾牌和戈的合體象形字，表示兵器的意思，引申為兵士、軍隊。另，兩人持戈甲骨文作ㄔ，表示警戒的意思，就是「戒」字。

「我」，ㄨㄛˇ，甲骨文（ㄔ）是一種成鋸齒狀的古代兵器，由於鑄造工藝複雜，加以實戰功能不強，常作出征時的徽識和權力標幟，也用於統帥者的儀仗，因而被借用為第一人稱的複數代名詞——我們，後世又作第一人稱的我。〈詩經・邶風・靜女〉：「靜女其姝，俟我於城隅。」（俟ㄙˋ：等。）這句詩的大意是，那樣美的文靜女孩，約我在城上角樓約會。「我」從第一人稱的我引申為自以為是，〈論語・子罕〉：「毋意，毋必，毋固，毋我。」（意：猜測。必：絕對肯定。固：固執。）這句說的是，不作主觀臆斷，不要絕對肯定，不固執己見，不唯我獨尊。

「或」，ㄏㄨㄛˋ，金文作 ，左邊是城垣（口），右邊是戈，表示有守衛戍守著城垣，本義就是國家。到了後世，「或」被假借為無定代名詞，用來表示「有的……有的……」，如司馬遷〈報任安書〉：「人固有一死，或重於泰山，或輕如鴻毛。」「或」，又當「疑惑」講，這個意義後來寫作「惑」。

問題是這一假借就沒把國家義給「或」，《說文解字》：「或，邦也。」這是說「或」就是國家的意思，此時讀作ㄩˋ，後來在「或ㄩˋ」字外圍加上「口」成了「國」字，用來表示一個國家實際管轄的範圍。

「戲」，是個多音多義字。ㄒㄧˋ，會意兼形聲字，金文 從戈**䖒**聲，**䖒**，上邊為虍，表示虎形面具，下邊是一面鼓，整個字表示手執兵器，頭戴虎形面具，在鼓聲中比武角力的意思，**䖒**也兼表聲。本義為比武角力，〈左傳·僖公二十八年〉：「請與軍之士戲。」這是說，請和君王的鬥士作一次角力。後引申為遊戲，從「遊戲」義又生出戲謔、開玩笑的意思，如：君無戲言。「戲」，又作歌舞、雜技等表演，〈史記·孔子世家〉：「優倡侏儒為戲而前。」大意是，一些歌舞雜技藝人和身材矮小的侏儒都前來表演了。

「戲」，讀作ㄏㄨㄟ時，見〈漢書·灌夫傳〉：「馳入吳軍，至戲下，所殺傷數十人。」這裡的「戲」是指將帥的旗幟，由將帥旗幟義又引申為指揮，〈漢書·揚雄傳〉：「戲八鎮而開關。」（八鎮：天子居住的地方。）

「戲」，讀作ㄒㄧ，「伏戲」即「伏羲」，傳說中的帝王名。

「戲」，讀作ㄏㄨ，「於戲」即「嗚呼」，為感嘆聲。

② ③ ④ 矛

看圖説故事

這是「以子之矛，攻子之盾」的「矛」字，②金文上的樣子是以上部的柳葉狀當成鋒利的矛頭，下有長柄，可用兩手握住，筒身有可以繫纓或繫繩的半圓形環。③小篆秉承金文的樣子，但失去了象形的韻味。④楷書寫成「矛」。

「矛」，ㄇㄠˊ，五劃，象形字，作為部首的稱呼是矛部。

「矛」在書寫的時候、橫筆、豎筆都有帶鉤。「矛」字少了末筆就成了「予」字，是給予的意思。「矛」、「予」同形，兩字要辨認清楚。

部首要説話

「矛」，今文象古代兵器長矛形，上為鋒，中為身，下為鋈。〈說文解字・矛部〉：「矛，酋矛也。建於兵車，長二丈。象形。」本義就是長柄有刃的兵器。矛可以說是古代最常用也是最早的兵器，格鬥搏殺的時候，可用以直刺和扎挑。〈詩經・秦風・無衣〉：「王於興師，修我戈矛。」這句詩的意思是，天子下令要發兵，修好我的戈和矛。

在《考工記》就有「夷矛」的名稱，「夷矛」為兩丈四尺長，兩丈長的矛稱做「猶矛」。矛有尖鋒和兩刃，矛柄多為攢竹而成，用絲繩纏緊再刷上漆，最長的矛有四米以上，應為戰車所用。可見在戰國時期的爭戰中已是戈矛並用了。

段玉裁引《考工記》，有酋矛、夷矛，酋矛長四尺，夷矛長三尋，酋之言遒也。從段玉裁注可知，酋矛是矛的一種，「酋」即「遒」，是迫近有力的意思。也就是說，「酋矛」較短，為迫近敵人時所用，即「短兵相接」時用的武器，故有力量。

另外，「矛」在古代也當作是星星的名字，就叫做矛星。〈史記・天官書〉記有：「一內之矛，招搖。」（招搖：星名，在北斗杓的尖端。）

今「矛」可單用，也作偏旁使用。凡從「矛」取義的字，往往與兵器、割殺的動作等義有關。

注意部首字詞

「矛盾」，實有兩義，一為出自〈韓非子・難一〉：「楚人有鬻楯與矛盾者，譽之曰：『吾楯之堅，物莫能陷也。』又鬻其矛曰：『吾矛之利，於物無不陷也。』或曰：『以子之矛，陷子之楯，如何？』其人弗能應也。」（楯：盾。）這個故事是說，楚國有個賣矛和盾的人，誇他的盾說：「我的盾最堅固，沒有什麼東西能夠刺穿它。」又誇他的矛說：「我的矛最鋭利259，沒有什麼東西刺不穿的。」有人說：「拿你的矛來刺你的盾，會怎麼樣呢？」賣矛和盾的人就無法回答了。此用以比喻事物互相抵觸。「矛盾」其二出自〈史記・天官書〉：「杓端有兩星，一內之矛，招搖。一外為盾，天鋒。」斗杓的末端有二星，靠近北斗的稱為天矛，就是招搖星，離北斗較遠的為盾星，又名天鋒。也就是說，「矛」與「盾」都是星名。

從部首「矛」所組成的字並不多，但有幾個字要注意用法。

「矜」，是「矛」字部最常見到的，但卻是多音多義字，使用起來非常繁複。ㄐㄧㄣ，會意兼形聲字，古文從子從令，會垂憐之意。篆文訛化為從矛今聲，用以表示矛柄。〈爾雅・釋訓〉：「矜憐，撫掩之也。」又《釋言》：「苦也。《註》：可矜憐者亦辛苦。」本義當為⑴憐憫的意思。〈詩經・大雅・桑柔〉：「倬彼昊天，寧不我矜。」（倬ㄓㄨㄛ：光明的樣子。昊ㄏㄠˋ天：天。）詩的大意是，明朗的蒼天啊，為什麼對我不憐憫？⑵勞苦，如〈詩經・小雅・鴻雁〉：「爰及矜人，哀此鰥寡。」這是說，同情窮苦的人們，憐憫這些孤寡的人。⑶慎重。如〈論語．衛靈公〉：「君子矜而不爭，群而不黨。」這是說，君子舉止莊重，與世無爭；團結群眾，又不結黨營私。⑷引申作崇尚。⑸「矜」，也作自誇，誇耀，〈韓非子．揚權〉：「矜而好能，下之所欺。」這是說，君主喜歡自誇逞能，正是臣下進行欺騙的憑藉。⑹揮動，奮起的意思，〈呂氏春秋．重言〉：「艴然充盈，手足矜者，兵革之色也。」（艴ㄅㄛˊ然：惱怒的樣子。）大意是，怒容滿面，手足奮動的樣子，是要興兵打仗的神色。⑺當危險講，〈詩經．小雅．菀柳〉：「居以凶矜。」大義是，處於凶惡危險的處境。

讀作ㄑㄧㄣˊ，本義是矛或戟的柄。賈誼〈過秦論〉就有：「鉏櫌棘矜，非銛于鉤戟長鎩也。」（鉏ㄔㄨˊ：鋤。櫌：鋤柄。銛ㄒㄧㄢ：鋒利。）這是說，鋤柄戟柄比不上鉤戟長矛的鋒利。

「矜」，讀作ㄍㄨㄢ時，同「鰥」，指年老無妻的人。

「矞」，從矛部，有二讀，讀作ㄩˋ，會意兼形聲字，篆文從矛從冏（表示入內），會以矛穿刺之意，〈說文解字．冏部〉：「矞，以錐有所穿也。從矛從冏。一曰滿有所出也。」本義是穿刺，又指溢出。引申表示彩雲，如〈左司．衛都賦〉：「矞雲翔龍。」讀作ㄐㄩㄝˊ，通「譎」，詭詐的意思。

「矟」，ㄕㄨㄛˋ，形聲字，楷書從矛肖聲，《博雅》：「矛也。」《釋名》：「矛長丈八尺曰矟，馬上所持，言其矟矟便殺也。」本義指古兵器，似長矛，同「槊」。

「矠」，ㄗㄜˊ，形聲字，篆文從矛昔聲，〈說文解字．矛部〉：「矠，矛屬。從矛昔聲，讀若笮。」本義為用叉矛刺取，〈國語．魯語上〉：「矠魚鱉。」

---

259. 銳、利：〝銳〞指鋒芒尖銳，〝利〞指刃口快。泛指則沒有分別。

看圖說故事

〈禮記．檀弓下〉：「能執干戈以衛社稷。」這是說，能夠拿著武器來捍衛國家，這個「干」字是個會意字。①甲骨文就像是一根上頭帶杈的木製棍棒，「Ｙ」字上的一橫，是一種指示符號，表示人手持這根木棍的地方。②金文將一橫簡化為一個大點。③小篆把上端兩叉削尖的地方拉成ㄩ，但還是可以看得出是單人手持的一種武器。④楷書寫成「干」。

「干」，ㄍㄢ，三劃，指事字，作為部首的稱呼是干部。

「干」，書寫時是上部二短橫，一豎。上部寫作一撇就成了「千」，千是量詞，百的十倍。一豎寫成一豎鉤，又成了「于」字，于多作介詞，同「於」。

「干」、「千」、「于」三字形似，要注意分辨。

部首要說話

「干」與「單」同源，甲骨文象帶杈的木棍形，在丫杈處捆上石頭，用作原始的狩獵工具。「干」是一種木杈的形狀，本義是一種木製武器。有杈的樹幹是古人最早的武器，把兩叉的上端削尖，就可以捕獸打獵，甚至當作人與人之間的格鬥刺殺武器。〈詩經．大雅．公劉〉：「干戈戚揚，爰方啟行。」（戈：戟。戚、揚：斧類兵器。爰：語氣詞。）詩的大意是，舉起了盾戈與戚揚，於是開始出發。這種狩獵工具，到了日後也成為社會初期的防衛與殺敵的木製武器，所以「干」才有了武器的意義。

〈說文解字．干部〉：「干，犯也。從反入，從一。」這個干犯的意義，是引申義。

「干」從武器的意思引申為冒犯，因為以干相鬥時必須向人的身體刺擊。干犯，就是冒犯的意思。〈左傳．襄公三年〉：「寡人有弟，弗能教訓，使干大命，寡人之過也。」（大命：軍令。）這句話是說，寡人有弟弟，沒有能夠教導他，而讓他觸犯了軍令，這是寡人的過錯。「干」從冒犯又引申為「衝上」，杜甫〈兵車行〉：「哭聲直上干雲霄。」是說哭聲衝上了雲霄。

「干」靠向身體時就會產生不舒服的感覺，所以也有「干擾」、「干涉」的意思。〈淮南子．說林〉：「猶人臣各守其職，不得相干。」

「干」從干涉義引申為謀求、求取，〈論語．為政〉：「子張學干祿。」大意是，子張想謀求做官。

「干」，《說文解字》釋為：「干，犯也。」這就是干的進攻意義，從防護的意思上來講，「干」在古代常用來表示盾牌，表示保衛的意思。〈詩經．周南．兔罝ㄐㄩ〉：「赳赳武夫，公侯干城。」這裡的「干城」是指盾牌和城牆，喻保護、捍衛之義。這句詩的意思是，威武的武夫，是公侯的盾牌和城牆。「赳赳」是威武的樣子，今有「雄赳赳」一詞，不可誤寫作「雄糾糾」。

〈詩經．魏風．伐檀〉：「坎坎伐檀兮，寘之河之干兮。」（坎坎：砍伐樹木的聲音。寘ㄓˋ：放置。）這裡的「干」是指河畔、岸邊，所以這句詩的意思是，坎坎作響砍伐黃檀啊，把它堆放在黃河堤岸啊！後引申為山澗，山間流水。如〈詩經．小雅．斯干〉：「秩秩斯干，幽幽南山。」大意是，清澈的澗水，幽深的終南山。

另外，「干」也借作天干，即甲乙丙丁戊己庚辛壬癸。

今「干」可單用，也作偏旁使用。凡從「干」取義的字，大都與棍棒、干犯、捍衛等義有關。

注意部首字詞

「干」、「乾」、「幹」、「榦」，在古代是不同的四個字。「干」，多用作盾牌；「乾」，指乾燥，與溼相對；「幹」，是樹幹；「榦」是築牆時兩邊的夾板。「幹」與「榦」在樹幹的意義上通用，在築牆夾板的意義上也偶爾通用，但「才幹」義則不能用「榦」。此外，「干」、「乾」與「幹」、「榦」都沒有通用的地方，但現在中國大陸將「乾」、「幹」、「榦」都簡化為「干」，此不可不察。

「干名采譽」語出〈漢書六四下．終軍傳〉：「而直矯作威福，以從民望，干名采譽，此明聖所必加誅也。」這是指以不正當的手段獵取名譽。

從部首「干」所組成的字很少，但仍須注意使用。

「平」，是個多音多義字，ㄆㄧㄥˊ，會意字，金文從亏（即于，表樂聲婉轉）從八（表平分），會樂聲平緩之意，〈說文解字．虧部〉：「平，語平舒也。從虧從八。八，分也。爰禮說。釆，古文平如此。」本義為樂聲舒緩，引申為⑴平坦，這是最常用的解釋。⑵作為動詞就是平定、平息，〈左傳．莊公十三年〉：「會於北杏，以平宋亂。」這是說，（魯莊公和齊、宋、陳、蔡、邾）各國國君在北杏會見，是為了平定宋國的動亂。⑶當均平、齊一講，引申出公平、公正的意義，〈詩經．小雅．節南山〉：「昊天不平，我王不寧。」這句詩的大意是，老天您太不公平了，讓我的君王不得安寧。⑷平靜、寧靜的意思。⑸「平」，也當講和，和解了，天下自然太平。⑹「平」，也作形成的意思，〈呂氏春秋．有始〉：「知離知生，則天下平矣。」這是說，知道分離、知道產生，也就懂得天地形成的原理。⑺「平」，古時用在「旦」「午」等時間之前，表示正當某個時期，如：「平旦」是指正當清晨。

〈尚書．堯典〉有句：「九族既睦，平章百姓。」（百姓：百官。）這個「平」讀作ㄆㄧㄢˊ，「平章」是辨別彰明的意思。這句話就是說，家族和睦以後，又辨明其他各族的政事。

「并」，也是多音多義字，ㄅㄧㄥˋ，會意兼指事字，甲骨文 從二人，會兩人相并合之意，「一或二」為指事合併的符號，本義即合併、兼併，引申為一起、一併，〈戰國策・燕策二〉：「漁者得而並擒之。」這是說，一個漁夫走過來，把它們倆一塊捉走了。「并」，通「屏」時，當屏棄、拋棄講，〈莊子・天運〉：「至富，國財並焉。」大意是，最為富有的，一國的資財都可以隨同知足的心態而棄置。「并」通「屏ㄅㄧㄥˇ」時，也作屏住、抑住解。

「并」，又讀作ㄅㄧㄥ，并州，這是古地名。

「年」，ㄋㄧㄢˊ，會意字，甲骨文作 ，上部為禾，下部是一個人，是一個人揹著禾麥，兩相會意就是收成、年景的意思，〈左傳・桓公六年〉：「謂其三時不害而民和年豐也。」這是說，春、夏、秋三季沒有天災，百姓和睦而收成很好。古時禾麥一年收成一次，所以「年」就從本義引申為一年十二個月，「年」作為時間的單位，又可以指年齡、歲數，如〈呂氏春秋・去私〉：「先生之年長矣。」又從歲數引申作壽命，〈莊子・山木〉：「此木以不才得終其天年。」這就是說，這棵樹就是因為不成材而能夠終享天年啊！

「幵」，ㄐㄧㄢ，這是漢代羌族部族名，〈漢書・趙充國傳〉：「先零、罕、幵乃解仇作約。」（罕ㄏㄢˇ：羌族部族名。）

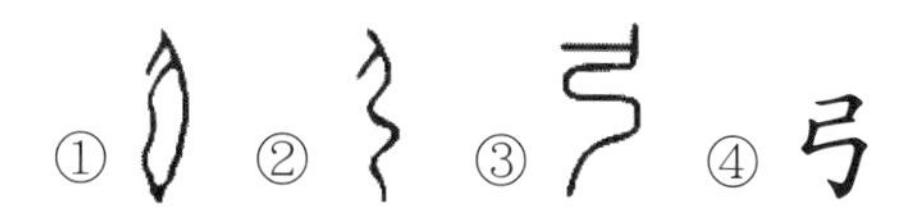

｜看圖說故事｜

〈詩經・大雅・公劉〉：「弓矢斯張。」（斯：代詞。張：拉開弓弦。）

這是說，弓弦已經繃緊了。這個「弓」字，在①甲骨文就是個非常具體的圖像，左邊是弓背，右邊是弓弦，就像古代武士所使用的強弓。②金文省略了弓弦只劃出弓背，這是弓在不使用時即解脫弓弦後的形狀，源自於先進的「複合回復弓」。③小篆美化了金文的形體，讓它適於書寫。④楷書寫成「弓」。

「弓」，ㄍㄨㄥ，三劃，作為部首的稱呼叫作弓部或弓字旁。

部首要說話

「弓」，甲骨文象弓形。〈說文解字．弓部〉：「弓，以近窮遠。象形。古者揮作弓。」大意是，弓，是從近處射及遠處的一種武器。象形。是古時候名叫揮的人製作了弓。所以「弓」的本義就是射箭的工具——弓。弓，在遠古時代是主要的射遠工具，也是上古先民用以狩獵的工具。〈呂氏春秋．貴公〉：「荊人有遺弓者，而不肯索。」這是說，荊國有個人遺失了一張弓，卻不肯去尋找。

原始的弓本來只是「弦木為弧」的單體弓，到了商代，發展為用兩層材料粘合的合體弓，這種弓不用的時候反曲背向，用時才拉弦彎曲過來，因此又叫做反曲弓。

中國有一本記錄各種工具製作的書叫做《考工記》，記錄了製作弓時要用到干、角、筋、膠、絲、漆等六種材料，可見當時的製弓技術已經相當進步了。

「弓」的形狀是彎曲的，所以只要是彎曲的物品也可以叫做「弓」，如：弓鞋，就是弓形的鞋，為古代婦女所穿。〈周禮．考工記〉：「弓長六尺謂之庇軹。」（庇：覆蓋。軹ㄓˇ：車軸的末端。）這裡的「弓」是指車蓋上的弓形骨架。

從弓的甲骨文字形來看，有緊弦與鬆弦二型，因為古人用弓，平時鬆弦，在戰時則緊弦，學者唐蘭認為，緊弦為「引」，鬆弦為「弓」。

今「弓」可單用，也作偏旁使用。凡是由部首「弓」所組成的字大都與弓矢有關。

注意部首字詞

「步弓」，有人誤為是古代射箭用的「大弓」，這詞講的是古代測量田的長度工具，古時五尺為一弓（步），三百六十弓為一里，二百四十方弓為一畝，記住，步弓是不能用來射箭的。

「弔」，ㄉㄧㄠˋ，甲骨文作，是人死後暴露於野外，用柴草覆蓋，字形表示有人執弓驅趕鳥獸以保護死者的意思，所以本義是哀悼死者。〈莊子．養生主〉：「老聃死，秦失弔之，三號而出。」（秦失：人名。）大意是，老聃死去，秦失弔唁他，哭一陣就出來了。哀悼死者是一件悲傷的事，所以「弔」也有了悲傷義。在〈詩經．小雅．節南山〉：「不弔昊天，不宜空我師。」（空ㄎㄨㄥˋ：窮困。師：大眾。）這個「弔」不是指悲傷，它的意思是善，這句詩是說，老天太不善良了，不該讓我們大眾窮困。另外，「弔」，也當求取講，〈論衡．自紀〉：「不辭爵以弔名。」

今有「弔唁」連用，其實「唁」是指慰問生者，「弔」與「唁」的界線是很清楚的，後來也將「弔」當慰問生者講。

「引」，ㄧㄣˇ，會意字，甲骨文作，左為弓，右邊是手持箭矢之形，弓的虛線表示發射後的震顫，本義就是拉滿弓準備要發射，引申為延續、伸長，〈詩經．小雅．楚茨〉：「子子孫孫，勿替引之。」（替：廢。）這句詩的大意是，子孫後代，要永遠保持祭禮。又當引導講，〈左傳．文公六年〉：「引之表儀。」大意是，設立表率來引導他們。「引」從引導就引申出引薦的意義。由向後拉，引申指離開、退避的意思[260]。另外，「引」是古代樂曲，又指樂府詩體的一種，如：箜篌引、思歸引。

「弟」，ㄉㄧˋ，甲骨文作，是個會意字，有人認為這是「弋」的形狀加上纏繞的繩子，是「梯」的初文，由「梯」的上行下降義引申為「次第」義，後來借為兄弟的「弟」。另有一說是「弟」源自上古先民的魚獵活動，甲骨文字體的中間是投擲性標槍，彎曲的一筆表示繫在標槍上的繩索（像是「弋」），所以本義是接續在尾端，引申為後出的弟妹。不論如何，「弟」原本都有「弋」，小篆訛變為「弓」，今收入弓部。「弟」，讀作ㄊㄧˋ時，是指敬愛兄長的意思，後來這個意義寫作「悌」。

由部首「弓」所組成的字與弓矢有關的字如下：

「弛」，ㄔˊ，形聲兼會意字，篆文從弓也聲，也兼表弦鬆如蛇屈曲之意，本義是放鬆或卸下弓弦，後引申為減緩、減弱，又當解除、延緩講，這些引申義都容易理解。但在〈國語·魯語上〉有句：「文公欲弛孟文子之宅。」這個「弛」卻是毀壞的意思，所以這句話是講，文公想要毀壞孟文子的屋宅。

「弢」，ㄊㄠ，形聲兼會意字，篆文從弓衣聲，衣也兼表飾物之意，本義是裝弓的袋子，引申為掩藏的意思。古籍中有時也通「韜」，這是謀略的意思了。

「弩」，ㄋㄨˇ，是一種用機械力發射的弓。

「弧」，ㄏㄨˊ，形聲兼會意字，篆文從弓瓜聲，瓜也兼表圓形之意，本義為不縛以角的木弓，即沒有用獸角裝飾的、直接將弦綳在樹枝上作成的弓，引申泛指各種弓，又引申為彎曲的意思，用作抽象意義就是歪曲的意思，東方朔〈七諫·謬諫〉：「正法弧而不公。」這是說，法令運用的歪曲就會產生不公平。

「弨」，ㄔㄠ，形聲字，金文從弓召聲，〈說文解字·弓部〉：「弨，弓反也。從弓召聲。」本義是弓弦鬆弛的樣子，也泛指弓。

「弭」，ㄇㄧˇ，形聲兼會意字，金文從弓耳聲，耳也兼表兩邊之意，本義是指弓的兩端，或兩端用象骨裝飾的弓，〈詩經·小雅·采薇〉：「四牡翼翼，象弭魚服。」（魚服：用魚皮作的箭袋。）這句詩的大意是，四匹公馬步伐整齊，象牙飾弓，魚皮箭袋。「弭」，又指停止、止息的意思，〈左傳·襄公二十五年〉：「兵可以弭。」這是說，戰爭恐怕可以稍稍停止了。「弭」從停息義就引申出安定、安撫的意義，又指順從，如〈後漢書・吳漢傳〉：「城邑莫不望風弭從。」

「弭」與「敉」二字，一般常有弄混的地方。「敉」是安定的意思，只有在這個意義上通「弭」，「弭」的其他意義不能寫作「敉」，如：消弭（停息的意思），不可作「消敉」。

「弰」，ㄕㄠ，弓的末端。

「弼」，ㄅㄧˋ，會意兼形聲字，金文從㢴從丙（竹席），會弓之憑藉之意，丙也兼表聲，〈說文解字・㢴部〉：「弼，輔也。重也。從㢴西聲。弻，弼或如此。㢶、弜，並古文弼。」本義是矯正弓弩的器具，引申為糾正，又當輔佐講，〈尚書・泰誓〉：「爾尚弼予一人，永清四海。」這是說，你們輔助我吧！要使四海之內永遠清明。在〈漢書・韋賢傳〉：「其爭如何？夢王我弼。」這裡的「弼」，是違背的意思，「我弼」就是違背我的話。

「彀」，ㄍㄡˋ，形聲字，篆文從弓㱿聲，〈說文解字・弓部〉：「彀，張弩也。從弓㱿聲。」本義是拉滿弓弩，引申為發射的意思。

「彄」，ㄎㄡ，形聲字，篆文從弓區聲，〈說文解字・弓部〉：「彄，弓弩耑，弦所居也。從弓區聲。」這是指弓弩兩端繫弦的地方。

「彍」，ㄎㄨㄛˋ，從弓從廣，弓怎樣才會廣大呢？當然是把弓弩拉滿。

「彏」，ㄐㄩㄝˊ，形聲字，篆文從弓矍聲，〈說文解字・弓部〉：「彏，弓急張也。從弓矍聲。」急開弓謂之「彏」。

260. 引與卻：〝引〞與〝卻〞都有退卻的意義，但是，〝引〞強調的是退卻的姿態；〝卻〞強調的是退卻的行為。二者不盡相同，〝引而去〞不能說是〝卻而去〞。

① ② ③ ④ 矢

看圖說故事

歐陽修〈賣油翁〉：「見其發矢十中八九。」這是說，看著那人射十箭大概能射中個八九次。今有成語「有的放矢」是指瞄準箭靶的中心射箭，比喻做事針對目標。這個「矢」字是個非常具象的字。①甲骨文上端是鋒利的箭頭，中間是箭桿，下端是結有雕翎的箭尾。②金文的箭頭更加顯，呈三角形，非常鋒利的樣子。③小篆的箭尾訛變為兩叉，又將箭頭穿透而去，反而遠離了箭的形象。④楷書寫成了「矢」。

「矢」，ㄕˇ，五劃，作為部首的稱呼叫做矢部。

在書寫的時候，「矢」字末筆為一捺，作下偏旁時，末筆作頓點，不接上橫，如：矣、族。「矢」字作左偏旁使用時，末筆作點，輕觸撇筆，如：知、疑。

另外，「矢」字出了頭就成為另一字「失」，可別寫錯了。

部首要說話

「矢」，甲骨文象箭形。〈說文解字・矢部〉：「矢，弓弩矢也。從入，象鏑栝羽之形。古者夷牟初作矢。」這是說，矢，弓弩所用的箭。從入。像箭頭、箭末扣弦處、箭羽的樣子。古時候名叫夷牟的人最早製作了箭。所以「矢」的本義就是箭。古時的箭是由鏃、桿、羽、栝四部份組成的。箭鏃在箭的前端成三角形，有刃，具殺傷力。箭桿是箭的主幹，多用箭竹製作；尾部的箭羽可以穩定箭飛行的狀態；箭栝在箭的底部，用以扣弦。「矢如雨下」、「有的放矢」用的是「矢」字的本義〈左傳・成公二年〉：「自始合，而矢貫於手及肘。」（合：兩軍交鋒。貫：穿通。）這是說，從一開始交戰，箭就射穿了我的手和肘。「箭」，正是「矢」的本義。古時的箭是由鏃、桿、羽、栝四部份組成的。箭鏃在箭的前端成三角形，有刃，具殺傷力。箭桿是箭的主幹，多用箭竹製作；尾部的箭羽可以穩定箭飛行的狀態；箭栝在箭的底部，用以扣弦。

箭的身軀是直的，所以正直叫做「矢」，如〈尚書・盤庚〉：「出矢言。」「矢言」就是正直的言論。

從正直的意義，就引申為發誓的意思，〈詩經・鄘風・柏舟〉：「之死矢靡它。」（之：至。靡：沒有。它：別的，指貳心。）這是說，發誓至死都無貳心。

「矢」，作為動詞，就是施行的意思，〈詩經・大雅・江漢〉：「矢其文德，洽此四國。」（洽：和諧。）這句詩是說，施行那文治的德政，使四方諸侯融洽協和。

「矢」，也當陳述講，〈尚書・大禹謨〉：「皋陶矢厥謨。」這是說，皋陶陳述他的計謀。

〈莊子・人間世〉：「夫愛馬者，以筐盛矢。」這個「矢」說的並不是箭，古人認為在文章中使用個「屎」字太不雅，於是以「矢」代「屎」，這在文學上稱之為「避俗性的同音假借」。這句話是說，愛馬的人，會將馬的糞便裝進竹筐裡。

在古時候，在宴會中有種娛樂稱作「投壺」，賓主依次投矢於壺中，以投中次數決定勝負，勝者斟酒給敗者喝。這個「矢」就是投壺用的籌碼。

今「矢」可單用，也作偏旁使用。一般說來，由「矢」組成的字大都與箭、直、短小等義有關。

注意部首字詞

「矢」與「箭」，二字在箭的意義上是相通的，細分則以竹為箭桿的稱為「箭」，以木為箭桿的稱為「矢」。在時代上來看，先秦用「矢」而不用「箭」，後代才將「箭矢」連用。

「矣」，一ˇ，形聲字，從矢以聲，「以」，可以理解為象矢飛逝的聲音，是完成的語氣。本義作語氣詞，對事物的動態表示肯定的語氣，相當于「了」。「矣」，也作表示感嘆語氣，表示祈使語氣，表示語氣的停頓。

「知」，ㄓ，會意字，從口從矢，《段玉裁注》：「識敏，故出於口者疾如矢也。」意思是說，「知」就是認識、知道的事物，可以脫口而出，像射出的箭一樣快。因此本義是知道、了解、認識[261]，引申為知識、知覺，〈列子．湯問〉：「孰[262]為汝多知乎？」大意是，誰說你知識豐富啊？作為動詞就是表現出的意思，〈呂氏春秋．報更〉：「齊王知顏色。」這是說，齊王頓時變了臉色。「知」，又當結交、交好的意思，如〈左傳．昭公四年〉：「公孫明知叔孫於齊。」（公孫明：齊國大夫。叔孫：叔孫豹，魯國貴族。）

「知」，從知識義，引申為聰明、明智，這個意義後來寫作「智」，讀音ㄓˋ。

「矧」，ㄕㄣˇ，一般當連詞使用，相當於現代語詞的「況」、「何況」，也作亦、也，如〈尚書．康誥〉：「元惡大憝，矧惟不孝不友。」大意是，首惡招人大怨，也有些是不孝順不友愛的。「矧」，作名詞時是指齒齦，〈禮記．曲禮上〉：「笑不至矧，怒不至詈。」（詈ㄌㄧˋ：罵。）這是說，笑的時候不至於露出牙齦，生氣時也不作惡行怒罵。

「彘」，ㄓˋ，雖然不收為「矢」部，但甲骨文作，左邊明顯是枝箭（矢），箭就射在豬的腹部，「彘」就是豬的象形字。〈史記．貨殖列傳〉：「澤中有千足彘。」這不可理解為「千足的豬」，世上恐怕也沒有此等怪物啊！「千足彘」是說這些豬共有一千隻腳，也就是二百五十頭豬的意思！

「雉」，ㄓ丶，雖然收為「隹」部，但可以看到左邊是個「矢」，表示用箭射禽類，這種被獵的禽類是以野雞為主，所以「雉」專指野雞。〈左傳．隱公元年〉：「都城過百雉，國之害也。」這是指，春秋時代，侯伯之國的城牆為三百雉，而被侯伯所封之人的城牆不能超過一百雉，否則就是國家的禍害。這個「雉」是被借用為計算城牆面積的單位，以長三丈高一丈為一雉，後來引申稱城牆為「雉」。

｜看圖說故事｜

〈左傳．昭公二十一年〉：「張匄抽殳而下，射之，折股。」這是說，張匄抽出殳下車，公子城一箭射去，射斷張匄的腿。這是個「殳」字，①甲骨文下部是隻手形，上部有圓頭的器具是個什麼東西呢？②金文將手上握著的器具寫成具彎柄的類似大頭棒的武器。③小篆大致與金文同。④楷書寫成了「殳」字。

---

261. 知、識、記："知"是一般的知道，"識"常常是比較深的認識。至於"知"當"智"講，"識"當"記"講，則無共同之處。"識"與"記"的區別是，"識"為記住，"記"等於記得。"記"是"識"的結果，雖然"記"也有當"記住"講，但一般多作"記得"講。如〈莊子．山木〉：「弟子記之。」這是指記得。

262. 孰與誰：這兩個詞是同義詞，但也有細微的分別。"誰"專指人，"孰"則兼指物。"孰"用於選擇問，"誰"不用於選擇問。"孰與徐公美？"不能說成"誰與徐公美？"。"弟子孰為好學？"不能說成"弟子誰為好學？"但是"孰"也用於非選擇問，當其指人時（如"孰為夫子"），"孰"與"誰"就完全同義了。

「殳」，ㄕㄨ，四劃，象形字，作為部首的稱呼是殳部、殳字旁。

書寫「殳」字時，上部不鉤。從「癶」或「皿」偏旁時，末捺改長頓，如：發、廢、盤……等。

「殳」與「攴」、「支」形似，要注意分辨。

部首要說話

「殳」，甲骨文象手持一把圓頭兵器有所捶擊形，會投擲之意。可見「殳」，是一種杖類的兵器，有棱而無刃，長一丈二尺，放置在兵車之前，主要用於撞擊敵方兵車，使兵車斷裂分離。照今日的戰術來看，就像是反坦克武器。因此，「殳」的本義就是一種撞擊用的武器。

〈司馬法・定爵〉有句話寫著：「弓矢御，殳矛守。」就是說弓箭可以抵禦，殳矛可以防守。可見，「殳」主要用於戰爭中的防守。這種杖類的兵器，也能「擊遠」，也就是投擲遠處，所以加上義符「手」就成了現今的「投」。

〈詩經・衛風・伯兮〉有這樣一句詩：「伯也執殳，為王前驅。」這大意是，我的哥啊手握著長殳，擔任君王的開路先鋒。這樣看來，「殳」除了在戰場上撞擊兵車外，還能用於儀仗護衛、驅趕閒雜人等。

「殳」，也是姓氏之一。例如：南朝，宋有人名叫殳季真。

今「殳」不單用，只作偏旁使用。凡由部首「殳」組成的字，往往與打、殺、撞擊有關。如：殷、殺、殼、殽、毆、毀、段、殿、毀、毅。

注意部首字詞

「殺」，ㄕㄚ，這是一般常見的字，但它卻是個多音多義字，象形字，甲骨文和金文皆象擊殺後陳列在那裡的長毛野獸形，篆文訛變後，另加意符殳（手持槌），以強調擊殺之意。本義為擊殺野獸，引申泛指(1)殺死、殺戮，

〈詩經・豳風・七月〉：「朋酒斯饗，曰殺羔羊。」詩的意思是，鄉人共飲好酒兩壺，還要宰殺羔羊。⑵殺死即顯枯萎，所以引申為草木衰敗、枯死，〈呂氏春秋・應同〉：「及禹之時，天先見草木秋冬不殺。」這是說，到夏禹的時候，上天顯現出草木到了秋冬還不凋零的景象。⑶用在動詞或形容詞後表示程度深，如古詩十九首〈去者日以疏〉：「白楊多悲風，蕭蕭愁殺人。」詩的大意是，秋風穿過白楊樹，悲聲蕭蕭不已。⑷當收尾、結束的意思。

「殺」，讀作ㄕㄞˋ，當減省的意思，引申為衰，衰微，〈呂氏春秋・長利〉：「是故地日削，子孫彌殺。」這是說，所以國土日益削小，子孫愈來愈衰微。衰微的速度是漸次的，所以引申為等差、等級，《中庸》：「親親之殺，賢賢之等，禮所生也。」（親親：親其所當親。）這意思是，親愛親族要分遠近，尊重賢人要按等級，這都是從「禮」上產生的要求啊！

「殺」，讀作ㄙㄞˋ，是指顏色暗淡，〈史記・扁鵲倉公列傳〉：「故傷脾之色也，望之殺然黃，察之如死青之茲。」這意思是，脾受傷害的病色，看上去臉色是黃的，仔細再看是青中透灰的死草色。

「殺」、「弒」、「誅」三字都有殺死的意義，但是在感情色彩上是有所差別的。「殺」是一般的殺死，是中性詞；「弒」是下殺上，如臣殺君、子殺父、下屬殺上司，是個貶義詞；「誅」是殺死不義者或是有罪者，是褒義詞。

「殷」，這也是個多音多義字，ㄧㄣ，會意字，甲骨文右邊從身（大腹人），左邊從殳（表示手持針），會意手持針給一個身患重腹疾的大肚人進行治療之意，金文將人身形反轉移到左邊，應是「醫」的初文。引申為⑴盛大、眾多，〈詩經・鄭風・溱洧〉：「士與女，殷其盈矣。」大意是，少男和少女們，到處擠滿了人啊！⑵由本義引申為富足的意思，〈史記・蘇秦列傳〉：「家殷不足，志氣高揚。」大意是，家家富有人人自足，人民志氣高昂。⑶正當、正值的意思，〈尚書・堯典〉：「日中，星鳥，以殷仲春。」這是說，晝夜長短相等，南方朱雀七宿黃昏時出現在天的正南方，依據這些確定仲春時節。

「殷」，讀作ㄧㄢ，黑紅色，〈左傳・成公二年〉：「左輪朱殷。」大意是，左邊的車輪都染成黑紅色。讀作ㄧㄣˇ，這是指雷聲，〈詩經・召南・殷其雷〉：「殷其雷，在南山之陽。」詩的大意是，雷聲隆隆，在南山的南坡震響。

「殽」，ㄒㄧㄠˊ，形聲字，篆文從殳肴聲。〈說文解字・殳部〉：「殽，相雜錯也。從殳肴聲。」本義是雜亂、混雜，〈莊子・齊物論〉：「仁義之端，是非之塗，樊然殽亂，吾惡能知其辯。」（樊然：雜亂的樣子。）這句話是說，以我來看，仁與義的端緒，是與非的途徑，都紛雜錯亂，我怎麼能知曉它們之間的分別！「殽」，通「效」時當效法講，通「崤」時，是指山名。另外，「殽」，讀作ㄧㄠˊ，同「肴」，是指煮熟的魚肉等菜餚。

「殼」，ㄑㄧㄠˋ，形聲字，從殳青聲〈說文解字・殳部〉：「殼，從上擊下也。一曰素也。從殳青聲。」本義是敲擊，引申為堅硬的外殼。

「毄」，ㄐㄧ，形聲字，篆文從殳軎聲，〈說文解字・殳部〉：「毄，相擊中也。如車相擊。故從殳從軎。」本義是擊打、攻擊，又作拂拭講。讀作ㄐㄧˋ，是指飼養的意思，〈漢書・景帝紀〉：「郡國或磽狹，無所農桑毄畜。」（磽ㄑㄧㄠ狹：瘠薄狹小。）這是說，郡國的土地瘠薄狹小，無法作農養桑飼養家畜。

看圖說故事

〈論語・八佾〉：「子入太廟，每事問。」這句話是說，孔子進了魯國的太廟，對每一件事情都要問一問。這個「入」字，①甲骨文是以箭頭刃部的形狀來寫的，箭頭的刃部極其尖銳，誰也不希望被它給刺中。②金文顯示出更加尖銳的箭頭前端，加重了刺進去的威力。③小篆寫來比較溫厚，讓人以為是某種建築物的屋頂呢！④楷書寫成「入」。這個字，你猜到了嗎？

「入」，ㄖㄨˋ，二劃，指事字，做為部首的稱呼是入字部。

「入」與「人」正好是相反的字形，有些從「入」構建的字會誤寫成「人」部，這些字要特別小心，如：兩、滿、陝等。

｜部首要說話｜

「入」，甲骨文象尖而鋒利的楔263子形，構形源自箭矢射入人體，也可以視為某種尖銳物品的頂端刺入，因此，本義就是「進入」，與「入」字相反的就是「出」字。成語「登堂入室」，這是說，未經許可自行進入他人內室。

刺入的進程是由外至內逐漸深入，所以有「由淺入深」的意思，如：入會、入場、入冬等詞。

從進入264的意義來說，金錢財務由外向內進來，這也成了「入」的引申義，表示「收入」的意思，成語就有「量入為出」，表示對金錢的使用要斟酌使用。〈左傳・襄公二十五年〉：「量入修賦。」大意是，計量收入制定賦稅制度。

從「收入」義，也引申為交納的意思，〈墨子・貴義〉：「今農夫入其稅于大人。」（大人：指當官的人。）這句話是說，現在農民繳納租稅給貴族。

語言的交納，就是採納的意思，又引申為參與，〈戰國策・魏策二〉：

---

263. 楔：形聲兼會意字，篆文從木契聲，乜也兼表切入之意，本義為楔子，即上平下扁銳的木片，這種木片可以用來打進物體裡去，起加固或堵塞的作用。〝楔〞的構字從〝契〞來。

264. 進與入：〝進〞與〝入〞在古代並不是同義詞。〝進〞的反面是〝退〞，〝入〞的反面是〝出〞。現代漢語所謂的〝進去〞、〝進來〞，古人只說〝入〞，不說〝進〞。例如〝入門〞，在古代不能說成〝進門〞。

「入子之事者，吾為子殺之亡之。」這句話的大意是，如果他參與干涉你的事，我就為你殺掉他、趕跑他。

「入」，又作「合乎」、「符合」的意義，我們說這個人做人做事「入情入理」，就表示此人待人處世都能夠切合情理。

另外，「入」是古代四聲之一，四聲為「平、上、去、入」。

今「入」可單用，也作偏旁使用。凡從入取義的字，都與進入等義有關。

注意部首字詞

從部首「入」組成的字不多，但都是多義詞，要注意應用。

「內」，ㄋㄚˋ，甲骨文作，像日光自屋頂孔隙、窗戶射入屋內之形，本義是進入，〈荀子・大略〉：「其誠可比於金石，其聲可內於宗廟。」意思是，他的誠心，可以比於金石；它的聲音，可以進入宗廟。引申為使進入、容納、交納的意思，〈史記・秦始皇本紀〉：「百姓內粟千石，拜爵一級。」（拜：授予官爵。）大意是，老百姓交納上獻一千石糧食，授給爵位一級。

「內」，讀作ㄋㄟˋ，是內部、裡面，與「外」相對，〈論語・季氏〉：「而謀動干戈於邦內。」這是說，反而想著在國內使用武力。「內」從內部義引申為屋內，又特指帝王所居之處，如白居易〈長恨歌〉：「西宮南內多秋草。」另外，〈左傳・襄公二十八年〉：「以其內實遷於盧蒲嫳氏，易內而飲酒。」這個「內」指的是妻妾、女色，這句話是說，帶著他的妻妾財物遷到盧蒲嫳家裡，交換妻妾而喝酒。

「內」與「納」二字是有先後關係的。「內」本指由外入內，進入，所進入之處也是內，即內部、裡面的意思。後來為了在讀音上加以區分，於前者讀ㄋㄚˋ，後者讀ㄋㄟˋ；更為了在字形上加以區分，前義（及其引申義）借用「納」字表示，後義仍用「內」。等到「納」的借義通行之後，本義（《說文解字》：「納，絲濕納納也。」）反而廢棄不用了。

「全」，ㄑㄩㄢˊ，象形字，古文象一套完整的玉飾形，上象繫玉，下像懸垂飾物。小篆簡化後，從入從王（玉）。本義是一套完整得玉飾，引申指純色之玉，引申為完整、完備、完美，〈墨子・非攻下〉：「小國城郭之不全也，必使修之。」大意是，小國的城郭不完整，必定使它修繕好。「全」從完備就引申出保全的意義，諸葛亮〈出師表〉：「苟全性命於亂世，不求聞達於諸侯。」這是說，在亂世裡保全性命，不想在諸侯中求顯達。「全」，也當整個、全部的意思，另外，在古籍中「全」有病癒的意義，後來這個意義寫作「痊」。

完、全，二字是同義詞。「完人」也就是「全人」，但是它們之間仍有細緻的差異。「完」作「完整」講時，不能成「全」。杜甫〈石壕吏〉詩：「有孫母未去，出入無完裙。」這是說，因為有小孫子，所以兒媳婦沒有離開這個家，但進進出出沒有一條完好的裙子（形容戰亂中人民的苦難處境）。「無完裙」不可寫作「無全裙」。「全」當「齊備」、「完全」講時，不能說成「完」。特別是在用作動詞時，「完」與「全」的義意是不相同的，「完」有「修葺」的意思，「全」有「保全」的義意。〈孟子・萬章上〉：「父母使舜完廩。」大意是，父母親叫舜將米倉修葺完成。

杜甫〈述懷〉詩：「幾人全性命。」這是「保全」的意思。這些地方都不能用「完」。

玉的特性易碎，但古人很早就將它製成飾物，如：珈（首飾）、瑱（耳飾）、璪（冠鉨）、珩璜玦（衣帶之佩）等。玉有五德（《說文解字》：「潤澤以溫，仁之方也；䚡理自外，可以知中，義之方也；其聲舒揚，專以遠聞，智之方也；不橈而折，勇之方也；銳廉而不技，絜之方也。」）至此，玉成了物化了的「德」。

「兩」，ㄌㄧㄤˇ，會意兼形聲字，甲骨文作 兩，從一從㒳（兩個錢幣相并，一錢為二十銖，二錢為二十四銖，即一兩），會二錢為一兩之意。後人研究者新解，認為這形象是馬車前部衡上的雙軛之形，上古時代的車為單轅，一駕馬車至少須用兩匹馬來拉，所以馬車的衡上多配有雙軛。不論如何，本義為二錢相并或兩匹馬所拉的一架馬車，後來都引申出雙、一對的意思。「兩」的本義作為是車輛，用作量詞是計算車輛，這說明了「兩」是「輛」的古字，讀作ㄌㄧㄤˋ，〈詩經．召南．鵲巢〉：「之子于歸，百兩御之。」這是說，這個姑娘要出嫁，一百輛婚車來迎她。

「兩」，是兩匹馬所拉的車，所以引申當成雙成對的意義，讀作ㄌㄧㄤˇ。〈墨子．備城門〉：「為闉門兩扇，令各可以自閉。」大意是，做兩扇闉門，使兩扇門可以各自開關。「兩」，當量詞作雙，用于鞋子等成雙的東西。也作匹的量詞，用於布帛，如〈左傳．閔公二年〉：「歸夫人魚軒，重錦三十兩。」這是說，贈送給夫人用魚皮裝飾的車子，上等的綢緞三十匹。「兩」，又作重量單位，古代二十四銖為一兩，十六兩為一斤。另外，古代軍隊編制，有以二十五人為兩。

語文點心檢索

注釋檢索（釋字）

注釋檢索（常識）

參考書目

字書

《中正形音義綜合大字典》台北市，正中書局，高樹藩編纂，1971．03。
《實用國語大辭典》大台北永和區，文史哲出版社，文史哲出版社編輯部，1976．04。
《漢語大字典》武漢，湖北／四川辭書出版社，漢語大字典編輯委員會，1986。
《說文解字注》台北市，天工書局，段玉裁，1992．11。
《辭源》（修訂本）台北市，台灣商務印書館，廣東、廣西、湖南、河南辭源修訂組、商務印書館編輯部，1993．03初版第二次印刷。
《漢語字源字典》（圖解本）北京，北京大於版社，謝光輝主編，2000．08。
《學典》（增訂版）台北市，三民書局，三民書局學典編纂委員會，2005．07增訂版五刷。
《基礎漢字形義釋源》（修訂本）北京，中華書局，鄒曉麗編著，2007．08。
《文字學．說文部首篇》台北市，秀威資訊科技，蔣世德，2007．08。
《漢字源流字典》北京，語文出版社，谷衍奎編，2008．01。
《常用字字源字典》北京，語文出版社，高景成，2008．03。

一般書目

《古代漢語》（修訂本，全四冊）台北市，藍燈文化事業股份有限公司，王力主編，1989．01
《唐詩三百首》（重編）台北市，地球出版社，辛農重編，1989。
《古典文學辭典》台北市，正中書局，曾永義，1990．05。

《中國漢字文化大觀》北京，北京大學出版社，何九盈、胡雙寶、張猛主編，1995．01。
《說文部首類釋》桃園縣龜山，蔡信德，蔡信德，2002．10。
《甲骨文字趣釋》重慶，重慶出版社，唐冶澤，2002．10。
《唐漢解字》山西太原市，書海出版社，唐漢，2003．07。
《中國文字結構——六書釋例》台北市，洪葉文化事業，王初慶，2003．11。
《細說漢字》北京，九州出版社，左民安，2005．03。
《漢字的文化史》香港，中華書局（香港），藤枝晃，2005．04。
《漢字的故事》台北市，貓頭鷹出版，林西莉，2006．03。
《甲骨文詞義論稿》上海，上海古籍出版社，陳年福，2007．07。
《漢字博物館》北京，商務印書館，任德山／任犀然，2007．12。
《文字中國》河南鄭州，大象出版社，劉志基主編，2007．12。
《天下第一等字》台北縣土城，頂淵文化事業，王進祥／岳喜平，2008．02。
《知道點中國文學集錄》台北縣中和，典藏閣，姜贇，2008。

〔後記〕 飛翔的記憶與輕盈的想像

2002年五月，我壯著膽子參加國語文最基層的鄉鎮競賽——教師組字音字形比賽，接續兩年，結果都是鎩羽而歸。日後我摸索出這競賽除了需理解基本的漢字形音義之外，更重要的，它競比的是書寫的速度，當速度決定一切的時候，我們反而失去了對漢字真實的理解——記憶與想像。

2003年九月，我重新認識漢字。

這不是說我不曾識得漢字，記得在部落山村第一次擁有字辭典是在升上國中的開學初，時間應該是遠在三十年前的1963年，我父僅僅讀過一年蕃童教育所，不知道父親從何獲知的睿智，為鼓舞我升上國中，竟買來一本厚重的文史哲出版社的辭典，這是我第一本辭書，藏青色澤，翻到我的漢名「俊傑」一詞，義為秀異，竟爾喜孜孜幾日有餘，於是我理解文字所帶來的某種魔力——飛翔的記憶與輕盈的想像。

當我在書房重溫師專生涯曾經閱讀過的文字學，再一次從鳥獸蟲魚山林海河的動態形姿，看到文字將其銘刻用以辨認我們的世界，而每一個一個凝固的字體裡頭居住著人類的夢想與生命態度，那是一座壯闊遼遠的洪荒宇宙，是細膩情思與深沉感悟的結晶體。駑鈍如我者，只能一字一字從樸拙的甲骨文摸索辨認，竟以七年的功夫在課餘時間窩藏在小小斗室企圖進行文字解密的愚行，何其幸運，古人將大智若愚貼在了我的胸口，讓我孤自品味愚行也可以是大道的寂寞。

所有偉大的人文大師的學說總是口授不書，西方畢達哥拉斯不寫作，只讓自己的思想活在弟子們的頭腦裡。柏拉圖說，口頭語言是飛動的，是神聖的。

孔子述而不作，讓他的哲學思想綿延了幾千年。正是因為無法像偉大的人文大師口授不書，只能愚直的書而不授，只希望這本書不是披露事物的表象，而在於發現事物。如果，《字頭子》不僅僅是讓讀者理解與詮釋，而是能讓讀者繼續思考，這本書應該就會微笑以待。

五十萬字的《字頭子》得以出版，是印刻出版社初安民先生慧眼與豪情的義舉；編輯的細膩與美輪美奐，當歸功編輯施淑清小姐的鞭策；我還需謝謝幾位無名的校稿員，沒有他們日夜的審校，這本書將掛一漏萬。感謝台大文學院副院長徐富昌先生，在繁忙的學術生活中為《字頭子》增色與勉勵。

尤其我的岳父曾永義先生，現任世新大學講座教授、台灣大學榮譽教授，以其老當益壯的深厚國學，於往返海內外講學之際，為本書作序，不吝推薦與揄揚，讓作女婿的感動不已。

漢字的文化與歷史博大精深，《字頭子》勉力書寫214個部首字，惟自識才疏學淺，有任何形音義的謬失，肯定是自己尚未參透文字的奧祕，懇請八方前輩不吝指教。

文學叢書 374

INK PUBLISHING

字頭子（下）

作　　者　瓦歷斯・諾幹
總 編 輯　初安民
責任編輯　孫家琦　施淑清
美術編輯　林麗華
校　　對　孫家琦　瓦歷斯・諾幹

發 行 人　張書銘
出　　版　INK印刻文學生活雜誌出版有限公司
新北市中和區中正路800號13樓之3
電話：02-22281626
傳眞：02-22281598
e-mail：ink.book@msa.hinet.net
網　　址　舒讀網http：//www.sudu.cc

法律顧問　漢廷法律事務所
劉大正律師
總 代 理　成陽出版股份有限公司
電話：03-3589000（代表號）
傳眞：03-3556521
郵政劃撥　19000691 成陽出版股份有限公司
印　　刷　海王印刷事業股份有限公司

港澳總經銷　泛華發行代理有限公司
地　　址　香港筲箕灣東旺道3號星島新聞集團大廈3樓
電　　話　(852) 2798 2220
傳　　眞　(852) 2796 5471
網　　址　www.gccd.com.hk

出版日期　2013年10月　初版
ISBN　(下冊) 978-986-5823-45-0
(套書) 978-986-5823-40-5

定　　價　430元
套書定價　860元

國家圖書館出版品預行編目資料

字頭子（下）/ 瓦歷斯・諾幹著；
--初版，--新北市中和區：INK印刻文學，
2013.10　面；　公分（文學叢書；374）
ISBN　(下冊) 978-986-5823-45-0
(套書) 978-986-5823-40-5

1. 中國文字

802.2　102018655